Harper Collins | ya!

Amy Tintera

Die Legende der vier Königreiche – Ungekrönt

Roman

Aus dem Amerikanischen von
Milena Schilasky

HarperCollins ya!

HarperCollins YA!®
Band 200032

FSC
MIX
Papier
FSC® C014496

1. Auflage: Oktober 2017

Deutsche Erstveröffentlichung

Titel der amerikanischen Originalausgabe:
Ruined

erschienen bei: HarperTeen, New York

Umschlaggestaltung: Formlabor, Hamburg
Umschlagabbildung: plainpicture / Baertels
Redaktion: Ira Panic
Satz: GGP Media GmbH, Pößneck
Printed in Germany
Dieses Buch wurde auf FSC®-zertifiziertem Papier gedruckt.
ISBN 978-3-95967-131-6

www.harpercollins.de

1. KAPITEL

Die Räder der Kutsche rollten knarrend über den Feldweg. Das Geräusch hallte durch den stillen Wald.

Ruhig kauerte Em hinter dem Baum und umklammerte den Griff ihres Schwerts mit jedem einzelnen Finger. Ein Eichhörnchen huschte über die staubige Straße und verschwand im dichten Gebüsch. Weder von der Prinzessin noch von ihren Wachen war etwas zu entdecken.

Em schaute über ihre Schulter zu Damian, der vollkommen regungslos hinter einem Busch hockte, ja, er schien nicht mal zu atmen. So war Damian – unglaublich schnell oder unglaublich still, je nach dem, was die Situation verlangte.

Auf der anderen Seite des Weges saß Aren mit gezogenem Schwert auf einem Ast.

Beide Jungs hatten ihre Blicke auf Em gerichtet und warteten auf ihr Signal.

Sie drückte ihre Hand gegen den Baumstamm und spähte dahinter hervor. Hinter ihr ging die Sonne unter, und sie konnte die weißen Wölkchen sehen, die ihr Atem in der kühlen Luft hinterließ. Sie zitterte.

Die erste Wache kam auf einem Pferd um die Kurve, leicht zu erkennen an seiner hellen gelb-schwarzen Uniform. Gelb war zwar die Farbe des Hauses der Prinzessin – der Vallos –, aber Em hätte darauf bestanden, dass ihre Leute Schwarz trugen. Außerdem hätte sie angeordnet, dass ein paar Soldaten die Umgebung um die Kutsche herum auskundschaften.

Anscheinend war die Prinzessin nicht so schlau. Oder sie fühlte sich in ihrem Königreich sicher.

Em konnte sich kaum daran erinnern, wie sich Sicherheit anfühlte.

Erneut zitterte sie, diesmal allerdings lag es nicht an der Kälte. Jede Faser ihres Körpers war in Alarmbereitschaft.

Die vierspännige Kutsche fuhr hinter der ersten Wache den Weg entlang. Insgesamt waren es fünf Mann Begleitschutz: einer vor dem Gefährt, einer an jeder Seite und zwei Wachen hinter der Kutsche. Alle saßen auf Pferden und waren mit Schwertern bewaffnet. Die Prinzessin musste also in der Kutsche sein.

Sechs gegen drei. Ems, Damians und Arens Chancen hatten schon viel schlechter gestanden.

Der vordere Reiter sagte etwas zu einem der anderen Männer, dann lachten beide. Die blauen Stellen auf ihrer Brust waren aus der Entfernung nicht zu erkennen, doch Em wusste, dass sie dort waren. Denn alle Soldaten, die mindestens zehn Ruined umgebracht hatten, trugen blaue Anstecknadeln. Für die ersten zehn gab's die erste Nadel, für die nächsten zehn die zweite und so weiter.

Der Mann vor dem Gefährt hatte mindestens drei Stück.

Em freute sich schon darauf, ihm das Grinsen aus dem Gesicht zu wischen.

Sie richtete ihre Aufmerksamkeit wieder auf Damian und nickte ihm kaum merklich zu.

Langsam richtete Damian sich auf, in einer Hand einen Dolch, in der anderen ein Schwert. Er hob den Dolch und visierte sein Ziel an.

Die Klinge schoss durch die Luft.

Em schnellte hoch. Damians Dolch bohrte sich in den Hals des Mannes an der Seite der Kutsche; ein Schrei zerriss die Luft. Die Wache kippte aus dem Sattel, die anderen Gardesoldaten sprangen ab und zückten ihre Schwerter. Die Pferde wieherten panisch, und eines galoppierte davon. Die Hufe klackerten auf dem Boden, als es zwischen den Bäumen verschwand.

Aren schwang sich von seinem Baum und landete auf zwei Wachen. Seine Klinge zischte durch die Luft und fand schließlich ihr Ziel.

Damian rannte auf den Soldaten zu, der versuchte, die seitliche Tür der Kutsche zu schützen. Das Gesicht der Wache war angstverzerrt, sein Grauen war förmlich greifbar.

Damit blieb nur einer übrig – der vor dem Gefährt. Er starrte Em direkt ins Gesicht. Noch fester umklammerte sie ihre Waffe, während sie auf ihn zustürmte.

Er griff hinter sich. Em hatte kaum Zeit, auf den Anblick des Bogens zu reagieren, da schoss schon ein Pfeil direkt auf sie zu. Sie wich zur Seite, doch der Pfeil schlitzte ihren linken Arm auf. Der kurze Schmerz ließ sie nach Luft schnappen, allerdings hatte sie keine Zeit, sich davon ausbremsen zu lassen. Denn er zog bereits einen weiteren Pfeil.

Sie rannte los, er zielte, sie konnte ausweichen, und das zweite Geschoss verfehlte sie nur haarscharf.

Plötzlich tauchte Damian hinter der Wache auf und stieß sein Schwert kraftvoll in den Rücken des Mannes. Der Soldat japste und fiel auf die Knie.

Em wirbelte herum und erblickte Prinzessin Mary, die mit gezücktem Schwert aus der Kutsche sprang.

Erleichterung stieg in ihr auf, als sie feststellte, dass sie beide denselben dunklen Haarton und den gleichen olivfarbenen Teint hatten. Jedoch waren Marys Augen grün, während die von Em dunkel waren. Außerdem waren die Gesichtszüge der Prinzessin fein und weich, was ihr eine Art Schönheit verlieh, die Em nie besitzen würde. Aber aus der Ferne wären die meisten Leute nicht in der Lage, die beiden auseinanderzuhalten.

Em hob ihr Schwert, da Mary sich näherte, allerdings stolperte die Prinzessin auf einmal zurück, als ob sie von einer unsichtbaren Macht weggezogen würde. Ihre Finger spreizten sich, und ihr Schwert glitt scheppernd zu Boden.

Aren stand hinter Mary, sein Blick war starr auf sie gerichtet, während er seine Ruined-Magie benutzte, um die Prinzessin festzuhalten.

Em verfügte über keine Zauberkräfte, dafür konnte sie besser als alle anderen mit einem Schwert umgehen.

Sie schaute Aren an und schüttelte den Kopf. Er gab Mary frei.

Em brauchte seine Hilfe nicht. Sie trat einen kleinen Schritt zurück, was der Prinzessin erlaubte, ihr Schwert aufzuheben.

Em wollte ihre Gegnerin schlagen, im wahrsten Sinne des Wortes. Sie wollte Marys Gesicht sehen, wenn sie erkannte, dass Em sie besiegt hatte.

Wut stieg in ihr auf, zögernd zunächst, als wäre Angst eigentlich die passendere, der Situation angemessenere Emotion, aber Em gab sich der Wut hin, ließ sie weiter anschwellen, bis sie so gegen ihre Brust drückte, dass ihr die Luft wegblieb.

Sie griff als Erste an, und Mary hob abwehrend ihr Schwert. Die Prinzessin behielt Damian im Auge, doch Em wusste, dass keiner ihrer Freunde ihr noch einmal zu Hilfe eilen würde, außer im äußersten Notfall. Ihnen war klar, dass Em das hier selbst erledigen musste.

Erneut rannte Em auf sie zu, Erde spritzte in die Luft. Mary schwenkte ihr Schwert, Em duckte sich und ließ die Klinge über ihren Kopf hinweg durch die Luft sausen. Wieder sprang sie auf und schlitzte Mary mit einer geschmeidigen Bewegung den rechten Arm auf.

Erschrocken schnappte die Prinzessin nach Luft und stolperte. Em nutzte den Moment der Schwäche aus. Sie stieß mit ihrem Schwert gegen Marys und schlug ihrer Gegnerin die Waffe aus der Hand.

Em trat einen Schritt nach vorn und zielte mit der Spitze ihres Schwertes auf den Hals der Prinzessin. Ihre Hände zitterten, und sie schloss sie fester um den Schwertgriff. Diesen Teil des Plans war sie in Gedanken schon Hunderte Male durchgegangen, doch sie hatte nicht mit dem unwohlen Gefühl in ihrem Bauch gerechnet.

„Weißt du, wer ich bin?", fragte Em.

Mary schüttelte den Kopf, dabei hob und senkte sich ihre Brust deutlich.

„Ich glaube, du kanntest meinen Vater?", fuhr Em fort. „Du hast ihn umgebracht und seinen Kopf aufgespießt, damit ich ihn finde."

Mary presste ihre Lippen zusammen, ihr Blick glitt von Em zu der Klinge an ihrem Hals. Sie öffnete den Mund, brachte aber erst nur eine Art Quieken zustande, bevor sie zum Sprechen ansetzte. „Ich ..."

Sie brach ab, bückte sich und fasste nach etwas an ihrem Knöchel. Mit einem Dolch in der Hand schnellte sie wieder hoch und stürzte sich auf Em.

Em sprang zur Seite, einen Anflug von Panik niederkämpfend. Falls Mary sie tötete oder flüchtete, würde der gesamte Plan in sich zusammenfallen.

Wieder schwang Mary den Dolch in ihre Richtung, doch Em packte ihre Gegnerin an der Hand, in der sie die Waffe hielt, und riss ihr den Arm hoch.

Und dann rammte sie ihr Schwert mitten in die Brust der Prinzessin.

Die blauen Anstecknadeln fielen leise klirrend auf den Boden. Em zählte mit, während Damian, Aren und sie der toten Vallos-Garde die Uniformen vom Leib zerrten. Insgesamt neun Anstecknadeln. Neunzig ermordete Ruined, allein von diesen fünf Männern.

Em bückte sich und hob die Abzeichen auf. Zwei ineinandergreifende Ringe symbolisierten die Vereinigung zweier Länder – Lera und Vallos – in ihrem Kampf gegen die gefährlichen Ruined. Das Schwert, das über den Ringen lag, stand für ihre Stärke.

Em ließ fünf Anstecknadeln in Arens Hand sinken. „Mach die an deine Jacke."

„Aber …"

„Die Soldaten der Lera werden Respekt vor dir haben. Warte mal …" Sie legte eine weitere dazu. „Nimm lieber sechs. Du wirst ein Held sein."

Aren verzog das Gesicht, als hätte er in etwas Saures gebissen, aber er brachte stillschweigend die Anstecknadeln wieder an einer der Jacken an. Er schlüpfte erst mit einem Arm in die gelb-schwarze Jacke, dann auch mit dem anderen, schloss die fünf goldenen Knöpfe und strich den Stoff mit seiner Hand glatt.

„Sehe ich aus wie eine Wache der Vallos?" Er griff nach seinem Schwert. „Wartet. Das Ganze wirkt realistischer, wenn ich dabei mit meinem Schwert herumfuchtele, als hätte ich keine Ahnung, wie man es benutzt. Jetzt wirkt es richtig, oder?" Er grinste breit, wobei die Grübchen in beiden Wangen zum Vorschein kamen.

Em schnaubte. „Perfekt." Sie zeigte auf die Stelle über seiner Augenbraue, wo Blut auf seiner dunklen Haut schimmerte. „Du blutest."

Schnell wischte Aren sich über die Stirn, während Em die drei Abzeichen, die noch übrig waren, in Damians Hand fallen ließ. „Lass die hier verschwinden. Wir wollen doch nicht, dass Jäger sie entdecken und misstrauisch werden."

Damian steckte die Anstecknadeln in seine Tasche. „Ich verbrenne sie zusammen mit den Leichen."

Ems Blick glitt zu dem Wagen hinter ihm, auf dem die Prinzessin und ihre Wachen lagen. Eine Strähne von Marys dunklem Haar blitzte unter der Decke hervor und hing fast bis auf den Boden.

Em schaute wieder weg. Ihre Mutter hatte immer beteuert, die einzige Möglichkeit, Frieden zu finden, sei, alle zu töten, die ihn bedrohten. Doch das beklemmende Gefühl in ihrer Brust blieb.

„Ich sollte mich so schnell wie möglich um die Leichen kümmern", sagte Damian leise.

Em nickte und schaute Damian an, nur um sofort den Blick auf den Boden zu senken. Er hatte erneut diesen Gesichtsausdruck, bei dem sich ihr Herz schmerzhaft zusammenzog. Es war eine Mischung aus Traurigkeit, Hoffnung und vielleicht sogar Liebe.

Er trat einen Schritt auf sie zu, und sie schlang die Arme um ihn. Sein vertrauter Geruch umhüllte sie. Er wusste, dass sie seine Gefühle nicht erwidern konnte. Nicht im Moment. Der brennende Wunsch nach Rache, der in ihr brodelte und sich aufbäumte, ließ keinen Platz für etwas anderes. Manchmal legte sich das Bedürfnis ein wenig, dann dachte Em schon, dass es vielleicht ganz verschwinden würde, aber es kam immer wieder.

Auch in diesem Moment war Em zurück in ihrem Zuhause, spürte den Qualm in ihren Lungen und die Tränen in ihren

Augen, als sie um die Ecke spähte und mit ansehen musste, wie König Salomir sein blutiges Schwert aus der Brust ihrer Mutter zog. Sie hörte die Schreie ihrer Schwester, während die Soldaten sie wegzerrten. Fand ihren Vater ein paar Wochen später, nachdem Prinzessin Mary ihn ermordet hatte.

Vielleicht wäre sie ja imstande, etwas anderes zu fühlen, wenn sie erst den König und seine Familie umgebracht hatte. Vielleicht könnte sie Damian dann genauso ansehen, wie er sie anschaute.

Sie versuchte, ihm zuzulächeln. Ein Kloß hatte sich in ihrem Hals geformt, und ihr Lächeln ähnelte wahrscheinlich eher einer Grimasse. Sie beobachtete, wie Damian sich von Aren verabschiedete.

„Ich sollte morgen Abend zurück im Camp der Ruined sein", sagte er dann und blieb neben einem der Pferde stehen, die den Wagen zogen. Er sah Em an. „Bist du sicher, dass ich denen nicht sagen soll, dass du auf der Suche nach Olivia bist? Sie sollten doch wissen, dass ihre Königin möglicherweise zurückkehrt. Dass es zumindest eine Chance gibt."

Em schüttelte den Kopf. „Noch nicht. Sie haben dich als ihren Anführer gewählt, sie brauchen jetzt jemanden, auf den sie sich verlassen können. Mach ihnen lieber keine Hoffnungen."

Bei dem Wort „Anführer" breitete sich ein Ausdruck des Bedauerns auf seinem Gesicht aus. Er war ein guter Anführer, obwohl er noch jung war. Dennoch hatte er diese Position nur, weil die Ruined sich von Em abgewandt hatten. Sie mochte zwar die Thronerbin sein, da ihre Mutter tot war und ihre Schwester als vermisst galt, aber sie war nutzlos. Eine Unbegabte und daher ungeeignet als Anführerin, hatte es geheißen, als die Ruined vor einem Jahr darauf bestanden, dass Damian diese Rolle übernahm.

„Beschütze sie“, bat ihn Em. „Ich warte auf Nachricht von dir.“

Damian kletterte in den Wagen, dabei schlug er sich einmal mit seiner rechten Faust gegen die Brust. Der Faustschlag war der offizielle Gruß an die Königin von Ruina – eine Huldigung, die ihr außer Damian und Aren nie jemand erwiesen hatte. Em blinzelte die Tränen in ihren Augen weg.

Sie hob ihre Hand und winkte Damian zum Abschied. Er erwiderte die Geste. Auf seiner Hand und seinem Handgelenk waren die Zeichen der Ruined zu erkennen, eine Erinnerung daran, wieso er nicht mal daran denken durfte, auf ihren Rachefeldzug mitzukommen. Denn diese Zeichen offenbarten der Welt, dass er ein Ruined mit magischen Kräften war. Em besaß diese Magie nicht, daher trug sie auch keine Symbole.

Inzwischen war es komplett dunkel geworden, und Damians Gestalt verschwand schnell zwischen den Bäumen, während das Klappern der Hufe noch länger durch die Nacht hallte.

Em wandte sich zu Aren um, der seinen Kragen von seinem vernarbten Hals wegzog. Aren hatte es nur knapp aus dem brennenden Schloss von Ruina geschafft, und der Großteil seines Oberkörpers war ein Beweis dafür. Die Brandnarben verdeckten die Zeichen seiner Magie, da das Feuer alle Spuren seiner Symbole ausgelöscht hatte. Seine Zeichen waren wunderschön gewesen – weiß auf seiner dunklen Haut, die schmalen Linien waren verwoben und zogen sich spiralförmig über seine gesamten Arme, seinen Rücken und seinen Oberkörper.

„Bereit?“, fragte er leise.

Em griff nach ihrer Kette und strich mit dem Daumen über das Silber. *Oh nein.* Sie plante das hier schon seit fast einem Jahr, doch sie war niemals bereit dafür gewesen.

„Wir sollten es bis zum Morgengrauen zur Grenze von Lera schaffen.“ Aren ging zur Kutsche und kletterte hinauf. Dann deutete er hinter sich. „Willst du in der Kutsche fahren, wie eine echte Prinzessin der Vallos?“

Em lief auf eines der Pferde zu. „Noch nicht. Ich reite ein bisschen voraus, um die Gegend auszukundschaften. Ich steige ein, sobald wir in die Nähe der Grenze kommen.“ Sie schwang sich in den Sattel, schaute zu Aren und sah, dass ihr Freund sie beobachtete. „Was?“

„Deine Mutter wäre stolz auf dich, Em.“ Er beugte seinen Kopf leicht nach vorn, als er die tote Königin erwähnte.

„Das hoffe ich.“ Die Worte kamen nur als ein Flüstern über ihre Lippen. Sie war sich sicher, dass ihre Mutter rasend vor Wut wäre, weil Em es zugelassen hatte, dass ihre jüngere, wehrlose Schwester vom König der Lera entführt wurde. Sie hätte Olivia beschützen müssen, aber sie hatte versagt.

Doch sie würde es wiedergutmachen. Sie würde ihre Schwester retten und den Mann umbringen, der sie mitgenommen und ihre Mutter getötet hatte.

Lass die Menschen dich fürchten, Emelina. Die Worte ihrer Mutter hallten in ihrem Kopf wider. *Hör auf, dir Gedanken darüber zu machen, was du nicht hast, und konzentriere dich darauf, was du hast. Lass die Menschen erbeben, wenn sie deinen Namen hören. Angst ist deine Macht.*

Wenda Flores hatte die glorreichen Zeiten, in denen die Ruined gefürchtet waren für ihre Magie und wie Götter verehrt wurden, nicht mehr selbst kennengelernt, aber sie hatte sich stets danach gesehnt. Ihr größter Wunsch war gewesen, die Menschen dazu zu bringen, sich aus Angst vor ihr zu verneigen.

Em reckte das Kinn und schaute nach vorn.

Niemand fürchtete Emelina Flores, die nutzlose Tochter der mächtigsten Königin, die Ruina jemals gehabt hatte.

Aber das würden sie noch.

2. KAPITEL

Cas wich geschickt zur Seite aus und entkam dadurch gerade so eben dem Schwerthieb auf Höhe seines Halses. Dabei blieb er mit dem Fuß an einem Stein hängen und stolperte, sodass er die Arme ausbreiten musste, um nicht vornüberzufallen.

Das Schwert seines Gegners pikste ihm in die Brust. Bedauerlich.

„Tot." Galo grinste ihn an und zog seine stumpfe Klinge zurück. „Erschöpft, Euer Hoheit?"

Cas trat einen Schritt zurück und strich sich mit der Hand durch die leicht verschwitzten Haare. Die Sonne knallte heiß auf den Schlosshof. „Ich bin tatsächlich etwas erschöpft. Vermutlich weil ich die ersten vier Runden gewonnen habe."

Lachend breitete der Wachsoldat die Arme aus. Er atmete immer noch schwer vom Kampf. „Ich wiege dich eben gern erst in Sicherheit. Dann fange ich richtig an."

Cas lachte ebenfalls und nahm sein Schwert in die linke Hand, um die Ärmel seines weißen Hemds hochzukrempeln. Seine Jacke lag auf dem Boden und war voller Erde, die sie mit ihren Schritten aufgewirbelt hatten. Seine Mutter würde nicht glücklich darüber sein.

„Noch eine Runde, los." Cas hob auffordernd das Schwert.

„Vielleicht solltest du dich einen Augenblick ausruhen." Galo stützte seine Hände auf seine Oberschenkel, ließ das Schwert von den Fingern baumeln und atmete geräuschvoll aus. „Du siehst fertig aus."

„Klar doch. *Ich* bin derjenige, der fertig aussieht."

Galo richtete sich wieder auf und blickte zum Schloss. Die weißen Mauern ragten neben ihnen auf und warfen mächtige

Schatten über die Gärten. An einem der Rundbogenfenster im ersten Stock war eine Magd zu sehen, die einen Teppich ausklopfte.

„Oder vielleicht sollten wir lieber aufhören." Galo zeigte auf die eingestaubte Jacke auf dem Boden. „Du wirst nach Dreck und Schweiß riechen, wenn deine Braut hier eintrifft."

Cas ließ das Schwert auf seine Jacke fallen, die dadurch nicht sauberer wurde. „Sie ist seit Tagen unterwegs. Sie riecht sicherlich auch nicht besser. Dann sind wir quitt."

„Wie rücksichtsvoll von Euch, Hoheit."

Galo nannte ihn nur „Hoheit", wenn er sich über ihn lustig machte. Cas warf ihm einen wenig amüsierten Blick zu. Galo war zwei Jahre älter als er und ihm in seinen drei Jahren als Wachsoldat eher ein Freund geworden als jemand, der ihn mit seinem Titel ansprechen sollte.

„Hast du schon gehört, dass nach der Hochzeit eine Abordnung Olso-Kämpfer hierherkommt?", fragte ihn Cas.

„Habe ich nicht", antwortete Galo und strich sich durch sein dunkles Haar. „Wieso?"

„Verhandlungen. Sie haben wohl ein paar Probleme mit der Tatsache, dass Lera seit dem letzten Krieg ihren Haupthafen kontrolliert und würden das entsprechende Abkommen gern nachbessern. Aber ich glaube, mein Vater hat dem Besuch nur zugestimmt, damit er angeben kann."

„Womit genau angeben?"

„Nach meiner Hochzeit kontrolliert Lera immerhin Vallos und Ruina." Cas lachte. „Das ist ziemlich beeindruckend. Er kann es nicht lassen, damit zu prahlen, dass er mir zwei Königreiche mehr hinterlässt, als sein Vater ihm hinterlassen hat. Natürlich ist eines davon Ruina, also nicht wirklich etwas, womit man angibt."

„Außer man ist ein Fan von toten Feldern und grauem Himmel."

„Ich habe ihn gefragt, ob ich Ruina mal besuchen könnte, die Minen, aber …" Cas zuckte mit den Schultern. „Vielleicht ist es immer noch zu gefährlich."

„Casimir? CASIMIR!"

Cas drehte sich zum Schloss um, woher die Stimme seiner Mutter ertönte. Sie kam auf den Balkon der Bibliothek im ersten Stock gerauscht, der Rock ihres hellblauen Kleides raschelte um ihre Knöchel. Sie stützte ihre Hände auf ihre Hüften.

„Sie wurde am Ende der Straße gesichtet", rief sie ihnen zu.

Cas' Herz zog sich zusammen. „In Ordnung."

„Du könntest wenigstens so tun, als ob du dich freust."

„Ich bin erfüllt von Aufregung und Vorfreude. Ich kann wirklich kaum an mich halten." Ein falsches Lächeln breitete sich auf seinem Gesicht aus. „Wie war das?"

Galo überdeckte sein Lachen durch Hüsteln. Cas' Mutter seufzte genervt und marschierte zurück ins Schloss.

„Ich sollte lieber gehen." Cas griff nach seinem Schwert und reichte es Galo. Dann hob er seine Jacke vom Boden und schüttelte den Staub ab.

„Viel Glück", wünschte ihm Galo, dann runzelte er die Stirn. „Sagt man das in so einer Situation?"

Cas hob eine Schulter. Es gab nicht viel, was man jemandem sagen könnte, der auf dem Weg war, die Frau zu treffen, die er heiraten musste. *Versuch, nicht zu kotzen*, wäre vielleicht die beste Wahl.

Er lächelte Galo verkrampft zu und sprang die Stufen hoch. Oben angekommen, packte er die Klinke der massiven Holztür. Er stieß die Tür auf, und seine Augen mussten sich erst mal an die dunkle Beleuchtung im Bediensteten-Esszimmer gewöhnen. Links von ihm trat ein Junge rücklings durch die Tür zur Küche, gefolgt von Gebrüll und Pfannengeklapper. Er hielt ein Tablett mit Gebäck in den Händen und blieb abrupt stehen, als er den Prinzen sah.

Im Vorbeilaufen nickte Cas dem Jungen zu und steuerte die Tür an, die zum Gang führte. Durch die Fenster auf der rechten Seite strömte Licht in den Korridor, was die Wände am Nachmittag beinahe rosa erscheinen ließ. Später würden sie in Rot leuchten. Jeder Korridor war in einer anderen Farbe gestrichen, und als Cas um die Ecke bog, bemerkte er zwei Bedienstete, die gelbe Blumen vor den hellgrünen Wänden aufstellten.

Das ganze Schloss vibrierte scheinbar vor Lärm, während er ins Foyer ging. Ein Diener schmückte das Treppengeländer mit weiteren Blumen, die er mit blauen Schleifen befestigte. Die Luft prickelte geradezu vor Aufregung und Vorfreude, während die Bediensteten alles für die Ankunft der neuen Prinzessin vorbereiteten. Beim Anblick ihrer erwartungsvollen Gesichter grauste es Cas nur noch mehr.

Er stellte sich neben seine Mutter und seinen Vater, die vor der Tür am Haupteingang standen.

„Du bist ganz dreckig“, bemerkte seine Mutter und nahm ihm die Jacke ab. Sie klopfte sie mit der Hand ab und versuchte, sie vom Staub zu befreien. „Musstest du unbedingt mit diesem Soldaten kämpfen, *bevor* sie ankommt?“

Der König schlug seinem Sohn auf die Schulter. „Er ist nur nervös. Verbrennt etwas Energie.“

„Bin ich nicht.“ Doch, war er.

Vielleicht war *nervös* nicht das passende Wort. Cas war sich schon immer darüber im Klaren gewesen, dass er jemanden heiraten würde, den seine Eltern für ihn aussuchten. Er hatte es gewusst, aber er war nicht wirklich darauf vorbereitet, wie es sich tatsächlich anfühlte. Nämlich ungefähr so, als würde sein Magen bis zu seinen Füßen rutschen und sein Kopf gleichzeitig explodieren.

Wie nannte man das?

„So, besser wird es nicht“, meinte seine Mutter und gab ihm seine Jacke zurück. Er zog sie über.

„*Versuch* wenigstens, mit ihr zu reden“, bat der König ihn. „Es ist unangenehm für die anderen, wenn du einfach nur dastehst und schweigst.“

„Ich habe nicht immer was zu sagen.“

„Dann denk dir etwas aus“, erwiderte sein Vater gereizt.

Die Königin schritt zur Tür und winkte ihrem Mann und ihrem Sohn, ihr zu folgen. „Kommt ihr beiden.“ Sie ließ den König an sich vorbeilaufen und legte eine Hand auf Cas’ Arm. „Keine Sorge, Cas. Ich bin sicher, sie wird recht angetan von dir sein.“

Er schüttelte sie ab, versuchte allerdings, so zu lächeln, dass sie ihm auch glaubte. *Recht angetan von dir.* Wie lächerlich. Es war eine Zweckehe, und Mary wusste so viel über ihn wie er über sie. Also nichts.

Sie schritten nach draußen in die Sonne, Cas hinter seinen Eltern her. Ungefähr zehn Angestellte und mehrere Wachen von Cas’ Garde waren in zwei ordentlichen Reihen aufgestellt.

Cas stieg die Stufen vom Schlosseingang hinunter und nahm seinen Platz neben seinen Eltern ein, während das Tor sich langsam öffnete. Er verschränkte seine Hände auf dem Rücken, dann zog er an jedem Finger seiner linken Hand einzeln, bis er das Knacken seiner Knöchel spürte. Sein Herz klopfte so laut, dass seine Ohren rauschten. Er bemühte sich darum, eine neutrale Miene aufzusetzen.

Vom Schloss zum vorderen Tor führte ein Pfad, an beiden Seiten von üppigen, grünen Büschen gesäumt, die sauber zu quadratischen Hecken getrimmt waren. Zwei Wachen zogen das eiserne Tor auf und huschten aus dem Weg, als Leras königliches Geleit auf Pferden Einzug hielt.

Hinter ihnen kam eine kleine Kutsche, die schon mal bessere Tage gesehen hatte. Dreck und Schlamm bedeckten die Räder, aber das war nicht anders zu erwarten, nach einer Reise durch den Lera-Dschungel. Der Hauptteil war in schlichtem Grau mit einem Fenster aus Glas an beiden Seiten. Die Fenster waren geöffnet, und das auf Cas' Seite sah aus, als würde es jeden Moment aus den Angeln fliegen. Ein Vorhang versperrte einem den Blick ins Innere der Kutsche.

Ein junger Mann in einer Vallos-Uniform saß auf dem Kutschbock und hielt die Zügel. Cas hätte ein größeres Geleit erwartet, aber er war der Einzige, der das Gelb der Vallos trug. Seltsam. Cas nahm immer mehrere Wachen mit, wenn er länger unterwegs war.

Der Vallos-Soldat hielt die Pferde an, sprang von dem Gefährt und zog sich die Jacke zurecht. Seine Hände waren mit Narben bedeckt, als wäre er verbrannt worden, und Cas versuchte, nicht hinzustarren, während der Mann die Tür der Kutsche öffnete. Er hatte noch nie derart entstellte Haut gesehen.

Zuerst war nur eine Hand zu erblicken. Der Soldat ergriff sie und trat zurück, als auch der dunkle Kopf dazu auftauchte.

Prinzessin Mary sprang aus der Kutsche, wobei sie die Stufe ignorierte und bei ihrer Landung entsprechend Staub aufwirbelte.

Sie war groß, langbeinig und trug ein gelbes Kleid, das an der Brust recht eng war. Außerdem war es zu kurz und zeigte ihre

Knöchel. Cas fragte sich, ob seine Braut kürzlich noch gewachsen war oder nur eine schlechte Näherin hatte. Ein paar Strähnen ihres dunklen Haares hatten sich aus dem Zopf gelöst, was ihr einen wilden, zerzausten Anblick verlieh.

„Die Gerüchte über ihre Schönheit waren … übertrieben", murmelte Cas' Vater.

Cas hatte tatsächlich eine Sache über Mary gewusst, da ihre Eltern noch geschrieben hatten, bevor sie starben. Und zwar, dass sie „wunderschön" war, „entzückend" und „so hübsch und zart". Aber das Mädchen, das jetzt vor ihnen stand, war nichts davon. Sie hatte scharfe Konturen und strenge Züge. Nichts an ihr schien auch nur ansatzweise zart.

Der Wachsoldat gestikulierte unbeholfen in Marys Richtung. Er war offensichtlich normalerweise nicht dafür zuständig, sie vorzustellen. „Prinzessin Mary Anselo von Vallos." Cas dachte, dass sie Mary vielleicht mit „Königin Mary" ansprechen würden, aber genau genommen hatte sie den Thron nicht bestiegen, nachdem ihre Eltern gestorben waren. Vallos gehörte jetzt Cas' Vater.

Marys Blick wanderte sofort zu Cas. Sie hatte dunkle, durchdringende Augen, umgeben von langen Wimpern. Die Haut darunter war auch etwas dunkel, was sie entweder müde oder wütend aussehen ließ. Vielleicht auch beides.

Cas neigte zur Begrüßung leicht den Kopf, dann richtete er seine Aufmerksamkeit auf die Bäume in der Ferne. Es war weniger wahrscheinlich, die Nerven zu verlieren, wenn er keinen Augenkontakt hatte.

Der Bote trat vor und deutete schwungvoll auf das Königspaar. „Seine Majestät, König Salomir Gallegos. Ihre Majestät, Königin Fabiana Gallegos. Und seine Hoheit, Prinz Casimir Gallegos."

„Es ist schön, dich kennenzulernen, Mary“, sagte Cas’ Mutter und verbeugte sich dezent. Dann trat sie einen Schritt auf Mary zu und umfing deren Hand mit ihren beiden. Das Mädchen schien davon überrascht und lehnte sich zurück, als wollte es weglaufen.

Cas konnte es ihr nicht verübeln. Er spielte selbst mit dem Gedanken wegzulaufen.

„Es ist ebenfalls schön, Sie kennenzulernen“, erwiderte Mary leise.

Der König strahlte sie an, so wie er es bei jeder Frau tat. „Es ist mir ein Vergnügen.“

Einer von Marys Mundwinkeln zog sich zu so etwas wie einem Lächeln nach oben. Oder zu einer Grimasse. Cas fand es schwierig, ihre Gesichtsausdrücke einzuordnen.

„Das hier ist mein Gardesoldat, Aren“, sagte Mary. Der junge Mann kam nach vorn. „Hast du nur den einen mitgebracht?“ In der Frage des Königs schwang leichtes Misstrauen mit.

„Viele der Vallos-Soldaten sind auf der Jagd nach den Ruined“, antwortete Mary. „Ein paar haben mich bis zur Grenze von Lera begleitet, aber ich dachte, es wäre das Beste, sie dorthin zurückzuschicken, wo sie gebraucht werden.“ Ihr Mund verzog sich zu etwas, das immer noch nicht ganz wie ein Lächeln aussah. „Sie haben so viele hervorragende Wachleute hier in Lera.“

„Wie wahr.“ Der König grinste breit, als er Julio, dem Oberhaupt von Cas’ Wache, ein Zeichen gab. „Nimm Aren mit nach drinnen und zeig ihm die Räumlichkeiten.“

Aren warf sich eine Tasche über die Schulter und folgte Julio ins Schloss.

Mutter und Vater drehten sich zu Cas, als würden sie erwarten, dass er etwas sagte, aber sein Mund war völlig ausgetrocknet.

Mary starrte ihn ebenfalls an, als erwartete sie etwas von ihm, und plötzlich hatte er das Bedürfnis, nie wieder zu sprechen. Ihre Blicke trafen sich, und es fühlte sich sofort danach an, als wäre das hier ein Wettkampf, wer sich als Erstes unwohl fühlen würde. Cas war ziemlich sicher, dass er diesen Wettbewerb jedes Mal gewinnen würde.

„Großartig", meinte die Königin. Der König sah seinen Sohn mit großen Augen an. Cas' Mutter streckte ihren Arm aus und hakte sich bei Mary ein, um sie zum Schloss zu führen. „Werden deine Sachen demnächst gebracht?"

„Alles, was ich besitze, ist in der Kutsche." Sie sagte es nicht so, als würde sie sich dafür schämen. Cas warf noch einen Blick auf die kleine Kutsche. Es passte wohl kaum mehr als ein Gepäckstück hinein.

„Das ist in Ordnung, ein Neuanfang ist schön", erwiderte die Königin schmeichelnd. „Ich schicke sofort jemanden hoch, der deine Maße nimmt. Ich habe gehört, dass du dich für Kleider interessierst?"

„Wer tut das nicht?"

Cas beobachtete, wie die beiden Frauen die Stufen hinaufgingen und hinter den schweren Holztüren verschwanden. Er hatte absolut kein Wort mit ihr gewechselt. Vielleicht hätte er sie zumindest fragen sollen, wie ihre Reise war oder ob sie irgendetwas brauchte.

Der König seufzte. „Ich nehme mal an, du hättest es schlechter treffen können als mit Mary."

„Wir sollten den Priester anweisen, genau das bei der Trauung zu sagen", schlug Cas vor. „Und nun vereinen wir Casimir und Mary. Beide hätten es schlechter treffen können."

3. KAPITEL

Ein Klopfen an der Tür riss Em aus dem Schlaf. Sie schreckte hoch und schnappte nach Luft; die Decke lag zerwühlt am Fußende. Sie rollte vom Bett hinunter, stieß einen spitzen Schrei aus und landete mit einem dumpfen Schlag auf dem Boden.

Sie zuckte zusammen und schob sich die Haare aus dem Gesicht. Ein Wunder, dass sie überhaupt eingeschlafen war. Als die ersten Sonnenstrahlen durch die Vorhänge schienen, war sie noch wach gewesen. Es war schwierig, in einem Schloss voller Feinde zur Ruhe zu kommen. Sie hatte fast ein Jahr damit verbracht, diese Infiltration zu planen, aber in Wirklichkeit war alles anders. Von Menschen umgeben zu sein, die sie töten würden, wenn sie wüssten, wer sie wirklich war, machte sie unruhiger, als sie erwartet hatte.

„Eure Hoheit?“, rief jemand vor der Tür.

Em stand auf und strich ihr Nachthemd glatt. „Ja?“

Die Tür öffnete sich, und sie sah Davina, eine ihrer Zofen, die ein Tablett mit Essen trug. *Eine* ihrer Zofen. Das Leben, das diese Menschen führten, war einfach lächerlich. Ems Mutter hatte keine Zofen gehabt.

Eine Zofe ist eine potenzielle Spionin, hatte sie immer gesagt.

Davina hielt das Tablett hoch. „Ich habe Euch Frühstück gebracht, Eure Hoheit. Außerdem hat die Königin nach Eurer Anwesenheit verlangt.“ Sie stellte das Tablett auf dem Tisch in der Ecke des Zimmers ab und drehte sich mit einem Lächeln auf ihrem jungen, hübschen Gesicht zurück zu Em. Auf dem Tablett lag ein Messer, das Em genau betrachtete, um einzuschätzen, wie scharf es war. Drei schnelle Schritte durchs Zimmer und sie könnte an Davina vorbei nach dem

Messer greifen und es ihr in den Hals stechen, bevor die Zofe überhaupt mitbekäme, was passiert. Höchstens fünf Sekunden.

Em verdrängte den Gedanken. Sie musste ihre Zofe nicht umbringen, jedenfalls im Moment noch nicht. „Verlangt meine Anwesenheit wobei?"

„Bei der Anprobe des Hochzeitskleides, Eure Hoheit."

„Ah, genau." Sie versuchte, nicht so auszusehen, als würde ihr bei dem Gedanken an ihr Hochzeitskleid speiübel.

„Der Bündniskampf ist heute Nachmittag", ergänzte Davina. „Die Königin möchte zuerst die Anprobe durchführen."

Sollte sie wissen, was der *Bündniskampf* war? Was auch immer es war, es klang nicht gut.

„Natürlich", antwortete Em. „Ich beeile mich mit dem Anziehen."

Davina machte eine Geste, als wollte sie bleiben und ihr dabei helfen, aber Em schüttelte den Kopf.

„Das schaffe ich schon. Ich rufe dich, wenn ich so weit bin."

Davina zögerte, ging aber dann zur Tür. „Soll ich draußen vor der Tür warten?"

„Ja, bitte", sagte Em.

Em seufzte, als Davina durch die Tür verschwand. Die Zofe hatte Tee und eine dicke Scheibe merkwürdig aussehendes Brot dagelassen. Em brach ein Stück davon ab und steckte es in den Mund. Es war süß und herrlich; schnell hatte sie das ganze Stück vertilgt. Das letzte Jahr über war gutes Essen nicht gerade an der Tagesordnung gewesen.

Sie blickte sich in ihrem Zimmer um. Sie hatte nicht mal wirklich ein Bett gehabt im vergangenen Jahr, und jetzt verfügte sie über ein Wohnzimmer, ein Büro und ein Schlafzimmer. Durch die großen Fenster an der einen Wand hatte sie eine schöne Aussicht über die Gärten. Das Zimmer war in Blau gehalten, der offiziellen Farbe der Lera. Der Sessel in der Ecke war blau, die Tapete war blau, und die Bettwäsche war blau.

Alles war makellos und wunderschön, und Em wollte alles in Stücke schlagen. Die Leute hier lebten so, während die Ruined aus ihren Häusern vertrieben wurden und alle paar Tage weiterziehen mussten, nur um am Leben zu bleiben.

Em würde dieses Schloss bis auf die Grundmauern niederbrennen, bevor sie hier fertig war, so viel stand fest. Sie konnte immer noch den Qualm des Tages riechen, an dem der König ihr Zuhause in Flammen aufgehen ließ, ihre Mutter tötete und ihre Schwester entführte. Es war nur gerecht, sich zu revanchieren.

Sie stürzte den Tee herunter und zog Marys scheußliches pinkfarbenes Kleid an. In Vallos war das Wetter kühler als in Lera, und die Menschen waren oft von Kopf bis Fuß komplett bedeckt. Marys Kleider waren steif, langärmelig und eher funktional als schön. Sie waren ungeheuer deprimierend.

Das Kleid fühlte sich zu kurz und zu eng an, genau wie das Kleid, das sie gestern getragen hatte. Dafür verdeckte der weite Rock ausreichend, dass es nicht passte.

Ems Kette hing mittig auf ihrer Brust, und für einen Moment umschloss sie den Anhänger mit ihrer Hand. Das silberne O stand für Olivia, und sie hatte erwogen, das Schmuckstück zurückzulassen, als sie in Marys Rolle schlüpfte, aber sie trug diese Kette jeden Tag, seit sie sie bei der Ruine ihres Schlosses im Schutt gefunden hatte. Falls sie Olivia jemals finden würde, würde sie ihr die Kette zurückgeben.

Wenn sie Olivia fand. Sie wusste nicht, wieso der König ihre Schwester entführt hatte, statt sie einfach umzubringen, aber nichts würde sie davon abhalten, es herauszufinden und Olivia zu retten.

Sie ließ die Kette los, und der Anhänger fiel wieder auf ihre Brust. Sollte sie jemand darauf ansprechen, könnte sie einfach behaupten, dass es sich um einen schlichten Kreis handelte. Ein Geschenk ihrer Eltern.

Sie zog ihr Haar zurück und band es zu einem einfachen Dutt. Davina kam wieder ins Zimmer, knöpfte Em das Kleid im Rücken zu und begleitete sie aus dem Zimmer.

Nahe der Tür stand Aren mit zwei anderen Wachen; er trug die blau-weiße Uniform der Lera. Em musste sich beherrschen, nicht zu ihm zu laufen. Das ganze letzte Jahr war Aren permanent an ihrer Seite gewesen, und jetzt fühlte sie sich, als würde ihr ohne ihn ein Körperteil fehlen.

Em wollte ihn fragen, wie er sich einlebte, ob er etwas herausgefunden hatte, ob jemand etwas ahnte, aber Davina ging zügig an ihm und den anderen Wachen vorbei. Doch sie schaute kurz über ihre Schulter zu ihm hin und wurde rot, als er die beiden Frauen anlächelte. Em musste sich das Lachen verkneifen. Die Liste an Mädchen, die wegen Aren rot wurden, nahm kein Ende.

Em und Davina gingen um ein paar Ecken. Em verlor sofort die Orientierung und wusste nicht mehr, wo sie war. Die Gänge sahen alle gleich aus, abgesehen von den leuchtenden Farben an den Wänden, die sich immer änderten, sobald sie um die nächste Ecke bogen. Das Schloss war wie ein Quadrat aufgebaut, also konnte sie zumindest davon ausgehen, dass sie irgendwann wieder da ankommen würde, wo sie losgegangen war, wenn sie sich jemals verlaufen sollte, was vermutlich unvermeidlich war.

In der Mitte der lichtdurchfluteten Gänge lagen dunkelblaue Teppiche. Die nach Osten ausgerichteten Fenster standen offen, daher konnte man gerade so eben das Meer erkennen. Eine salzige Brise zog durch die Korridore. In Lera war es viel wärmer als in Vallos oder in Ruina, und der Himmel war wolkenlos. Em konnte nachvollziehen, wieso die Lera vor Generationen die Ruined vertrieben hatten, damit sie selbst bleiben konnten. Sie wollte auch nicht wieder hier weg.

Vor einer großen Holztür blieb Davina stehen und klopfte an. Eine junge Frau öffnete, und die Zofe huschte davon.

Die Frau begleitete Em hinein. Die Königin stand in der Mitte des Zimmers, in einem leuchtend roten Kleid, das einen scharfen Kontrast zu den cremefarbenen Gewändern der beiden Frauen neben ihr bildete.

In dem großen Zimmer befanden sich Schränke voller Kleider, Hosen, Blusen, und es gab eine komplette Wand nur für Schuhe. Das Ankleidezimmer der Königin. Em konnte einfach nicht anders, als zu hoffen, dass sie auch über solch eine Garderobe verfügen würde, solange sie hierblieb. Wenn sie sich schon mit diesen Menschen arrangieren musste, könnte sie dabei doch wenigstens ein paar schöne Sachen tragen.

Sie suchte mit ihrem Blick das Zimmer nach Waffen ab. An der Wand war ein Spiegel befestigt, aber der war zu groß, als dass sie ihn zerbrechen könnte. Auf dem Tisch stand eine gewaltige weiße Keramik-Obstschale, die vermutlich robust genug war, um jemanden ernsthaft zu verletzen, wenn man ihm damit auf den Kopf hämmerte. Zwei, drei, sechs Schritte und sie könnte sich an den Zofen vorbeischlängeln, zur gegenüberliegenden Ecke des Zimmers, die Schale schnappen, einer Zofe aus dem Weg gehen und sie der Königin gegen den Kopf schlagen, dann müsste sie sich umdrehen, die andere Zofe wegschubsen und könnte der Königin mit einer der Scherben von der Schale die Kehle aufschlitzen. Tot.

„Mary!“ Die Königin hieß sie mit ausgebreiteten Armen willkommen.

Em ballte ihre Hände zu Fäusten, um den Schrei zu unterdrücken, der in ihrem Hals steckte. Sie hatte nicht damit gerechnet, dass es derart schwierig sein würde, den Menschen gegenüberzustehen, die ihr Leben zerstört hatten. Als sie gestern aus der Kutsche ausstieg, hätte sie beinahe nach Arens Schwert gegriffen und wäre auf den König losgegangen.

Um sich zu beruhigen, atmete Em tief durch. Das half. Ihre Mutter war die angsteinflößendste Frau gewesen, die sie jemals gekannt hatte – für die meisten anderen ebenfalls –, unter anderem auch deshalb, weil sie niemals aus der Fassung geriet. Wenn sie einen umbringen wollte, bemerkte man es erst dann, wenn man schon das Messer im Bauch stecken hatte.

Und gerade jetzt musste Em sich ihre Mutter als Beispiel nehmen.

Die Königin schien zu spüren, dass Em nicht umarmt werden wollte, denn sie ließ ihre Arme sinken und nahm stattdessen Ems Hände in ihre. Als sie lächelte, bewegte sich die kleine sichelförmige Narbe auf ihrer linken Wange. In ihrem sonst eher langweiligen Gesicht war die Narbe das einzig Interessante.

„Wie war deine erste Nacht hier? Bist du zufrieden mit deinen Zimmern?“

„Sie sind perfekt, Eure Hoheit“, antwortete Em.

„Bitte nenn mich Fabiana“, sagte die Königin und ließ Ems Hände wieder los. „Bald sind wir eine Familie.“

„Natürlich.“ Fabiana war ein grauenvoller Name, also nannte Em sie liebend gern so.

„Wie gefällt dir Lera bisher?“, fragte die Königin. „Es ist anders als Vallos, oder? Nicht so trostlos.“

„Das stimmt", antwortete Em, der die subtile Spitze gegen Vallos nicht entging. „Und wie ist Lera im Vergleich zu Olso? Dort soll es ja sehr kalt sein."

Fabiana verzog kaum eine Miene. „Lera ist weniger … steif."

„Oh, verstehe." Em war noch nie in Olso gewesen, aber sie kannte die dortigen Kämpfer gut, die Männer und Frauen, die das Königreich beschützten. Einst war Fabiana eine von ihnen gewesen, aber dann lief sie nach Lera über, mitsamt geheimen Informationen. Sie war wahrscheinlich die bekannteste Verräterin in ganz Olso. Als Em die Olso-Kämpfer bat, sich mit ihr zu verbünden, hatte sie sie an Fabianas Verrat erinnert, und sie hatten sich Em bereitwillig angeschlossen.

Die Tür öffnete sich, und ein dunkelhaariges Mädchen kam ins Zimmer.

„Jovita!", rief die Königin. „Wie schön, dass du da bist."

Em musterte die Nichte der Königin. In der Erbfolge war sie die zweite, die Anspruch auf den Thron hatte. Sie war ungefähr in Ems Alter, aber irgendetwas an der Art, wie sie sich gab, ließ sie älter wirken. Jovita war etwas kleiner als Em, hatte aber dennoch eine eindrucksvolle Ausstrahlung. Unter ihrer dünnen grauen Tunika konnte man bei jeder Bewegung ihre breiten Schultern und ihre muskulösen Arme erkennen. Sie lächelte nicht, aber Em glaubte nicht, dass sie unglücklich war. Sie wirkte einfach wie eins dieser Mädchen, die nicht immer nur lächelten, damit andere sich wohler fühlten.

„Ich dachte, ich schaue mal vorbei und gucke, wie sich unsere neue Prinzessin so einlebt." Sie ging zu der Obstschale und steckte sich eine Weintraube in den Mund. Em runzelte die Stirn. So wie Jovita jetzt stand, erschwerte sie es Em, zu ihrer geplanten Waffe zu gelangen.

„Perfektes Timing. Sie probiert gleich das Kleid an." Die Königin gab den Zimmermädchen ein Zeichen, und eine der Frauen huschte davon, um kurz darauf mit einem Haufen blauem Stoff in den Armen wiederzukommen, der ihr fast bis über den Kopf reichte.

„Wenn du dich bitte entkleiden würdest, Mary", bat die Königin und wedelte auffordernd mit einer Hand.

Prompt fing eines der Mädchen an, das pinkfarbene Monstrum von einem Kleid aufzuknöpfen. Als es zu Boden fiel, senkte Em den Kopf, um ihre feuerroten Wangen zu verbergen. Diese Frauen zogen sich vielleicht ganz selbstverständlich vor fremden Menschen um, aber für Em war es das erste Mal, dass jemand anderes als ihre Mutter oder Schwester sie nur in Unterwäsche sah.

„Wir nehmen noch deine Maße und lassen dir ein paar andere Sachen bringen", erklärte die Königin, während die Zimmermädchen Marys Kleid wegtrugen. Sie spürte Fabianas Verachtung für das Kleidungsstück. Plötzlich gefiel es Em doch irgendwie.

Um wieder bedeckt zu sein, stieg sie hastig in das blaue Kleid, das ihr hingehalten wurde. Der Stoff fühlte sich weich und kühl an. Der Rock war ab Gürtellinie weit ausgestellt. Ein berüschtes Mieder schmiegte sich eng um ihren Oberkörper, und um ihre Taille schlang sich eine wunderschöne Perlenkette. Behutsam strich Em über den weichen Stoff des schlichten, eleganten Gewands.

„Oh ja, das sieht hübsch aus."

Die Königin stand neben dem Spiegel, als Em hochsah. Em stellte sich davor und starrte ihr Spiegelbild an. Das Kleid war noch umwerfender, wenn man es in seiner ganzen Pracht bewundern konnte. Es war das schönste Kleid, das sie jemals gesehen hatte. Olivia hätte geklatscht und vor Freude getanzt, wenn sie hier gewesen wäre.

Tränen stiegen ihr in die Augen. „Tut mir leid“, flüsterte Em, als ihr eine Träne über die Wange kullerte. Sie wischte sie schnell wieder weg.

„Du hättest gern deine Mutter hier?“, mutmaßte die Königin.

Em nickte. Die wahre Mary würde wahrscheinlich auch um ihre Familie trauern. Vielleicht würde jedes Mädchen in dieser Situation weinen, unabhängig davon, wer die Mutter war. Sie musste immerhin Casimir heiraten.

Cas. Allein bei dem Namen zog sich schon alles in ihr zusammen. Gestern hatten sie kaum ein Wort gewechselt, und sie hatte gehofft, dass er sie einfach komplett ignorieren würde. Seine Eltern hatten die Hochzeit arrangiert, vielleicht hatte er sogar irgendwo ein Mädchen, das er liebte, und würde so tun, als wäre Em gar nicht da.

Bei den Vorbereitungen ihres Plans hatte sie durchaus im Hinterkopf gehabt, dass sie irgendwie mit der Hochzeitsnacht klarkommen musste. Sex gehörte nun mal normalerweise zu einer Hochzeit dazu, was bedeutete, dass sie morgen Abend in Cas’ Bett landen würde. Sie hatte noch nie in jemandes Bett gelegen.

Sie verdrängte den Gedanken. Ein Tag noch bis zur Hochzeit, und die beste Option war wohl, so zu tun, als existierte dieses Thema nicht.

Sie könnte sich stattdessen auf ihren Plan, ihn umzubringen, konzentrieren. Noch brauchte sie Cas, jedenfalls noch ein bisschen, aber sie hoffte doch, sich seiner entledigen zu können, bevor sie Lera wieder verließ. Ihn würde sie vor dem König und der Königin umbringen, damit die auch einen Teil des

Schmerzes fühlten, den Em gespürt hatte, als ihre Familie ermordet wurde.

„Entschuldigung“, sagte Em noch mal und versuchte, sich zusammenzureißen. „Das Kleid ist traumhaft.“

„Natürlich“, gab die Königin zurück. „Ich habe einen hervorragenden Geschmack.“

Em musste unwillkürlich lachen und wurde mit einem anerkennenden Lächeln der Königin belohnt.

Eines der Mädchen nahm Ems Maße und steckte das Kleid ab, dann half es ihr beim Ausziehen.

„Hast du viel mit Cas gesprochen, seit du hier bist?“, erkundigte sich die Königin, während Em wieder in das rosafarbene Kleid schlüpfte.

„Nur ein bisschen“, erwiderte Em. Sofern man zählte, dass er sie gestern beim Abendessen gegrüßt hatte.

„Keine Sorge, ihr werdet euch schnell aneinander gewöhnen.“ Die Lippen der Königin zuckten leicht, als würde sie irgendetwas denken, was sie nicht preisgeben wollte. „Hat man dir schon vom Bündniskampf erzählt?“

„Ich kann mich nicht daran erinnern“, räumte Em vorsichtig ein, denn sie war nicht sicher, ob Mary darüber Bescheid wissen sollte. Sie hielt die Luft an, als eines der Zimmermädchen ihr Kleid enger zog, um es zuzuknöpfen.

„Der Tradition nach ist es ein fester Bestandteil einer königlichen Hochzeit in Lera“, erklärte die Königin. „Die oder der Zukünftige des Herrschers oder der Herrscherin sucht sich einen Gegner aus, und dann kämpfen die beiden, zur Unterhaltung. Natürlich nicht mit scharfen Klingen.“

Em verkniff sich ein Lächeln. Das hörte sich genau nach ihrer Art Hochzeitsfeier an.

„Es geht darum, deine Kampffähigkeiten unter Beweis zu

stellen", fügte Jovita hinzu. „Also, ich freue mich jedenfalls schon darauf. Die Königin hat bei ihrem Kampf das Oberhaupt der königlichen Garde besiegt. Das war wirklich eine mutige Wahl als Gegner, und dann hat sie ihn fertiggemacht. Davon sprechen die Leute immer noch."

„Hör auf, Jovita", sagte die Königin wegwerfend. „Du machst ihr noch Angst." Dabei tätschelte sie Ems Hand. „Du kannst dir aussuchen, wen immer du magst, Liebes."

Die Worte waren so voller Herablassung, dass Em beinahe lachen musste. Sehr passend für die Königsfamilie der Lera; alle dachten immer, dass sie jeden anderen schlagen könnten.

„Um Cas heiraten zu können, musste ich den König der Ruined umbringen. Reicht das nicht als Beweis meiner Kampffähigkeit?", log Em. Sie musste schlucken, um die Übelkeit, die in ihr hochstieg, zu verdrängen. Dass Mary ihren Vater ermordet hatte, war für diese Menschen hier nicht mehr gewesen als ein Test.

„Dann wird das heute ja keine große Herausforderung sein", erwiderte Jovita. Ihr Lächeln veränderte sich nicht, aber sie wechselte einen kurzen Blick mit der Königin.

„Bist du fertig?", fragte Fabiana das Dienstmädchen, das gerade den letzten Knopf schloss. „Sagen wir Cas Bescheid."

„Oh, das ist doch nicht nötig", warf Em schnell ein.

„Er bringt dich nur zurück in dein Zimmer. Er kann dir ja nicht ewig aus dem Weg gehen." Sie wies eines der Mädchen an, ihn zu holen.

Seufzend strich Em sich mit der Hand durchs Haar. Ein Blick in den Spiegel bestätigte ihr, dass sie blass und müde aussah – und vollkommen lächerlich in dem zu kleinen rosafarbenen Kleid. Sie hoffte nur, dass Cas sie ebenfalls unheimlich unattraktiv fand.

Kurze Zeit später öffnete sich die Tür, und Cas kam herein. Er sah so aus, als würde man ihn mit heißen Klingen zu etwas zwingen, wirkte wütend, gelangweilt oder auch beides gleichzeitig. Für einen kurzen Moment sah er sie an, sagte aber kein Wort. Unsicher verlagerte Em ihr Gewicht von einem Bein aufs andere. Sie vermutete, dass sein Verhalten allen Anwesenden unangenehm aufstieß.

Trotz allem war Cas leider gut aussehend, auf eine sehr auffällige Art und Weise. Von seinem Vater hatte er die dunklen Haare geerbt und von seiner Mutter die blauen Augen. Beides zusammen war bemerkenswert. So wie Em hatte der König einen eher olivfarbenen Teint, die Haut der Königin war heller. Irgendwo in der Mitte kam dann Cas, der wohl auch von der ständigen Sonne in Lera leicht gebräunt war. Er trug ein dünnes, weißes Hemd, dessen Ärmel er bis zu den Ellbogen hochgekrempelt hatte und durch das sich seine Muskeln abzeichneten. Schnell wandte Em ihren Blick wieder ab.

„Du hast nach mir gerufen, Mutter?“ Sein Ton war steif, fast wütend, als er dann endlich den Mund aufmachte.

„Ich dachte, es wäre ganz schön, wenn du Mary zurück in ihr Zimmer bringst. Wir sind fertig mit der Anprobe des Hochzeitskleides.“

Er würdigte Em nicht mal eines Blicks. „Natürlich.“

„War schön, mit dir zu reden, Liebes“, sagte die Königin. Jovita war offensichtlich immer noch glücklich darüber, dass sie es geschafft hatte, die neue Prinzessin aus der Fassung zu bringen, denn sie grinste selbstzufrieden.

Em murmelte eine freundliche Antwort und trat vom Spiegel weg. Sie nahm Cas’ ausgestreckten Arm an und versuchte, bei der Berührung keine Miene zu verziehen.

Cas drehte sich so abrupt zur Tür, dass Em beinahe stolperte, als er sie mit sich zog. Sie wollte sich nicht blamieren und ihm vor die Füße fallen, also klammerte sie sich fester an ihn.

„Wie war deine Reise hierher?“, fragte Cas und starrte auf den Gang vor ihnen.

„Ganz in Ordnung. Danke.“ Um ehrlich zu sein, war sie immer noch erschöpft, und von dem tagelangen Reiten tat ihr alles weh. Und nach dem Überfall auf die Wachsoldaten hatten sie von der Grenze aus mit der nervigen schweren Kutsche noch mehrere Tage bis zum Schloss gebraucht.

„Und bist du mit den Zimmern zufrieden?“, fragte er weiter.

„Sie sind sehr schön.“

Er nickte und gab jeden weiteren Versuch auf, eine Unterhaltung in Gang zu bringen. Em war sich nicht sicher, ob sie erleichtert sein oder ihn für unglaublich unfreundlich halten sollte, also hielt auch sie den Mund.

Auf dem Korridor kamen ihnen zwei Wachen und ein Dienstmädchen entgegen. Em musterte die Schwerter, die an den Hüften der beiden Soldaten baumelten. Es dürfte sich eher schwierig gestalten, einen der Männer zu entwaffnen, daher wäre es wohl sinnvoller, eine Kordel von den Vorhängen abzureißen und Cas damit zu erwürgen. Allerdings würde das länger dauern, sie müsste ihn also für mindestens eine Minute in ein abgelegenes Zimmer oder eine Ecke ziehen.

Vor ihrem Zimmer blieb er stehen, und sie entzog ihm ihren Arm. „Danke“, sagte sie und griff nach der Türklinke.

„Man hat dir vom Kampf heute Nachmittag erzählt?“, erkundigte er sich.

„Ja. Klingt lustig.“

Cas zog eine Augenbraue hoch, und ein Anflug von Belustigung huschte über sein Gesicht. „Freut mich, dass du es so siehst.“ Auf einmal flüsterte er. „Von einer zuverlässigen

Quelle habe ich erfahren, dass einer der Wachen gestern zu viel getrunken hat und heute nicht gerade in Bestform ist. Er hat einen roten Bart und jede Menge Sommersprossen, falls du nach einem leichten Gegner suchst."

Em war sich nicht sicher, ob das irgendeine Art Falle war. Sie blinzelte erst mal. „Soll ich mir denn einen einfachen Gegner aussuchen?" Die Königin und Jovita hatten gerade das genaue Gegenteil angedeutet.

„Na ja, dann kommst du besser weg." Cas trat einen Schritt zurück. Er wirkte sehr viel weniger nervig, wenn er lächelte. „Ich verrate es niemandem, versprochen."

„D-danke?" Es fühlte sich wie eine Falle an. König Salomir nutzte jede Gelegenheit, um zu beweisen, dass Lera die Besten waren, und der Kampf schien keine Ausnahme zu sein. Sie wollten, dass Em verlor, um sich anschließend über ihre Unfähigkeit lustig machen zu können.

In Cas' Mundwinkeln war ein Zucken zu sehen, was Em erst recht davon überzeugte, dass sein Tipp nur ein weiterer Plan war, sie vor allen zu erniedrigen.

„Ich werde dran denken." Sie legte ihm eine Hand auf den Arm und schaute ihm direkt in die Augen. „Wie freundlich, dass du mir hilfst."

Cas wich noch einen Schritt zurück und räusperte sich. „Äh, natürlich. Bis später." Dann drehte es sich um und ging mit großen Schritten den Gang hinunter.

Em schaute ihm grinsend hinterher. Um sie zu täuschen, musste er sich schon mehr anstrengen.

4. KAPITEL

Der Bündniskampf sollte im Ruhmes-Saal stattfinden, dem kleinsten der drei Festsäle, wie Davina Em erklärte. Er war dennoch von eindrucksvoller Größe. In der Mitte befand sich ein Quadrat aus Parkett, das von purpurnem Teppich umgeben war. An den Wänden, vor denen sich Zuschauer sammelten, hatten bereits Wachposten Stellung bezogen. Drei große Stühle im vorderen Teil des Saales – die einzigen weit und breit – waren offensichtlich für die königliche Familie bestimmt. Vor den Eingangstüren wartete das Küchenpersonal, um nach dem Wettstreit das Essen zu servieren.

Für den Kampf hatte Em sich eine schwarze Hose und ein enges schwarzes Oberteil angezogen. Sie breitete erleichtert ihre Arme aus, wobei das weiche Material sich ihren Bewegungen anpasste, denn es waren ihre eigenen Klamotten.

In einer Reihe hingen die Schwerter von den Hüften der Wachposten. Selbst wenn es Em gelingen sollte, einen zu überraschen und ihm die Waffe abzunehmen, würde sie es höchstens schaffen, zwei Soldaten zu töten, bevor man sie zur Strecke brachte. Sie musste schlucken und versuchte, nicht weiter daran zu denken.

In der Masse entdeckte sie Aren. Er wirkte ruhig, hatte einen neutralen Gesichtsausdruck, während einer der Männer ihm etwas zuflüsterte.

Seine braunen Augen leuchteten fast, auf eine Art und Weise, wie Em es noch nie gesehen hatte. Die Ruined sammelten Kraft von denen um sie herum, was in Arens Fall die Kraft aller Schlossbewohner war. Nach ein paar Wochen würde er wahrscheinlich in der Lage sein, die Knochen von zehn Männern zu zerschmettern, bevor diese angesammelten

Kräfte verbraucht wären. Das war jedenfalls ihre Hoffnung.

An der Wand hingen verschiedene Landkarten. Em stellte sich auf die Zehenspitzen, um die, die ihr am nächsten war, genauer zu betrachten. Das Datum verriet, dass sie aus der Zeit des Krieges zwischen Lera und Olso vor zwei Generationen stammte. Auf der Karte waren alle vier Königreiche abgebildet – im Osten Lera, direkt darunter Vallos, Olso westlich von Lera und südlich von Olso Ems Heimat, Ruina.

Auch wenn es eher unwahrscheinlich schien, dass sie dort, wo ihre Schwester sich aufhielt, einfach *Olivia* auf die Karte schreiben würden, schaute Em trotzdem genau hin, nur zur Sicherheit. Dann ging sie zur nächsten Landkarte weiter.

„Mary!", rief die Königin ihr von der Eingangstür aus zu. Sie sah gereizt aus. „Komm bitte da raus. Du betrittst den Saal zusammen mit Cas."

Em ging zum Eingang und schob sich an der Königin vorbei. Cas stand hinter seiner Mutter oder vielmehr: Er lehnte hinter ihr an der Wand, mit vor der Brust verschränkten Armen, und wirkte immer noch so, als würde man ihn mit glühenden Klingen im Rücken zu etwas zwingen, das ihn inzwischen aber eher langweilte. Gequälte Langeweile, das beschrieb den Prinzen ganz gut.

„Wenn du schon nicht weißt, wo du sie hinschicken sollst, dann lass sie nicht einfach irgendwo stehen", ermahnte die Königin Davina, die nervös neben ihr stand. „Bring sie zu mir, wenn es nicht anders geht."

„Ja, Eure Hoheit."

Die Königin verschwand, dicht gefolgt von ihren Zofen, im Festsaal. Stille legte sich über den Gang. Em sah zu, wie sich die Türen zum Saal schlossen.

„Wenn mein Vater kommt, gehen wir rein." Cas stieß sich

von der Wand ab und schaute sich um, in der Hoffnung, dass es endlich so weit war.

Em nickte nur und strich mit ihrem Daumen über ihre Kette. Sie sah, wie Cas' Blick von ihrem Gesicht hinunter zu ihrer Hand wanderte.

„Bist du aufgeregt?", fragte er.

Schnell ließ sie die Kette fallen und vergrub ihre Hände in ihren Taschen. „Nein."

„Es hat nicht wirklich irgendetwas zu bedeuten, ist nur eine Tradition."

„Wenn es nichts bedeuten würde, wieso solltet ihr es dann machen?" Sie sah ihn an. „Habt ihr immer schon stumpfe Klingen benutzt?"

„Natürlich."

„Wieso? Aus Angst, dass die Braut oder der Bräutigam gewinnen könnte und einer von euren Leuten stirbt?"

„Ich denke, wir machen uns mehr Sorgen, dass sie verlieren könnten und wir einen Ersatz suchen müssten."

Er hatte wieder dieses Zucken in den Mundwinkeln. Em musste beinahe lachen. „Es würde der Hochzeit morgen einen ziemlichen Dämpfer verpassen, wenn ich hier gleich auf dem Boden verblute", bemerkte sie.

Die Belustigung in seinem Gesicht hielt sich einen Tick zu lange. Vielleicht wollte er das mit den stumpfen Klingen noch mal überdenken. „Ja, würde es."

„Mary!"

Die dröhnende Stimme des Königs ließ Em zusammenzucken. Salomir eilte mit großen Schritten auf sie zu; seinen Mund hatte er zu einem fast schon skurrilen Grinsen verzogen. Sein Lächeln war zu breit, als würde es versuchen, seine übrigen Gesichtszüge zu überdecken.

Er und Cas waren in etwa gleich groß, wobei der König breiter gebaut war und einen gepflegten dunklen Bart hatte. Manche fanden ihn gut aussehend, aber Em gehörte nicht dazu.

„Bist du bereit für den Kampf?“, fragte er sie.

„Ich freue mich schon.“

Er lachte und schlug ihr leicht mit einer Hand auf die Schulter. Em dachte darüber nach, ihm ein paar Finger zu brechen.

Er nahm seine Hand wieder herunter und ging voraus zum Festsaal, wobei er sie anwies, ihm zu folgen. Dann stieß er mit einer hochdramatischen Geste beide Türen auf und schritt mit ausgebreiteten Armen in den Saal, als wollte er seinen Bewunderern signalisieren, dass sie ihn jetzt vergöttern durften. „Herzlich willkommen zum Bündniskampf!“, rief er.

Die Menge jubelte. Em trottete Cas und seinem Vater quer durch den Saal hinterher, bis der König sie anwies, in der Mitte des Raumes stehen zu bleiben. Er selbst und Cas gingen weiter zur Königin und Jovita.

Als die Meute verstummte, ergriff der König wieder das Wort. „Heute feiern wir die Vereinigung von meinem Sohn, Prinz Casimir, und Prinzessin Mary aus Vallos. Falls dies euer erster Bündniskampf sein sollte: Die Regeln sind sehr einfach. Unsere zukünftige Prinzessin wird sich eine Person aussuchen, gegen die sie antritt. Es werden nur Schwerter zum Kämpfen verwendet. Der Erste, der drei tödliche Treffer landet, ist der Sieger. Ich sage jeden dieser Treffer an, sobald es dazu kommt.“ Jetzt richtete er seinen Blick auf Em. „Mary, du hast die freie Wahl unter meinen Wachen oder denen meines Sohnes. Oder“, die Belustigung stand ihm ins Gesicht geschrieben, „du wählst eine Person aus der königlichen Familie, mit der einzigen Ausnahme von Cas. Aber sei gewarnt, diejenigen, die ein Mitglied der königlichen Familie wählen, bereuen es meist nach dem Kampf. Wenn du dir deiner Fähigkeiten nicht sicher bist, würde ich es nicht empfehlen."

Diese letzte Anmerkung war eine klare Herausforderung, das war Em bewusst. Allen im Saal war es bewusst.

Em musterte die Wachen. Sie entdeckte den Mann mit dem roten Bart und den Sommersprossen, er sah tatsächlich etwas blass aus.

Sie drehte sich wieder nach vorn. Sie könnte die Herausforderung annehmen und den König selbst wählen. Oder die Königin, die in Olso zur Kriegerin erzogen worden war.

Oder Jovita. Über deren Kampffähigkeiten wusste Em am wenigsten, aber da sie ein Mitglied der königlichen Familie war, hatte sie wahrscheinlich Training in allen Arten des Nahkampfes. Außerdem hatte sie ihre Zweifel an Ems Fähigkeiten deutlich gemacht.

Jovita merkte, dass Em sie ansah, und zog beide Augenbrauen hoch. Der König lachte.

Ems Blick wanderte zu Cas, der unauffällig den Kopf schüttelte.

Es geht darum, deine Kampffähigkeiten unter Beweis zu stellen.

„Jovita", verkündete Em kurz.

Der König musste erneut lachen. „Eine gewagte Wahl. Ich schätze, du wirst die ganze Nacht deine blauen Flecken spüren."

„Ja, wird sie", sagte Jovita grinsend. Sie ging über den Holzboden und blieb vor Em stehen. „Keine Sorge", flüsterte sie ihr zu. „Ich konzentriere mich auf deine untere Körperhälfte, damit du an deinem Hochzeitstag auch noch hübsch aussiehst."

„Viel Glück dabei."

Während ein Mann ihnen stumpfe Schwerter brachte, grinste Jovita Em selbstgefällig an. Em nahm ihre Waffe und war erleichtert, wieder ein Schwert in der Hand zu halten, auch wenn es kein richtiges war.

„Ich möchte euch daran erinnern, dass es unterhaltsam sein soll. Also gebt euch bitte ruhig etwas Mühe", fügte der König noch hinzu, bevor er sich hinsetzte.

Em begutachtete die Waffe in ihrer Hand, um ein Gefühl für das Schwert zu bekommen. Es war schwerer als jenes, das sie bei Damian lassen musste, aber nicht viel. Jovita tänzelte mit ihrem Schwert etwas im Kreis und stieß damit in die Luft.

Die Königsfamilie hatte sich auf den drei Sitzgelegenheiten niedergelassen, und Em beobachtete sie. Der König lümmelte breit grinsend in seinem Stuhl. Die Königin wirkte eher desinteressiert und hatte ihre Hände im Schoß gefaltet.

Cas dagegen lehnte sich nach vorn, sah sie freundlich an und nickte ihr zu. Wollte er ihr Mut machen? Sie wünschte sich, er würde es lassen.

„Ich eröffne den Kampf", schallte der Ruf des Königs durch den Saal.

Em wandte sich wieder Jovita zu. Wenn sie jetzt nicht gewann, würde sie während ihrer gesamten restlichen Zeit in Lera diesen eingebildeten Blick ertragen müssen. Sie musste gewinnen. Sie wollte Jovita auf Knien sehen, mit ihrem Schwert an der Kehle.

„Drei … zwei … eins."

Em wich nach links aus, als Jovita auf sie zukam. Es war eher ein vorsichtiges Anpirschen, so wie Em es von erfahrenen Kämpfern kannte. Die Jungen stürmten wild aufeinander los, die Erfahrenen ließen sich Zeit.

Einen Moment lang gingen sie im Kreis umeinander herum, bevor Em den ersten Angriff wagte. Bis auf das Geräusch von Metall, das Metall schlug, war es vollkommen still im Saal.

Dann jubelte eine Person, als es losging, und andere schlossen sich an. Jovita machte zwei schnelle Schritte auf Em zu. Em konnte das Schwert gerade noch abwehren, bevor es ihren Hals getroffen hätte. Sie sprang zurück, wich Jovitas zweiter Attacke aus und rollte sich über den Boden, um auf ihre andere Seite zu gelangen. Dort schnellte sie vor und traf die andere direkt im Rücken, mit ihrem Schwert.

„Ein Treffer für Mary", verkündete der König, ein wenig überrascht. Die Masse jubelte.

Eins. Der erste Treffer. Sie wippte auf ihren Fußballen. Es war wichtig, dass sie den ersten Treffer landete.

Jovita sah nicht mehr so vergnügt aus, als sie sich herumdrehte. Offensichtlich hatte sie sich entschieden, Em jetzt ernst zu nehmen, was Em umso mehr reizte. Ihre Kampfeslust war geweckt.

Jovitas nächstem Angriff ging sie aus dem Weg. Beide zirkelten umeinander herum, während das Publikum weiter tobte. Als Jovita dann rechts antäuschte, fiel Em auf sie herein und hatte ein Schwert an der Brust.

„Treffer für Jovita."

Em hatte kaum Zeit, einmal durchzuatmen, bevor Jovita wieder auf sie losging. Um sie herum fingen die Gesichter und das Gebrüll allmählich an zu verschwinden, sie konzentrierte sich jetzt nur noch auf das Mädchen vor ihr. Als sie noch klein war, hatte ihre Mutter Em jeden Tag verschiedene Kampfstile üben lassen, weshalb sie nun Kämpfen fast als beruhigend empfand.

Du bist unbegabt geboren, aber es liegt an dir, ob du auch hilflos bleibst. Das hatte ihre Mutter immer gesagt.

Em nutzte die Gelegenheit und stach direkt in Jovitas Bauch, dabei entging sie nur knapp einem Stoß gegen den Hals.

„Zwei Treffer für Mary“, gab der König bekannt.

Em entfernte sich mit einem großen Schritt wieder von Jovita. Sie hatte sich an den Rand des Parketts zurückgezogen, bis Jovita frustriert schnaubte. Em ging wieder auf sie zu. Manchmal half ein Moment, um den Kopf freizubekommen.

Jovita stürzte sich so schnell auf sie, dass Em die Bewegung kaum wahrnahm. Die Klinge war direkt auf ihre Stirn gerichtet.

„Zwei Treffer für Jovita.“

Das mit dem Kopffreibekommen hatte sich wohl erledigt.

Em wirbelte herum auf der Suche nach einer besseren Position, in der Jovita sie nicht in die Ecke drängen könnte. Sie atmete etwas schwerer, aber seit ihrer Ankunft gestern war sie nicht mehr so entspannt gewesen wie in diesem Moment. Sie sollte sich jemanden suchen, mit dem sie jeden Tag kämpfen konnte, sonst würde sie in diesem Schloss noch durchdrehen.

Em blockte Jovitas Angriffe einmal, zweimal, dreimal. Sie duckte sich, wich aus, und plötzlich fühlte sie sich noch besser als zu Beginn des Kampfes. Ein Lächeln breitete sich langsam auf ihrem Gesicht aus, während sie über den Holzboden sauste.

Auf einmal bot sich eine Gelegenheit, und mit einem schnellen, gezielten Tritt gegen Jovitas Beine brachte sie ihre Gegnerin auf die Knie. Em sprang vor sie und zielte mit dem Schwert direkt auf Jovitas Hals. Jubel und Zurufe schallten durch den Saal.

„Mary gewinnt“, rief der König über das Gebrüll hinweg.

Em hielt ihre Schneide einen Augenblick länger als nötig an Jovitas Hals. Umbringen konnte sie mit diesem stumpfen Schwert zwar niemanden, aber zumindest kurz ausmalen durfte sie es sich ja wohl.

Dann trat sie einen Schritt zurück, schluckte und senkte ihre Waffe.

„Das habe ich wohl verdient, dafür, dass ich dich unterschätzt habe.“

Em lachte gut gelaunt, als wäre das Ganze nur ein Scherz für sie. Dann drehte sie sich von Jovita weg.

„Ja, hast du“, murmelte sie in sich hinein.

5. KAPITEL

Unter seinem Anzug schwitzte Cas vor sich hin. Die Fenster in der großen Halle standen offen, damit eine frische Meeresbrise Luft in den Raum blies, aber er saß in dem kleinen, stickigen Wartezimmer nebenan fest, zusammen mit seinen Eltern. Er würde noch eingehen, dachte er, bevor die Hochzeit überhaupt anfing.

„Du siehst nervös aus", bemerkte sein Vater und richtete ihm den Kragen.

„Tu ich nicht."

„Nun ja, du hast gar keinen Gesichtsausdruck, was bei dir bedeutet, dass du nervös bist."

Cas runzelte die Stirn. Sein Vater hatte diese Art an sich, alle zum Lachen zu bringen, aber Cas versuchte, nicht so leicht nachzugeben.

„Ich glaube nicht, dass sie dich besonders mag", fuhr der König fort und lachte leise.

Die Königin stieß einen genervten Seufzer aus und überprüfte ihre übertrieben aufwendige Frisur. Ihre Haare waren auf ihrem Kopf derartig nach oben gestapelt, dass es schmerzhaft sein musste. „Sie mag ihn genug. Sie hat mich erst gestern gefragt, ob ich denke, dass er sie mag."

„Und was hast du geantwortet?", erkundigte sich ihr Gatte.

„Ich habe ihr die Wahrheit gesagt. Dass ich glaube, er ist sich noch nicht sicher."

Der König berührte seine Frau am Arm. „Die Antwort hat sie sicherlich sehr erleichtert."

Brutale Ehrlichkeit war nicht ungewöhnlich für Casimirs Mutter, allerdings war ihr ebenso der Nutzen einer passenden Lüge bewusst. Es überraschte Cas, dass seine Mutter Mary nicht mittels einer Lüge versichert hatte, dass er ihr vom ersten Moment an verfallen war und nur aus Schüchternheit nichts gesagt hatte.

Es machte aber vielleicht auch gar keinen Unterschied, ob sie die Wahrheit wusste. Unabhängig davon, ob er sie nun mochte oder nicht, würde die Hochzeit stattfinden.

Oder unabhängig davon, ob sie ihn mochte. Als er ihr gestern vor dem Bündniskampf mit seinem Tipp weiterhelfen wollte, hatte sie ihn angesehen, als sei er nichts weiter als lästiges Ungeziefer.

Der Priester in seinem schwingenden, leuchtend orangefarbenen Gewand öffnete die Tür. „Wir können jetzt anfangen."

Cas drehte sich von seinen Eltern weg und ging am Priester vorbei in die große Halle. Von drinnen hatte man durch die durchgehenden Fenster auf der linken Seite eine beeindruckende Aussicht über Lera, bis hin zum Meer. Die Bänke, die den Raum füllten, waren mit Blumen und weißen Schleifen verziert.

Als er eintrat, sprangen plötzlich alle auf, sodass die Bänke knarrten und das Geräusch von schabenden Füßen den Raum erfüllte. Er blieb stehen, eine Hand um seinen Oberarm geschlungen, und schaute Richtung Mittelgang. Hoffentlich trödelte sie nicht.

Seine Eltern kamen nach ihm in den Saal und nahmen in der ersten Reihe Platz, neben Jovita. Alle drei sahen aus, als würden sie sich freuen. Cas versuchte, woandershin zu sehen.

Während alle wieder ihre Plätze einnahmen, sah Cas sich im Raum um. Jeder Gast hielt ein gefülltes Weinglas, was eigentlich nicht üblich war, aber der König hatte wohl gedacht, dass die Feier ein wenig mehr Stimmung vertragen könnte. Da hatte er recht.

Die Gäste lächelten und tuschelten, außerdem roch es wie

am Ende einer Feier, nicht wie am Anfang. Nämlich nach Alkohol, Enttäuschung und der üblen Vorahnung, dass morgen ein Kater und Elend auf einen warteten.

Wie passend, dachte Cas.

Als sich dann die Tür am Ende des Ganges wieder öffnete, standen die Leute erneut auf und sahen Mary an. Sie trug ein dunkelblaues Kleid, das im Licht erstrahlte, und ihre Haare waren zu einer Hochsteckfrisur zusammengebunden, durch die sich Perlen zu schlängeln schienen. Das Kleid bedeckte gerade so ihre Schultern, darunter wirkte ihre Haut weich und nahezu leuchtend.

Für gewöhnlich wurde die Braut von ihren Eltern flankiert, aber Mary ging allein. Cas wusste, dass seine Eltern sicher angeboten hatten, mit ihr einzulaufen, sie aber abgelehnt haben musste, was er auch verstand.

Er versuchte, fröhlich zu wirken, was ihm allerdings schwerfiel, da sie so unglücklich aussah, dass er ihr nicht mal in die Augen schauen konnte. Stattdessen konzentrierte er sich die ganze Zeit, in der sie den Gang entlang auf ihn zukam, auf einen Fleck irgendwo hinter ihrem Kopf.

Sie lächelte nicht, als sie vor ihm stehen blieb. So, wie sich ihre Lippen bewegten, wollte sie wohl Freude signalisieren, aber was ihre Miene ausstrahlte, kam einem Grauen näher. Beide wandten sich dem Priester zu.

„Lasst uns unseren Ahnen danken, die unsere Welt aufgebaut haben“, fing der Priester an.

Cas, der mit einem Stück Faden an seiner Jacke spielte, senkte seinen Kopf.

„Wir danken Boda für den Körper, den sie für uns geschaffen hat“, fuhr der Priester fort. „Lelana für das fruchtbare Land, das sie Lera geschenkt hat. Solia für unsere Seele, die uns erst zu Menschen macht. Und wir beten für die Erlösung von den Ruined, die unsere Gaben verdorben haben."

Aus dem Augenwinkel nahm Cas wahr, wie Mary dezent ihren Kopf hob. Er sah zu ihr rüber. Sie fummelte an irgendetwas herum, hörte aber sofort auf, als sie mitbekam, dass Cas sie beobachtete.

Die Zeremonie zog sich. Warum der Priester das Verlangen hatte, alles über Liebe, Heirat und Aufopferung herunterzuleiern, was er kannte, wusste Cas nicht. Ihm war doch genauso bewusst wie allen anderen, dass es sich nur um eine Zweckehe handelt. Das war fast schon unhöflich.

„Und um die beiden nun zu vereinen", kam er schließlich zum Ende, „verbinden wir unsere Seelen mit den Elementen."

Cas und Em streckten ihre Hände aus, die Innenflächen nach unten. Der Priester streute eine dünne Schicht Erde darüber, gefolgt von Wasser.

„Lasst uns die Zusammenführung durch einen Kuss besiegeln, vereint bis zum Tode. Möge diese Verbindung von den Ahnen gesegnet sein."

Cas drehte sich zu Mary. Ihre Hände zitterten so stark, dass es sich sogar bis zu ihren Schultern nach oben zog. Sie holte verkrampft Luft und schluckte. Es hatte noch niemals jemand aus Angst vor ihm gezittert, und dieser Moment war wahrscheinlich der schlimmste, um es zum ersten Mal zu erleben.

Er beugte sich vor. Für einen kurzen Moment trafen sich ihre Blicke. Er hatte kaum ihre Lippen mit seinen berührt, da applaudierten die Gäste schon.

Cas sah zu Mary, die neben ihm saß. Ihr Essen hatte sie zu sich genommen, aber das Weinglas drehte sie nur in ihrer Hand herum, ohne einen Schluck zu nehmen.

Um sie herum herrschte eine ausgelassene Stimmung. Die Tische im Kronsaal waren in einem Halbkreis um die Tanzfläche herum aufgestellt, die sich direkt vor ihnen befand. Am anderen Ende des Saales spielten die Musiker. Die Gäste waren nur als Farbwirbel wahrzunehmen. In roten, orangefarbenen oder grünen Gewändern drehten sie sich zur Musik. Die meisten Männer waren weiß oder beigefarben gekleidet, einzig die Blumen an ihren Revers sorgten für farbige Akzente. Es trug niemand Blau, denn die Farbe war allein Marys Kleid und der Blume an Cas' grauem Jackett vorbehalten.

Als ein Mann zu ihnen an den Tisch kam, um zu gratulieren, setzte Mary eine höfliche Miene auf. Cas kannte diesen Ausdruck langsam sehr gut – die Lippen leicht geschürzt, den Kopf leicht seitlich geneigt, als würde sie die Unterhaltung faszinieren (was sie nicht tat), und dann ein erleichterter Seufzer, wenn die Person wieder wegging.

An der Wand rechts von Cas stand Galo mit den anderen Wachen. Cas schob seinen Stuhl zurück und stand auf.

„Ich komme gleich wieder", sagte er in Richtung seiner Eltern. Anschließend ging er zügig weg, ehe sie etwas einwenden konnten. Den Gouverneur der südlichen Provinz grüßte er kurz, damit er wenigstens behaupten konnte, die Gäste willkommen geheißen zu haben, falls seine Eltern fragten.

Sobald Cas auf Galo zukam, entfernte dieser sich von der Wand. Zusammen entfernten sie sich ein paar Schritte von den anderen Wachen, außer Hörweite. Cas sah zu, wie die Leute vor ihm anfingen, zu einem schnelleren Lied zu tanzen.

„Ich weiß nicht, wer elender aussieht, du oder deine Ehefrau", sagte Galo leicht amüsiert.

Das Wort *Ehefrau* ließ Cas zusammenzucken. Sein Vater hatte eine Ehefrau, so wie all die Berater und Gouverneure

Ehemänner und Ehefrauen hatten. Es fühlte sich einfach nicht an, als passte das Wort in Cas' Leben.

„Ist das nicht verständlich? Sie ist gerade mal seit zwei Tagen hier." Cas' Blick wanderte durch den Raum, bis er Aren ausfindig gemacht hatte. Aren hatte Mary immer im Blick, folglich kam Cas in den Sinn, dass er vielleicht mehr für sie war als eine Wache oder ein Freund.

„Hast du Aren inzwischen kennengelernt?", fragte er Galo und versuchte, es beiläufig klingen zu lassen.

„Ein bisschen. Er ist auf jeden Fall nicht in Mary verliebt, falls du das meinst. Er hat schon einen Eindruck bei ein paar weiblichen Wachen hinterlassen."

Cas zuckte nur mit den Schultern. Er wollte nicht zugeben, dass es ihn interessierte, ob Mary jemand anderen liebte.

„Er ist ein bisschen komisch", fuhr Galo fort. „Er hat sechs Abzeichen."

„Und?"

„Das heißt, dass er sechzig Ruined umgebracht haben muss, aber er verhält sich eher wie ein ungeübter Jäger", erklärte Galo. „Einer, der nicht damit klarkommt und nach ein paar Toten darum bittet, versetzt zu werden."

Interessiert drehte sich Cas zu Galo. „Wie sind Jäger denn so?" Galo hatte noch nie erzählt, wie es war, Jäger zu treffen. Für Cas war es schwer nachvollziehbar, sechzig Menschen umzubringen und dann noch eine Erinnerung daran auf der Brust zu tragen. Wobei die Ruined nicht direkt *Menschen* waren. Dennoch war er sich nicht sicher, ob er darauf stolz wäre.

„Aren benimmt sich genau wie die Neulinge immer – verstört, verängstigt." Galo wies mit dem Kopf in Arens Richtung. „Er ist schreckhaft und trägt immer seine Waffe bei sich, selbst wenn wir was trinken oder trainieren. Er ist ständig angespannt und prahlt auch nie mit den Abzeichen, nicht mal, wenn eine der anderen Wachen ihn darauf anspricht. Die anderen Jäger mit so vielen Abzeichen … " Bitter dreinschauend schüttelte Galo den Kopf. „Die sind nicht so mitgenommen. Normalerweise jagen sie die Ruined gern. Sie sind eher stolz, aber doch nicht ängstlich."

Cas sah wieder zu Aren. „Er könnte sie geklaut haben, um uns zu beeindrucken."

„Wahrscheinlich", antwortete Galo. „Lass ihn nichts Wichtiges übernehmen, bis ich ihn besser einschätzen kann. Auf jeden Fall ist er zu traumatisiert für irgendwelche entscheidenden Situationen."

„Danke, werde ich nicht tun." Das Wort „traumatisiert" hallte in Cas' Gedanken nach und ließ ihn grübeln, wie viele Jäger im Moment engagiert waren. Die meisten Jäger kamen aus den Gefängnissen in Lera, ein paar auch aus Vallos. Was taten diese Menschen wohl, nachdem sie all die Ruined umgebracht hatten? Erwartete man von ihnen, dass sie ihr normales Leben weiterführten, als wäre nichts passiert?

„Mary sieht wirklich hübsch aus, heute, oder?" Galos Worte holten Cas aus seinen Gedanken zurück.

„Ja."

„Hast du mehr mit ihr geredet?", fragte Galo vorsichtig.

„Nein."

„Es ist nur …" Galo brach ab.

Seufzend drehte Cas sich zu seinem Freund. „Raus damit."

„Nein, ist nicht wichtig."

„Doch ist es. Sag, was du sagen willst. Ich werde nicht wütend."

Leise fuhr Galo fort. „Es ist nicht ihre Schuld, dass du sie heiraten musst. Aus ihrem Königreich ist niemand mit ihr gekommen, abgesehen von einer Wache. Sie muss einsam sein, meinst du nicht?"

Natürlich hatte Galo recht, aber das gab Cas nicht zu. Vielleicht hätte er wenigstens einmal bei ihr vorbeischauen können, seit Mary angekommen war. Sie dachte wahrscheinlich, dass er sie hasste.

Cas glaubte nicht, dass er sie hasste. Irgendwie konnte er keinerlei Gefühle für sie feststellen.

„Ich habe schon versucht, nett zu ihr zu sein", sagte Cas. „Gestern habe ich ihr den Tipp mit Henry gegeben, für den Kampf."

Galo musste lachen. „Diesen Tipp hat sie offensichtlich ignoriert."

„Na ja, anscheinend hatte sie keinen leichten Gegner nötig."

„Mit dem Schwert ist sie praktisch so gut wie du."

„Übertreiben wir mal nicht gleich", erwiderte Cas.

„‚Praktisch' habe ich gesagt."

Cas warf Galo einen belustigten Blick zu, dann seufzte er. „Ich hätte mir mehr Mühe geben können. Gestern, nach dem Kampf, hätte ich mit ihr reden sollen. Es ist nur alles so unangenehm."

„Sicherlich. Aber es wird nur noch unangenehmer, wenn du nie mit ihr sprichst."

„Na gut." Cas trat einen Schritt zurück und sah zu Mary. „Aber wenn sie sich weiter weigert, mich anzulächeln, gebe ich mir auch keine Mühe mehr."

„Vielleicht solltest du als Erster lächeln."

„Deine Redezeit ist vorbei."

„Ja, Euer Hoheit." Galo lachte und stellte sich zurück auf seinen Platz an der Wand.

Während er wieder zurück zum vorderen Teil des Saales

ging, versuchte Cas, einen angemessenen Gesichtsausdruck aufzusetzen. Genau. Jetzt lächelte er, beinahe.

„Willst du tanzen?", fragte er Mary und reichte ihr seine Hand. Er müsste sich noch etwas überlegen, worüber sie beim Tanzen reden könnten, aber es war schon mal ein Anfang.

„Oh ja!", rief Cas' Mutter, bevor Mary die Möglichkeit hatte zu antworten. Fabiana wies die Musiker an, mit dem Spielen aufzuhören. „Der traditionelle Hochzeitstanz."

„Mutter, sie hatte keine Zeit, den zu lernen", erinnerte Cas sie. „Wir können doch einfach zu was anderem tanzen."

„Es ist Tradition! Du führst sie, Cas."

„Ich kann wirklich nicht ..."

„Ich schaffe das", unterbrach Mary sie mit strengem Gesichtsausdruck, als hätte man sie beleidigt. Cas wollte nicht implizieren, dass sie es nicht konnte. Er wollte ihr nur die Bloßstellung ersparen.

„Dann lass uns tanzen", sagte er und hielt ihr erneut seine Hand hin.

Ihre Hand war kalt, als Mary aufstand und sie in seine legte. Kurz sah sie ihn an, dann schaute sie sich im Raum um. Die Leute hatten sich von der Tanzfläche verzogen, und die Musiker hinten richteten sich auf, die Bögen bereit zum Anfangen.

„Mir war nicht bewusst, dass wir die Einzigen sind", bemerkte Mary, als Cas sie auf die Tanzfläche führte.

„Bereust du deine Entscheidung schon?", fragte er sie.

Mary biss sich nur auf die Lippe.

„Du schaffst das schon." Er nahm ihre rechte Hand fest in seine linke und legte seine andere Hand auf ihren Rücken. „Zuerst gehe ich zurück und du nach vorn", flüsterte er ihr zu. „Leg deine Hand auf meine Schulter."

Sie konzentrierte sich nur auf ihn, während sie seine Anweisungen befolgte. Bisher war ihm noch gar nicht aufgefallen, dass in ihren dunklen Augen kleine goldene Flecke glitzerten. Jetzt, wo er ihr nahe genug war, um es zu erkennen, konnte er nicht mehr wegsehen.

Als die Musik anfing zu spielen, ging er einen Schritt zurück und drückte gleichzeitig leicht gegen ihren Rücken. Sie ließ sich von ihm führen, wobei ihr Kleid um ihre Beine schwang.

„Zur Seite“, wies er sie leise an. „Zurück, zurück.“

Schnell durchschaute sie die Schritte und ließ sich von ihm über die Tanzfläche ziehen und drücken. Für einen kurzen Moment streckte er seine und ihre Arme zur Seite, wodurch ihr Körper gegen seinen gedrückt war.

„Dreh dich“, sagte er und hob die Arme. Sie drehte sich. Als sie ihre Hand wieder auf seine Schulter legte, entdeckte er in ihren Augen ein Feuer, das das Verlangen in ihm auslöste, sie an sich zu ziehen.

Er bewegte sich immer schneller, gab ihr weiter leise Anweisungen. Zu spät erst bemerkte er, dass sie in die falsche Richtung gingen, und anstatt sie direkt gegen sich laufen zu lassen, hielt er sie an der Hüfte fest und hob sie vom Boden. Zusammen mit ihr drehte er sich, dann stellte er sie wieder auf den Boden. Um sie herum fingen alle an zu klatschen, als gehörte diese Einlage dazu.

Dankbar lächelte Mary ihn an. Sie war jetzt sicherer in den Schritten, als sie weitertanzten.

„Mir ist aufgefallen, dass du gestern meinen Tipp ignoriert hast“, sprach er sie leise an. „Beim Kampf.“

„Ich dachte, es wäre vielleicht eine Falle.“

„Eine Falle?“

„Ja. Als Teil der Tradition. Ein Versuch, mich dazu zu bringen, den einfachen Gegner zu nehmen, und zu sehen, ob ich mich darauf einlasse."

Cas lachte. „Du vertraust Leuten nicht besonders, oder?"

„Nein."

Er nahm seine Hand von ihrem Rücken. Sie drehte sich, dann legte er die Hand wieder zurück. Er wusste nicht, was er dazu sagen sollte.

„Also war es keine Falle?", fragte sie zögerlich.

„Natürlich nicht." Cas sah kurz zu seinen Eltern. „Mein Vater wäre stinksauer, wenn er wüsste, dass ich dir geholfen habe. Das ist verboten."

„Oh."

„Du brauchtest allerdings keine Hilfe, offensichtlich."

„Nein." Sie drückte leicht seine Schulter. „Aber danke."

„Gern geschehen." Er schaute zu ihr runter. Ihre Mundwinkel bogen sich dezent nach oben. Es war das erste ehrliche Lächeln, das er bei ihr bisher gesehen hatte, und mit Abstand das schönste. Hinter diesem Lächeln steckten Geheimnisse, die er unbedingt ergründen wollte.

Mary nickte erst den Musikern zu, dann den Gästen, und das Lied war vorbei. Alle fingen an zu klatschen, selbst Fabiana stand strahlend und applaudierend auf.

Cas bot Mary seinen Arm an, den sie auch annahm. Eine Haarsträhne hatte sich aus ihrer Frisur gelöst und fiel auf ihre Schulter, und plötzlich hatte er das starke Bedürfnis, sie ihr hinters Ohr zu streichen.

Mary legte ihren Kopf schräg, als etwas vor ihnen ihre Aufmerksamkeit auf sich zog. Erschrocken rang sie nach Luft.

Cas drehte sich gerade noch rechtzeitig nach vorn, um zu sehen, wie die Klinge in seinem Körper versank.

6. KAPITEL

Glück gehabt, war Ems erster Gedanke.

Sie musste einfach nur dastehen und zugucken, während dieser Mann mit dem Schwert Prinz Casimir umbrachte. Sie brauchte sich nicht mal Sorgen wegen der Hochzeitsnacht zu machen.

Ihr zweiter Gedanke war allerdings, was das für den Plan bedeuten würde. Sollte Cas sterben, käme sie zurück nach Vallos, und Jovita wäre dann die Nächste in der Thronfolge. Em hätte nichts erreicht, falls Cas jetzt starb.

Geschrei brach überall im Saal aus, als der Mann sein Schwert aus Casimirs linker Schulter zog. Cas stolperte nach hinten und ließ dabei Ems Arm los. Das Schwert des Mannes zielte direkt auf Casimirs Herz. Wie benommen stand der unbewaffnete und verwirrte Prinz da. Blut tropfte von seinen Fingern zu Boden. Offensichtlich war er nicht daran gewöhnt, angegriffen zu werden.

Die Situation war folgende: ein Mann mit einem Schwert, mindestens zwanzig Männer der Wache, die bereits auf sie zugerannt kamen, und – am wichtigsten – Em. Ein Kinderspiel.

Em ging auf den Mann zu. Für sie war es nicht so ungewöhnlich, angegriffen zu werden. Es fühlte sich eher wie zu Hause an.

Sekunden, bevor er zustechen konnte, trat sie ihm gegen sein Knie. Der Mann verlor das Gleichgewicht, sein Schwert schwang zur Seite und verfehlte Cas. Jetzt drehte er sich zu Em, aber sie schlug ihm ihre Faust ins Gesicht, wobei sie ihn mit der anderen Hand gleichzeitig entwaffnete.

Als er auf sie losgehen wollte, zogen ihn plötzlich drei Wachen zurück. Eine von ihnen war Aren, der Em mit aufgerissenen Augen ansah, was entweder Anerkennung sein sollte oder Verwirrung.

„Cas! Cas!", schrie die Königin, die sich an ihnen vorbeidrängte. Cas kniete auf dem Boden und hielt sich seine Schulter. Ein Großteil des Blutes wurde von seiner grauen Jacke verdeckt, trotzdem hatte sich auf dem Boden bereits eine kleine Pfütze aus dem Blut gebildet, das seinen Arm hinunterlief. Er sah sehr blass aus.

Jemand packte Em bei den Armen und hielt sie fest, obwohl sie versuchte, sich loszureißen.

„Wir müssen Euch in Sicherheit bringen, Hoheit", sagte die Wache und zog weiter an ihren Armen. Zwei weitere Männer umzingelten sie.

Als sie weggebracht wurde, warf Em noch einen Blick über ihre Schulter zu Cas, konnte ihn allerdings nichts sehen, weil inzwischen so viele Menschen um den Prinzen herumstanden.

Du darfst nicht sterben, betete sie. *Noch nicht.*

Die Wachen brachten sie in ihr Zimmer und schlossen die Tür hinter sich. Alle drei blieben angespannt und mit den Armen hinterm Rücken verschränkt vor der Tür stehen.

Em spürte einen stechenden Schmerz in der Hand, mit der sie zugeschlagen hatte, beachtete ihn aber nicht weiter. „Ich möchte nachsehen, wie es Cas geht."

Der größte Mann von den dreien schüttelte den Kopf. „Es tut mir leid, Eure Hoheit. Es ist vorgeschrieben, dass wir Euch hier bewachen, bis festgestellt wurde, ob das Schloss wieder sicher ist."

„Passiert so was öfter?", fragte Em überrascht. Sie hatte immer gedacht, dass Lera das sicherste der vier Königreiche wäre. Dafür hatten sie schließlich alle anderen Königreiche unterdrückt.

„Für alle möglichen Situationen gibt es Vorschriften", erklärte die Wache.

Keine direkte Antwort. Sehr interessant.

„Wisst ihr, wer das war?", fragte sie nach. „Wieso wollte er Cas umbringen?"

„Es tut mir leid, Eure Hoheit, das weiß ich nicht. Er wird bald befragt."

Em ging zu ihrem Bett hinüber und setzte sich in Gedanken versunken auf die Matratze. Ihr fiel niemand ein, der den Prinzen umbringen wollen könnte. Na ja, abgesehen von ihr selbst.

Die Minuten verstrichen nur langsam. Em pendelte zwischen Bett und Fenster hin und her, bis sich nach mindestens einer Stunde endlich die Tür öffnete. Draußen stand Jovita. Sofort sprang Em auf und rannte zu ihr.

„Lebt er?", fragte sie.

„Ihm geht es gut", antwortete Jovita. „Es hat nur seine Schulter getroffen."

Em seufzte erleichtert, die drei Wachen folgten ihrem Beispiel.

„Er möchte dich sehen", fuhr Jovita fort. Sie lehnte mit dem Rücken an der offenen Tür und gab Em mit zwei Fingern ein Zeichen.

Er wollte doch sicher nicht auf der Hochzeitsnacht bestehen, nachdem er angegriffen worden war, oder? Em schluckte. Zusammen mit Jovita und zwei Wachen ging sie den Flur entlang. Vielleicht waren seine Verletzungen gar nicht so schlimm. Er hat stark geblutet, aber Em kannte auch eigene Verletzungen, die zwar sehr geblutet, sie aber nicht sonderlich beeinträchtigt hatten.

„Wir sollten bald darüber reden, was in einem Notfall zu tun ist“, begann Jovita. „Es gibt einen Treffpunkt für den Fall, dass das Schloss eingenommen wird oder unsicher ist.“

„Und wo?“, fragte Em.

„Fort Victorra in den südlichen Bergen. Weißt du, wo das ist?“

„Ja, es ist nah an der Grenze zu Vallos.“

„Gut. Sicherheitshalber gebe ich dir später noch eine Landkarte. Die bekommen alle Mitglieder der königlichen Familie.“

Vor Casimirs Zimmer standen fünf Wachen. Jovita führte Em an ihnen vorbei und durch das dunkle Arbeitszimmer voller Bücher. Die Tür zu Casimirs Schlafzimmer stand einen Spalt offen.

„Du solltest dich ausruhen, Cas“, drang die Stimme der Königin von der anderen Seite der Tür zu ihnen.

„Mache ich, Mutter.“ Dann, etwas liebevoller: „Mir geht es gut.“

Jovita klopfte an und öffnete die Tür dann ganz. Das Zimmer war noch größer als das von Em, ausgestattet mit einem beeindruckenden Kleiderschrank und einem verschnörkelten Spiegel. Vor einem riesigen Fenster, dessen dunkelblaue Vorhänge im Moment zugezogen waren, standen zwei große Sessel. In der Mitte des Raums stand ein geräumiges Bett, in dem Cas oberkörperfrei und mit einem Verband um die Schulter lag. Er lächelte Em an, als sie ins Zimmer kam, wirkte aber immer noch ziemlich blass.

Die Königin drehte sich um und drückte Em plötzlich so fest an sich, dass es ihr schwerfiel zu atmen.

„Danke“, flüsterte Fabiana ihr zu.

Das Augenrollen verkniff Em sich, während sie sich aus der Umarmung der Königin befreite. Neben Fabiana stand ihr Mann, dem seine Dankbarkeit deutlich vom Gesicht abzulesen war. Sicherheitshalber verschränkte Em ihre Arme vor der Brust, damit er ja nicht auf die Idee kam, sie auch noch zu umarmen.

„Lasst ihr uns einen Moment allein?“, bat Cas.

„Wir warten gleich vor der Tür“, antwortete die Königin und wischte sich die Tränen von den Wangen.

Als sie an Em vorbeigingen, legte der König ihr seine Hand auf die Schulter.

„Wir haben dir einiges zu verdanken“, sagte er leise.

Em gab sich alle Mühe, nicht zu selbstgerecht zu wirken. Sie hätte sich bei dem König und der Königin nicht besser beliebt machen können, wenn es geplant gewesen wäre.

Mit einem dumpfen Geräusch fiel die Tür ins Schloss. Plötzlich wurde Em nervös und fing an, mit ihren Fingern zu spielen. Keine drei Schritte entfernt hing ein aufwendig mit Edelsteinen besetztes Schwert an der Wand, ein weiteres lag in der Scheide und bereit, eingepackt zu werden, auf der Kommode in der Ecke. Fünf Sekunden und der Prinz wäre tot. Verführerischer Gedanke, hätte Em ihm nicht gerade das Leben gerettet.

Cas lächelte sie immer noch an. Mit seiner gesunden Hand winkte er sie zu sich. „Kommst du her?“

Er hatte es als Frage formuliert, daher nickte sie und ging auf ihn zu. Sie war versucht, in der Mitte des Raumes stehen zu bleiben, aber das erschien ihr merkwürdig, also ging sie weiter und blieb neben dem Bett stehen.

Sie hatte noch nie einen Mann mit freiem Oberkörper im Bett liegen gesehen. Zwar hatte sie sich schon öfter ein Zelt mit Damian geteilt, aber das war irgendwie anders gewesen. Da waren sie beide angezogen, es war schmutzig, und meist war auch noch Aren dabei. Das hier fühlte sich intimer an. Das

Herz schlug ihr bis zum Hals, und sie wischte die verschwitzten Hände an ihrem Kleid ab.

„Ich wollte mich nur bedanken." Cas schaute ihr die ganze Zeit in die Augen, weshalb sie Mühe hatte wegzusehen. In einem bestimmten Licht sahen seine Augen blau aus, aber manchmal war auch ein Grünstich zu erkennen. So oder so waren sie auffallend klar.

„Gern geschehen."

„Mir an unserem Hochzeitstag auch noch das Leben zu retten ist wirklich mehr, als von dir erwartet wird."

„Nicht der Rede wert."

Cas zog einen Mundwinkel und zugleich auch eine Augenbraue nach oben. Er fand es amüsant, aber gleichzeitig auch ... interessant? Er sah sie an, als würde er sie mögen. Em war sich nicht sicher, ob sie wollte, dass er sie mochte. Dennoch musste sie zugeben, dass es hilfreich wäre. Sie konnte ihn schlecht ignorieren und trotzdem erwarten, geheime Informationen über Olivias Aufenthaltsort oder Leras Abwehr zu bekommen.

Sie ging noch einen kleinen Schritt näher ans Bett. „Hast du Schmerzen?"

„Ein bisschen. Es wird besser." Er schaute auf seinen Verband. „Der Arzt hat mir was dagegen gegeben. Er meinte, davon würde ich schläfrig werden, also wundere dich nicht, wenn ich plötzlich wegnicke."

Sie unterdrückte einen erleichterten Seufzer. Wenn er einschlief, erwartete sicherlich niemand von ihr, zu ihm ins Bett zu steigen. Ihr blieben also noch ein oder zwei Tage, bis sie sich dieser besonderen Herausforderung stellen musste.

„Kommt es öfter vor, dass du angegriffen wirst?"

„Das war das erste Mal." Er lächelte ihr aufmunternd zu.

„Normalerweise ist es in Lera wirklich sicher. Besonders hier im Schloss. Du musst dir keine Sorgen machen."

„Mache ich nicht. Ich habe ihn doch besiegt."

Er lachte, und seine Augen blitzten vergnügt. „Das hast du. Es war ganz schön beeindruckend."

„Ich wurde schon öfter angegriffen, als ich zählen kann", sagte sie fast schon eingebildet.

Das Lächeln auf Cas' Gesicht verschwand. „Stimmt. In Vallos gibt es viele Ruined, oder?"

„Gab es mal, inzwischen sind es weniger."

„Und die haben dich oft angegriffen?"

In ihr stieg mehr und mehr Wut auf, vor allem wegen seines mitfühlenden Gesichtsausdrucks. Er hatte Mitleid, weil sie mit diesen schrecklichen, bösen Ruined zu tun gehabt hatte.

„Sie wurden gejagt und umgebracht, da haben sie sich oft gewehrt, ja." Bevor sie nachdenken konnte, sprudelten die Worte aus ihrem Mund. Es war ihr egal. Sie würde es wieder sagen, allein um den dummen, verwirrten Blick von Cas zu sehen.

„Denkst du ...", begann er, zuckte aber vor Schmerz zusammen, bei dem Versuch, sich aufzusetzen.

„Du solltest dich ausruhen", unterbrach sie ihn schnell, bevor er den Satz zu Ende bringen konnte. Mit dem Prinzen über die Ruined zu sprechen war wirklich das Letzte, was sie wollte. Sie wäre vermutlich nicht in der Lage, die Kontrolle zu wahren.

Em ging einen Schritt vom Bett weg, aber er hielt sie mit einer Hand zurück. Er sah nachdenklich aus, sein Blick war sanft und überhaupt nicht mit dem seines Vaters zu vergleichen. „Ich würde gerne mehr über deine Erfahrungen mit den Ruined reden. Wenn es dir nichts ausmacht, erzähl ruhig mal."

„Sicher“, log sie ihm ins Gesicht, in der Hoffnung, dass er es wieder vergessen würde.

Er strich ihr mit dem Daumen über die Hand. Da fiel ihr erst auf, dass ihre Knöchel rot und lilafarben angelaufen waren vom Schlag.

„Soll sich der Arzt noch deine Hand ansehen?“ Er lockerte seinen Griff, als hätte er Angst, ihr wehzutun.

„Nein, das ist schon gut“, antwortete sie. „Nur ein blauer Fleck.“

Langsam ließ er sie los. Während sie zur Tür ging, hatte sie zwar den Kopf gesenkt, aber einen letzten Blick zurück zu ihm konnte sie sich dennoch nicht verkneifen. Seine nackte Brust schimmerte im Licht der Lampe, die neben seinem Bett stand. Er wischte sich eine dunkle Haarsträhne aus dem Gesicht.

„Gute Nacht“, sagte er.

Em griff nach der Türklinke und murmelte nur noch ein „gute Nacht“, bevor sie die Tür aufzog und aus dem Zimmer ging.

7. KAPITEL

Schritte näherten sich, und Cas drehte seinen Kopf zur Tür. Den Morgen über war er hauptsächlich allein gewesen, und sein erster Gedanke – oder seine Hoffnung – war, dass es Mary sein musste. Er lehnte sich gegen sein Kissen und fuhr sich mit der Hand durchs Haar.

Allerdings war es Galo, der die Tür öffnete. Cas versuchte sich einzureden, dass er nicht enttäuscht war.

„Hoheit", sagte Galo, während er ins Zimmer kam.

„Sind wir heute Morgen ganz förmlich?"

„Scheint angebracht, nachdem ich dich gestern schon nicht verteidigt habe." In Galos Stimme klang etwas Merkwürdiges mit; außerdem sah er Cas nicht direkt an.

„Fast alle Wachen waren im Saal. Ich glaube nicht, dass wir dich persönlich dafür verantwortlich machen können", scherzte er, aber Galo war nicht nach Lachen zumute. „Hat mein Vater dich angeschrien?"

„Deine Mutter auch. Und Jovita. Die Wachen am Eingang, die den Mann durchgelassen haben, wurden entlassen."

Seufzend lehnte Cas sich zurück, wobei Schmerz durch seine Schulter schoss. „Wissen sie schon, wer er überhaupt ist?"

„Ich habe noch nichts gehört. Im Moment ist der König bei ihm." Galo rieb sich mit der Hand über das stoppelige Kinn. „Ich muss mich dafür entschuldigen, dass …"

„Nein, musst du nicht", unterbrach Cas ihn. „Ich möchte nicht immer und überall von Wachen belagert werden. Du kannst mich nicht rund um die Uhr beschützen."

„Eigentlich ist das mein Job. Dich die ganze Zeit zu beschützen. Obwohl, wie es aussieht, ist Mary gern bereit, ab und zu auszuhelfen."

„Ja, ist sie“, murmelte Cas, der in dem Augenblick das Bild von Mary, wie sie dem Mann ins Gesicht schlug, vor Augen hatte. Jahrelange Kämpfe gegen die Ruined hatten sie zu einer ausgezeichneten Kämpferin gemacht.

„Aber ich muss mich schon im Namen der Wache entschuldigen“, fuhr Galo fort. „Wir würden es dir nicht verübeln, wenn du uns alle austauschen möchtest.“

„Du weißt, dass ich das nicht tun werde“, entgegnete Cas.

„Das wäre keine so schlechte Idee.“ Jovita stand in der Tür. Mit einem kurzen Kopfnicken wies sie Galo an, aus dem Zimmer zu gehen, was der Wachsoldat auch zügig tat.

Jovita kam ins Zimmer und schloss die Tür hinter sich. „Wie geht es deiner Schulter?“

„Gut. Die Verletzung ist nicht so schlimm, aber der Arzt hat darauf bestanden, dass ich heute noch im Bett bleibe.“

„Ich bin froh, dass es so glimpflich ausgegangen ist.“

Cas schnaubte. „Genau.“

Jovita warf ihm einen genervten Blick zu, aber gleichzeitig umspielte ein Lächeln ihre Lippen, als sie sich in den Sessel neben dem Fenster fallen ließ. „Ich wäre sehr traurig, wenn dir etwas zustoßen würde, Cas.“

„Sicherlich. Du wärst am Boden zerstört, den ganzen Weg bis zum Thron hin.“

Jovita saß seitlich im Sessel, sodass ihr langer, dunkler Zopf über die Armlehne baumelte, als sie ihren Kopf nach hinten neigte. „Erwischt. Ich habe den Mann engagiert, damit er dich auf deiner Hochzeit umbringt. Weil ich entsetzlich neidisch auf dich bin.“

„Wusste ich’s doch. Obwohl ich immer dachte, dass du Gift nehmen würdest.“

„So ist es viel dramatischer.“ Sie drehte sich grinsend zu ihm.

„Ich bin allerdings mit wichtigen Neuigkeiten hier“, sagte sie und schwang ihre Beine herum, damit sie wieder geradesaß. „Der Mann, der dich angegriffen hat, hat endlich den Mund aufgemacht. Es ist ein Jäger.“

Cas war verdutzt. „Ein Jäger? Der Ruined jagt?“

„Ja.“

„Was hat das mit mir zu tun?“

„Eine kleine Gruppe von Jägern hat sich gegen den König verbündet. Sie verlangen schon eine ganze Weile nach Änderungen an den Jagdtaktiken. Hauptsächlich, dass niemand mehr dazu gezwungen wird.“

„Würden sich denn wirklich Leute freiwillig melden, um Ruined zu jagen und zu töten?“

„Nicht viele. Deswegen wird es als Strafe genutzt, statt Gefängnis.“ Sie rieb sich ihr Kinn. „Was Kriminelle wollen, ist irrelevant. Wir brauchen Jäger. Der König hatte bereits Gerüchte gehört, dass sie sich zusammenschließen, aber offensichtlich müssen wir anfangen, es ernster zu nehmen. Bisher hat der Mann noch keine anderen Namen genannt, aber er kann nicht allein gewesen sein. Wir finden seine Komplizen schon. In der Zwischenzeit haben wir immer noch genügend Jäger, die am Tag mehrere Ruined umbringen.“

Sie wurden gejagt und umgebracht, da haben sie sich oft gewehrt, ja. Zum hundertsten Mal, seit Mary die Worte ausgesprochen hatte, gingen sie Cas durch den Kopf. Er hatte noch nie mitbekommen, wie jemand die Ruined auch nur ansatzweise in Schutz nahm. Niemand benutzte das Wort „umgebracht“. Sie wurden beseitigt, ausgelöscht oder vernichtet. Marys Wortwahl klang in ihm nach, ließ ihm keine Ruhe.

„Machst du dir jemals Gedanken, ob es die richtige Entscheidung ist, all die Ruined auszulöschen?“, fragte er vorsichtig.

Jovita zog ihre Augenbrauen so hoch, wie es irgend ging. „Nein!“

„Sind sie wirklich alle so schlimm? Jeder Einzelne von ihnen?“

„Ja, jeder Einzelne“, antwortete sie mit einem Hauch von Verbitterung. Sie war erst seit einem Jahr eine Beraterin des Königs, dennoch tat sie die ganze Zeit so, als wüsste sie viel mehr als Cas. „Über Jahrhunderte haben die Ruined uns beherrscht, ohne jegliches Mitgefühl. Wir revanchieren uns nur.“

„Stimmt“, murmelte Cas. Er selbst hatte die Zeiten nicht miterlebt, in denen die Ruined Menschen unterdrückt oder sie aus Spaß getötet hatten. Sein Vater auch nicht. Sein Großvater hatte die Ruined aus Lera vertrieben, aber schon Jahre zuvor hatten sie ihre Macht über die Menschen verloren, nachdem ihre Kräfte schwächer wurden. Die Strafe der Ahnen dafür, dass sie ihre Kräfte missbraucht hatten, hatte sein Großvater immer gesagt.

Dass die Ruined ihre Kräfte verloren haben, hatte nichts mit den Ahnen zu tun, waren hingegen die Worte seines Vaters, die meist von einem Augenrollen begleitet wurden. Sein Vater war noch nie die Art von Mensch gewesen, die an etwas glaubte, was man nicht mit eigenen Augen sehen konnte. *Die Ruined steigen wieder auf, wenn wir sie nicht daran hindern.*

Bei den Worten „Die Ruined steigen wieder auf“ fuhr Cas damals jedes Mal ein eisiger Schauer über den Rücken, doch nun spürte er nur die Last der vielen verlorenen Leben. Trotz all ihrer Kräfte konnten sie nicht von den Toten auferstehen.

Jovita stand auf. „Die Krieger aus Olso werden in zwei Tagen hier ankommen. Wird es dir bis dahin gut genug gehen, um beim Essen dabei zu sein?“

„Natürlich wird es das. Ich werde sicherlich nicht den ersten Besuch der Krieger in Lera seit zwei Generationen verpassen.“

„Schön. Versuch bitte, diesmal nicht abgestochen zu werden. Wir wollen ja nicht, dass die Krieger denken, wir bräuchten jemanden aus *Vallos*, um unseren Prinzen zu retten.“ Sie sagte „Vallos“, als wäre es etwas Widerliches, dennoch umspielte ein Lächeln ihre Lippen.

„Entsetzliche Vorstellung! Beinahe so schlimm, wie beim Bündniskampf von ihrer Prinzessin besiegt zu werden.“

Jovita funkelte ihn an, während er sich lachend tiefer in die Kissen sinken ließ.

„Also, bisher hatte ich ja nicht vor, dich zu vergiften, aber jetzt auf jeden Fall“, sagte sie und zog die Tür schwungvoll auf. „Pass lieber auf, Prinz Casimir.“

Er grinste sie an. „Dafür habe ich doch schon Mary.“

„Wieso scheint eigentlich immer die Sonne?“ Aren sah angewidert in den Himmel und schützte seine Augen dabei mit der Hand vor dem grellen Licht. „Selbst das Wetter hier macht sich über mich lustig.“

Em sah ebenfalls zum strahlend blauen Himmel auf. Es wehte eine frische Brise, die Vögel flogen in Richtung Meer. Durch die vielen Blumen blühten die Schlossgärten rot, gelb und pink, an den Bäumen prangten verschiedene Zitrusfrüchte. Lera war wirklich ekelhaft schön.

„Von den Ahnen gesegnet“, sagte Em sarkastisch.

Aren rollte mit den Augen. „Wenn ich mir das noch einmal anhören muss, bringe ich jemanden um. Wundere dich nicht, wenn jemand plötzlich seinen Kopf verliert.“

Em drehte sich um und schaute den leeren Weg hinter ihnen

hinunter. „Sag das doch noch etwas lauter, denn ich glaube, die auf der anderen Seite des Gartens haben dich nicht gehört."

„Tut mir leid." Er senkte die Stimme. „Meine Mutter hat mir immer erzählt, dass die Ahnen mich gesegnet haben. Ich mag es nicht, wenn andere so was sagen."

„Ich weiß", sagte Em verständnisvoll.

„Vielleicht haben die Ahnen niemanden gesegnet. Vielleicht gab es gar keine Ahnen." Arens Stimme klang etwas zittrig. Seine Mutter war damals eine Geistliche gewesen, weshalb seine Worte Em sehr trafen. Noch vor einem Jahr hätte er nicht mal im Traum daran gedacht, so zu reden.

Em griff nach seiner Hand und drückte sie, und er erwiderte die Geste.

Sie näherten sich dem Rand des Gartens, und langsam tauchte das Schloss vor ihnen auf. Zwischen der Mauer und den Gärten war ein breiter Grünstreifen, damit die Wachen jeden sehen konnten, der versuchte, über die Mauer zu klettern.

„Eine Wache im Turm", sagte Em, ohne sich noch mal danach umzudrehen. Der Turm lag auf der Ostseite des Schlosses und ragte über das Gebäude hinaus. Der perfekte Punkt, um die Mauer im Auge zu behalten.

„Vielleicht zwei", fügte Aren hinzu. „Und hast du den Wachposten gesehen, als wir angekommen sind? So wie der steht, hat er einen ausgezeichneten Überblick über die gesamte Schlossanlage."

„In der dummen Kutsche konnte ich gar nichts sehen."

„Zwischen den Bäumen, nicht weit vom Haupttor entfernt."

„Du musst herausfinden, wie die Wachen sich abwechseln. Ich möchte wissen, ob es immer dieselben Leute sind oder ob sie immer neue nehmen."

„Wird gemacht."

Em berührte die Mauer. Stein. Sie war sehr hoch, aber vorn stand ein Baum relativ nah an der Mauer, den man hochklettern könnte. Es wäre nur ein ziemlicher Sprung bis auf die andere Seite.

„Sind auf der anderen Seite auch Wachen?", flüsterte sie.

„Ja. Keine beliebte Stelle. Anscheinend sehr langweilig. Außerdem muss man die ganze Zeit stehen."

„Bring in Erfahrung, wie viele es sind und wo sie stehen."

„Schon dabei."

„Ein Ruined könnte die Mauer zerstören, oder?", fragte sie. „Jedenfalls ein Stück davon?"

„Damian könnte mit ganzer Kraft mindestens einen großen Brocken runterholen."

„Gut."

Sie gingen weiter, wobei Em sich merkte, wie lange es dauerte, den ganzen Weg zu gehen. Sollte eine schnelle Flucht nötig sein, würde die Mauer ein erhebliches Problem darstellen.

„Wie ging es dem Prinzen gestern? Du warst bei ihm, oder?", fragte Aren sie.

„Gut, es ist nur eine verletzte Schulter." Sie schnaubte. „Er möchte mit mir über die Ruined reden."

„Was? Wie seid ihr denn darauf gekommen?"

„Meine Schuld. Ich kann einfach nicht die Klappe halten. Ich habe vielleicht gesagt, dass sie uns umbringen."

„Mary würde die Ruined hassen, Em. Sie haben ihre Eltern ermordet."

„Na und? Niemand hier hat die Prinzessin jemals getroffen. Sie können sich da nicht so sicher sein."

„War er wütend? Meinte er: ‚Darüber reden wir später,

Untertan, lass mich in Ruhe weitermorden'?" Er verstellte seine Stimme dabei, um Cas nachzuahmen, und grinste.

„Nein. Es schien eher so, als wäre er neugierig. Als würde er darüber sprechen wollen", antwortete sie, woraufhin Aren sie verdutzt ansah. „Ich weiß! Ich habe nie in Erwägung gezogen, dass man ihn vielleicht zur Vernunft bringen könnte."

„Das ist keine Option", erklärte Aren. „Selbst wenn er dir zuhört und der König morgen stirbt, würde es nichts ändern. Alle Berater des Königs sind Unterstützer der jetzigen Methode, was die Ruined angeht. Außerdem, wie alt ist er? Siebzehn?"

„Ja."

„Seit zwei Jahren hätte er den Thron übernehmen können. Er war bei den Treffen, bei denen sie darüber entschieden haben. Hätte er etwas zu sagen, hätte er es schon getan."

„Stimmt. Mitgefühl allein bringt nicht viel, wenn keine Taten folgen." Kurz überkam sie ein leichtes Zittern, als ihr das Bild von Cas oberkörperfrei durch den Kopf ging. Sie wollte ihn nicht in ihrem Kopf haben.

„Hast du schon irgendwas von Olivia gehört?", unterbrach Aren ihre Gedanken.

„Nein. Ich warte noch auf eine passende Gelegenheit, es unauffällig anzusprechen. Sie dürfen nicht misstrauisch werden. Bisher reden sie mit mir nur über Kleider oder die Hochzeit. Sie haben mir noch nicht mal erzählt, wann die Olso-Krieger kommen. Ich arbeite schon an meinem überraschten Gesichtsausdruck." Em zog die Augenbrauen hoch und riss ihren Mund auf. „Wie ist das?"

„Grauenvoll, hör auf damit."

„Vielleicht denkt Cas daran und erzählt es mir heute, immerhin sollen sie sehr bald ankommen. Vor gestern hat er fast überhaupt nicht mit mir geredet, also gab es auch noch nicht so viele Möglichkeiten." Sie sah plötzlich bedrückt aus. „Ich glaube, er mag mich."

„Das war das Ziel, oder?"

„Ich schätze schon."

Aren rieb sich mit einer Hand den Nacken. „Wir haben nie über … na ja … Sex und so geredet."

„Und so wird es auch bleiben."

„Wirst du ihn bitten, damit zu warten? Ich finde nicht, dass es unverschämt wäre. Schließlich habt ihr euch gerade erst kennengelernt."

„Darüber reden wir nicht, Aren."

„Stimmt, tut mir leid." Er vergrub die Hände in seinen Taschen und entfernte sich ein paar Schritte von ihr. „Ich muss wieder. Ich meinte zu den anderen, dass ich nur kurz nach dir sehe, also erwarten sie mich zurück." Er musste grinsen. „Außerdem sollten wir nicht zu viel Zeit zusammen verbringen. Die Leute denken, wir schlafen miteinander."

Em versuchte, ihr Grinsen zu unterdrücken, und rümpfte stattdessen ihre Nase. „Igitt."

„Ganz meine Meinung."

8. KAPITEL

Im Schloss fingen die Leute an, Em mit „Eure Königliche Hoheit“ oder „Prinzessin Mary“ anzusprechen, wobei sie jedes Mal innerlich zusammenfuhr.

Die Königin wollte eigentlich damit anfangen, Em in ihre „königlichen Pflichten“ einzuweisen, aber die nächsten beiden Tage verbrachte Mary meist allein und damit, die Schlossanlage zu studieren und nach Schwachstellen Ausschau zu halten. Essen tat sie auch allein, da die Königin und der König nach dem Angriff auf Cas nahezu verschwunden waren. Wahrscheinlich kümmerten sie sich um den Jäger, der lieber die königliche Familie umbringen wollte als die Ruined.

Cas ließ nicht nach ihr schicken, also besuchte sie ihn auch nicht. Von den Wachen wusste sie aber, dass er sich gut erholte. Anscheinend erwartete er nicht, dass sie ihm im Bett Gesellschaft leistete, sodass Em in den Nächten durch das Schloss wandern konnte. Sie konnte in Zimmer hineinhuschen, durch die Ankleiden gehen, jeweils auf der Suche nach Informationen über Olivias Aufenthaltsort.

Jovita war diejenige, die sich schließlich daran erinnerte, Em über den Besuch der Krieger aus Olso zu informieren, die für den Sommer nach Lera kamen, was Em die Gelegenheit gab, ihren überraschten Gesichtsausdruck aufzusetzen. Für das Willkommensessen gab man ihr ein wunderschönes hellrosa Kleid.

Inzwischen hatte sie eine gute Auswahl an Kleidern, von denen ihr Davina versicherte, dass sie noch viele Gelegenheiten haben werde, sie zu tragen. Es schien so, als wäre Feiern das Einzige, was die Menschen in Lera noch lieber machten, als zu kämpfen.

Das Kleid für diesen Abend hatte eine lange Knopfleiste am Rücken, aber einen tiefen Ausschnitt vorn, der eine Menge Oberweite preisgab. Die meisten Kleider, die Em bekam, waren eher freizügig, was sie vermuten ließ, dass die Königin sie absichtlich ausgesucht hatte, um das konservative Mädchen aus Vallos in Verlegenheit zu bringen.

Lächelnd drückte Em ihre Schultern durch. Glücklicherweise war sie nicht aus Vallos.

Kurz nach Sonnenuntergang klopfte Cas an ihre Tür. Er trug eine schwarze Hose, ein weißes Hemd und eine offene schwarze Jacke mit silbernen Knöpfen. Er sah ein wenig zerzaust aus, als wäre er ein paarmal durchs Schloss gerannt, bevor er bei ihr ankam. Sie hätte es bestimmt niedlich gefunden, wenn sie nicht so wild entschlossen gewesen wäre, ihn zu hassen.

„Guten Abend", sagte er, als sie aus dem Zimmer kam. Plötzlich war sie sich nicht mehr so sicher, wo sie ihre Hände lassen sollte.

„Hallo", murmelte sie und wich seinen Blicken aus. Er hielt ihr seinen gesunden Arm hin, den sie auch annahm, und führte sie den Flur entlang.

„Geht es dir gut?" Kurz schaute sie zu ihm hoch. Das dunkle Schwarz seiner Jacke ließ seine Augen noch mehr hervorstechen als sowieso schon. Es fiel ihr schwer, ihn nicht anzustarren.

„Ja, danke. Leichte Schmerzen noch, aber es verheilt gut."

„Das freut mich", log Em. Wie „gut" ging es ihm wohl genau? Gut genug, um die Hochzeitsnacht nachzuholen? Sie erschauderte. Mit den Fingern strich sie im Vorbeigehen über die Vorhangkordel.

„Jovita hat dir von den Kriegern erzählt?", fragte er.

„Hat sie. Ich war überrascht. Ich dachte, das Verhältnis zwischen Olso und Lera wäre angespannt."

„War es eine lange Zeit, aber die Krieger haben kürzlich einen Schritt auf uns zu gemacht. Wollten persönlich kommen und über ein paar Verträge sprechen. Sie wollen den Frieden wahren, sagen sie."

„Das ist wunderbar", sagte sie, wobei sie sich ein Lächeln verkniff. Da war nicht mal ein Anflug von Misstrauen in Casimirs Ton. Er dachte tatsächlich, dass die Krieger gekommen waren, um Lera die Füße zu küssen, wie alle anderen.

„Hast du schon mal einen getroffen?"

Oh ja, und zwar nicht nur die, mit denen sie vor Kurzem noch verhandelt hatte. Viele Olso kamen nach Ruina, da ihre Könige und Königinnen immer eher fasziniert von den Ruined gewesen waren, anstatt Angst zu haben. Ems Mutter hatte die Krieger immer dafür bewundert, wie sie ihr Leben dem Kampf widmeten, also hatte sie viele von ihnen als Gäste in das Schloss eingeladen.

Cas wartete auf eine Antwort und beobachtete sie. Würde Mary irgendwelche Krieger kennen? Wahrscheinlich nicht. Olso schaute auf Vallos herab.

„Ich kann mich nicht daran erinnern", bekannte Em fröhlich.

Die Geräusche von Gelächter und Unterhaltungen wurden immer lauter, als sie sich den Doppeltüren des Hauptspeisesaals näherten. Ein Bediensteter öffnete die Tür, und Em und Cas gingen hinein.

In der Saalmitte waren mehrere lange Tische aufgestellt, von denen die meisten schon voll besetzt waren. In der Mitte jedes Tisches standen große Schalen mit Obst und Brot. Die Bediensteten huschten umher, füllten Weingläser auf.

Es waren mindestens dreihundert Leute, vielleicht auch mehr. Die meisten Hochzeitsgäste blieben noch über Wochen im Schloss, genau wie die Krieger es vorhergesagt hatten. Um Lera richtig zu stürzen, musste Em viele der Oberhäupter umbringen, und davon saßen gerade eine Menge in diesem Raum. Die Gouverneure der sechs Provinzen, von denen fünf anwesend waren, unterstanden direkt dem König. Außerdem waren ein paar Abgeordnete da, die sich um Sicherheit und die Soldaten in ihrer jeweiligen Region kümmerten. Die Königin hatte Em noch erzählt, dass die Richter, also der niedrigste Rang in Lera, zum Großteil zu Hause geblieben waren, um sich in Abwesenheit der Gouverneure und Abgeordneten um die Provinzen zu kümmern. Aber sie waren sowieso nicht sonderlich wichtig.

„Prinz Casimir und Prinzessin Mary", verkündete eine Stimme.

Im Saal standen alle zügig auf, was Em die Gelegenheit gab, sich umzusehen und nach den Kriegern Ausschau zu halten.

„Setzt euch bitte", sagte Cas, und alle nahmen wieder ihre Plätze ein.

Drei Leute in rot-weißer Uniform blieben einen Augenblick länger stehen als die anderen. Die Krieger. Zwei Männer und eine Frau. Tatsächlich kannte Em das Mädchen. Vor drei Jahren war sie länger im Schloss in Ruina zu Besuch gewesen, mit ihren Eltern. Eine mächtige Olso-Familie.

Iria war ihr Name.

Als sie sie entdeckte, zuckte ein süffisantes Grinsen um ihren Mund. Em musste sich ein Augenrollen verkneifen. Die meiste Zeit, die Iria im Schloss in Ruina gewesen war, hatte sie damit verbracht, Em zu Duellen herauszufordern („Bis zum Tod!", hatte sie dann immer gerufen und gekichert); die restlichen

Stunden hatte sie alles darangesetzt, Em und Olivia zur Weißglut zu treiben.

War ja klar, dass König Lucio Iria schickte. Wahrscheinlich hatte sie darauf bestanden, weil sie wusste, dass es Em nerven würde.

Em atmete tief durch und sah, dass Cas sie anstarrte.

„Ist alles in Ordnung?", fragte er sie und zog die Brauen zusammen.

„Ja." Sie räusperte sich. „Sollen wir uns hinsetzen?"

Cas führte sie zu einem Tisch am anderen Ende des Raumes, an dem Jovita und ein paar der Gouverneure bereits Platz genommen hatten. Sofort fiel ihr auf, dass die Krieger nicht bei der königlichen Familie saßen, was nach einer absichtlichen Kränkung aussah.

Ein Bediensteter geleitete die Krieger gerade an den Tisch, als Em und Cas sich setzten. Em beugte sich vor und setzte ein breites Lächeln auf.

Den lächelnden Krieger mit den strahlenden Augen stellte der Bedienstete als „Koldo Herrerro" vor.

„Benito Lodo." Der Mann mit dem dunklen Bart nickte.

„Iria Ubino."

Iria machte einen Schritt auf sie zu. Ihr langes, lockiges, dunkles Haar fiel ihr über die Schulter, als sie ihren Kopf vor Em und Cas beugte, die übliche Begrüßung der Lera. Ihre dunklen Augen waren allein auf Em gerichtet. Cas sah zwischen den beiden hin und her.

„Kennt ihr euch?", fragte er laut genug, dass es alle Krieger mitbekamen.

Iria verzog ihren Mund zu einem halben Lächeln. Em hoffte, die Kriegerin wusste, dass sie sich gerade ausmalte, sie zu erwürgen. „Nicht, dass ich wüsste."

Iria schwieg eine ganze Weile, bevor sie antwortete. Währenddessen wünschte Em sich nur, es würde Iria nicht so offensichtlich Spaß machen, sie zu foltern.

„Verzeihung“, erwiderte Iria endlich. „Sie ähneln nur einer alten Bekannten von mir, Eure Hoheit.“

Em betete stumm, dass ihr Gesichtsausdruck gerade in irgendeiner Weise Freundlichkeit signalisierte, denn sie konnte sich nur sehr mühsam davon abhalten, Iria gegen das Bein zu treten.

Erschrocken fuhr sie hoch, als Cas' Finger sanft ihre eigenen berührten und sich um ihre Hand schlossen. Iria beobachtete sie, und die kleine Szene schien sie nur noch mehr zu amüsieren.

„Bitte setzt euch“, sagte Cas.

Die Krieger gingen zurück zu ihren Plätzen, aber nicht bevor Iria Em noch einen Blick über die Schulter zugeworfen hatte. Cas zog seine Hand wieder zurück, beugte sich aber zu Em.

„Sie hat nur versucht, dich aus der Fassung zu bringen“, beruhigte er sie. „Lass sie nicht an dich heran.“

Ein ausgezeichneter Rat, aber leider unter den Umständen vollkommen falsch.

Die Diener fingen an, die Speisen zu servieren, und der Saal vibrierte erneut unter den Klängen von Gelächter und fröhlichen Unterhaltungen. Em zwang sich zum Essen, damit Cas sich bloß keine Sorgen machte.

Als alle fertig waren und die Musik zu spielen anfing, betraten auch endlich der König und die Königin den Saal. Einen Augenblick lang wurde es still. Em sah zu, wie König und Königin an den Kriegern vorbeigingen, ohne einen Ton zu sagen. Alle drei Gäste starrten die Königin mit ernsten Mienen an. Fabiana war ohne Frage die berüchtigste Verräterin in Olso und tat auch nichts, um die Situation zu entkrampfen.

Die Musiker fingen wieder an zu spielen. Em sah kurz zu Cas und lehnte sich dann zu ihm. Ihre Lippen berührten fast sein Ohr. „Wieso kommen sie jetzt erst?"

Er schüttelte nur dezent den Kopf. „Ich weiß es nicht."

„Eine Kränkung für die Kämpfer", fuhr Em fort. „Sieh sie dir an."

Unauffällig schaute Cas zu ihnen und dann zurück zu Em. „Ich glaube, alles hier kränkt sie. Sie sind immer über irgendetwas wütend."

„Und deine Eltern haben sichergestellt, dass sie auch darüber wütend sind."

„Denkst du?" Cas zog eine Augenbraue hoch.

„Ja." Typische Strategie der Lera. Ihnen war es schon immer mehr darum gegangen, allen zu zeigen, dass sie etwas Besseres waren, als darum, anderen ein wenig Respekt zu erweisen.

„Ich gehe mal eben hin und begrüße sie", erklärte Em. „Damit sie sich ein bisschen willkommen fühlen."

„Ich hatte den Eindruck, dass du Angst vor ihnen hast", entgegnete er. „Du hast Iria beinahe so angesehen, als würde sie jeden Moment mit einem Schwert auf dich losgehen."

Em verzog das Gesicht auf eine Weise, die Cas zum Lachen brachte. „Ich habe keine Angst!"

„Ein bisschen Angst vor den Kriegern ist wahrscheinlich angebracht."

„Ich habe keine Angst", wiederholte sie nachdrücklich. „Was sollen sie schon machen? Mich vor allen Leuten umbringen?"

„Eher unwahrscheinlich."

„Das war nun nicht sehr beruhigend."

Seine Augen funkelten vor Vergnügen. „Ich wollte ehrlich

sein, nicht beruhigend. Erst kürzlich wurde ich auf meiner eigenen Hochzeit angegriffen, vergessen wir das nicht."

„Stimmt."

Sein Blick wanderte zu den Kriegern. „Wieso fragen wir sie nicht, ob sie herkommen möchten?"

„Nein, es wäre besser, wenn ich zu ihnen gehe, ein Zeichen des Respekts."

Für einen Augenblick hielt Cas inne. „In Ordnung. Ich komme mit."

Dem konnte Em nicht widersprechen, nicht, ohne zu verraten, dass sie allein mit ihnen sprechen wollte. Sie und Cas standen auf, wobei Cas sich noch kurz zu seinem Vater beugte und ihm etwas zuflüsterte. Der König runzelte die Stirn, versuchte aber nicht, sie davon abzuhalten.

Im Saal um sie herum wurde es ruhiger. Die Olso-Krieger drehten sich zu ihnen und standen auf, um ihnen entgegenzublicken. Die Männer wirkten überrascht, als Cas und Em um ihren Tisch herumgingen und sich ihnen gegenüber auf die Bank setzten. Iria hatte immer noch den gleichen selbstgefälligen Gesichtsausdruck, aber Em beschloss, so zu tun, als würde es ihr nicht auffallen.

„Hat das Essen geschmeckt?" Cas zeigte auf die leeren Teller.

„Es war sehr gut, Eure Hoheit, vielen Dank", antwortete Koldo.

„Wenn ihr noch hungrig seid, wird euch mehr gebracht", fuhr Cas fort. „Und bald gibt es das Dessert. Ich kann die Feigenküchlein empfehlen, die sind köstlich!"

Woraufhin Koldo sich nach den Leckereien umsah, während Benito nicht wirklich begeistert von dem Gedanken an ein Dessert schien.

„Ich werde auf jeden Fall eines probieren“, klinkte Iria sich ein. Ihr Blick war starr auf Cas gerichtet. „Alles Gute zur Vermählung.“

„Danke.“

„Wie wundervoll, dass Lera und Vallos endlich verbunden sind.“ Lächelnd wanderte ihr Blick von Cas zu Em.

„Warst du schon mal dort?“, fragte Cas sie. „In Vallos?“

„Oh ja“, antwortete sie. „Im Vergleich zu Lera ist es etwas öde, wenn auch nicht ansatzweise so düster wie Ruina.“

Em zwang sich, ruhig zu bleiben. „Ich war noch nie in Ruina, aber da hast du sicherlich recht.“

„Eure Hoheit.“ Iria schaute wieder zu Cas. „Macht es Euch etwas aus, wenn ich mit Eurer Frau tanze?“

„Wenn sie es möchte“, erwiderte er.

„Liebend gern.“ Em stand auf, hakte sich bei Iria unter, und zusammen gingen sie zur Tanzfläche.

Sie ließ sich bereitwillig von Iria führen, die ihr sofort eine Hand auf den Rücken legte. Es gab keinen Grund für Anfeindungen.

„Ist dieser Gesichtsausdruck wirklich nötig?“, stieß Em zwischen zusammengebissenen Zähnen hervor, während sie anfingen zu tanzen.

„Was für ein Gesichtsausdruck?“

„Als hättest du etwas herausgefunden, worüber du dich freust. Du bist hier, um mir zu helfen, erinnerst du dich?“

Iria kicherte. „Tut mir leid. Es ist nur so amüsant. Emelina Flores als die Prinzessin der Lera. Es ist so lächerlich!“ Sie sah rüber zu Cas, und Em folgte ihrem Blick. Er redete mit den beiden anderen Kriegern, behielt sie aber immer im Blick. „Obwohl er vollkommen überzeugt zu sein scheint.“

„Wieso auch nicht. Ich habe euch gesagt, dass ich es schaffe.“

„Das hast du. Ich habe gegen dich gewettet, um ehrlich zu sein, und eine Menge Geld verloren."

„Wie schade", entgegnete Em trocken. Sie sah zu Benito und Koldo. „Wissen die beiden über mich Bescheid?"

„Selbstverständlich. Denen kann man vertrauen."

„Das entscheide ich. Sonst hast du niemandem erzählt, dass ich hier bin, oder?"

„Nein. Nicht einmal deinen eigenen Leuten. Es ist seltsam, die Ruined nicht über deinen Plan zu informieren, wenn du mich fragst."

„Tue ich aber nicht. Je weniger Leute Bescheid wissen, desto besser." Die Ruined würden sowieso weder an Em noch an ihren Plan glauben. Die Überraschung auf ihren Gesichtern wäre umso schöner, wenn sie erkannten, dass sie es geschafft hatte.

„Ich habe gehört, dass du bei der Hochzeit deinen Prinzen vor dem Tode gerettet hast. Das war vielleicht ein Glück, oder?"

„Ja, war es." Em sah Iria misstrauisch an. „Oder?"

„Wir hatten damit nichts zu tun, aber wir versuchen, die Jäger ausfindig zu machen, um zu sehen, wie viele es sind und wie gut sie organisiert sind. Sie könnten noch hilfreich sein."

„Hast du irgendwelche Neuigkeiten?"

„Ich habe Damian kurz gesehen, bevor ich Olso verlassen habe. Er hilft den Ruined, über die Grenze zu kommen. Bislang haben wir ein paar sicher rübergebracht. Sie waren auf dem Weg zu König Lucio, als ich abgereist bin."

„Wieso müssen sie zum König?", wollte Em wissen.

„Unser König ist freundlich."

Darauf bekam sie offensichtlich keine ehrliche Antwort, also behielt sie die Frage für Damian im Hinterkopf. Dem Olso-König vertraute Em kein bisschen. Er hatte nur zugestimmt, ihr zu helfen, um Kontrolle über Lera zu erlangen, aber für die Ruined hatte er gar nichts getan, als sie gejagt und ermordet wurden.

„Damian hat mir eine Botschaft für dich mitgegeben“, sagte Iria.

„Nicht jetzt“, gab Em zurück, obwohl sie unheimlich gespannt auf die Nachricht war. „Ich möchte nicht, dass jemand mitbekommt, wie du mir etwas zusteckst.“

„In Ordnung. Hörst du mal auf, meine Hand so zu zerquetschen. Die brauche ich später noch.“

„Entschuldige“, murmelte Em und lockerte ihren Griff. Obwohl es eine willkommene Ablenkung wäre, wenn sie Iria die Hand brechen könnte. Sie würde ihr die Hand brechen, sich hinter sie stellen und ihr den Arm um den Hals legen. Iria war kleiner als Em, also hatte Em eine gute Chance, den Griff zu halten.

Em unterdrückte das Verlangen danach. Die Krieger waren auf ihrer Seite. Die musste sie nicht töten, um in Sicherheit zu sein.

„Du wirst sicher nicht so dumm sein und den König zu früh umbringen, oder?“ Iria wurde ernst. „Du kannst etwas aufbrausend sein, wenn ich mich recht erinnere.“

„Alles gut“, antwortete Em. „Und darüber sollten wir hier nicht sprechen. Komm morgen früh auf mein Zimmer, mit der Botschaft von Damian. Ich sage auch Aren Bescheid.“

„Okay. Aber wenn ich auf dein Zimmer kommen soll, musst du Cas erzählen, dass wir uns hervorragend verstanden haben. Sag ihm, dass wir sofort Freundinnen geworden sind.“

Em rollte mit den Augen. „Was soll ich ihm denn sagen, worüber wir geredet haben, dass das zu einer derartigen Blitzfreundschaft geführt hat?“

„Wir haben uns über Vallos unterhalten und darüber, wie traurig du warst, als du gehen musstest."

„Einverstanden. Und ich sage, dass du mir erzählt hast, wie sehr du deine Heimat liebst und wie nervös du vor deinem Besuch hier warst, aufgrund der schwierigen Beziehung zwischen Lera und Olso."

„Ich bin nicht nervös." Auf der Nase und den Wangen hatte Iria ein paar Sommersprossen, die sich bewegten, wenn sie die Nase rümpfte.

„Na ja, jetzt bist du es eben. Du magst mich. Du hast dich mir anvertraut. Das ist alles, was ich ihm erzählen werde."

„Ich mag dich nicht wirklich, nur damit du das weißt."

„Ich bin zutiefst verletzt", antwortete Em.

„Aber ich bewundere das hier schon." Iria deutete auf Em. „Ehrlich gesagt dachte ich nicht, dass du es hinkriegst. Als ich dich kennenlernte, wirktest du etwas weinerlich auf mich. Schnell eingeschnappt."

Das Lied war vorbei. Em trat einen Schritt zurück und ließ Irias Hand fallen. Die Kriegerin hatte sicherlich nicht unrecht, aber das würde Em nicht vor ihr zugeben. Als sie sich kennengelernt hatten, vor drei Jahren, war Em enttäuscht darüber, dass sie keine Kräfte besaß, und sie war neidisch auf Olivias Kräfte gewesen. „Weinerlich" war wahrscheinlich noch nett ausgedrückt.

„Dinge ändern sich", sagte Em.

Der Ausdruck, der über Irias Gesicht huschte, erinnerte verdächtig an Mitgefühl. „Ich halte die Ohren offen nach Neuigkeiten von Olivia", flüsterte sie.

„Danke." Em drehte sich um. Das Letzte, was sie wollte, war Mitleid.

9. KAPITEL

Neugierig beobachtete Cas, wie Mary sich von Iria entfernte und die Tanzfläche verließ. Die Kriegerin lächelte, als hätte Mary ihr die Nervosität genommen. Eine beachtliche Leistung.

Den Rest des Abends saßen Mary und Cas bei seinen Eltern. Als der König und die Königin aufstanden, um zu gehen, tat Cas es ihnen nach und hielt Mary seinen Arm hin. Zusammen gingen sie quer durch den Saal und durch die Eingangstür. Durch die geschlossenen Türen waren die Geräusche des Festes nur noch abgedämpft wahrzunehmen.

Casimirs Vater lächelte den beiden zu. „Ich nehme an, es ist endlich an der Zeit für die Hochzeitsnacht?"

Sofort verkrampfte Cas sich, während seine Mutter seinem Vater leicht zwischen die Rippen stieß. Der König lachte nur und schlug Cas auf die Schulter. Doch der hätte seinen Vater in diesem Moment am liebsten erwürgt.

Er sah kurz zu Mary, die mit roten Wangen und gesenktem Blick neben ihm stand. Er hatte keine Ahnung, was er sagen könnte, um die Situation zu entspannen, also sagte er gar nichts und ging wortlos in Richtung ihrer Zimmer. Mary folgte ihm stillschweigend.

Als sie bei ihrer Tür angekommen waren, öffnete er sie und ließ Mary zuerst hineingehen. Im Vorbeigehen streifte der Stoff ihres Kleides über seine Beine.

Cas folgte ihr und schloss die Tür hinter sich. Im Zimmer herrschte Totenstille, bis auf das Knarzen der Dielen unter Marys Schritten. Mit zitternden Händen strich sie ihr Kleid glatt. Sie war kurz vor einer Panikattacke, und ihr Herz brachte ihren gesamten Oberkörper zum Beben.

„Würdest du lieber noch warten?", fragte er vorsichtig.

Kurz trafen sich ihre Blicke; Mary errötete noch mehr. „Ich … “

Er wartete, aber sie beendete den Satz nicht. Sie verlor direkt vor seinen Augen die Fassung. Ihre Hände zitterten immer stärker, und sie schluckte, als wäre ihr übel.

„Ich würde dich niemals zu etwas zwingen, was du nicht möchtest“, sagte er letztendlich. „Wir haben uns gerade erst kennengelernt. Ich kann es verstehen, wenn du noch warten möchtest.“

Erleichterung durchfuhr sie, und sie nickte so enthusiastisch, dass er fast lachen musste. Er hatte selbst noch nie mit jemandem geschlafen, und das erste Mal mit einem Mädchen zu erleben, das aussah, als müsste es sich jeden Moment übergeben, kam ihm ziemlich erbärmlich vor.

„Aber kann ich dich um einen Gefallen bitten?“, fragte er. „Macht es dir etwas aus, wenn ich noch ein bisschen hierbleibe? Meine Eltern sollen denken, dass wir die Ehe vollzogen haben. Sonst müssen wir uns das noch ewig anhören.“ Er konnte sich die Kommentare von seinem Vater lebhaft vorstellen. Er würde es ihn niemals vergessen lassen.

„Natürlich“, erwiderte Mary. „Eigentlich ist das eine gute Idee.“ Sie zeigte auf den Sessel in der Ecke des Zimmers, und Cas zog seine Jacke aus und ging hinüber. Die Jacke hängte er über die Rückenlehne, bevor er sich setzte. Mary hockte sich auf die Bettkante und rieb mit ihren Daumen die Kette, die sie immer trug.

„Du hast dich offensichtlich gut mit der Kriegerin verstanden, mit Iria“, fing er an, woraufhin Mary nickte. „Worüber habt ihr geredet?“

„Über Vallos. Ihre Reise hierher. Sie ist nervös, was die Verhandlungen angeht.“

Er lachte. „Ich glaube nicht, dass Olso-Krieger jemals nervös sind."

„Dann eben angespannt. Es sind nicht alle immer so stark, wie sie wirken, weißt du."

„Und nicht jeder ist so schwach, wie er vorgibt zu sein." Er lehnte sich zurück und ließ seine Knöchel knacken.

„Meinst du damit mich?", fragte sie rasch.

„Nein, eigentlich nicht. Meine Mutter sagt das immer."

„Ach so."

„Gaukelst du denn vor, schwach zu sein?", hakte er nach. „Dann würde ich dich wirklich nicht gern sehen, wenn du alles gibst."

Mary fing laut an zu lachen, ohne jegliche Unsicherheit. Wenn sie lachte, dann ließ sie tief in sich drinnen etwas los.

„Nein", antwortete sie. „Ich hatte sicherlich niemals nötig, mich als schwächer darzustellen, als ich bin. Aber deine Mutter hat recht. Unterschätzt zu werden kann von Vorteil sein."

„Wahrscheinlich, ja. Beim Bündniskampf hat mein Vater dich sicherlich unterschätzt. Er hat seine Überraschung nicht mal gut überspielt."

„Dein Vater denkt, dass es niemand Besseren gibt als ihn selbst", murmelte Mary. Erst dann wurde ihr klar, was sie gerade gesagt hatte. Sie atmete kurz ein, und ihr Blick fiel auf ihn. „Tut mir leid, ich meinte nicht … ich wollte nicht …"

Cas grinste. „Du magst meinen Vater nicht? Alle lieben ihn."

„Ähm …" Sie suchte offensichtlich nach einer guten Ausrede.

„Du kannst ruhig ehrlich sein." Er stützte sich mit seinen Ellbogen auf den Beinen ab und beugte sich nach vorn. „Wir können ein paar Geheimnisse haben, nur unter uns."

Mary zögerte noch, dann sagte sie: „Nein“, kaum lauter als ein Flüstern. „Ich mag ihn nicht besonders.“

„Wieso nicht?“

„Es ist, als würde er immer eine Rolle spielen.“

„Wie meinst du das?“

„Er lächelt permanent. Ist immer freundlich.“ Sie rümpfte ihre Nase, und ihre Mundwinkel zogen sich nach unten, was den lustigsten Gesichtsausdruck ergab, den er jemals gesehen hatte. Als wäre sie gleichzeitig angewidert und genervt.

Cas fand es sehr belustigend. Er legte das Kinn in seine Handflächen. „Ich hasse es, wenn Menschen freundlich sind, das ist das Schlimmste.“

„Nein, ich meine …“ Sie musste lachen. „Es wirkt nicht aufrichtig, eher wie gespielt. Es ist schwierig einzuschätzen, wer er wirklich ist.“

„Ah.“

„Ergibt das Sinn?“

„Vollkommen.“ Sie sahen sich weiter gegenseitig an, und in seiner Brust breitete sich ein wohliges Gefühl aus. Vielleicht war es falsch, sich darüber zu freuen, dass sie seinen Vater nicht verehrte wie der Rest der Welt, aber er konnte einfach nicht anders.

„Und deine Eltern?“, fragte er vorsichtig.

Ihre Mimik veränderte sich. „Was ist mit denen?“

„Wie waren sie so?“

Instinktiv griff sie nach ihrer Kette und dachte einen Moment nach, bevor sie darauf einging. „Mein Vater war eher ruhig. Alle hörten ihm zu, wenn er sprach, weil es nicht oft vorkam.“ Sie lächelte, aber das Lächeln erreichte nicht ganz ihre Augen. „Meine Mutter war das genaue Gegenteil. Mein Vater hat immer gesagt, dass sie ein Publikum braucht, weswegen sie ihn geheiratet hat. Er war ihr ständiges Publikum.“

„Hört sich an, als hätten deine Mutter und mein Vater sich hervorragend verstanden."

Mary legte ihren Kopf schräg und presste ihre Lippen aufeinander. „Auf eine gewisse Art hätten sie das wohl. Aber meine Mutter … sie hatte auch diese düstere Seite an sich. Sie konnte innerhalb von Sekunden von glücklich zu außer sich vor Wut springen. Dein Vater schien seine Emotionen besser im Griff zu haben, als meine Mutter es hatte."

Eine Zeit lang schwiegen sie beide. „Es tut mir leid", durchbrach er die Stille. „Dass sie nicht mehr da sind."

„Danke", antwortete sie emotionslos, als hätte sie diese Antwort schon Tausende Male gegeben. Ein paar Sekunden war sie wieder still, starrte ihn nur an, als würde sie versuchen, den Mut aufzubringen, ihn etwas zu fragen. „Wieso wolltest du über die Ruined sprechen?", fragte sie schließlich.

„Ich bin neugierig. Hier reden die Menschen kaum über sie."

„Dein Vater führt Krieg gegen sie."

„In Lera gibt es keine Ruined. Es ist einfach, so zu tun, als würden sie nicht existieren."

„Nicht mal Olivia Flores?", fragte Mary. „Sie ist eine Gefangene deines Vaters, oder?"

„Ich glaube nicht, dass sie in Lera ist. Wenn doch, dann ist sie weit weg von hier."

„Aber du weißt nicht, wo?"

Er schüttelte den Kopf. „Sie wurde vor Kurzem woandershin gebracht."

Mary verzog den Mund und starrte an ihm vorbei an die Wand.

„Du findest es falsch?", fragte er. „Sie als Gefangene zu halten?"

Sie warf ihm einen scharfen Blick zu. „Das habe ich nicht gesagt."

In ihrer Stimme war mehr Leidenschaft zu hören, als er erwartet hatte. „Also findest du es richtig?"

„Nein."

Er wartete und lachte dann, als sie nichts mehr dazu sagte. „Gibt es denn noch weitere Möglichkeiten?"

„Er hätte sie gar nicht erst festhalten müssen."

Cas runzelte die Stirn. „Mein Vater redet nicht viel darüber, aber ich hatte den Eindruck, dass sie eher ein Gast ist als eine Gefangene."

Mary musste lachen. „Ein Gast!"

„Ich … so wirkte es auf mich. Sie hilft und heilt Menschen."

„Eine Ruined hilft euch!" Sie warf lachend ihren Kopf zurück, als wäre es das Witzigste, das sie jemals gehört hatte. „Nachdem ihr ihre Mutter getötet habt und den Krieg gegen ihr Volk ausgerufen habt!"

„Na ja … es klingt dumm, wenn du es so sagst."

„Allerdings, Cas."

In ihrem Tonfall spiegelte sich Herablassung, aber er lachte nur, obwohl es ihm unangenehm war. „Vielleicht habe ich das nicht so ganz durchdacht."

„Wahrscheinlich nicht. Olivia Flores ist eine Gefangene, kein Gast." Das Vergnügen verschwand aus ihrem Gesicht, und sie sah ihm in die Augen. „Du solltest mal deinen Vater danach fragen. Finde die Wahrheit heraus."

„Werde ich." Plötzlich war es ihm peinlich, dass er vorher noch nie auf die Idee gekommen war, nach Olivia zu fragen. Wie alt war sie? Vierzehn? Fünfzehn? Was genau hatte sein Vater mit ihr vor?

Danach schien es nicht mehr viel zu geben, worüber Mary und er reden konnten. Nach einigen Minuten des Anschweigens entschied er sich, dass er lange genug geblieben war. Er stand auf und ging zur Tür. „Ich sollte wieder gehen. Wir sehen uns morgen.“

„Cas.“

Mit der Hand schon auf der Klinke, blieb er stehen. Sein Herz blieb stehen. Hatte sie ihre Meinung geändert? Wollte sie doch, dass er blieb? Er drehte sich zu ihr.

Sie war aufgestanden und zeigte auf ihr rosafarbenes Kleid. „Ich kann es nicht allein ausziehen. Ich müsste eines der Mädchen rufen lassen, damit sie es mir aufmacht, aber wenn sie denken sollen, dass wir die Ehe vollzogen haben …“ Sie verstummte, hielt sich nervös die Hände vor dem Bauch.

„Oh, natürlich.“ Daran hatte er gar nicht gedacht.

Als Mary sich umdrehte, fiel ihm die unglaublich lange Reihe an winzigen Knöpfen auf, die ihren Rücken hinunterverlief. Er ging zu ihr und griff nach dem obersten Knopf in ihrem Nacken.

„Sind all die Knöpfe wirklich notwendig?“

„Ich weiß es nicht. Deine Mutter hat mir das Kleid geschickt und meinte, ich solle es heute anziehen.“

„Selbstverständlich hat sie das.“ Er machte sich an den zweiten Knopf.

Mary spielte mit dem raschelnden Stoff des Kleides. „Es ist wunderschön. Deine Mutter hat einen hervorragenden Geschmack.“

„Ich gehe davon aus, dass sie dir das selbst gesagt hat.“

Mary kicherte leise, wobei Cas spürte, wie sich ihr Körper unter seinen Fingern mitbewegte. „Hat sie.“

Langsam arbeitete er sich an der Knopfreihe entlang. Unter

dem Stoff kam immer mehr von ihrem nackten Rücken zum Vorschein, und es fiel ihm schwer, nicht hinzusehen. Ihre weiche, leicht gebräunte Haut schimmerte beinahe, sodass er fast dazu verleitet wurde, ihr mit den Fingern den Rücken entlangzufahren.

Das Kleid rutschte ihr über die linke Schulter, aber sie drückte sich schnell beide Arme gegen die Brust, um es oben zu halten.

Die Knopfleiste endete knapp unter der Hüfte. Bei dem letzten Knopf musste Cas etwas schlucken. Inzwischen waren seine Hände verschwitzt, und in ihm drinnen tanzte alles auf eine Art und Weise, die er nicht wirklich mochte.

„Danke“, sagte sie leise, ohne sich umzudrehen.

„Gern geschehen.“ Er zwang sich, nicht mehr auf den nackten Rücken der Frau zu starren, an die er vorher keinen weiteren Gedanken verschwendet hatte. Jetzt dachte er sich, dass er diesen Anblick gern jeden Tag genießen würde.

Er schnappte seine Jacke vom Stuhl und ging wieder zur Tür. Er drehte sich nicht noch mal zu ihr um, aus Angst, dass sein Gesicht einen Teil seiner Gefühle preisgeben könnte. „Gute Nacht.“

10. KAPITEL

Am nächsten Morgen traf Em im Flur auf Aren und lockte ihn in ihr Zimmer. Zunächst schaute er sich angespannt um, als hätte er noch jemanden im Raum erwartet. Aber als er merkte, dass es leer war, ging er hinein.

„Alles … in Ordnung?“, fragte er vorsichtig.

„Ja. Bei dir?“

Schulterzucken.

„Ich habe Cas gestern Abend nach Olivia gefragt. Er weiß zwar nicht, wo sie ist, aber ich glaube, ich habe ihn dazu gebracht, dass er seinen Vater nach ihr fragt.“

„War er nicht misstrauisch?“, fragte Aren.

„Es wirkte nicht so.“

Es klopfte. Em öffnete, und Iria stand vor der Tür. Die Kriegerin war komplett schwarz gekleidet, und ihr offenes Haar fiel ihr über die Schultern.

„Aren.“ Sie nickte ihm zu. „Schön, dich wiederzusehen.“

Em schloss die Tür. „Beeilen wir uns. Wir haben nicht viel Zeit vor dem Treffen mit dem König.“

Iria steckte eine Hand in ihre Tasche, zog einen zerknitterten Umschlag heraus und hielt ihn Em hin. „Für dich.“

Auf dem Kuvert selbst stand nichts, aber Damian war auch nicht so dumm, ihren Namen auf eine Sendung zu schreiben und sie dann ins Schloss zu schicken. Em drehte sich von Aren und Iria weg und riss den provisorisch mit einem Klecks Kleber versiegelten Umschlag auf. Auch innen wurde ihr Name nicht erwähnt.

Ich bin heil angekommen, die „Mitreisenden“ sind weg. Alle hier sind furchtbar gespannt darauf, wie es weiter-

geht, und ich wünschte, ich könnte ihnen sagen, wo du bist und was du vorhast. Aber ich verstehe auch, warum es noch geheim bleiben muss. Danke, dass du mir vertraust, ich weiß, dass es dir wahrscheinlich nicht so leichtfällt, nach allem, was passiert ist.

Ich bereite mich auf eine Reise vor, mehrere haben es schon geschafft.

Ich denke jeden Tag an dich und hoffe, dass alle nett zu dir sind.

Du schaffst das, ich weiß es. Ich hatte niemals Zweifel daran, nicht einen Augenblick.

Ein paar Tränen musste sie wegblinzeln, bevor sich Em wieder zu Iria und Aren umwandte. „Er ist die Leichen losgeworden. Er sagt, dass ein paar Ruined es schon sicher über die Grenze nach Olso geschafft haben."

Iria stützte sich hinter ihrem Rücken mit den Händen an einer Stuhllehne ab. „Stimmt. Wir haben einige Krieger zur Grenze geschickt, um den Ruined rüberzuhelfen, wie versprochen. In Ruina sind eine Menge Jäger, aber die werden hoffentlich nicht zum Problem. Wenn ich etwas Neues erfahre, lasse ich es dich wissen."

„Und dann treffen sie erst mal euren König?", bohrte Em nach.

„Wieso das?" Aren runzelte die Stirn.

Iria riss ihre Hände in die Luft. „Ehrlich, ihr zwei! Immer so misstrauisch. Er möchte nur alle selbst kennenlernen. Sich ansehen, was sie für Kräfte haben. Wir holen sie nach Olso, damit sie der Armee beitreten, da müssen wir doch wissen, was wir zur Verfügung haben."

„Zur *Verfügung*", wiederholte Aren und verdrehte die Augen.

„Ruined haben sich noch nie anderen angeschlossen! Wir müssen doch irgendwie planen, wie wir euch in unsere Strategien einbringen können“, erklärte Iria. „Soll ich euch noch mal daran erinnern, dass wir diejenigen sind, die euch helfen?“

„Ja, bitte erinnere mich daran.“ Arens Tonfall wurde ernst. „Daran, wie ihr euch alle zurückgelehnt habt, während man uns zusammengepfercht und abgeschlachtet hat. Und daran, wie dankbar ich jetzt sein soll, weil ihr euch endlich entschieden habt einzugreifen, ohne Entschuldigung, ohne Erklärungen, ohne zu verstehen, wieso Em und ich vielleicht allen gegenüber misstrauisch sind. Erinnere mich daran, wieso ich das alles einfach vergessen sollte, weil ihr euch plötzlich entschieden habt, dass wir nützlich sind.“

Iria wurde rot. Em lächelte Aren mitfühlend zu. Er zuckte entschuldigend mit den Schultern, woraufhin sie ihm ebenfalls mit einem Achselzucken signalisierte, dass er sich nicht bei ihr zu entschuldigen brauchte. Sie konnten auch ohne Worte darüber kommunizieren, dass sie kein schlechtes Gewissen zu haben brauchten, wenn sie mal die Kontrolle verloren. Aren und Em waren schon länger Freunde gewesen, aber erst jetzt waren sie wirklich verbunden durch einen Hass, den selbst Damian nicht wirklich verstand. Er reagierte eher mit Trauer, aber Em und Aren hatten sich durch den Zorn hindurchgekämpft und waren zusammen auf der anderen Seite wieder herausgekommen.

„Und was passiert, wenn sie den König getroffen haben?“ Em widerstand der Versuchung, Iria noch etwas weiter zu triezen.

Iria räusperte sich. Arens Ausbruch war ihr immer noch unangenehm. „Sie werden zu einem Schiff gebracht, und ein paar von ihnen machen sich auf den Weg hierher, als Vorbereitung für einen Angriff." Sie drehte sich zu Em. „Ihr müsst herausfinden, wie gut die Küste in der Nähe des Schlosses gesichert ist. Sie haben dort bestimmt Wachen. Wenn du uns sagen könntest, wo die postiert sind, können wir einen Ruined auf jede ansetzen. Sie könnten in ihre Gedanken eindringen, damit die Wächter die Schiffe gar nicht erst bemerken, bis es zu spät ist."

„Der Plan gefällt mir", sagte Em. „Ich versuche, es herauszufinden."

„Wenn wir zusammenarbeiten wollen, müssen wir auch über eure Schwächen Bescheid wissen. Wir haben von einer Pflanze gehört, Schwächelkraut? Anscheinend tragen ein paar der Jäger es bei sich."

Em und Aren wechselten einen Blick. Schwächelkraut hatte seinen Namen daher, dass es half, die Ruined zu schwächen oder sogar zu töten, wenn sie dem Gewächs lange genug ausgesetzt waren. Die blaue Pflanze wuchs in Ruina. Einmal hatte Ems Mutter sie und ihre Schwester zu einer Stelle gebracht, an der sie blühte. Sie konnte sich noch gut daran erinnern, wie enttäuscht ihre Mutter gewesen war, als Em sich die Blume direkt unter die Nase hielt, tief einatmete und nichts passierte. Zwar hatte sie ihr versichert, dass ihre Immunität gegen das Kraut eine Stärke wäre, aber das meinte sie nicht ernst. Ems Immunität bedeutete in Wahrheit nur, dass sie für immer dazu verdammt war, eine Unbegabte zu bleiben.

Ems Mutter hatte viel Zeit damit verbracht, alle Felder abzubrennen, auf denen das Schwächelkraut wuchs, genau wie jeder König und jede Königin vor ihr. Immer kam es zurück, wie ein Unkraut, das man niemals vollständig loswurde.

„Die Jäger sagen, dass die Ruined machtlos gegen sie sind, wenn sie die Pflanze bei sich tragen", fuhr Iria fort. „Stimmt das?"

Aren kratzte sich im Nacken. „Teilweise. Das hängt davon ab, wie stark der oder die Ruined ist. Außerdem schützt es vielleicht nicht den gesamten Körper vor jemandem wie mir. Wenn du es zum Beispiel an der Brust trägst, kann ich vielleicht immer noch deine Beine kontrollieren."

„Interessant", murmelte Iria. „Und schadet es euch?"

„Die Luftröhre verschließt sich, wir können nicht mehr atmen. Wenn wir die Pflanze berühren, kann es sein, dass unsere Haut über den Ruined-Zeichen aufplatzt." Aren inspizierte seine Arme auf der Suche nach den Zeichen. Er hatte viele davon, sie waren der Beweis für die beeindruckenden Kräfte, die in ihm steckten.

Doch alles, was er sah, war verbrannte Haut, und bei diesem Anblick wichen jegliche Emotionen aus seinem Gesicht.

„Hätte es auch bei dir noch diesen Effekt?", fragte Iria vorsichtig nach.

„Die Zeichen sind noch dort, man sieht sie nur nicht mehr. Irgendwann werden neue dazukommen. Hoffentlich nicht allzu bald." Sein Blick erkaltete. „Aber ich weiß auch, dass die Jäger Experimente mit Schwächelkraut an einzelnen Ruined durchgeführt haben, also gehe ich davon aus, dass du genauso gut Bescheid weißt wie ich."

„Wir müssen es nur wissen, um euch beschützen zu können", antwortete sie.

Iria hatte natürlich recht. Die Zahlen der Ruined waren so stark gesunken, dass ihre einzige verbleibende Chance war, sich mit den Kriegern zu verbünden. Die Ruined brauchten ihre Hilfe und ihren Schutz.

„Jedenfalls", Iria räusperte sich, „findet heraus, wohin sich die königliche Familie bei einem Angriff zurückzieht. Wenn einer von ihnen entkommt, wollen wir wissen, wohin er flüchtet."

„Das haben sie mir schon gesagt.“ Em ging zu einer Kommode und zog eine Schublade heraus. Sie schob einen Dolch zur Seite, nahm eine Karte und reichte sie Iria. „Die hat Jovita mir gegeben, am Tag nachdem Cas angegriffen wurde. Sie sagte, in den Vallos-Bergen sei eine kleine Burg – hier nennt man sie das südliche Gebirge – und im Falle eines Angriffs könnte ich immer dorthin. Die Burg heißt Fort Victorra.“

„Das kenne ich“, murmelte Iria, während sie sich die Karte einprägte und mit einer Haarsträhne spielte.

„Die Burg ist kein großes Geheimnis, glaube ich, aber mit der Karte sollte man dich trotzdem nicht erwischen.“ Em hielt ihr auffordernd die Hand hin. Iria warf noch einen letzten Blick darauf, bevor sie sie zurückgab und Em sie wieder zu dem Dolch in die Schublade legte.

„Meine Eltern waren dafür, sofort einzugreifen. Als sie hörten, dass der König Wenda umgebracht und Olivia entführt hatte, wollten sie sofort helfen.“ Sie senkte die Stimme. „Falls euch das was bedeutet.“

„Jetzt bedeutet es nicht mehr viel, da es nicht dazu gekommen ist und die meisten Ruined tot sind“, antwortete Aren und ging in Richtung Tür. „Ich muss zum Training. Nimm dich in Acht vor der einen Wache, Galo, er ist mit dem Prinzen befreundet, und es heißt, dass er alles an Cas weitergibt.“

„Ist er das Oberhaupt der Prinzengarde?“

„Nein, das ist Julio. Aber Galo ist derjenige, der alles weiß.“

„Gut zu wissen“, sagte Em.

„Bald kann ich dir die Zeiten sagen, wann die Wachen sich abwechseln, noch arbeite ich daran.“

„Danke“, sagte Iria. Aren ging aus dem Zimmer und zog die Tür hinter sich zu. Iria starrte auf den Fleck, wo er eben noch gestanden hatte.

„Er hat sich verändert“, bemerkte Em.

„Ich kannte ihn kaum. Wenn ich zu Besuch bei euch im Schloss war, hat er nur mit mir geredet, um mich zu ärgern.“

Wahrscheinlich hatte er mit ihr geflirtet, denn als er jünger war, flirtete Aren mit jeder, aber Em war nicht danach, das jetzt klarzustellen.

Sie ging zur Tür und bedeutete Iria, ihr zu folgen, dann traten sie auf den Flur. „Ich halte dich auf dem Laufenden“, flüsterte sie ihr zu.

Iria deutete mit dem Kopf nach hinten. „Eure Hoheit.“

Als sie sich umdrehte, sah Em, wie Cas den Flur entlangkam. Er trug eine schwarze Hose und ein graues Oberteil, an dem ein paar Knöpfe offen standen. Beim Näherkommen strich er sich das Haar aus dem Gesicht.

Em wünschte sich inbrünstig, er würde dieses Ding mit den Haaren lassen.

„Hallo Iria“, sagte Cas.

„Ich lasse euch zwei mal allein“, antwortete die Kriegerin, „und mache mich auf die Suche nach Koldo und Benito, bevor die Verhandlungen anfangen.“

Cas sah Iria nach, dann drehte er sich wieder zu Em. „Guten Morgen.“

Er lächelte. Damit sollte er bitte auch unbedingt aufhören. „Guten Morgen.“

„Ich dachte, wir gehen zusammen zu dem Treffen. Mein Vater kommt immer zu spät, also können wir die Krieger etwas unterhalten, bis er da ist.“ Er streckte auffordernd den Arm aus, und sie hakte sich unter.

„Ist dieses Outfit überhaupt angemessen?“, fragte sie, wobei sie auf ihr weites schwarzes Kleid zeigte. Es war kurzärmlig und schlicht, aber es reichte ihr immerhin bis zu den Knöcheln und schwang beim Gehen mit. „Ich wusste nicht, ob es bestimmte Regeln bei solchen Treffen gibt. Deine Mutter hat mir nichts dazu gesagt."

„Nein, gibt es nicht. Die Verhandlungen sind eher locker." Er hielt inne, räusperte sich. „Du siehst sehr hübsch aus."

„Danke." Em sah ihn kurz an. Sie war sich nicht sicher, wie sie den letzten Abend einschätzen sollte. Er hatte nicht mal wütend gewirkt, dass sie die Ehe nicht vollziehen wollte. Vielleicht wollte er ja auch gar nicht mit ihr schlafen.

Der Gedanke hätte irgendwie beruhigender sein sollen, als er es tatsächlich war.

Sie gingen in den Meeressaal, und als er ihr die Tür aufhielt, verstand sie sofort, wieso der König die Verhandlungen ausgerechnet hier führen wollte. Der Raum war riesig, sicherlich größer als all ihre Zimmer zusammen. Die durchgehenden Fenster an der Ostwand boten einen beeindruckenden Ausblick über das Wasser, weswegen man für diesen Anlass auch sämtliche dunkelblauen Vorhänge geöffnet hatte.

Um einen Kamin herum waren mehrere Sessel und Sofas aufgestellt worden, und der weiße Teppich, der sich durchs Zimmer zog, schien makellos. In der Mitte des Raumes stand ein langer Holztisch mit Stühlen, auf dem eine große Auswahl an Früchten und Gebäck stand.

Abgesehen von zwei Bediensteten waren Cas und Em die Ersten und setzten sich nebeneinander. Ein Diener schenkte ihnen Tee ein und füllte ihre Teller mit Essen. Em griff nach einem mit Zucker bestreuten Gebäckstück und stellte dann fest, dass auf dem Tisch keine Messer lagen. Allerdings war ihr Stuhl aus Holz, ließe sich also ganz leicht zertrümmern. Der König nahm wahrscheinlich am Kopf des Tisches Platz. Sie könnte einem der Berater mit ihrem Stuhl den Kopf einschlagen und dann mit einer scharfen Kante des Holzes dem König den Hals aufschlitzen oder es in seine Brust rammen.

„Du kannst dich ruhig einbringen während der Verhandlungen“, sagte Cas. „Als ich anfing teilzunehmen, habe ich nicht genug nachgefragt und mitgeredet, also dachten alle, dass ich gelangweilt war und es mich nicht interessierte.“

Em wischte sich mit einer Serviette den Mund ab. „Stimmte das denn nicht?“

„Nein. Ich dachte nur, dass ich am Anfang mehr zuhören sollte. Alle Fakten sammeln, bevor ich eine fundierte Entscheidung treffe.“ Er musste lachen. „Mein Vater ist eher der Typ, der erst eine Entscheidung trifft und dann alle Fakten ignoriert, deswegen hat er meine Haltung wahrscheinlich nicht ganz verstanden.“

Em konnte sich das Augenrollen beim Erwähnen seines Vaters gerade noch so verkneifen. Sie stopfte sich lieber den Rest des Gebäcks in den Mund.

Dann kamen die Krieger und setzten sich Em und Cas gegenüber. Auch sie bekamen Tee und Essen, aber sie saßen einfach nur da und schauten misstrauisch auf ihre Teller.

Durch seine roten Wangen machte Koldo einen jüngeren Eindruck als die anderen beiden. Er sah auch immer wieder verstohlen zu ihnen rüber, als fragte er um Erlaubnis zuzulangen. Benito zog die Augenbrauen zusammen.

„Es ist nicht vergiftet“, beteuerte Cas, lachte und nahm einen Schluck von seinem Tee. „Wenn wir euch töten wollten, würden wir uns etwas Besseres einfallen lassen, als euch zu vergiften.“

Die Krieger lachten leise. „Vielleicht schmeckt uns das Essen hier einfach nicht, Eure Hoheit“, sagte Iria.

„Klar.“ Cas grinste sie an. Er nahm einen großen Bissen von einer Pastete, die auf seinem Teller lag. Keiner konnte bestreiten, dass die Leute in Lera es raushatten, köstliches Essen zuzubereiten.

„Normalerweise essen wir bei Verhandlungen nichts“, erklärte Benito, der währenddessen aber nach seinem Tee gegriffen hatte. Die Tasse verschwand in seinen enormen Händen. Koldos Augen leuchteten auf, und er bediente sich am Gebäck.

Dann betraten die Königin und Jovita den Saal, gefolgt von vier Beratern des Königs. Jovita nahm den Platz neben Iria ein. Die Berater setzten sich alle gegenüber von den Kriegern hin, neben Em.

Em beugte sich zu Cas und flüsterte ihm zu: „Ist Jovita immer bei solchen Treffen dabei?“

Er nickte. „Sie wird darauf vorbereitet, die Position ihrer verstorbenen Mutter, also als Beraterin, zu übernehmen. Seit letztem Jahr oder so kommt sie zu den Verhandlungen.“

Gemächlich kam letztendlich der König ins Zimmer spaziert, wie immer breit lächelnd. Die Krieger standen auf, und auch Em erhob sich widerwillig mit Cas.

„Guten Morgen.“ Der König zog seinen Stuhl zurück und setzte sich. Die Stuhlbeine schabten über den Boden, als die anderen ebenfalls wieder Platz nahmen. „Wie war euer erster Abend hier im Schloss?“

„Sehr angenehm, Eure Majestät“, antwortete Benito.

„Ihr solltet euch die Küste anschauen, solange ihr hier seid“, fuhr der König fort und zeigte dabei noch mal den atemberaubenden Ausblick, für den Fall, dass er den Gästen möglicherweise entgangen war. „Sie ist schön, wisst ihr?!“

Die Krieger nickten nur. Em hatte den leisen Verdacht, dass sie sich alle lieber ein Auge ausstechen würden, als Leras Strände zu bewundern. Sie konnte es ihnen nicht verübeln.

„Dann lasst uns gleich zur Sache kommen“, sagte der König.

„Ihr seid hier, weil eure Handelsverträge mit Vallos nicht mehr gültig sind, da wir das Land jetzt unter Kontrolle haben. Also, was wollt ihr?“

Iria schob ihm über den Tisch ein Stück Papier zu. „Das waren unsere Bedingungen bei Vallos. Die gleichen erwarten wir jetzt von Euch.“

Der König runzelte die Stirn und studierte das Papier einen Moment lang. Cas zog es vorsichtig ein Stück zu sich, und Em merkte, wie er einen Blick darauf warf. Höchstwahrscheinlich waren die Konditionen absichtlich unakzeptabel, da die Krieger kein Interesse daran hatten, ein neues Handelsabkommen zu unterschreiben. Es war alles nur Ablenkung, damit sie in Lera bleiben und den Angriff planen konnten.

„Nein“, entschied der König.

„Was schlagt Ihr vor, Eure Majestät?“, fragte Koldo.

„Das ist eure Aufgabe. Macht ein besseres Angebot.“

„Wir werden unseren König informieren und neue Konditionen ansetzen“, erklärte Iria. „Sollen wir weitermachen? Wir würden gern über den Hafen in Olso sprechen.“

Der König lehnte sich zurück und legte seine zusammengefalteten Hände auf den Bauch. „Ja?“

„Die Klausel des Friedensabkommens, nach der Euch der Hafen zusteht, ist vor fünf Jahren abgelaufen“, erklärte Iria. „Und dennoch liegen dort Schiffe aus Lera.“

„Der Vertrag läuft erst dann aus, wenn Lera sich sicher sein kann, dass von Olso keine Gefahr für die anderen Königreiche ausgeht“, gab der König zurück.

„Das ist auch nicht der Fall“, beteuerte Koldo.

„Nicht? Ich habe gerade erst von meinen Jägern die Nachricht erhalten, dass Ruined dabei gesehen wurden, wie sie versuchen, nach Olso zu gelangen.“

Em hielt den Atem an, tat alles dafür, sich nichts anmerken zu lassen und sah zu Iria rüber. Die wirkte wirklich überrascht, so wie Koldo und Benito.

„Wann habt Ihr davon gehört, Eure Majestät?“

„Gestern erst.“

„Davon weiß ich nichts, aber wir haben keinen Einfluss darauf, wohin die Ruined versuchen zu kommen, Eure Majestät“, antwortete sie.

„Ich habe auch gehört, dass eure Krieger in Vallos gesichtet wurden. Was haben sie dort zu suchen?“

„Die Landschaft genießen?“, vermutete Iria und wickelte eine Haarsträhne um ihren Finger. Em musste sich das Lachen verkneifen.

Der König sah Iria misstrauisch an. „In Vallos halten sich momentan auch viele Ruined auf.“

„Genau wie sämtliche Vallosi. Es ist auch uns gestattet, Vallos zu besuchen, Eure Majestät“, fuhr Iria fort. „Deren Einreisebedingungen sind sehr viel lockerer als Eure.“

„Das wird sich ändern.“

„Da bin ich mir sicher“, erwiderte Iria.

„Sich mit den Ruined zu verbünden ist eine Kriegshandlung“, betonte der König.

„Verstanden. Aber wie gesagt, darüber ist mir nichts bekannt. Dennoch ist die Klausel seit fünf Jahren ungültig. Wir waren sehr geduldig und erwarten nun, dass Ihr die Vereinbarung respektiert.“

„Das wird nicht passieren.“

„Wieso nicht?“, ging Cas dazwischen.

Alle Köpfe drehten sich zu ihm, die Berater allesamt schockiert. Die Königin sah ihn nur mit großen Augen an und legte Jovita eine Hand auf den Arm, als hätte sie Angst, dass sie als

Nächste mit ihren Fragen anfing. Jovita selbst hob lediglich eine Augenbraue.

„Casimir!“, stieß sein Vater empört hervor.

„Ich habe ihnen nicht zugestimmt, sondern nur eine Frage gestellt“, rechtfertigte Cas sich. „Wieso kontrollieren wir den Hafen noch?“

„Wegen der Klausel im Abkommen“, antwortete der König.

„Stimmt es denn, dass wir laut Vertrag den Hafen vor fünf Jahren hätten verlassen sollen, falls die Krieger keinerlei Gefahr für andere Königreiche mehr darstellen?“

Einen Moment lang schwieg der König. „Um sicher zu sein, müsste ich eine Kopie davon sehen.“

Em konnte sich ein lautes Schnauben gerade so verkneifen, aber es war schlau von ihm, nichts zuzugeben, obwohl es stimmte.

„Es wäre mir lieber, wenn wir uns an unser Wort halten“, fügte Cas noch hinzu.

Plötzlich stand sein Vater auf und warf Cas einen derart bösen Blick zu, dass selbst Em sich unter dem Tisch verkriechen wollte. Cas hielt dem Blick seines Vaters stand, was ihm hoch anzurechnen war.

„Wir werden die Verhandlungen ein anderes Mal fortführen“, verkündete der König und funkelte die Krieger an. „Ich habe angeordnet, dass jeder Ruined, der versucht, nach Olso zu gelangen, gefangen genommen und zur Befragung zu mir gebracht wird. Solltet ihr lügen und den Ruined in irgendeiner Weise helfen, *werde* ich es herausfinden.“

Em schloss eine Hand so fest um ihre andere, dass es wehtat. Es war nicht wirklich verwunderlich, dass Jäger mitbekommen hatten, wie Ruined versuchten, nach Olso zu gelangen, dennoch hatte sie auf mehr Zeit gehofft, bevor König Salomir anfing, einen Verdacht zu hegen. Aber das war alles, was er hatte. Einen Verdacht.

Der König schritt aus dem Saal, gefolgt von seinen Beratern. Die Königin blieb mit Jovita hinter Cas' Stuhl stehen, bis er es endlich bemerkte und sich auch erhob.

Als Em ihnen aus dem Raum folgte, flüsterte die Königin Cas noch etwas zu. Er zuckte nur mit den Achseln, was offensichtlich nicht die gewünschte Antwort war. Die Königin marschierte davon.

Jovita blieb allerdings noch, und Cas bedeutete Em, dass sie mitkommen sollte. Gehorsam folgte sie ihnen den Flur entlang in die Bibliothek. Jovita schloss die Tür hinter ihnen.

„Was sollte das?" Jovita hatte diese gewisse Art zu sprechen, gleichzeitig rasend vor Wut und auch irgendwie ruhig.

„Was meinst du?" Cas ließ sich in einen Stuhl fallen und streckte seine Beine vor sich aus.

Jovita drehte sich kurz zu Em, die noch bei der Tür stand, als hätte sie jetzt erst bemerkt, dass Em noch bei ihnen war. Sie zögerte, aber Cas sah sie weiter erwartungsvoll an.

„Sich vor den Kriegern deinem Vater zu widersetzen war unangebracht und nicht gerade hilfreich!"

„Ich habe mich ihm nicht widersetzt, ich habe nur eine Frage gestellt."

„Eine unangebrachte Frage." Jovita stemmte ihre Hände in die Hüften. Em schlich sich an ihr vorbei und setzte sich Cas gegenüber auf einen Stuhl.

„War es nicht", widersprach Cas. „Was bringt es, Verträge aufzusetzen, wenn man sich nicht daran hält?"

Jovita seufzte, als hielte sie Cas für einen Idioten. „Das verstehst du nicht, Cas."

„Du auch nicht, Jovita." Er ahmte ihr Seufzen nach.

Em unterdrückte ein Lachen und hielt sich kurz die Hand vor den Mund, aber Cas erwischte sie dabei, dass sie lächelte, und musste auch lächeln.

Jovita rollte nur mit den Augen. „Ekelhaft. Eure neue Liebe könnt ihr gern für euch behalten."

„Jovita", warnte Cas.

„Dein Vater wird dich aus den Verhandlungen rausschmeißen, wenn du dich gegen ihn stellst."

„Ich bin schon länger bei den Treffen dabei als du. Ich darf langsam mal anfangen, Fragen zu stellen."

Jovita schritt zur Tür. „Du bist vielleicht schon länger dabei, aber ich weiß wenigstens, wann ich den Mund halten und gehorchen sollte."

Cas drehte sich von ihr weg und ließ einen Knöchel knacken, während Jovita aus dem Zimmer schritt und die Tür ins Schloss fallen ließ.

Einen langen Moment beobachtete Em, wie Cas den Boden anstarrte. Beide schwiegen.

„Die Frage war gerechtfertigt", fing Em schließlich an.

„Du musst nicht auf meiner Seite sein, nur weil wir verheiratet sind", antwortete Cas halb scherzhaft.

„Die Gefahr besteht nicht, glaub mir."

Er legte den Kopf schräg und musterte sie kurz. „Was hältst du von einem kleinen Abenteuer?"

„Ich bin dabei."

„Es ist etwas riskant, und meine Eltern wären außer sich vor Wut, wenn sie etwas davon mitbekommen."

„Dann bin ich auf jeden Fall dabei."

Er sprang auf. „Sehr schön. Zieh dich um, Hosen, irgendwas Unauffälliges."

11. KAPITEL

Em wartete vor dem Eingang der Bedienstetenküche, so wie Cas es ihr aufgetragen hatte. Sie hatte inzwischen eine schwarze Hose und ein grünes lockeres T-Shirt angezogen. Während sie wartete, krempelte sie sich die Ärmel nach oben.

Als Cas um die Ecke bog, war er nicht allein, sondern in Begleitung eines Wachsoldaten. Es war der junge dunkelhaarige Typ, der immer an Cas' Seite war. Als er Em zulächelte, kam eine kleine Lücke zwischen seinen Schneidezähnen zum Vorschein. Überraschenderweise ergänzten sein markanter Unterkiefer, die breite Nase und die grünen Augen sich zu einem gut aussehenden Gesicht.

„Mary, kennst du Galo schon?", fragte Cas.

„Ich glaube nicht. Schön, dich kennenzulernen, Galo."

Er nickte ihr zu. „Ebenso, Eure Hoheit."

Cas öffnete die Tür hinter Em und ging voraus in die Küche. Em und Galo folgten ihm. Als Erstes gelangten sie in das Zimmer, in dem die Angestellten aßen. Seitlich im Raum war noch eine Tür, die zur hektischen Küche führte. Im Raum selbst waren ein paar kleinere Tische verteilt, und an einem saß ein Junge, der gerade dabei war, einen Haufen Gabeln zu polieren.

Der Junge hatte eine kleine Narbe über seiner linken Augenbraue und konnte kaum älter als dreizehn oder vierzehn Jahre sein, obwohl er schon recht groß und breitschultrig wirkte. Ems Mutter hatte es immer verboten, dass Kinder unter sechzehn Jahren in der Küche arbeiteten oder sonst irgendwo, wo es im Schloss ansatzweise gefährlich werden könnte.

Cas führte sie wieder raus in die Sonne. Sie gingen durch die Gärten, wobei Cas zurück zum Schloss sah, als wollte er sichergehen, dass ihnen auch niemand folgte. Em hatte fast das

Gefühl, sich heimlich wegzuschleichen, und war gespannt, wie Cas das anstellen wollte. Denn sollte es eine Möglichkeit geben, sich unentdeckt fortzustehlen, gab es auch einen Weg hinein.

Als sie an der Mauer ankamen, ging Cas auf den Baum zu, den sich auch schon Em als möglichen Fluchtweg gemerkt hatte. Er griff nach einem dicken, unteren Ast, zog sich hoch und kletterte am Baum so weit nach oben, dass er auf die Mauer steigen konnte.

„Wenn du mal König bist, kannst du vielleicht sogar das Tor benutzen!“, rief Galo ihm zu, der noch zusammen mit Em auf dem Boden stand.

„Nicht, solange meine Mutter lebt“, gab Cas zurück. „Kommt ihr?“ Er sah zu ihnen nach unten.

„Ich kann dir gern helfen“, bot Galo an.

Em schnaubte nur. „Danke, aber das schaffe ich schon.“ Sie schnappte sich den Ast und kletterte hoch, wobei sie sich mit Leichtigkeit auf die Mauer zog. Em folgte Cas’ Blick zur anderen Seite. Einer der Wachposten hob die Hand.

„Hallo, Roberto“, sagte Cas.

Die Wache lächelte. „Hallo, Eure Hoheit.“ Er nahm das Seil, das neben ihm lag, und warf es Cas zu.

Cas reichte das Seil an Galo weiter, der inzwischen ebenfalls oben angekommen war. Galo knotete es um den Baumstamm und bedeutete dann mit einer Handbewegung, dass alles bereit war. Cas nahm das Seil in beide Hände.

Während des Abstiegs stieß er sich mit den Füßen an der Mauer ab. Dabei fiel Em auf, dass er zusammenzuckte und nur seine rechte Seite belastete. Offensichtlich tat seine linke Schulter immer noch weh von dem Angriff. Eine Tatsache, die sie sich für später merkte, denn es könnte ihr noch nützlich werden.

Em griff nach dem Seil und kletterte ebenfalls hinunter,

gefolgt von Galo, dessen Stiefel kurz nach ihr dumpf auf dem Boden aufkamen. Er richtete sich auf und grinste der älteren Wache zu.

„Die übliche Warnung“, blaffte Roberto Galo an.

„Ja, ich weiß schon“, antwortete dieser. „Schande über mein Haupt und ein Leben voll Elend, sollte Prinz Casimir etwas zustoßen.“ Er sah kurz zu Em. „Oder Prinzessin Mary.“

„Ich würde dich außerdem gern daran erinnern, dass es gerade erst einen Anschlag auf den Prinzen gegeben hat“, fügte Roberto noch hinzu.

„Mir wird schon nichts passieren.“ Cas zeigte auf Em. „Ich habe doch sie dabei.“

Em schaffte es gerade noch, sich ein Lachen zu verkneifen. Ja, das war sie, die Beschützerin des Prinzen von Lera.

Roberto zeigte in Richtung Stadt. „Dann mal los. Solltet ihr bis Sonnenuntergang nicht zurück sein, alarmiere ich den König.“

Als sich Cas wegdrehte, packte Roberto Galo noch am Arm und sagte etwas zu ihm, was Em nicht hören konnte. Galo nickte nur, sah aber ernst aus, als der andere Soldat ihn losließ.

Em folgte Cas den Hügel hinunter. Es war ein sonniger Tag mit klarem Himmel. Eine leichte Brise wehte vom Meer herüber und ließ die Blätter der Bäume rascheln. Vor ihnen breitete sich eine weite Rasenfläche aus, die von ein paar einzelnen Bäumen durchbrochen wurde. Cas steuerte auf einen schmalen Pfad zu.

„Hast du das Stadtzentrum gesehen, als du hergekommen bist?“ Cas wurde langsamer, damit sie neben ihm herlaufen konnte. Galo ging auf Cas’ anderer Seite und behielt die Umgebung im Auge. Em hatte Galo noch nie bei der Arbeit gesehen, aber ihr gefiel, dass er nicht die ganze Zeit eine Hand auf dem Schwertgriff hatte. Sie könnte ihm die Waffe also leicht abnehmen, wenn sie ihn überraschte.

„Nein“, antwortete sie. „Das Geleit hat uns um die Stadt herumgeführt.“

Der Feldweg bog um eine Kurve, und plötzlich war alles erfüllt vom Lärm klappernder Hufe und jeder Menge Menschen. Sie standen mitten im Zentrum der königlichen Stadt. Leute schoben sich in Geschäfte und wieder heraus und drängelten sich durch die Straßen.

Em beobachtete, wie ein Vater mit seiner Tochter über die Straße ging, beide hatten die Arme voller Essen. Sie konnte einen Markt sehen, ein Geschäft für Kleidung und einen Futterladen. In den Straßen waren Stände aufgebaut, aus denen heraus Männer und Frauen Schmuck, Plunder oder süßes Gebäck verkauften.

So was gab es in Ruina alles nicht, nicht mal bevor König Salomir die Städte zerstörte. Selbst damals bestand das Stadtzentrum aus gerade mal drei Geschäften, und es war nicht ungewöhnlich, wenn auf dem Markt nichts anderes mehr zu finden war als getrocknete Bohnen. In Ruina wäre Em nie auf die Idee gekommen, sich fortzuschleichen und die Städte zu erkunden.

Cas bedeutete ihr mit einem Nicken, ihm zu folgen. Die Hände hatte er in seinen Taschen vergraben, und der Wind drückte sein dünnes weißes Oberteil gegen seine Brust. Für die Öffentlichkeit sah er wahrscheinlich nicht aus wie ein Prinz, aber die Leute hier in der königlichen Stadt müssten ihn eigentlich kennen.

„Wirst du manchmal erkannt?“ Sie schaute die Menschen, die an ihnen vorbeigingen, neugierig an.

„Nein. Manchmal guckt jemand komisch, aber niemand

erwartet, dass ich einfach allein durch die Stadt laufe, also bemerken sie mich nicht.“ Cas blieb vor einem überdachten Stand stehen. „Drei Stück, bitte.“

Der Mann hinter dem Stand griff nach einer Zange und holte drei noch dampfende Brötchen aus einem Karren, die er dann einzeln in Papiertütchen packte. Er hielt Cas seine ausgestreckte Hand hin, ohne ihn wirklich anzusehen. Cas gab ihm ein paar Münzen und nahm die Tüten.

„Käsebrötchen“, erklärte er, während er Em und Galo jeweils eine Tüte in die Hand drückte. „Jedes Mal wenn man in die Stadt geht, kauft man eines, das ist Pflicht.“

Em linste in die Tüte und atmete den Duft von frisch gebackenem Brot ein. Sie nahm das Brötchen und biss zaghaft ab. Es war weich, leicht zäh und schmeckte nach Käse. Sie nahm noch einen größeren Bissen.

„Das ist köstlich!“, sagte sie.

„Freut mich, dass es dir schmeckt, sonst hätte das mit unserer Ehe wohl nicht funktioniert.“ Cas lächelte.

„Grauenvolle Vorstellung, die Vereinigung zwischen Lera und Vallos wegen eines Käsebrötchens zerstört!“

Cas musste lachen, wobei das Grübchen an seiner linken Wange zum Vorschein kam. Im Sonnenlicht glitzerten seine Augen, und Em fiel es leicht, für einen Moment zu vergessen, dass er der Prinz von Lera war. Hier war er entspannter, als sie ihn bisher erlebt hatte, fast schien es, als würde das Schloss ihm die Energie rauben.

„Cas nimmt seine Essensvorlieben sehr ernst“, klärte Galo sie auf. Es schien Cas nicht unangenehm zu sein, von seiner Wache „Cas“ genannt zu werden.

„Das kann ich gut verstehen“, antwortete Em und biss erneut vom Brötchen ab.

Nachdem sie aufgegessen hatten, führte Cas sie die Straße entlang. Em merkte, dass sie noch gar nicht im belebtesten Teil des Zentrums gewesen waren, da es immer voller wurde, je mehr sie sich der Promenade näherten. Irgendetwas machte Galo wohl nervös, denn er flüsterte Cas etwas zu, und sie bogen in eine ruhigere Seitenstraße ein, die von kleinen Häusern und Wohnungen gesäumt war.

Vor ihnen tauchte das Meer auf. Cas sah sich gut um, bevor er über die breite Straße ging, die zwischen der Stadt und dem Strand lag. Em folgte ihm, trat mit einem Schuh in den Sand, dann mit dem anderen.

In Vallos und Ruina waren die Strände eher felsig, und meist war es kalt. Einen weißen Sandstrand, der sich so weit erstreckte, wie das Auge reichte, hatte sie noch nie gesehen. Die Sonne ließ das Meer glitzern, und am Hafen in der Ferne lagen ein paar Schiffe, deren Segel im Wind flatterten.

Ein paar kleinere Grüppchen von Menschen hielten sich am Strand auf. Sie waren merkwürdig gekleidet. Die Männer trugen kurze, weite Hosen und ärmellose Oberteile und die Frauen so etwas wie sehr kurze Kleider. Die Kleider gingen ihnen kaum bis zur Mitte des Oberschenkels, und die Arme waren vollkommen unbedeckt. Ems Mutter hatte freizügige Kleidung gemocht – Em erinnerte sich noch an ein Kleid, dessen Ausschnitt bis zum Bauchnabel herunterging –, aber bei dem Anblick hätte selbst Wenda Flores große Augen gemacht. Danach hätte sie sofort auch so ein Kleid verlangt.

Cas zog sich Schuhe und Socken aus und ließ sie einfach im Sand stehen, als wäre es ihm egal, wenn jemand vorbeikäme und sie wegnahm, also beschloss Em, seinem Beispiel zu folgen. Galo behielt seine Schuhe an und blieb zurück, während Cas und Em sich dem Wasser näherten. Sie gingen weiter, bis das kalte Wasser über ihre Füße wusch. Em vergrub ihre Zehen im Sand.

„Kann ich dich mal was fragen?“, sagte Cas plötzlich.

„Klar.“

„Wieso hast du niemanden mitgenommen? Freunde, eine Zofe oder eine Wache? Müsste ich mein Zuhause verlassen, würde ich so viele Leute mitnehmen wie möglich.“

„Es gab dort nicht mehr so viele Menschen“, Em sah aufs Meer hinaus. „Meine Eltern sind nicht mehr da. Viele der Leute, die ich kannte, wurden umgebracht, als die Angriffe auf die Ruined anfingen.“

„Und du hattest keine Geschwister, oder?“

„Nein“, log sie, wobei der Gedanke an Olivia sie wie ein Stich ins Herz traf. „Meine Mutter wollte mehr Kinder, aber sie konnte keine mehr haben. Wäre es nach ihr gegangen, hätte ich zehn Brüder und Schwestern gehabt.“

„Warst du einsam?“

„Manchmal. Es war schwierig, ich hatte niemanden, der wirklich verstand, wie es für mich war. Weißt du, was ich meine?“ Sie sah zu ihm, und er nickte. „Aber meine Mutter lud andere Kinder in unserem – meinem – Alter ins Schloss ein, also hatte ich immer jemanden zum Spielen. Zwei Jungs sind gute Freunde von mir geworden. Aren ist sogar einer davon.“

„Nur Freunde?“

Em sah ihn an. Er klang auffallend gleichgültig, und zum ersten Mal fragte sie sich, ob er eifersüchtig war.

„Ja, nur Freunde“, antwortete sie ehrlich. „Er ist wie ein Bruder für mich.“

„Ach so.“

„Du denkst doch nicht, ich würde einen Jungen mitnehmen,

in den ich verliebt bin, damit er zusieht, wie ich jemand anderen heirate, oder?“ Sie lachte kurz auf.

Er zuckte nur mit den Schultern und blickte etwas verlegen drein, als hätte sie ihn erwischt. „Vermutlich nicht.“

„Einmal haben wir versucht, uns zu küssen, mit dreizehn, aber keiner von uns konnte sich lange genug das Kichern verkneifen, um es tatsächlich zu schaffen.“

„Gibt es jemanden, den du zurückgelassen hast?“, hakte er nach. „Jemanden, den du liebst, meine ich.“

Em zog die Augenbrauen hoch. „Bist du sicher, dass du das wissen möchtest?“

„Natürlich, du kannst mir die Wahrheit sagen.“

„Nicht wirklich.“ Sie dachte an Damian. „Ich hatte einen Freund, der mehr von mir wollte, aber es ist nie etwas draus geworden. Meine Mutter hat das sehr enttäuscht, glaube ich.“

„Wieso? Mochte sie ihn?“

„Alle mochten ihn. Er kam aus einer mächtigen Familie, aber trotzdem mochten ihn alle. Er war die Art Mensch, der nie einen Namen vergisst, der jedem das Gefühl gab, etwas Besonderes zu sein. Es wäre eine gute Partie gewesen, aber meine Mutter hat mich zu nichts gezwungen.“

Em wusste gar nicht, warum sie die Geschichte von Damian überhaupt erzählte, aber wenn Cas sie so anschaute wie jetzt, war sie fast geneigt, ihm all ihre Geschichten zu erzählen.

Sie ging einen winzigen Schritt von ihm weg. Es fiel ihr leichter nachzudenken, wenn er ihr nicht ganz so nah war. Sie musste diese Gelegenheit nutzen, um mehr über Leras Abwehr herauszufinden.

Sie zeigte auf einen hohen, runden Turm in der Ferne, am Ende des Strandes. „Ist das euer Küstenschutz?“

Er nickte. „Die Türme sind überall an der Küste verteilt, direkt hier haben wir drei Stück."

„Gab es seit dem letzten Krieg mit Olso irgendwelche Gefahren?", fragte sie nach.

„Nein. Vor ein paar Jahren wurde ein Olso-Schiff gesichtet, aber als sie die Besatzung kontaktiert haben, meinten die, sie wären nur vom Kurs abgekommen, und drehten wieder bei, als das erste Warnsignal vom Turm ertönte. Wenn das Signal ertönt, kommen sofort Truppen vom Schloss und der Umgebung herunter zum Strand. Wenn das Schiff dann erst mal hier ankommt, steht schon eine Armee bereit."

Em zeigte auf die Schiffe im Hafen. „Wo kommen die her?"

„Vallos und Ruina."

„Kommen viele Schiffe aus Ruina her?"

„Wir haben Leute dort, die in den Kohleminen arbeiten. Kriminelle, die sich nicht dazu eignen, Jäger zu werden, werden dorthin geschickt."

„Die Jäger sind Straftäter?"

„Ja. Es gab nicht genügend Freiwillige, also hat mein Vater die Verbrecher aus dem Gefängnis geschickt."

„Hatten sie eine andere Wahl?"

„Nein. Mein Vater hat alle Insassen geschickt, sogar einfache Diebe, die eigentlich nur ein paar Monate absitzen mussten. Er hat ihnen allen einen Straferlass versprochen, aber Jäger sind sie unbefristet. Er gibt ihnen Geld für jeden getöteten Ruined und schickt sie wieder los."

Em konnte kein Mitgefühl für die Jäger aufbringen, aber sie konnte sie zum ersten Mal verstehen. Vielleicht waren sie durch die Umstände genauso gefangen wie sie selbst.

„Kein Wunder, dass sie dich umbringen wollen." Sie warf einen Blick über ihre Schulter. Abgesehen von Galo, der ein paar Meter entfernt stand, waren sie allein. „Wenn ich recht überlege, hätte ich mein Schwert mitnehmen sollen. Wahrscheinlich sind ein paar Leute in der Nähe, die es auf dich abgesehen haben.“

„Ein paar meinst du?“ Er sah aus, als würde er sich ein Lachen verkneifen.

„Bestimmt. Eventuell versuchen sie, mich zu töten, nur weil ich neben dir stehe. Könntest du dich vielleicht etwas weiter von mir entfernen?“ Sie ging ein paar Schritte von ihm weg, und ungewollt breitete sich ein Lächeln auf ihrem Gesicht aus.

Er lachte. „Ich glaube, mir ist es tatsächlich lieber, wenn du bei mir bist.“

Er streckte ihr die Hand hin. Ihr blieb die Luft weg, als ihr bewusst wurde, dass sie seine Hand tatsächlich ergreifen wollte.

„Gehen wir ein Stück?“, fragte er.

Sie nahm seine Hand, und als sich seine Finger um ihre schlossen, wurde ihr am ganzen Körper verräterisch heiß. Sie senkte den Blick und versuchte, die Glücksgefühle zu ignorieren, vor denen ihre Brust zu platzen drohte.

12. KAPITEL

Cas wurde wach davon, wie jemand an seiner Schulter rüttelte. Er drehte sich um und blinzelte ins Licht. Vor ihm im dunklen Zimmer stand sein Vater, in der Hand eine Lampe.

„Steh auf“, sagte der König. „Das musst du dir ansehen.“ Das schwache Licht fiel auf sein Gesicht – und seine grimmige Miene.

Cas stand rasch auf, ohne weiter nachzufragen.

Hastig zog er sich Hose und Schuhe über und folgte seinem Vater aus dem Zimmer. Im Schloss war es mucksmäuschenstill, als sie zügig über den Gang zur Treppe schritten.

Am Haupteingang warteten mehrere Wachen, darunter auch Galo. Sie formten einen Kreis um den König und den Prinzen herum, als alle in die kühle Nachtluft hinaustraten.

Cas sah kurz in das angespannte Gesicht seines Vaters. Seit den Verhandlungen mit den Kriegern in der Woche zuvor hatten sie kein Wort miteinander gewechselt, dennoch hatte Cas den Eindruck, dass der ernste Blick des Königs nichts mit ihm zu tun hatte.

Sie gingen so schnell, dass sie beinahe schon liefen. Hinter dem Tor standen Pferde bereit, Cas sprang sofort auf eines und ritt im Trab seinem Vater hinterher, weg von der Stadt.

Ein paar Minuten ritten sie durch die dunkle Nacht, dann tauchte vor ihnen der flackernde Schein mehrerer Fackeln auf. Der König wurde langsamer, zügelte sein Pferd und stieg ab. Cas und die Wachen folgten seinem Beispiel.

Sein Vater bedeutete ihm näher zu kommen, was er auch tat. Zusammen gingen sie auf die Fackeln zu. Eine Gruppe von Wachen stand um etwas herum, Cas konnte nur noch nicht ausmachen, was es war. Aber er sah, dass vier der Männer die grauschwarze Uniform der Jäger trugen.

„Wir haben einen geschnappt“, sagte König Salomir. „Einen der Ruined, als er versuchte, sich nach Olso zu schleichen.“

Überrascht schnappte Cas nach Luft. Er schaute zu den Wachsoldaten, in der Hoffnung, einen Blick auf den Ruined zu erhaschen. Er hatte noch nie einen gesehen.

„Wir bringen ihn zur Befragung ins Schloss, aber nicht, solange er bei Kräften ist, das wäre unsicher. Ich möchte, dass du dir ansiehst, wozu sie in der Lage sind.“

„Wie schwächt ihr ihn?“, wollte Cas wissen.

„Die Ruined können ihre Macht nur begrenzt nutzen, irgendwann schwindet sie. Je mehr Kraft sie aufbringen müssen, desto schwächer werden sie.“

Plötzlich wünschte Cas sich, er hätte sein Schwert mitgenommen. Es war leichtsinnig, einfach aus dem Zimmer zu laufen, ohne eine Waffe mitzunehmen. Sein Vater trug seine bei sich.

Der Kreis aus Wachen öffnete sich, als sie näher kamen, und man konnte endlich den jungen Mann in ihrer Mitte sehen. Seine Hände waren hinter seinem Rücken zusammengebunden, und er saß auf der Erde. Er war komplett schwarz gekleidet, seine Hose und sein Oberteil waren schmutzig. Unter einem Auge hatte er eine kleine Schnittwunde, sonst war er unverletzt. Seine Arme waren übersät von verworrenen Zeichen; Cas versuchte, sie besser zu sehen. Er war immer davon ausgegangen, dass die Male der Ruined hässlich aussahen, aber die von diesem Ruined waren einen Ton heller als seine gebräunte Haut und wirkten wie feine Linien, die sich verzweigt um seine Arme schlängelten. Es erinnerte eher an Kunst als an etwas Abscheuliches.

„Er hat noch nichts gesagt, Eure Majestät“, meldete eine der Wachen.

Der Ruined richtete sich auf und sah erst zum König, dann zu Cas. Er runzelte die Stirn und starrte Cas weiter an.

Der Ruined musterte ihn, als würde er überlegen, wie er ihn am besten umbringen könnte. Cas wünschte sich nur noch mehr, er hätte sein Schwert dabei.

„Das wird er schon noch", sagte der König. „Darum mache ich mir im Moment keine Sorgen." Er blickte zu Cas. „Stell dich fest hin, achte auf die Bäume."

Neugierde und Angst flackerten gleichzeitig in Cas' Brust auf. Ernst nickte er und versuchte zu ignorieren, dass der Ruined ihn immer noch anstarrte. Galo stellte sich mit gezogenem Schwert neben ihn.

„Steh auf", befahl eine Wache dem Ruined und trat ihm dabei in die Seite. Der Gefangene funkelte ihn böse an, stand aber langsam auf. Er war jung, ungefähr in Cas' Alter.

Die Wache schlug dem Ruined direkt in den Bauch; sein Ringen nach Luft hallte durch die Nacht. Cas strich sich eine Haarsträhne aus dem Gesicht, die der Wind dorthin geweht hatte, und sah zu, wie die Wache dem Ruined mitten ins Gesicht schlug.

„Was tut er da?", fragte er seinen Vater leise.

„Er provoziert ihn."

Der Ruined stolperte zurück und fiel mit einem dumpfen Geräusch zu Boden. Eine weitere Wache zog ihn wieder hoch und schubste ihn zurück in die Mitte des Kreises.

Eine weitere Windböe strich über Cas' Gesicht, diesmal war sie stärker. Einer der Jäger machte einen Schritt nach vorn und zog dabei einen Dolch aus seinem Gürtel. Er hob eine Hand, um den Wachsoldaten wissen zu lassen, dass er aufhören sollte.

„Mit dem hier muss man sich etwas mehr Mühe geben. Er hat sich gut unter Kontrolle." Der Jäger packte den Arm des Ruined, schnitt die Fesseln durch und zog eine Hand nach hinten.

Er schnitt ihm einen Finger ab.

Ein Schrei durchbrach die Nacht, und ein eisiger Schauer durchfuhr Cas' gesamten Körper. Blut strömte über die Hand des Ruined, sein Gesicht war verzerrt vor Schmerzen.

Der Boden fing an zu beben.

Cas stolperte, breitete die Arme aus, um die Balance zu halten. Zwischen seinen Beinen riss der Boden auf, schnell sprang er zu einer Seite. Einer der Wachen packte ihn am Arm, stützte ihn, während der Boden weiterbebte.

„Köpfe nach oben!", rief jemand. Cas drehte sich um und sah, wie sich der Baum neben dem Ruined gefährlich weit nach links bog. Ein paar Männer rannten aus dem Weg, als die Wurzeln des Baumes die Erde aufrissen. Der Baumstamm stürzte um und verfehlte dabei nur knapp eine Wache. Zwei weitere Bäume fielen direkt danach.

Der Ruined versuchte wegzulaufen, doch einer der Männer schnappte ihn von hinten, während ein anderer ihm ins Gesicht schlug. Erde erhob sich plötzlich wie durch eine unsichtbare Kraft. Mit düster funkelndem Blick ließ der Ruined sie in die Gesichter der Wachen peitschen.

Cas drehte sich um und schüttelte die Wache ab, die immer noch seinen Arm festhielt. Vor ihm stand sein Vater, hinter ihm hörte Cas nur ein lautes Klatschen und das Stöhnen des Ruined. Wieder erbebte der Boden, allerdings nicht annähernd so stark wie das erste Mal.

„Und jetzt stell dir vor, du wärst mit ihm allein", sagte der König und zeigte dabei auf den umgefallenen Baum. „Sieh nur, wozu er in der Lage ist."

Sieh nur, was er getan hat, weil du ihn gefoltert hast. Der Gedanke traf Cas so heftig, dass ihm umgehend übel wurde.

„Wer ist er?", fragte er leise. Er wollte von seinem Vater hören, dass es der schlimmste aller Ruined war. Wollte hören, dass er unschuldige Menschen umgebracht hatte. Vielleicht war er einer der Ruined, die Marys Eltern ermordet hatten.

„Du hast es doch gehört", sein Vater wies auf die Wachen. „Er hat noch nicht geredet. Wir werden aber schon herausfinden, wer er ist und wieso er nach Olso wollte."

Abscheu stieg in Cas auf, und er wandte den Blick von seinem Vater ab.

War es das, was die Jäger in Ruina und Vallos taten? Ruined verfolgen und sie foltern? Sie umbringen?

Natürlich war es das, das wusste Cas. Er wusste es schon, seit sein Vater das alles angeordnet hatte. Aber es tatsächlich mit anzusehen fühlte sich noch mal anders an.

Der König machte einen Schritt auf Cas zu. „Sollte sich Olso mit den Ruined verbünden, hätte das verheerende Folgen für uns. Verstehst du das, Casimir? Die militärische Macht der Olso zusammen mit den Kräften der Ruined könnte unser Untergang sein."

„Sie haben doch beteuert, dass sie nicht wussten, dass Ruined nach Olso überlaufen", sagte Cas. „Denkst du, das war gelogen?"

„Ja." Der König strich sich über seinen Bart. „Gehe immer davon aus, dass alle lügen. Vertraue niemandem, außer denen, die dir am nächsten stehen. Du hast die Veranlagung, das Gute in den Menschen zu sehen, das bewundere ich, aber lass dir gesagt sein, es wird dich zerstören."

Langsam bekam Cas dröhnende Kopfschmerzen, wobei auch die gequälten Schreie des Ruined nicht halfen. Der Wind, der um ihn herumwirbelte, wurde immer schwächer, als der Gefangene langsam an Kraft verlor.

„Was machst du, wenn er zugibt, mit den Kriegern zusammenzuarbeiten?“, fragte Cas seinen Vater.

„Dann planen wir einen Angriff. Wir haben Olso schon mal besiegt, wir können es wieder tun. Sie dürfen uns nur nicht überraschen.“

Cas warf einen Blick über seine Schulter, zu dem Ruined. Mit flatternden Lidern lag er auf dem Boden, die verstümmelte Hand an sich gedrückt, stöhnend vor Schmerzen.

„Verstehe. Aber ist das hier wirklich der beste Weg?“ Er flüsterte, konnte die Fragen aber nicht länger zurückhalten, die ihm schon während des vergangenen Jahres so oft auf der Zunge lagen. „Ist das wirklich die einzige Möglichkeit – die Ruined umzubringen?“

„Wenn du denkst, dass du einen besseren Plan hast, sag schon, ich bin gespannt.“ Der König ging zurück zu seinem Pferd und befahl ein paar Wachen, ihm zu folgen.

Cas hörte Gelächter hinter sich; als er sich umdrehte, sah er, wie ein Jäger sein Messer an der unverletzten Hand des Ruined angelegt hatte. Der Ruined hatte die Augen zusammengekniffen und bereitete sich darauf vor, noch einen Finger zu verlieren.

„Hört auf!“, schrie Cas. Der Jäger wich zurück, wobei er fast sein Messer fallen ließ. „Es reicht.“

Die Blicke der Wachen waren auf etwas hinter ihm gerichtet. Cas sah nach hinten zu seinem Vater, der auf dem Pferd saß und zu ihm herunterschaute.

„Er soll doch am Leben bleiben, oder?“, fragte Cas.

„Ja, erst mal. Du kannst dich um seinen Transport in die Zelle kümmern, zusammen mit den Wachen, wenn du so sicher bist, dass er geschwächt genug ist.“

„Sehr gern“, antwortete Cas. Sein Vater sah ihn nicht wirklich missbilligend an, aber auch nicht zustimmend. Er lenkte sein Pferd in Richtung des Schlosses, gefolgt von drei Wachen.

„Wie habt ihr ihn nach Lera gebracht?“, fragte Cas den Jäger, der ihm am nächsten stand.

„Kutsche“, er zeigte irgendwo in die Dunkelheit. „Nicht weit von hier.“

„Bringt ihn in die Kutsche und zum Schloss. Ich gehe davon aus, dass er in eine der Zellen bei der südlichen Wiese kommt?“ Cas bezweifelte, dass sein Vater einen Ruined ins Schloss ließ.

Eine Wache nickte. „So lautet unser Befehl.“

„Wir treffen uns dort.“ Cas stieg auf sein Pferd. Galo und noch ein paar andere Wachen ritten mit ihm zurück zum Schlossgelände. Am Tor ließ Cas sein Pferd stehen und ging durch die Nacht zum südlichen Areal. Sportveranstaltungen und Feste, die draußen stattfanden, wurden oft hier abgehalten, aber am äußeren Ende der Fläche lag ein kleines Gefängnis unter der Erde. Dort wurden die gefährlicheren Gefangenen festgehalten, die, von denen man nicht wollte, dass sie unter dem Schloss schliefen.

Die Jäger brachten die Kutsche direkt auf die Wiese, und einer von ihnen musste den Ruined regelrecht aufrechthalten, als sie ihn aus dem Wagen holten.

Galo zog die Luke im Boden am Griff hoch und öffnete sie. Er ging vor, Cas folgte ihm die Treppe hinunter in das unterirdische Gefängnis. Es war stockdunkel, aber der enge Gang erhellte sich, als Galo die erste Lampe anzündete.

Links von Cas lagen fünf Zellen nebeneinander, allesamt leer. Zwischen den Kammern und der Wand zog sich der Gang entlang, an jedem Ende stand ein Stuhl für die Wachposten.

Ein paar Wachen kamen die Treppe herunter, Cas ging zum Ende des Ganges durch, während sie den Ruined die Stufen herunterbrachten. Unsanft stießen sie ihn in die erste Zelle. Er fiel mit Händen und Knien auf den Boden. Cas musterte seine dreckige linke Hand, an der ihm der kleine Finger fehlte.

„Kann bitte jemand etwas holen, um die Wunde zu säubern?“, fragte er. „Und Verbandszeug.“

Einer der Jäger sah ihn verwirrt an.

„Ich weiß nicht, wie lange mein Vater ihn am Leben lassen möchte“, fuhr Cas fort. „Willst du, dass er an einer Blutvergiftung stirbt?“

„Nein, Eure Hoheit“, antwortete eine Wache und drehte sich weg.

„Ihr könnt gehen“, sagte Cas zu den vier Jägern, die um die Zelle herumstanden. „Danke schön.“

Sie verschwanden über die Treppe. Jetzt waren nur noch Galo und drei weitere Wachen übrig. Cas stellte sich in die offene Tür zur Zelle und lehnte sich an den Rahmen.

„Vielleicht sollten wir die Tür schließen, Eure Hoheit“, bemerkte einer der Soldaten.

„Wenn seine Wunde gesäubert wurde.“ Cas streckte seine Hand aus. „Aber kann ich bitte ein Schwert haben?“

Der Mann nahm sein Schwert vom Gürtel und reichte es Cas. Er nahm es an und wandte sich wieder dem Ruined zu. Dieser setzte sich auf und rutschte nach hinten, um sich gegen das schmale Bett in der Ecke lehnen zu können. Eines seiner Augen schwoll langsam komplett zu, aber er hob den Kopf, um Cas anzusehen.

„Wie heißt du?“, fragte Cas ihn.

Keine Antwort.

„Ich bin Casimir, Prinz von Lera.“ Er wartete, dass der Ruined mit seinem eigenen Namen antwortete, aber er schwieg weiter. „Wie alt bist du?“

„Hundertundzwei Jahre." Der Ruined schmunzelte selbstgefällig. „Ich habe herausgefunden, wie man ewig lebt und niemals alt wird."

„Wirklich?", fragte Cas mit gespielter Überraschung. „Mein Vater würde sicher gern mit dir darüber reden."

Hinter Cas schnaubte eine der Wachen. Der Ruined sah Cas an, als sei er sich nicht sicher, ob es ein Scherz war.

„Name?", fragte Cas ihn erneut. „Nur den Vornamen, damit ich weiß, wie ich dich nennen soll."

„Du kannst mich Ruined nennen", antwortete der andere und lehnte seinen Kopf ans Bett. „Ich schäme mich nicht deswegen."

Auf der Treppe waren Schritte zu hören, die Wache tauchte wieder auf, mit einem Eimer Wasser, einem sauberen Tuch, Verbandszeug und einer kleinen silbernen Schale. Er war unentschlossen, als wollte er die Zelle nicht betreten, also nahm Galo ihm die Sachen ab.

„Ich mache das schon." Er ging an Cas vorbei in die Zelle und stellte den Eimer und die Schale auf dem Boden ab. Das Tuch tauchte er ins Wasser. „Gib mir deine Hand."

Der Ruined zögerte, inspizierte seine blutverschmierten Finger.

„Es wird wehtun, aber ich werde es nicht absichtlich schlimmer machen", versicherte Galo ihm.

Langsam streckte der Ruined seine Hand aus. Er zuckte zusammen, als Galo anfing, sie abzuwischen.

„Das ist Beroliswurzel", erklärte Galo, der etwas von der schwarzen Paste mit dem Tuch aus der silbernen Schale holte. „Es hilft, dass die Wunde sich schließt und keine Infektion hineinkommt." Vorsichtig schmierte er sie über den Stummel, wo einst der kleine Finger des Ruined war.

„Ich soll ja keine Infektion bekommen, bevor ihr mich umbringt“, stieß der Ruined zwischen zusammengebissenen Zähnen hervor.

„Wenn du meinem Vater sagst, was er wissen will, können wir uns vielleicht etwas überlegen, wie du am Leben bleibst“, sagte Cas.

Der Ruined lachte dumpf. „Mich zum Beispiel für den Rest meines Lebens gefangen halten? Nein danke.“

Er hatte recht, also schwieg Cas. Sein Vater würde einen Ruined niemals einfach freilassen, auch wenn er nichts Falsches getan hatte.

Cas rieb sich die Stirn, während die volle Bedeutung der Worte auf ihn einwirkte. *Auch wenn er nichts Falsches getan hatte.*

Galo wickelte einen Verband um die Hand des Ruined, stand auf und nahm die restlichen Sachen wieder mit. Cas machte einen Schritt zurück, und eine Wache schloss die Tür.

„Zwei Wachen sollen bei ihm bleiben“, befahl Cas. „Er bekommt Wasser und drei Mahlzeiten am Tag.“

„Ja, Eure Hoheit“, murmelten die Wachen.

Als Cas dem Ruined noch einen Blick zuwarf, musterte dieser ihn unter zusammengezogenen Augenbrauen.

„Ich komme öfter runter und sehe nach dem Rechten“, verkündete Cas. „Wir behandeln unsere Gefangenen gut, hier in Lera, egal, ob Ruined oder nicht.“ Er sah zu den Wachen. „Erinnert bitte auch die anderen Wachen daran.“

„Ich freue mich schon darauf, gut behandelt zu werden, bis du mir den Kopf abhackst, Casimir“, sagte der Ruined. Dabei zog er seine Knie an seinen Körper und legte seinen gesunden Arm um seine Beine.

Cas wollte ihn fragen, wie das Leben als Ruined war, wen er

umgebracht hatte, ob er jeden im Raum umbringen würde, wenn er die Chance dazu bekäme. Ob er jeden hasste, der kein Ruined war, und ob er immer schon so gedacht hatte oder ob es an Casimirs Vater lag.

Aber alles, was er jetzt zu dem Ruined sagte, würde wahrscheinlich von den Wachen im ganzen Schloss herumerzählt werden.

„Die meisten nennen mich Cas", sagte er daher. „Ich würde dich nur ungern Ruined nennen, ich würde lieber deinen richtigen Namen benutzen."

In den Augen des Ruined blitzte Wut, aber auch ein winziger Funken Interesse auf. Er sah Cas so lange in die Augen, dass es fast unangenehm wurde, als würde er den Prinzen austesten, um zu sehen, wie viel er wirklich wissen wollte.

„Damian", antwortete er schließlich. „Ich heiße Damian."

13. KAPITEL

Em sprintete aus ihrem Zimmer. Hinter ihr fiel die Tür zu. Ein Dienstmädchen sah erschrocken den Flur entlang, Em rannte an ihr vorbei zur Treppe.

Sie hatten einen Ruined gefangen. Die Nachricht hatte sich wie ein Lauffeuer im Schloss verbreitet, erzählte Davina. Er wurde in einer Zelle auf dem südlichen Gelände festgehalten und nur so lange am Leben gelassen, bis er Informationen herausgerückt hatte.

Ems Herz raste, als sie unten an der Treppe angekommen war. Es war sehr wahrscheinlich, dass sie den Gefangenen kannte, da es nicht mehr viele von ihnen gab. Würde er ihr Geheimnis verraten, dass sie mit Olso zusammenarbeiteten? Wenn er nichts verriet, müsste sie dann dabeistehen und zusehen, wie er umgebracht wurde, damit ihre Tarnung nicht aufflog?

Um sie herum wurde es langsam etwas munterer im Schloss. Sie schlich sich um eine Ecke, um der Königin und ein paar anderen Damen aus dem Weg zu gehen, die durch das Foyer liefen. Dann machte sie sich auf den Weg in den hinteren Teil des Gebäudes und drückte die Türen zum Westflügel auf. Die Zimmer der Wachen lagen in diesem Flügel, und zwei von ihnen stellten sich aufrechter hin, als sie durch die Tür kam.

„Habt ihr Aren gesehen?“, fragte sie die beiden.

„Ich hole ihn her, Eure Hoheit“, antwortete eine der Wachen und lief den Flur entlang. Er klopfte an eine Tür, durch die wenige Augenblicke später Aren seinen Kopf streckte. Er knöpfte sich gerade noch sein blaues Hemd zu, während er aus dem Zimmer kam und den Gang entlangging. Em sah ihm sofort an, dass er schon Bescheid wusste.

Sie bedeutete ihm, dass er ihr folgen sollte. Er ging hinter ihr her durch das Schloss in die Gärten. Sie gingen an den Blumen vorbei und blieben zwischen hohen Hecken stehen, weit weg von neugierigen Blicken.

Em sah sich nervös um, bevor sie sich Aren zuwandte und in einem kaum hörbaren Flüsterton anfing zu sprechen.

„Weißt du, wer es ist? Hat er geredet?“

„Die Wachen, mit denen ich geredet habe, wussten es nicht. Sie wollen auch nicht, dass wir zu ihm gehen, wenn wir nicht gerade Schicht haben. Ich könnte mich freiwillig für eine Schicht melden, aber ich dachte, ich warte erst einen passenden Moment ab.“

Em schluckte ihre aufsteigende Angst hinunter. „Wenn er ihnen erzählt, dass die Ruined sich mit den Kriegern verbündet haben …“

„Wird er nicht“, unterbrach Aren sie.

„Wir wissen nicht mal, wer es ist.“

„Das heißt ja nicht, dass er uns verrät. Es gibt nichts, was der König tun oder sagen könnte, um ihn zum Reden zu bringen. Würdest du an seiner Stelle alles erzählen?“

Seufzend fuhr Em sich mit den Fingern durch die Haare. „Natürlich nicht. Sie würden mich sofort umbringen, wenn ich ihnen alles erzählt habe.“

„Genau. Wer auch immer es ist, weiß das auch. Aber geh sicherheitshalber nicht nach da unten. Wir wollen doch nicht, dass er dich erkennt und versucht, uns zu erpressen.“

„Wie schätzt du unsere Chancen ein, ihn zu retten?“

„Nicht gut.“ Aren kratzte sich im Nacken. „Aber vielleicht kannst du sie überzeugen, ihn erst mal eine Weile am Leben zu lassen. Wenn du es herauszögern kannst, besteht eventuell eine Chance.“

„Ich kann es versuchen."

„Man hat mir erzählt, dass Cas letzte Nacht dabei war."

„Gut, dann gehe ich zu ihm. Ich sage Bescheid, wenn ich weiß, wer es ist."

„Sei vorsichtig", warnte Aren sie noch. „Du darfst nicht seinetwegen auffliegen. Wenn wir einen Ruined sterben lassen müssen ..." Er zuckte mit den Schultern. „Dann müssen wir ihn eben sterben lassen. Es ist nicht schön, aber hier steht noch mehr auf dem Spiel."

Sein Blick wurde von etwas hinter ihr abgelenkt. Em drehte sich um und sah, dass Iria auf sie zukam. Die Kriegerin wirkte grimmig.

„Es war eure Aufgabe, sie zu beschützen!", zischte Em, sobald Iria in Hörweite war. „Wieso sitzt ein Ruined in der Zelle?"

Iria spielte an einer Haarsträhne herum. „Es ist Damian."

Ems Herz blieb stehen. Alle Geräusche um sie herum verschwanden und wurden durch ein lautes Rauschen in ihren Ohren ersetzt, als schwirrten mit einem Mal Tausende Bienen um ihren Kopf.

Damian würde niemals reden. Obwohl er das größte Geheimnis kannte, Ems Geheimnis, würde er dem König nicht die kleinste Information geben.

Aber er würde sterben.

„Woher weißt du das?", fragte Aren.

„Cas war unten, hat ihm seinen Namen entlockt, Koldo hat es dann von einer Wache gehört."

„Was?", brüllte Em beinahe.

Irias üblicher selbstgefälliger Gesichtsausdruck wich einer genervten Miene. „Würdest du vielleicht etwas leiser sein? Willst du, dass sie dich zu ihm in den Kerker werfen?"

Ja, das wollte sie. Da gehörte sie hin, nicht an die Seite des Prinzen, der Damian in die Zelle gebracht hatte.

„Wie hat Cas seinen Namen herausbekommen?", fragte sie leise. „Haben sie ihn gefoltert?"

„Ja. Der König und Cas haben ihn letzte Nacht gefoltert, um ihn zu schwächen, soweit ich weiß."

Wut kochte in Em hoch. Wenn es darauf ankam, war Cas genauso wie sein Vater. Das hatte sie vorher gewusst, aber dennoch spürte sie unwillkürlich einen Anflug von Enttäuschung.

„Wir beschützen die Ruined ja, aber ...", fing Iria an.

„Wieso steht Damian dann jetzt kurz davor, geköpft zu werden?", unterbrach Aren.

„Wir helfen Hunderten Ruined in Olso. Dass nur einer gefangen genommen wurde, ist eigentlich recht beeindruckend."

Em ballte ihre Hände zu Fäusten und zog ernsthaft in Erwägung, Iria ins Gesicht zu schlagen.

„Es tut mir wirklich leid, dass der Gefangene ein Freund von euch ist", fügte Iria noch hinzu, mit erhobener Hand, als wüsste sie genau, was Em gerade dachte. „Aber du musst dich zusammenreißen. Du siehst mitgenommen aus, und Mary wäre sicher nicht mitgenommen, weil ein Ruined gefangen wurde."

„Es ist nicht bloß unser Freund, er ist im Moment der Anführer der Ruined", warf Aren ein. „Was sollen sie ohne ihn tun?"

„Sie werden weiter nach Olso überlaufen, wie befohlen", antwortete Iria. „Nur weil er nicht mehr da ist, bricht nicht gleich alles zusammen. Sie wissen, was sie zu tun haben. Im Moment ist es für euch wichtiger, dass ihr ruhig bleibt und nicht weiter auffallt."

Aren warf Em einen schmerzerfüllten Blick zu, als würde er physisch darunter leiden, Iria zuzustimmen. Natürlich hatte sie recht. Mary wäre es egal, dass ein Ruined gefangen genommen wurde, wahrscheinlich würde sie am liebsten selbst ins Gefängnis gehen und ihn umbringen.

„Ruined haben Marys Eltern umgebracht, sie könnte zumindest aufgebracht sein, wenn einer von ihnen im Schloss ist", sagte Em. „Vielleicht kann ich das als Vorwand nutzen, mit Damian zu reden. Ich sage, dass ich herausfinden möchte, ob er meine Eltern getötet hat."

„Oder ich versuche, nach unten zu kommen." Aren war in Gedanken versunken. „Möglicherweise fällt mir was ein, wie ich ihn befreien kann."

„Vielleicht", schaltete Iria sich wieder ein. „Das würde ich aber nicht auf Kosten eures Plans machen."

Es ist nicht schön, aber hier steht noch mehr auf dem Spiel. Die Worte, die Aren gerade eben gesagt hatte, gingen Em durch den Kopf. Sie sah ihm an, dass er ebenfalls daran dachte. Aber es war etwas anderes gewesen, als sie noch nicht wussten, um wen es sich handelte. Als es nicht ihr bester Freund war.

„Wir überlegen uns etwas", sagte sie entschlossen. „Wir werden ihn nicht sterben lassen."

Den Morgen über und auch am Nachmittag war Cas nirgends aufzufinden. Keiner, den Em fragte, wusste, wo er steckte, und auch Galo war wie vom Erdboden verschluckt. Wahrscheinlich hatten die beiden sich wieder in die Stadt geschlichen.

Em verbrachte den Nachmittag damit, durchs Schloss zu irren, in der Hoffnung, auf Jovita, den König oder die Königin zu treffen, aber die hatten sich den ganzen Tag eingeschlossen.

Em war nicht einmal sicher, ob sie einen der drei um Erlaubnis bitten wollte, Damian zu sehen. Bei Cas hatte sie damit bessere Chancen.

Nachdem sie das fünfte Mal an seinem Zimmer vorbeigekommen war, ließ das Personal sie vor seinem Arbeitszimmer warten. Sie nahm in dem Sessel in der Ecke Platz und musterte das überfüllte Bücherregal.

Als hinter ihr langsam die Sonne unterging, kam Cas endlich durch die Tür. Er war barfuß unterwegs, hatte ein Buch unter den Arm geklemmt und sah sie überrascht an.

Em sprang auf und sah instinktiv auf seine Fingerknöchel. Natürlich war dort nichts zu sehen, kein Blut. Was auch immer sie Damian angetan hatten, die Wachen hätten es für ihn übernommen.

Sie konnte kaum einen angewiderten Blick unterdrücken.

„Es macht dir hoffentlich nichts aus, dass ich hier auf dich gewartet habe", sagte sie.

„Überhaupt nicht. Ich war oben und habe gelesen. Ich brauchte etwas Zeit zum Nachdenken." Er legte das Buch auf dem Tisch ab und steckte die Hände in die Hosentaschen.

„Ach so, ich habe überall nach dir gesucht."

„Oben gibt es ein verstecktes Zimmer, ich zeige es dir irgendwann." Er lächelte. „Was gibt es denn?"

„Ich habe gehört, dass ihr einen Ruined gefangen habt. Du warst bei ihm?"

Langsam nickte Cas, wobei ihm ein Ausdruck übers Gesicht huschte, den Em nicht ganz zuordnen konnte.

„Was … was ist passiert? Wieso ist er hier?"

„Mein Vater möchte Informationen von ihm."

Ihr drehte sich der Magen um, und sie knetete ihre Finger. Was für eine Folter musste Damian wohl durchstehen?

„Keine Sorge, du bist in Sicherheit", beruhigte Cas sie. „Wir haben seine Kräfte geschwächt."

„Gehst du noch zu ihm?" Vielleicht konnte sie sich ja unauffällig anschließen.

„Nein, heute ist noch das Essen."

„Welches Essen?"

„Mein Vater will eine Feier für die Jäger ausrichten, bevor sie wieder fahren." Cas deutete auf seine Schulter, wo Em gerade noch so eben den weißen Verband ausmachen konnte. „Er versucht, sich bei ihnen beliebt zu machen, damit sie nicht noch mal versuchen, mich umzubringen."

Das blöde Essen hatte Em vollkommen vergessen. Sie seufzte. „Ich sollte mich wohl langsam umziehen."

„Treffen wir uns in einer halben Stunde vor deinem Zimmer?" Er lächelte sie an. Em drehte sich schnell weg. Ob sie wohl für immer vermeiden konnte, ihm ins Gesicht zu sehen? Es war unfair, dass ein so schrecklicher Mensch so ein Lächeln hatte.

„Halbe Stunde", sagte sie nur und eilte aus dem Zimmer.

Davina half Em dabei, ein rotes Kleid anzuziehen, das an einem Bein einen Schlitz hatte, der fast bis zur Hüfte hochging. Dann wurden noch ein paar einzelne Strähnen von Ems Haaren nach hinten geflochten, während der Rest offen blieb. Die Zofe puderte Ems Wangen und schmierte ihr hellrote Creme auf die Lippen.

„So", sagte sie, trat einen Schritt zurück und bewunderte ihr Werk. „Du siehst hübsch aus. Die Königin wird sehr glücklich sein."

Em seufzte. Sie sah wirklich hübsch aus, war aber kurz versucht, sich Schmutz ins Gesicht zu reiben, um die Königin zu ärgern.

Genau rechtzeitig tauchte Cas vor ihrer Tür auf und begutachtete sie von oben bis unten, als sie aus ihrem Zimmer trat. Seine Finger strichen sanft über ihr Handgelenk, und sie zitterte leicht. Beinahe hätte sie ihren Arm weggerissen.

„Du siehst wunderschön aus." Er hatte offenbar vor, ihre Hand zu ergreifen, daher verschränkte sie schnell ihre Arme vor der Brust und ging den Flur entlang.

Das Essen war schon in vollem Gange, als sie im Saal ankamen. Die Jäger saßen mit dem König, der Königin und Jovita an dem langen Tisch am Ende des Raumes. Auf der Tanzfläche herrschte bereits eine ausgelassene Stimmung, Leute lachten und wirbelten über das Parkett.

Em musterte die Jäger gründlich, während sie zusammen mit Cas zum Tisch ging. Sie hatte kaum einen getroffen, der nicht Bekanntschaft mit ihrem Schwert gemacht hatte, aber ein paar waren ihr doch entkommen. Sie erkannte keinen der Anwesenden, und es war auch unwahrscheinlich, dass einer sie erkannte. Nicht in diesem Kleid, mit Lippenstift und am Arm des Prinzen.

Als Cas und Em sich setzten, stellte Jovita ihnen die vier Männer vor. Em saß zwischen Cas und einem jungen Jäger namens Roland. Er hatte zum Glück nur zwei Abzeichen an seiner Jacke und schien mehr daran interessiert, sein Weinglas zu leeren, als mit ihr zu reden.

Em nahm ein paar kleine Schlucke von ihrem eigenen Wein, der dafür sorgte, dass sich ein warmes Gefühl in ihr ausbreitete. Am anderen Ende des Saales stand Aren in seiner Lera-Uniform. Er trug eine ausdruckslose Miene zur Schau, aber Em wusste, dass er versuchte, seine Emotionen unter Kontrolle zu behalten. Mit nur einem Blick könnte er den meisten Mitgliedern der königlichen Familie das Genick brechen, und auch Em war versucht, ihm das Signal dazu zu geben.

„Kopf hoch, Roland“, sagte einer der Jäger – Willem, dachte Em – und klopfte dem Jungen auf die Schulter.

Roland stürzte seinen Wein herunter und wischte sich über den Mund. „Ich bin innerlich fröhlich.“

Em schluckte ihren Abscheu vor diesen Menschen herunter und setzte ein künstliches Lächeln auf. „Wie stehen die Dinge da draußen? Der König erzählte, dass die Ruined versuchen, nach Olso zu gelangen?“ Das war eigentlich das Letzte, worüber sie sprechen wollte, aber es wäre hilfreich, die direkte Einschätzung der Jäger zu hören, um herauszufinden, in was für Schwierigkeiten sich die Ruined befanden.

„Wir sehen sie immer öfter nahe der Grenze“, antwortete Willem. „Ein paar haben wir umgebracht, bevor wir hörten, dass der König einen von ihnen zur Befragung möchte.“

„Die meisten entwischen uns“, murmelte Roland.

Willem warf ihm einen wütenden Blick zu. „Wir werden sie früher oder später finden, Eure Hoheit.“

„Geht ihr bald wieder zurück?“, fragte Em in der Hoffnung, dass die Antwort „Ja“ lautete.

„Gleich morgen früh reisen wir wieder ab.“ Willem schnappte sich eine Hühnerkeule, als der Kellner den Teller vor ihm abstellte. „Ein paar der Wachen müssen die Befragung des Ruined übernehmen, den wir gefangen genommen haben.“

„Lieber die als wir“, flüsterte Roland.

„Da gewöhnt man sich dran.“ Willem lachte leise. Em sah zu seinen Abzeichen hinunter. Elf – nein, zwölf. „Ich habe den Wachen ein paar Tipps gegeben. Nächstes Mal sollen sie die ganze Hand nehmen statt nur eines Fingers. Sie merken irgendwann, auf wie viele sie verzichten können, dann hat es keine große Wirkung mehr, ein paar abzuschneiden. Aber die ganze Hand …“ Er hob seine Hand und brachte sie zügig wieder nach unten, um das Abhacken zu imitieren. „Dann sind sie überrascht, haben richtig Angst und fangen an zu reden."

Um sie herum drehte sich der Saal, und Em wusste, dass sie kurz davor war, die Kontrolle endgültig zu verlieren.

Nein, nicht kurz davor. Sie war verloren.

„Wie schön, dass ihr so leicht darüber reden könnt, einen Mann zu foltern", brach es aus ihr heraus. „Ihr müsst so stolz auf die blutige Spur sein, die ihr hinter euch herzieht."

Im Augenwinkel sah sie, wie sich Cas zu ihr drehte. Das Lächeln verschwand aus Willems Gesicht, Roland murmelte noch etwas, was Em aber nicht verstand, und erhob sein Glas.

Ihr kam alles hoch, schnell stand sie auf und lief so eilig weg vom Tisch, dass sie fast über ihr eigenes Kleid stolperte. Sie musste es hochhalten, als sie zum Ausgang rannte und die Tür aufstieß.

„Mary!", rief Cas ihr hinterher. Schritte kamen immer näher, und plötzlich stand er neben ihr. Seine Hand schloss sich sanft um ihren Arm. „Warte, bitte."

Tränen stiegen ihr in die Augen, aber trotzdem blieb sie stehen und drehte sich zu ihm. Mitfühlend sah er sie an. „Ist alles in Ordnung? Was haben sie zu dir gesagt?"

Sie schüttelte nur den Kopf, blinzelte die Tränen weg und befreite ihren Arm. Seine Finger hinterließen Wärme auf ihrer Haut. Ihre Wut kochte über, sie musste sie hinauslassen.

„Ihr redet über das Morden, als wäre es eine großartige Leistung", stieß sie hervor. „Als müsse man es *feiern*!"

„Wie bitte?" Cas runzelte die Stirn.

„Dein Vater hat mit alledem angefangen", fuhr sie fort. Die Worte sprudelten einfach aus ihr heraus, beinahe wider Willen. „Er ist in Ruina einmarschiert, hat deren Königin umgebracht und alle, die er finden konnte. Er hat den König und die Königin von Vallos um Hilfe gebeten, aber als die dann mit dem unvermeidlichen Rückschlag der Ruined konfrontiert wurden, hat er seinerseits keine Soldaten aus Lera geschickt, um sie zu unterstützen. Ihr tut so, als wäre hier alles ganz wundervoll und friedlich, mit euren Käsebrötchen, den schicken Kleidern und den Stränden, aber das alles wurde auf Kosten der Menschen erreicht, die ihr umgebracht habt."

Sie atmete langsam und zittrig ein, wollte die Worte zurückholen und wieder in sich aufnehmen.

Er runzelte die Stirn. „Das ist etwas scheinheilig, findest du nicht?"

„Wieso scheinheilig?"

„Du hast immerhin den König der Ruined umgebracht, um mich zu heiraten. Macht dich das nicht genauso schlimm wie meinen Vater?"

Fast hätte sie zurückgeblafft, dass sie niemanden umgebracht hatte, um ihn zu heiraten, aber das wäre gelogen. Sie hatte Mary umgebracht.

„Das ist was anderes", verteidigte sie sich, woraufhin er nur ungläubig lachte. „Ist es! Die Ruined sind in Vallos einmarschiert, und dein Vater meinte, er hilft uns nur, wenn wir ihm helfen. Ich habe getan, was ich musste, um zu überleben."

„Vielleicht hat mein Vater auch bloß getan, was er musste, um zu überleben." Langsam wurde Cas lauter. „Wieso ist es bei dir was anderes?"

„Ist es eben!", sagte Em und riss dabei aus Frust ihre Arme nach oben.

„Tut mir leid, aber das Argument überzeugt mich nicht." Er rollte mit den Augen.

„Vergleichst du wirklich das Töten Tausender Menschen durch deinen Vater mit meinem …"

„Wieso bestimmst du, was gerechtfertigt ist und was …"
„Ich bestimme es nicht!", rief sie. „Ich sage nur …"
„Dass das, was du getan hast, in Ordnung ist", unterbrach er sie. „Aber wenn es um meinen Vater geht, ist er ein Mörder und sollte verachtet werden."
„Na gut!" Sie breitete ihre Arme aus. „Ich bin ein Monstrum. Ist es das, was du hören willst? Ich habe Menschen umgebracht, und wenn du es genau wissen willst, tut es mir kein bisschen leid. Sie hatten es verdient."
Cas' Mund stand offen, als wollte er erneut brüllen, aber er schloss ihn wieder und zögerte einen Moment. „Ich wollte nicht sagen, dass du ein Monster bist", sagte er ruhiger.
Em fuhr sich mit den Händen durchs Haar. In ihr stieg Übelkeit hoch. Es war vielleicht gelogen, dass es ihr kein bisschen leidtat. Manchmal dachte sie an Mary. An die Haarsträhne, die durch den Dreck gezogen wurde, als ihre Leiche in der Dunkelheit verschwand. Es tat ihr nicht leid, dass Mary tot war, aber ihr war nicht vollkommen wohl dabei, dass sie diejenige war, die Mary umgebracht hatte.
Die Tür schwang auf, und der König kam auf den Flur. Sein wütender Blick wanderte von Cas zu Em. „Warum schreit ihr beide hier draußen rum? Ein Diener hat mir erzählt, dass ihr euch anbrüllt."
„Es ist schon in Ordnung", sagte Cas schnell.
„Ich hoffe, du bringst deiner frischgebackenen Frau bei, wie wir hier in Lera unsere Gäste behandeln." Er zeigte mit dem Finger auf sie. „Ich erwarte, dass du wenigstens *nett* bist."
„Nett?", spottete sie. „Ihr habt mir aufgetragen, jemanden umzubringen, damit ich euren Sohn heiraten kann. Kaum hier angekommen, musste ich wieder kämpfen, und zwischen den Olso-Kriegern, die *vielleicht* etwas im Schilde führen, und den

mörderischen Jägern habe ich mich kaum einen Moment sicher gefühlt, seit ich in diesem Schloss bin. *Nett sein* ist nicht gerade weit oben auf meiner Prioritätenliste."

Der König lief derart rot an, dass er fast lila wurde, dennoch schien es ihm unmöglich, ein Wort herauszubringen. Er stotterte, zeigte ohne offensichtlichen Grund auf Cas und stapfte zurück in den Saal.

Cas stieß einen Laut aus, der fast wie ein Lachen klang. „Ich glaube nicht, dass ich meinen Vater schon mal sprachlos erlebt habe."

„Dann sollte ich ihn öfter anschreien", murmelte sie. „Vielleicht täte es ihm gut, ab und zu sprachlos zu sein."

Cas lachte und räusperte sich dann, als wollte er das Lachen verbergen. Er setzte eine ernstere Miene auf. „Es tut mir leid, dass mein Vater dir aufgetragen hat, den König der Ruined umzubringen, um mich zu heiraten. Ich war dagegen, falls das für dich irgendeinen Unterschied macht."

„Tut es. Aber ich finde nicht gut, was dein Vater in Ruina getan hat. Du wirst mich niemals überzeugen können, dass er dabei im Recht war."

„Ich kann es nachvollziehen", sagte er, was Em überraschte. Er senkte den Blick, schabte mit seiner Schuhspitze über den Boden. „Letzte Nacht hat er mich geweckt, um den Ruined zu sehen, als sie ihn hergebracht haben. Ich hatte vorher noch nie einen von ihnen gesehen."

„Und?", hakte sie nach, in Erwartung eines weiteren Wutausbruches. Doch wie er seine Schultern hochgezogen hatte und sein Gesicht verzog, ließ sie innehalten. Sie wollte wissen, was er dazu zu sagen hatte.

„Und ... es war beeindruckend. Und beängstigend." Er warf ihr einen Blick zu. „Als du den Ruined umgebracht hast, hast du ihn da zuerst provoziert, um seine Kräfte zu schwächen? Hast du so ihren König getötet? Was hatte er für Kräfte?"

„Macht über den Geist. Er konnte dich dazu bringen, Visionen zu haben und Dinge für wahr zu halten, die es nicht sind." Sie musste an den Anblick ihres toten Vaters denken und schluckte. „Und, nein, habe ich nicht. Ich habe mich einfach an ihn herangeschlichen, ihn angegriffen, bevor er reagieren konnte."

„Hast du seine andere Tochter gesehen? Emelina? Lebt sie noch?"

„Emelina habe ich nicht gesehen." Es hörte sich merkwürdig an, Cas ihren wirklichen Namen sagen zu hören.

„Mein Vater wollte sie auch umbringen lassen." Cas musste kurz schlucken. „Aber nachdem ihre Familie getötet wurde, ist sie verschwunden. Außerdem, ein unbegabter Ruined ist doch unwichtig. Wenn sie keine Macht hat, ist sie auch nicht gefährlich." Es schien fast so, als spreche er mehr mit sich selbst als mit Em.

„Das stimmt", antwortete Em leicht verbittert.

„Ich dachte immer, dass es irgendwie fies ist, sie ‚unbegabt' zu nennen."

„Das trifft es aber am besten", sagte Em.

„Immerhin können sie sich gegen die Kraft eines Ruined wehren, wenn sie wollen, oder? Das ist doch auch eine Begabung. Also, ich hätte nichts dagegen, diese Fähigkeit zu besitzen."

„Ruined greifen sich aber nicht gegenseitig an", erklärte sie. „Daher ist diese Fähigkeit im Grunde nutzlos. Und daher keine wirkliche Begabung."

Cas starrte auf den Boden. Er sah erschöpft aus. Es wirkte nicht so, als störte ihn das lange Schweigen oder als bemerkte er es überhaupt. Em wartete, bis er wieder anfing zu sprechen.

„Er ist nicht viel älter als ich“, sagte er leise. „Ich frage mich, wie ich mich wohl fühlen würde, wenn ich in seiner Situation wäre. Wenn die Ruined mich gefangen hätten und ich nur auf den Tod warten würde. Ich glaube, ich hätte große Angst und wäre auch sehr wütend.“

„Wütend“, wiederholte Em.

„Was hat er schon getan?“ Sein Flüstern war kaum hörbar. „Wenn ich ehrlich sein soll, bin ich deswegen so wütend geworden, als du das über meinen Vater gesagt hast. Ich denke, du hast recht. Wir bringen all diese Menschen um, für etwas, das sie *vielleicht* tun könnten. Wir denken, sie *könnten* böse sein. Damian haben sie hergebracht, weil er versucht hat, nach Olso zu kommen, was ja theoretisch gar nichts mit uns zu tun hat. Was hat er sonst getan? Wieso sollte er verdient haben, was sie ihm letzte Nacht angetan haben?“ Er zeigte auf Em. „Und selbst wenn er einer der Ruined wäre, die deine Eltern umgebracht haben – solltest du dann nicht entscheiden, was für eine Strafe er bekommt?“

„Ja.“ Ihr Zorn hatte sich inzwischen in Luft aufgelöst. Alles, was blieb, war ein Schmerz in ihrer Brust und das plötzliche Bedürfnis, Cas in den Arm zu nehmen. „Wäre es meine Entscheidung, würde ich anders vorgehen als dein Vater.“

Cas nickte traurig. Es musste wehtun, zu merken, dass der eigene Vater ein Monstrum war.

Em räusperte sich. „Wirst du deinem Vater irgendwas von dem erzählen, was du gerade zu mir gesagt hast, oder bin ich die Einzige, die den Mut hat, ihm die Meinung zu sagen?“

Er legte seinen Kopf schräg und musterte sie. Schnell machte er ein paar Schritte auf sie zu, bis er direkt vor ihr stand, und nahm ihr Gesicht in seine Hände. Als er sie berührte, sackte ihr ganzer Körper zusammen. Sie konnte nicht anders, als sich an einem seiner Arme festzukrallen. Unter ihren Fingern knisterte und prickelte seine Haut. Er war wie ein Feuer, das sie berühren konnte. Ihr Griff schloss sich fester.

„Mein Vater hatte unrecht." Sein Blick durchbohrte sie. „Du solltest niemals höflich sein."

Der Blick wanderte zu ihrem Mund, und für einen Moment dachte sie, er würde sie gleich küssen, aber dann richtete sich seine Aufmerksamkeit auf etwas hinter ihr, und er trat einen Schritt zurück, als ein Bediensteter vorbeiging.

Em strich leicht über ihre Wange, die von seiner Berührung immer noch glühte. „Von nun an werde ich sicher nicht mehr höflich zu dir sein."

Er lächelte. „Schön." Er hielt ihr seine Hand hin, und sie ließ ihre Finger langsam zwischen seine gleiten. „Bist du bereit, wieder reinzugehen? Wir könnten zusammen unhöflich sein, weit weg von diesen Jägern."

Kaum spürbar strich sie ihm mit dem Daumen über die Hand und lächelte zurück. „Hört sich gut an."

Den Rest des Abends verbrachte Em damit, den Jägern aus dem Weg zu gehen und mit Cas durch den Saal zu laufen und alle Gouverneure, Berater des Königs und Freunde zu begrüßen. Die meiste Zeit hielt Cas dabei ihre Hand, was dafür sorgte, dass sie alle Namen der Leute, die sich ihr vorstellten, sofort wieder vergaß. Insgesamt konnte sie sich kaum an den Abend erinnern, nur an das Gefühl von Cas' warmen Berührungen. An die konnte sie sich allerdings noch sehr gut erinnern.

„Ich muss noch mit Jovita sprechen", sagte Cas, als das Fest sich langsam dem Ende neigte. „Die guckt mich schon seit einer Stunde an."

Jovita hatte die Stirn gerunzelt und wiederholt mit dem Kopf gezuckt, um anzudeuten, dass sie mit ihm reden wollte.

„Wahrscheinlich will sie sich über mich beschweren", mutmaßte Em, als Cas seine Hand wegzog. „Dir sagen, dass du mich besser unter Kontrolle halten sollst."

Er lachte. „Würdest du mich das überhaupt tun lassen?"

„Auf gar keinen Fall."

„Das dachte ich mir." Er lächelte ihr noch über die Schulter zu, während er wegging. Sie konnte ihren Blick einfach nicht von ihm abwenden, bis er schon halb durch den Saal gegangen war. Ein kleines Stück seines Hemdes guckte hinten aus der Hose heraus, am liebsten hätte sie ihn daran zurück zu sich gezogen.

Em verdrängte den Gedanken und räusperte sich. Lächerlich. Sie hatte an weit wichtigere Dinge zu denken als an Cas in seinen niedlichen, zerwühlten Klamotten.

Sie schaute zum Tisch der Jäger. Roland hatte sich schon verabschiedet, aber Willem saß noch mit vom Wein geröteten Wangen da. Er hatte die Augenbrauen zusammengezogen und starrte durch den Saal.

Er starrte Aren an.

Ein kalter Schauer lief Em über den Rücken, denn er sah Aren an, als würde er ihn erkennen.

Aren hatte es schon bemerkt, versuchte aber ganz offensichtlich, es zu ignorieren. Er drehte sich nach rechts, sagte etwas zu der Wache neben ihm. Für den Bruchteil einer Sekunde trafen Ems und Arens Blicke sich, und sie sah die Angst in seinen Augen. Er erkannte Willem auch.

Aren trat aus der Reihe der Wachen heraus, kratzte sich am Kopf und schlenderte aus dem Raum. Er versuchte, sich unauffällig zu verhalten, doch Em sah, wie verkrampft er war.

Willem stand auf und folgte ihm.

Instinktiv wollte Em nach ihrem Schwert greifen, fand aber nichts außer dem Kleid an ihrer Hüfte. Plötzlich verfluchte sie das blöde Kleid.

Cas redete immer noch mit Jovita, der König stand auf der anderen Seite und flirtete mit einer hübschen Frau. Em sah zu, wie Willem die Tür aufstieß und nach draußen verschwand.

Sie folgte ihm so schnell, wie sie sich traute, öffnete langsam die Tür und spähte auf den Flur. Rechts von ihr bog Willem gerade um die Ecke in Richtung des hinteren Teils des Schlosses.

Ems Schuhe klackerten auf dem Steinboden, als sie einen Schritt nach vorn tat.

„Em … Mary." Arens Stimme drang von hinten leise zu ihr durch. Sie wirbelte herum und sah, wie er vorsichtig hinter einer Ecke hervorguckte.

Em eilte über den dunklen Korridor zu ihm. Um sie herum verhallten die Geräusche der Feier, die Vorhänge waren zugezogen, und die Lampe gegenüber brannte nicht. So wie sie Aren kannte, hatte er sie selbst gelöscht.

„Kennst du den Jäger?", flüsterte sie ihm zu.

„Vor ein paar Monaten habe ich ihn getroffen. Seine zwei Kameraden habe ich umgebracht, aber er ist mir entwischt."

„Er hat viel getrunken, und es sah nicht so aus, als wäre er sich sicher. Vielleicht gibt er auf, wenn er dich nicht findet."

„Oder er erzählt jemandem von seinem Verdacht."

Schritte näherten sich, und plötzlich kam eine schwarze Silhouette um die Ecke. Die Gestalt näherte sich Em und Aren, bis sie schließlich Willems Gesicht sehen konnten. Er war rasend vor Wut.

„Ich kenne dich." Er griff nach dem Dolch, der an seinem Gürtel hing. „Ich *kenne* …"

Em schnappte sich seine Arme und verdrehte sie ihm hinter dem Rücken, bevor er seine Waffe erreichen konnte. Aren nahm ihm schnell den Dolch ab und drückte ihn gegen Willems Kehle.

„Wir müssen es wie einen Unfall aussehen lassen", zischte Em. „Ein Mord und das ganze Schloss wird misstrauisch."

Nach Luft ringend, versuchte Willem, sich zu befreien.

„Verschwinde." Aren wies Em mit einer Kopfbewegung an wegzulaufen. „Sie dürfen dich nicht mit uns zusammen erwischen."

Em machte den Mund auf, um zu widersprechen, obwohl sie genau wusste, dass er recht hatte.

„Noch eine Runde, bevor ich …" Ein Lachen drang über den Flur zu ihnen. Reflexartig schossen Ems und Arens Köpfe nach oben in Richtung der Männerstimme.

Willem öffnete den Mund, und es kam ein leises Quietschen heraus, bevor Em ihm ihre Hand auf den Mund drückte. Aren schlug ihm auf die Brust, drückte ihn an die Wand, den Dolch immer noch an seinem Hals. Willem trat um sich, wehrte sich, aber Aren konzentrierte seinen Blick auf Willems Bein und benutzte seine Magie, um es taub werden zu lassen.

Willem versuchte zu schreien, aber Em erstickte die Geräusche mit ihrer Hand, die sie immer fester auf seinen Mund presste.

„Em, verschwinde endlich", hauchte Aren.

„Warte, ich bin in ein paar Minuten da", sagte die Männerstimme, die inzwischen näher gekommen war.

Am Ende des Ganges tauchten zwei Wachen auf. Em erstarrte, traute sich nicht einmal zu atmen. Einen der Männer erkannte sie.

Der, der gerade gesprochen hatte, war Galo. Er lächelte dem zweiten Soldaten zu, und keiner der beiden nahm die drei Personen wahr, die nur ein paar Schritte entfernt von ihnen standen.

Der andere grinste, beugte sich vor und gab Galo einen Kuss auf den Mund. Er sagte noch kurz etwas, was Em aber nicht hören konnte, und ging dann weg, aber nicht, ohne Galo noch einmal zuzulächeln.

Galo lachte, senkte den Kopf und vergrub seine Hände in den Hosentaschen. Er drehte sich nach rechts in Richtung des dunklen Gangs. Em hielt die Luft an.

„Stehen wir hier nur rum, oder drehen wir eine Kontrollrunde?“, rief jemand schroff.

Galos Kopf schnellte hoch. „Entschuldigung, Julio.“ Er ging in die andere Richtung davon und verschwand.

Ems Knie waren butterweich. Fast brach sie zusammen.

„Kontrollrunde bedeutet, dass er einmal ums Schloss geht“, flüsterte Aren ihr zu. „In ein paar Minuten ist er wieder hier.“

„Drück ihm die Luftröhre ab“, befahl Em und hielt Willem dabei mit der anderen Hand die Nase zu.

„Du solltest ver…“

„Wenn ich gehe und er dir entwischt, wird es noch viel schlimmer. Mach schon.“

Aren starrte auf Willems Hals. Die Beine des Jägers fingen an zu zucken. Jemandem die Luftröhre abzudrücken brauchte eine Menge Konzentration. Aren konnte nicht gleichzeitig seine Beine kontrollieren. Um Willem ruhig zu halten, drückte Em sich mit ihrem ganzen Körper gegen ihn.

„Es sollte doch eigentlich vorbei sein“, stieß Aren zwischen zusammengebissenen Zähnen hervor. „Ich sollte damit durch sein, Jäger zu töten, bevor sie mich töten.“

„Ich weiß“, antwortete Em leise. Willems Körper erschlaffte, sein Kopf fiel zur Seite.

„Und Damian sollte eigentlich Ruined nach Olso bringen, nicht hier in irgendeiner Zelle verrotten, während ich die Leute bewache, die ihn foltern.“ Arens Stimme wurde lauter, brach dann ab.

Em sah sich kurz um. Das Herz schlug ihr bis in den Hals. Noch waren sie allein.

„Ich kann nicht aufhören, er lebt noch“, sagte Aren leiser.

Em nickte und drückte Willem noch fast eine Minute lang Mund und Nase zu. Als Aren endlich einen Schritt zurückwich, starrten die toten Augen des Jägers leer an ihnen vorbei.

Em drückte gegen seine Schultern, um ihn oben zu halten. „Hilf mir, ihn zu dem Tisch da zu bringen. Wir schlagen seinen Kopf an der Kante ein, er stinkt sowieso nach Alkohol, da glauben alle sofort, dass er gestolpert ist.“

Aren stöhnte unter der Last, als er Willems linke Seite übernahm.

„Geht’s dir gut?“

„Ja“, antwortete er, aber seine Beine zitterten, und auf seiner Stirn glänzten Schweißperlen. Es schwächte ihn, die Macht anzuwenden.

„Zählst du noch mit? Ich habe immer mitgezählt, wie viele ich umgebracht habe“, fuhr er fort, als sie neben dem Tisch stehen blieben.

„Nein, damit habe ich vor ein paar Monaten aufgehört. Dreh ihn mal ein Stück.“ Em machte Willems Gewicht auch zu schaffen.

„Da?“ Aren zeigte auf eine Ecke des Tisches.

„Ja. Die Seite hier bei mir. Wir müssen ihn richtig dagegenrammen, damit es Spuren hinterlässt. Bist du bereit?“

Zusammen stießen sie Willems Kopf auf die Kante, sein Schädel knackte beim Zusammenprall mit dem Holz. Das Geräusch ließ Em zusammenzucken, und sie sah sich alarmiert um. Niemand hatte sie gehört.

Willem fiel zu Boden, Blut quoll aus seinem Kopf und bildete eine Pfütze auf dem Steinboden.

„Also Spuren hat es hinterlassen.“ Aren starrte auf den gefallenen Jäger, dann zeigte er auf die Abzeichen auf dessen Brust. „Aber ich habe weniger von denen getötet als er Ruined“, murmelte er.

„Steck seinen Dolch zurück an seinen Gürtel“, sagte Em ruhig. Er gehorchte, blieb dann regungslos stehen und starrte weiter auf den Toten.

„Ich muss …“, begann Em.

„Nein, ich geh vor“, unterbrach Aren sie. „Niemand darf dich hier erwischen.“ Er schlich zum Ende des Flurs, bis die Lampe auf sein Gesicht schien, und deutete mit dem Kopf in ihre Richtung. „Alles frei.“

Em eilte den Korridor entlang, dem Gelächter und den klirrenden Gläsern entgegen. Plötzlich drehte sie sich noch mal um, griff nach Arens Arm und drückte ihn sanft. „Danke, Aren. Ich weiß, dass es nicht einfach für dich ist, hier zu sein. Es bedeutet mir so viel, dass du mit mir kommen wolltest.“

Er zuckte mit den Schultern, kratzte sich im Nacken. „Natürlich bin ich mitgekommen. Alles andere kam gar nicht infrage.“

Für ihn nicht. Als sie den Vorschlag gemacht hatte, meldete er sich sofort freiwillig mitzukommen und brannte seine übrig gebliebenen Ruined-Zeichen mit einem heißen Stein weg. Er hatte nicht einen Moment gezögert.

„Geh“, sagte er.

Em wollte bei ihm bleiben, mit ihm am Lagerfeuer sitzen, wie früher, nachdem sie Jäger getötet hatten. Nachdem er jemanden umbringen musste, zog sich Aren immer in sich selbst zurück, aber es schien ihn nie zu stören, wenn sie leise neben ihm saß.

„Sei vorsichtig." Sie ließ seinen Arm los. „Sag Bescheid, wenn dir jemand verdächtig vorkommt."

Er winkte ihr zu, ohne sie anzusehen. Em schaute noch einmal über ihre Schulter zu ihm zurück, bevor sie die Tür zum Saal aufstieß und zwischen den Leuten verschwand.

14. KAPITEL

Cas beobachtete, wie die Kutsche durch die Gärten zur südlichen Wiese zurückfuhr. Der König war eine ganze Weile zusammen mit den Wachen und Damian fort gewesen. Inzwischen stand die Sonne schon sehr tief am Himmel und tauchte alles in ein goldgelbes Licht.

Der König sprang von seinem Pferd und kam über den Rasen auf Cas zu. Einen Tag war es her, dass Mary ihm ihre Meinung gesagt hatte. Er sah sich um und schien erfreut darüber, dass Cas allein war.

„Habt ihr irgendetwas herausgefunden?", erkundigte sich Cas.

Der König schüttelte den Kopf. „Nein, es ist eher unwahrscheinlich, dass der hier reden wird. Auf Folter springt er nicht an."

Tat das denn überhaupt jemand? Cas öffnete schon den Mund, um zu fragen, war dann aber abgelenkt durch eine der Wachen, die den bewusstlosen Damian aus dem Wagen zog.

„Er ist doch nicht tot, oder?" Cas warf seinem Vater einen durchdringenden Blick zu.

„Noch nicht."

Cas war entschlossen, ruhig zu bleiben. Seine Stimme würde nicht zittern.

„Ich gehe nach unten und rede mit Damian", sagte er.

Sein Vater zuckte mit den Schultern. „Wenn du möchtest."

„Ich würde ihm gern anbieten, ihn am Leben zu lassen, wenn er uns Informationen liefert."

„Das kannst du tun, aber dann würdest du lügen."

„Wieso? Du hast schon andere Ruined am Leben gelassen, Olivia Flores zum Beispiel."

„Olivia Flores ist auch nützlich und dazu jung. Man kann sie noch kontrollieren."

Kontrollieren hörte sich anders an als das, was sein Vater bisher über Olivias Position gesagt hatte. Wahrscheinlich hatte Mary recht damit, dass Olivia eine Gefangene war, kein Gast.

„Wo ist sie?", fragte er.

„Fort Victorra, aber behalte das für dich. Es wissen nicht viele, wo sie sich aufhält."

Die in den Bergen im Süden gelegene Festung war auch der Rückzugsort im Falle einer Übernahme des Schlosses, und dort gab es ebenfalls viele Zellen im Kerker. So wie Cas sie in Erinnerung hatte, waren es keine schönen Zellen.

„Ist die dort im Verlies eingesperrt?"

„Natürlich ist sie das. Wir können sie nicht einfach frei herumlaufen lassen."

Cas versuchte, das Bild aus seinem Kopf zu verdrängen: Das Bild eines jungen Mädchens, das in Ketten in einer der düsteren Zellen saß. Er sollte sich lieber auf das Problem direkt vor ihm konzentrieren.

Er zeigte auf Damian, der gerade die Treppen hinuntergezogen wurde. „Was hat er verbrochen?"

Der König runzelte die Stirn. „Was meinst du?"

„Das Gesetz schreibt vor, dass ein Angeklagter das Recht hat, über seine Straftaten aufgeklärt zu werden, und dass ihm eine Verhandlung vor einem Richter aus seinem Land zusteht. Was waren seine Straftaten?"

„Er ist ein Ruined, das ist sein Verbrechen."

„Ein Ruined zu sein ist ein Zustand, kein Verbrechen."

Der König zog seine Augenbrauen noch weiter zusammen und verschränkte die Arme vor seiner Brust. „Wie bitte?"

„Er hat nicht wirklich irgendetwas verbrochen. Wer sagt denn, dass er überhaupt jemals seine Kräfte dazu benutzt hätte, jemanden zu verletzen, wenn wir ihn in Ruhe gelassen hätten? Wenn wir ihn einfach in Ruhe gelassen hätten?"

„Ja, da würden dir bestimmt all die Menschen zustimmen, die Wenda Flores gefoltert hat", bemerkte sein Vater beiläufig. „Die Menschen, die sie gefangen genommen hat, um an ihnen ihre Kräfte zu üben? Oder die Menschen in Vallos, die während ihres Versuchs, dort einzumarschieren, abgeschlachtet wurden?"

„Damian ist nicht Wenda Flores. Wenda Flores war nur eine Person, und sie ist tot. Wir bestrafen alle Ruined für die Taten weniger."

„Ruined sind keine Individuen, sie agieren als Ganzes, immer schon." Der König deutete auch dorthin, wo Damian unter der Erde verschwunden war. „Das hier ist der Einzige, den du jemals getroffen hast, du verstehst es nicht."

„Nur weil ich dir widerspreche, heißt das nicht, dass ich es nicht verstehe."

Man sah, dass der König die Zähne zusammenbiss. „Was soll das? Denkt Mary etwa so?"

„Ich denke so."

„Was für ein Zufall, dass diese Gedanken plötzlich ans Licht kommen, ein paar Wochen nachdem du dieses Mädchen geheiratet hast." Er betonte *dieses Mädchen*, als wäre es ein Schimpfwort.

„Das Mädchen, das ich auf deinen Befehl geheiratet habe", erinnerte Cas ihn.

Der König schnaubte. „Sie ist kein bisschen wie ihre Eltern. Vielleicht hat sie nach deren Tod alles verdrängt, denn die beiden haben die Ruined verabscheut." Er seufzte. „Es war falsch, diese Ehe zu arrangieren, ohne das Mädchen vorher selbst kennenzulernen. Hätte ich gewusst …"

„Was?" Wut stieg in Cas auf. „Dass sie selbstständig denken kann? Dass sie Dinge infrage stellt und nicht blind alles unterstützt, was wir sagen?"

Der König strich sich nachdenklich über den Bart. „Vielleicht gibt es noch einen Weg, da wieder rauszukommen."

Cas wich zurück, die Worte trafen ihn wie ein Schlag ins Gesicht. Unerwartet brach Panik in ihm aus bei dem Gedanken, Mary zu verlieren.

„Meine Ehe geht dich nichts an", sagte Cas kalt. „Der Vertrag ist zwischen Mary und mir. Verstanden?!"

Seinem Vater fehlten die Worte. Er sah ihn nur vollkommen verblüfft an.

„Ich gehe runter und rede mit Damian", wiederholte Cas. „Vielleicht erzählt er mir ja, ob er tatsächlich etwas verbrochen hat. Falls ja, können wir über eine angemessene Strafe reden. Aber wenn nicht, halten wir jemanden gefangen und foltern ihn, der nichts Falsches getan hat. Ich weiß nicht, was schrecklicher ist – unser Verhalten oder dass es dir anscheinend überhaupt nichts ausmacht."

Cas wandte sich von seinem schockierten Vater ab und ging in den Kerker. Dabei versuchte er, langsam zu atmen, um sein wild schlagendes Herz zu beruhigen. Er fühlte sich zwar etwas zittrig, aber gleichzeitig erleichtert. Das Gewicht der vielen Worte, die schon so lange in ihm schlummerten, war endlich verschwunden.

„Ich … ich kann das nicht noch mal tun. I… ich …", drang eine Männerstimme von unten zu Cas durch. Er ging langsamer und hörte zu.

„Wir wechseln uns ab." Jetzt sprach Galo. „Keiner ist mehr

als einmal dran.“ Eine kurze Pause. „Ric, wage es ja nicht, hier unten zu kotzen.“

Cas machte einen letzten Schritt nach unten. An der gegenüberliegenden Wand standen zwei Wachen; welcher von ihnen Ric war, erkannte man sofort. Es war der junge, blasse Mann mit den zitternden Händen. Schnell ließ er sie hinter seinem Rücken verschwinden, als er Cas bemerkte.

„Ihr beide müsst nicht hier unten sein“, sagte Cas. „Wartet ihr bitte oben?“ Beide nickten und eilten an ihm vorbei.

Galo stand vor Damians Zelle, Cas blieb neben ihm stehen. Damian lag zusammengekauert am Boden, sein Gesicht war blutig und geschwollen. Auf seinem Oberteil war frisches Blut zu sehen.

„Die Jäger sind abgereist, oder?“, fragte Cas leise.

„Ja, heute Morgen. Bis auf einen, der sich den Schädel eingeschlagen hat.“

„Haben sie ihn nicht wiederbelebt?“

„Nein, als ich ihn gefunden habe, war er bereits tot.“

„Also hat mein Vater veranlasst, dass die Wachen sich um Damians Folter kümmern.“

„Ja.“

Cas fuhr sich durchs Haar. „Foltern gehört nicht gerade zu ihren Aufgaben.“

„Nein. Sie haben nach Freiwilligen gefragt, aber …“

„Niemand hat sich gemeldet.“ Plötzlich empfand Cas Stolz auf seine Wachen. „Gut.“

Damian hob ruckartig den Kopf und öffnete ein Auge. Das andere war zugeschwollen. Er drehte sich auf eine Seite und schien einen Moment zu brauchen, bis er erkannte, dass Cas vor seiner Zelle stand.

Er lachte. Ein trauriger, leerer Klang, der durch das Verlies hallte. Er drehte sich wieder auf den Rücken und zuckte vor Schmerz, während er sich den Bauch hielt.

„Ich bin gestorben, oder?“ In seinem Ton schwang Belustigung mit. „Ich dachte immer schon, dass mich nach meinem Tod noch eine Strafe erwartet. Dein Anblick ist meine Strafe, oder?“

„Du bist nicht tot“, widersprach Cas.

„Eine Schande.“ Damian bewegte seinen Kiefer, als wolle er sich vergewissern, dass er es noch konnte.

„Wie alt bist du?“, fragte Cas.

Damian runzelte die Stirn. Er wartete einen Moment, bevor er antwortete. „Siebzehn. Oder achtzehn, ich hab den Überblick verloren.“

„Hast du Familie?“

„Ja. Obwohl man alle, die wirklich mit mir verwandt waren, umgebracht hat.“ Seine Stimme wurde leiser. „Aber ja, ich habe eine Familie.“

„Wolltest du deswegen nach Olso, sind sie dort?“

Er lachte, diesmal richtig, sodass seine Brust bebte. „Nein.“

Cas zögerte und sah zu Galo. Galo stand nur ein paar Schritte entfernt und beobachtete sie mit gerunzelter Stirn. Cas überlegte, ob er Galo wegschicken sollte, aber vielleicht musste sein Freund diese Unterhaltung auch mitbekommen. Nur so konnte Cas herausfinden, ob Galo genauso dachte wie er oder ob er eher so dachte wie sein Vater.

„Die Jäger haben deine Familie umgebracht“, fuhr er fort. Es war keine Frage.

Damian biss die Zähne zusammen. „*Eure* Jäger haben meine Familie umgebracht, ja.“

„Unsere Jäger haben deine Familie umgebracht“, wiederholte Cas, denn es stimmte. „Was hast du vor dem Einmarsch der Lera gemacht?“

„Was meinst du, was ich gemacht habe?“

„Zu dem Zeitpunkt warst du ungefähr sechzehn, oder? Bist du zur Schule gegangen? Gab es in Ruina Schulen?“

„Nein. Kinder haben zu Hause von ihren Eltern gelernt.“ Er hielt einen Moment inne. „Aber ich hatte im Schloss Unterricht, zusammen mit Em und Olivia.“

„Em ist Emelina?“, hakte Cas nach.

„Ja.“

„Du warst mit den Flores-Schwestern befreundet? Oder bist du mit ihnen verwandt?“

„Freunde.“

„Dann müssen deine Eltern Wenda Flores gekannt haben.“

„Alle kannten Wenda“, erklärte Damian und legte sich dabei einen Arm über die Stirn. „Es ist anders als hier, wo man sich von allen Leuten abschottet, als hätte man Angst vor ihnen.“

„Wurdest du trainiert?“, fragte Cas weiter. „Kampftraining?“

Kaum merkbar zuckte Damian mit den Schultern. Die Frage beantwortete er nicht.

„Warst du an dem Überfall auf das Schloss in Vallos beteiligt?“ Cas dachte dabei an Marys beunruhigten Gesichtsausdruck, als sie ihn nach Damian gefragt hatte.

Der zuckte wieder nur mit den Schultern.

„Wurde dir beigebracht, alle zu hassen, die keine Ruined sind?“

Damian ließ seinen Arm fallen. Er sah Cas an. „Nein.“

Cas warf Galo einen Blick zu. Der Wachsoldat hatte die Arme vor seiner Brust verschränkt und sah ernst aus. Er nickte Cas unauffällig zu, um ihm zu signalisieren, dass er weitermachen sollte.

„Vor dem Angriff der Lera, hast du da jemals jemanden getötet?“

„Ruined bringen sich nicht gegenseitig um, und ich hatte nicht viel Kontakt mit irgendjemandem sonst.“ Damian schnaubte geringschätzig. „Ich kann nicht gerade behaupten, dass ihr einen guten Eindruck hinterlasst.“

„Nein, vermutlich nicht“, antwortete Cas leise.

Eine Falte bildete sich auf Damians Stirn, während er Cas musterte. Er öffnete den Mund, als wollte er etwas sagen, schloss ihn dann aber wieder und zog seine Augenbrauen enger zusammen. Cas machte einen Schritt zurück, näher zu Galo, an die Wand. Er senkte den Kopf so, dass nur Galo ihn hören konnte.

„Fragst du dich manchmal“, sein Blick war auf den Boden gerichtet, „ob vielleicht wir die Gefährlicheren sind, nicht die Ruined?“

Einen Augenblick zögerte Galo, bevor er antwortete: „Immer.“

15. KAPITEL

„Plan Nummer eins.“ Em ging in ihrem Zimmer auf und ab und hielt einen Finger hoch. „Wir versuchen einfach, ihn so lange am Leben zu halten, bis wir bereit sind anzugreifen. Dann gehört das Schloss sowieso uns, und Damian ist wieder frei.“

Aren, der seitlich an die Wand gelehnt aus dem Fenster sah, nickte. Die Sonne schien auf sein Gesicht und das blaue Oberteil. „Eine Zeit lang muss er die Folter aushalten“, sagte er leise.

„Ich weiß.“ Em musste schlucken. „Plan Nummer zwei. Du meldest dich freiwillig, eine Schicht bei ihm zu übernehmen, tötest die andere Wache und du und Damian versucht zu fliehen.“

„Sollte er überhaupt in der Verfassung sein zu laufen. Mal abgesehen davon, dass du auch unter Verdacht gerätst, wenn ich Damian befreie und wir beide fliehen.“

Em stöhnte genervt und strich sich durch die Haare. „Okay, vergiss Plan Nummer zwei. Oder! Wir überarbeiten ihn. Mach, dass es so aussieht, als ob Damian die andere Wache mithilfe seiner Kräfte getötet hat und allein entkommen ist.“

„Er hätte immer noch große Schwierigkeiten, über die Mauer zu kommen und dann nicht von den Wachen erwischt zu werden, wenn er erst mal frei ist.“

„Hast du irgendeine bessere Idee?“, fragte Em gereizt.

„Nein. Gibt es einen Plan Nummer drei?“

„So schnell wie möglich herausfinden, wo Olivia ist, und dann verschwinden wir alle von hier.“

„Das ist bisher der schlechteste Plan. Wenn wir deine Tarnung auffliegen lassen, bevor wir bereit sind anzugreifen, war das Ganze hier umsonst. Dann stärken sie nur ihre Verteidigung.“

„Ich habe nie behauptet, es wären gute Pläne, und von dir kommt auch nicht wirklich viel.“

Aren drehte sich um, sodass er jetzt mit dem Rücken an der Wand lehnte, und sah zur Decke. „Plan Nummer vier. Damian sterben lassen.“

Em umklammerte einen der Bettpfosten so fest, dass er fast brach.

„Sieh mich nicht so an“, sagte Aren. Er blinzelte ein paarmal, aber Em konnte trotzdem die Tränen in seinen Augen sehen. „Ich muss mich mit aller Kraft zusammenreißen, um nicht da runterzurennen und alle umzubringen, die in der Nähe seiner Zelle sind. Aber das hier ist größer als er, das weißt du.“

Em lockerte ihren Griff um den Bettpfosten. „Ich weiß.“

„Plan Nummer eins. Der ist unsere einzige Wahl. Es so lange hinauszuzögern wie möglich.“

„Vielleicht kann er ihnen ein paar Informationen geben, so tun, als würde er ihnen helfen, dann töten sie ihn nicht so schnell“, schlug Em vor. „Ich will mit ihm reden. Kannst du dich freiwillig für eine Schicht im Gefängnis melden?“

„Klar. Für die Nachtschicht stehen noch keine Wachen fest.“

„Ist nachts mehr als einer unten?“

„Zwei. Aber ich kann meine Kraft nutzen, um ihm den Magen umzudrehen, dann geht es ihm zu schlecht, um unten zu bleiben.“

„Gut. Sag Bescheid, wenn es so weit ist.“

An diesem Abend ging Em über den Rasen im südlichen Garten und schaute immer wieder über ihre Schulter. Sie hatte Cas nichts davon erzählt, dass sie Damian besuchen wollte, und sie wollte auch nicht, dass er sie entdeckte und darauf bestand, mit ihr zu kommen. Cas und seine Eltern würden bestimmt herausfinden, dass sie bei Damian war, aber es war einfacher, es im Nachhinein zu erklären, als jetzt um Erlaubnis zu fragen.

Sie stieg die Stufen zum Kerker hinab, dabei hielt sie den Saum ihres helllila Kleides hoch. Je tiefer sie kam, desto dunkler wurde es um sie herum. Das einzige Licht kam von den Lampen, die in Abständen an der Wand hingen. Die Mauern selbst waren grau und kahl, ein großer Unterschied zu den farbigen Wänden im Schloss. Unten war es kalt und still. Unwillkürlich musste sie an ihr Zuhause denken. Das Gefängnis in Lera kam Ruina näher als alles andere, was sie bisher hier gesehen hatte.

Zuerst entdeckte sie Aren, der an der Wand lehnte und die Treppe beobachtete. Ein paar Schritte von ihm entfernt stand ein weiterer Mann. Als dieser Em bemerkte, richtete er sich überrascht auf.

Em atmete tief durch, als sie den letzten Schritt machte, und versuchte, all ihre Muskeln zu entspannen und einen ruhigen Gesichtsausdruck zu bewahren.

Damian lag auf dem Boden, sein Kopf war in ihre Richtung gedreht. Dreck verkrustete seine Arme und seinen Hals, sein Gesicht war schrecklich verquollen, seine Hand verbunden. Hatte sich jemand um die Wunde gekümmert, nachdem sie ihm den Finger abgeschnitten hatten?

„Kann ich Ihnen irgendwie helfen, Eure Hoheit?“, fragte Aren, der sich währenddessen aber auf die andere Wache konzentrierte. Der Mann verzog das Gesicht und fasste sich an den Bauch.

„Ich würde gern mit dem Gefangenen sprechen“, antwortete Em. „Ist es ungefährlich?“

„Ist es, Eure Hoheit, aber …“ Die Wache würgte und schlug sich die Hand vor den Mund.

„Geh“, sagte Em und trat hastig einen Schritt zur Seite. „Geh etwas an die frische Luft.“

Nickend rannte er an ihr vorbei, die Treppe hinauf. Damians Lachen hallte durch das Verlies.

„Aren.“ Damian schüttelte den Kopf. „Das war aber ein bisschen mehr als unbedingt notwendig.“ Aren ging zur Treppe und schaute hoch.

Em eilte zu Damians Zelle und umklammerte die Gitterstäbe. Er richtete sich langsam und stöhnend auf, sah aber entspannter aus, als sie gedacht hatte, als er sich die schwarzen Haare aus dem Gesicht pustete und ihr sein typisches, schiefes Lächeln zuwarf.

„Schönes Kleid.“

„Was ist passiert?“, fragte Em.

„Wirklich. Ich habe dich schon seit über einem Jahr nicht mehr in einem Kleid gesehen. Es steht dir.“

„Damian, hör auf. Was ist passiert?“

Sein Lächeln verschwand, stattdessen kratzte er sich im Gesicht. „Die Jäger wissen, dass wir nach Olso überlaufen. An der Grenze wimmelt es nur so von ihnen. Wir haben es trotzdem noch geschafft rüberzukommen, aber ein paar von uns haben sie geschnappt. Mich haben sie gefangen genommen, also habe ich die große Ehre, vor meinem Tod noch gefoltert zu werden.“

„Überleg dir, was für Informationen du ihnen geben kannst“, beschwor Em ihn. „Irgendwas Unwichtiges. Wenn wir dich lange genug am Leben halten, können wir dich befreien, wenn die Krieger das Schloss übernehmen.“

Er stieß sich vom Boden ab, stand stöhnend auf. „Ich bezweifle, dass ich so lange durchhalte.“

„Deswegen musst du ihnen ein paar Informationen geben.

Auch wenn es nur Lügen sind, sie werden Zeit brauchen, um das herauszufinden. Spiel ein bisschen mit."

„Spiel mit." Er lachte, zuckte vor Schmerz und legte sich eine Hand auf den Bauch. „Aua."

Em musterte schluckend seine verdreckten Klamotten. „Bist du okay?"

„Alles bestens." Er lehnte seine Stirn gegen die Gitterstäbe. „Behandelt Prinz Casimir dich gut?"

„Ja."

Er hob seine verbundene Hand. „Cas kommt hier runter und tut so, als wäre er nett zu mir, nachdem sein Vater mich gefoltert hat. Sie denken sich wahrscheinlich, eine der Taktiken wird schon funktionieren."

Reflexartig griff Em nach ihrer Kette, die Worte lagen ihr schon auf den Lippen. *Er tut nicht bloß so.* Damian zog die Augenbrauen hoch, sein Blick voller Fragen.

„Cas ist nicht wie sein Vater. Er kann die Folter und das Töten nicht ertragen", sagte Aren endlich, da Em schwieg. „Er wird sich aber schon noch daran gewöhnen."

Oder auch nicht, denn in ein paar Wochen ist er tot. Das konnte Em genauso wenig aussprechen. Die Worte lagen ihr schwer im Magen, auch Damians verwirrter Gesichtsausdruck half ihr nicht dabei, sich besser zu fühlen.

„Es freut mich, dass er wenigstens dich gut behandelt." Damian sprach so leise, dass nur Em ihn hören konnte.

„Gib Cas die Informationen, nicht seinem Vater, dann wissen sie, dass du auf Vernunft besser anspringst als auf Folter."

„Sie werden mich trotzdem umbringen, Em. Der König wird keinen Ruined länger als ein paar Tage am Leben lassen."

„Ich hole dich hier raus", sagte sie entschlossen. „Ich lasse nicht zu, dass sie dich töten."

Er schüttelte ernst den Kopf. „Das kannst du nicht, ohne dass sie misstrauisch werden."

„Die Ruined können nicht noch einen Anführer verlieren. Sie schauen zu dir ..."

„Sie schauen auch zu dir auf, wissen es bloß noch nicht. Wenn sie sehen, was du getan hast, um Olivia zu retten, verehren sie dich genauso wie sie." Er hob den Kopf. „Hast du schon herausgefunden, wo sie ist?"

„Noch nicht. Aber ich habe Cas' Vertrauen gewonnen und ..."

„Ich glaube, du hast mehr gewonnen als nur sein Vertrauen." Damian lächelte. „Aber das wundert mich nicht, um ehrlich zu sein."

Em errötete und warf einen Blick über ihre Schulter zu Aren. Der war auf der Treppe verschwunden, um ihnen etwas Privatsphäre zu geben.

„Du bist hier, um Tausende von uns zu retten, nicht, um mich zu befreien", betonte Damian.

Em starrte auf den Boden und nickte, während sie mit den Tränen kämpfte.

„Wenn mir irgendetwas einfällt, was ich Cas sagen könnte, mache ich es. Vielleicht einen älteren Aufenthaltsort. Aber sie werden mich trotzdem umbringen, Em." Er umschloss ihre Finger durch die Gitterstäbe. „Wir wussten, dass wir mit dem Plan unser Leben riskieren. Ich habe wirklich nicht damit gerechnet, diesen Krieg zu überleben."

„*Ich* habe aber damit gerechnet, dass du überlebst." Sie holte angestrengt Luft. „Ich dachte, dass du uns in Ruina erwartest und dass wir ..." Sie hatte gedacht, dass sie mehr Zeit hätte herauszufinden, was das zwischen ihnen war. Sie *brauchte* mehr Zeit. Sie brauchte ihren Freund an ihrer Seite.

„Ich weiß deinen Optimismus zu schätzen." Seine Finger schlossen sich fester um ihre. Dann deutete er mit dem Kopf zur Seite. „Und jetzt geh. Ich möchte nicht, dass die Wache dem König erzählt, du wärst Ewigkeiten hier unten gewesen."

Em wischte sich eine Träne von der Wange und rang sich ein Lächeln ab, als sie zur Treppe ging. Aren schlenderte zur Zelle und lehnte sich zu Damian, um mit ihm zu reden.

Die Risiken interessierten Em nicht. Sie würde Damian retten, was auch immer es kosten mochte.

16. KAPITEL

Cas hob seinen Arm, um an Marys Tür zu klopfen. Er platzte fast vor Nervosität. Während er auf eine Antwort wartete, ließ er seine Knöchel knacken.

Keine Reaktion. Cas machte einen Schritt zurück, gleichzeitig kam eine Angestellte ihm über den Flur entgegen, in der Hand hielt sie Wäsche. Als sie ihn sah, blieb sie stehen.

„Hast du Mary gesehen?“, fragte Cas.

„Ich glaube, sie ist im Übungsraum, Eure Hoheit.“

Er murmelte noch ein „Danke“ und ging dann die Treppe hinunter und in den hinteren Teil des Schlosses. Plötzlich schallte Gelächter über den Flur.

Vor der offenen Tür zum Übungsraum blieb Cas stehen und sah, wie Iria mit einem Trainingsschwert Mary gegenüberstand.

Mary sah sehr zielstrebig aus und machte einen Schritt zur Seite, das eigene Schwert nach vorn ausgestreckt. Der Trainer, Rulo, schaute den beiden von einer Ecke aus zu.

Iria ging als Erste auf Mary los, die ihr Schwert hob, um den Angriff abzuwehren. Cas lehnte am Türrahmen und beobachtete weiter, wie die beiden im Raum um sich herumkreisten, während die Schwerter laut aneinanderknallten. Eine Olso-Kriegerin war sicherlich keine leichte Gegnerin, aber Marys Schwertkunst war beinahe unübertrefflich.

„Ich habe gehört, dass sie gestern bei Damian war.“

Die Stimme seiner Mutter ließ Cas aufschrecken. Sie stand auf der anderen Seite der Tür an der Wand. Von drinnen konnten die Mädchen sie nicht sehen, was keinesfalls Zufall war.

„Mary?“, fragte er nach.

„Ja. Hat sie dich gefragt, ob sie gehen darf?"

„Ich …" Er sah zu, wie Mary Irias Schwert auswich. „Sie bittet nicht wirklich um Erlaubnis, bevor sie etwas tut."

„Sollte sie aber."

Er schnaubte. „Wirklich? Du bittest Vater auch regelmäßig um Erlaubnis?"

Ein leichtes Zucken umspielte ihre Lippen. „Ich verstehe, was du meinst." Sie linste in den Raum. „Sie ist sehr gut. Ungewöhnlich für eine Vallosi."

„Wahrscheinlich einfach Talent."

„Das ist kein Talent, es ist harte Arbeit und viel Training. Die Art von Training, die man normalerweise nicht in Vallos bekommt."

„Wieso klingst du so misstrauisch?"

„Nicht misstrauisch, ich bin beeindruckt. Spricht sie jemals über ihre Ausbildung?"

„Nein, aber ich habe auch nie danach gefragt."

„Weißt du, was ich schade finde?", fragte die Königin. Sie sprach langsam, so wie sie es immer tat, wenn sie eine Sache sagte, aber etwas anderes meinte. „Sie hat gar keine Bilder von ihrer Familie mitgebracht."

„Ich glaube, die sind alle verbrannt, als die Ruined angegriffen haben."

„Vermutlich. Ich dachte, ich versuche mal, eins aufzutreiben, als Überraschung. Ich habe jemanden beauftragt, sich darum zu kümmern." Sie lächelte ihm zu. „Aber verrate ihr nichts davon. Ich möchte ihr keine falschen Hoffnungen machen, falls ich doch keines finde."

„Das ist nett von dir."

„Sei mal nicht so überrascht, Cas." Sie drückte noch seinen Arm, als sie an ihm vorbeiging. „Sie ist dabei, die Kriegerin zu besiegen, und ich gehe eigentlich davon aus, dass König Lucio die Besten geschickt hat."

Cas drehte sich wieder zum Kampf. Mary umging gerade eine Attacke von Iria, schlug den Arm ihrer Gegnerin beiseite und stach die stumpfe Klinge gegen die Brust der Kriegerin.

„Gewonnen", sagte sie atemlos.

Cas wollte sich wieder zu seiner Mutter drehen, aber sah nichts weiter als den leeren Gang und noch ein Stück von ihrem Kleid, als sie um die Ecke verschwand.

Iria lachte, woraufhin Cas sich wieder zu den beiden drehte. „Nächstes Mal gewinne ich."

„Du kannst jetzt direkt deine Revanche haben, wenn du möchtest." Einladend breitete Mary ihre Arme aus.

„Ich würde es gern versuchen", unterbrach sie Cas und trat in den Raum. Beide drehten sich zu ihm um. Das Lächeln wich von Marys Gesicht, als sich ihre Blicke trafen.

„Eure Hoheit, ich habe Euch gar nicht gesehen." Der Trainer stellte sich aufrechter hin und richtete seinen Kragen. „Soll ich Eure Übungssachen holen?"

„Nein danke", erwiderte Cas. Marys Blick verfolgte ihn, als er ihr immer näher kam.

„Mir wurde erzählt, dass Euch niemand beim Training zusehen darf", sagte Iria, deren Hände auf ihren Hüften ruhten, während sie ihr Schwert nur mit zwei Fingern festhielt. „Sie sagen, dass ist so, damit niemand Eure Tricks kennenlernt." Sie zog eine Augenbraue nach oben. „Ich vermute allerdings, es liegt daran, dass Ihr so schlecht seid und es niemand erfahren soll."

Cas lachte und streckte seine Hand nach Irias Schwert aus. „Das werden wir gleich herausfinden, oder?" Er sah wieder zu Mary, als Iria ihm ihr stumpfes Schwert in die Hand legte. „Wenn du möchtest."

„Wenn du versprichst, mich nicht gewinnen zu lassen."

„Wieso solltе ich dich gewinnen lassen?"

Der Anflug eines Lächelns trat wieder in ihr Gesicht, und da entschied er, sie nie irgendetwas gewinnen zu lassen, wenn sie ihn dafür immer so ansah.

„Aber sag meinem Vater lieber nicht, dass du zusehen durftest, wie ich kämpfe", sagte er zu Iria und krempelte seine Ärmel hoch.

„Es ist dein Vater, der nicht will, dass dir jemand zuguckt?", fragte Mary.

„Er glaubt, dass die kämpferischen Fähigkeiten der königlichen Familie lieber ein Geheimnis bleiben sollten."

„Vielleicht hat er auch recht damit."

Cas ging ein paar Schritte, sodass er vor Mary stand. „Ich hätte niemals gedacht, dass du meinem Vater bei irgendetwas zustimmst."

„Verrate ihm nicht, dass ich das gesagt habe."

„Auf keinen Fall."

Mary hob ihr Schwert, hielt kurz inne und legte den Kopf schräg. „Für was für einen Kampf trainiert er dich? Um gegen die Ruined zu kämpfen, brauchst du kein Schwert."

„Bei Wenda Flores hat er eins benutzt."

„Das stimmt wohl." Sie sah ihn skeptisch an. „Bevor Damian gefangen wurde, hast du da jemals einen Ruined gesehen?"

„Nein." Er schaute zu Iria. Es war ihm unangenehm, so eine Unterhaltung vor der Kriegerin zu führen. Er hob sein Schwert. „Kämpfen wir jetzt, oder reden wir?"

Mary hob ihr Schwert auch wieder und konzentrierte sich auf Cas.

Iria zählte herunter bis zum Start des Kampfes. Mary griff als Erste an, doch Cas blockte die Attacke sofort ab.

Sie verhielt sich absichtlich etwas vorsichtiger und langsamer, um einzuschätzen, wie gut er sich anstellte. Das merkte er an der Art und Weise, wie sie ihn beobachtete. Interessant, wenn man bedachte, dass sie in anderen Situationen eher impulsiv handelte.

Er machte einen Schritt auf sie zu, sie wich zurück. Das Geräusch ihrer Schwerter, die aufeinandertrafen, hallte von den Wänden. Er versuchte, sie in eine Ecke zu drängen, aber sie duckte sich plötzlich und huschte auf der anderen Seite an ihm vorbei.

In ihren Augen blitzte etwas auf, das er nicht recht einordnen konnte, als sich ihre Klingen das nächste Mal trafen. Es war mehr als Wut, aber er konnte nicht sagen, ob es sich gegen ihn richtete oder nicht. Er hoffte nicht, denn wäre das Schwert in ihrer Hand echt, könnte sie ihn eventuell umbringen.

Er ging auf sie zu, offensichtlich schneller, als sie erwartet hatte, denn sie stolperte rückwärts, und er traf sie leicht am Arm.

„Eins“, verkündete Iria.

Mary machte einen Schritt zurück, merkbar angestrengt. Sie kreisten umeinander. Er wartete, dass sie ihn zuerst angriff. Als sie dann auf ihn zukam, wehrte er ihren Schlag ab und wich wieder zurück.

Bisher hatte er ausschließlich gegen seine Trainer oder Galo gekämpft. Mit Mary war es anders. Eine Haarsträhne, die sich aus ihrem Dutt befreit hatte und jetzt über ihrer Wange hing, lenkte ihn ab. Die rosige Farbe ihrer Wangen. Das Geräusch ihres Atmens.

Fast traf sein Schwert sie an der Brust, aber sie drehte sich weg und grinste. Beeindruckt sah er sie an.

Er duckte sich, um ihrer Klinge zu entgehen, die nur knapp seinen Kopf verfehlte. Er schritt um sie herum, packte ihre

Hand und drehte sie so, dass sie gegen seine Brust gedrückt wurde. Ihren Arm drückte er runter, während er seine Klinge an ihren Hals führte. Sie schnappte nach Luft, drehte ihren Kopf nach rechts. Er konnte spüren, wie sie angestrengt ein- und ausatmete. Ihr Arm fühlte sich warm und weich in seiner Hand an. In ihren dunklen Augen schien ein Feuer entfacht zu sein; ihr Blick durchbohrte ihn. Er ertappte sich dabei, wie er auf ihre Lippen starrte und sich wünschte, er wüsste, wie sie sich auf seinen anfühlten.

„Sollen wir gehen?"

Irias Stimme holte ihn aus seinen Gedanken zurück, und sofort ließ er Mary wieder los. Marys Blick war auf den Boden gerichtet, und sie rieb sich über die Stelle am Arm, wo er sie berührt hatte.

„Ich bitte um Entschuldigung, Eure Hoheit", sagte Iria. Komischerweise klang „Eure Hoheit" aus ihrem Mund immer wie eine Beleidigung. „Ganz offensichtlich gibt es keinen Grund, sich zu schämen. Wenn es ums Kämpfen geht, meine ich."

Er sah sie belustigt an. „Danke."

„Ich glaube, ich würde gern öfter mit dir kämpfen", schaltete Mary sich ein. „Du bist besser als Iria."

„Hey, ich stehe auch noch hier", beschwerte sich Iria.

„Du weißt, dass er besser kämpft als du." Mary lachte. Sie sah wieder zu Cas, mit einem Anflug von Herausforderung in ihrem Blick. „Ich glaube, er ist es gewohnt, besser zu sein als alle anderen."

„Galo gibt sich meist sehr große Mühe", antwortete er. Das Lächeln konnte er sich dabei allerdings nicht verkneifen. „Willst du es noch mal versuchen?"

„Auf jeden Fall."

17. KAPITEL

Em knallte die Tür ihres Zimmers so heftig hinter sich zu, dass das Geräusch durch den ganzen Flur hallte. Ein Zipfel ihres Kleides hing an ihrem Absatz fest, mit etwas mehr Kraft als notwendig zerrte sie es hoch.

Ausgerechnet in dem Moment kam Iria um die Ecke, und natürlich fiel ihr Blick sofort auf den Riss, den Em in ihrem Saum verursacht hatte. „Was hat dir denn das arme Kleid getan?“, fragte sie belustigt.

Em war absolut nicht nach Späßen zumute. Ein paar Tage waren vergangen, seitdem sie mit Damian gesprochen hatte, und in der Zeit hatte sie es nicht ein einziges Mal geschafft, mit dem König zu reden. Immer wenn sie auf ihn zukam, ließ er sie abblitzen.

„Die meisten Schiffe sind schon in Olso gestartet“, flüsterte Iria ihr zu, während sie den Flur entlanggingen. „Mit den Ruined an Bord.“

Das Herz schlug Em bis zum Hals. „Wie viel Zeit bleibt mir?“ Sie wusste noch nicht, wo sie Olivia gefangen hielten. Sie musste ihre Schwester so vorsichtig zur Sprache bringen, dass sie keinen Verdacht erregte – das war nicht einfach.

„Sie sind fast hier, aber ein paar Tage hast du mindestens noch. Vielleicht eine Woche.“

Selbst wenn sie bis dahin niemandem die Informationen entlocken konnte, gäbe es immer noch die Möglichkeit, es nach dem Angriff durch Folter von dem König oder der Königin zu erfahren. Sie hätten es verdient, nach dem, was sie mit Damian anstellten.

Sie bogen um die Ecke, wo Koldo und Benito vor dem Meeressaal standen. Koldo war gerade dabei, Benito enthusiastisch etwas zu erzählen und ihn dabei anzugrinsen, in der Erwartung, den anderen zu beeindrucken. Benito schaffte es immerhin, ein wenig überrascht dreinzublicken.

Em blieb neben den beiden stehen und spähte durch die geöffnete Tür. Noch saß niemand für die Besprechung drinnen.

Als Cas um die Ecke kam, huschte Em schnell in den Saal, damit er sie nicht in Irias Nähe entdeckte.

Sie setzte sich und sah über ihre Schulter zu ihm hin, als er den Raum betrat. Sobald sich ihre Blicke trafen, breitete sich ein Lächeln auf seinem Gesicht aus.

Er mag dich, hatte Iria ihr vor ein paar Tagen noch gesagt. *Mehr als das. Er sieht dich an, als wäre er drauf und dran, sich in dich zu verlieben.*

Em schluckte ihre Schuldgefühle hinunter. Wahrscheinlich liebte Cas sie nicht. Vielleicht mochte er sie, aber lieben? Sicherlich nicht.

Dennoch kämpften die Schuldgefühle sich wieder hoch und erschwerten ihr das Atmen. Sie wusste gar nicht, was schlimmer war – dass er sie mochte oder dass sie sich relativ sicher war, genauso zu fühlen wie er.

Die Krieger betraten den Raum, kurz danach kamen auch Jovita und die Königin. Nach ein paar weiteren Minuten stieß der König zu ihnen und nahm Iria das Handelsabkommen ab, ohne auch nur ein „Guten Morgen“ über die Lippen zu bringen.

„Ich bespreche es mit meinen Beratern“, sagte er knapp.

„Kommen die heute nicht her?“, fragte Iria.

„Nein.“ Eine genauere Erklärung folgte nicht. „Ihr könnt gehen, für heute war es das.“

Überrascht, aber kommentarlos standen die Krieger auf. Beim Gehen warf Iria Em noch einen Blick zu. Sorge blitzte in ihren Augen auf.

Währenddessen starrte der König Em an, was sie aber zu ignorieren versuchte. Wenn sie irgendetwas herausgefunden hätten, dann hätten sie Em sofort festgenommen und sie nicht noch zu einem Treffen mit der königlichen Familie gehen lassen. Oder?

„Mir wurde berichtet, dass du den gefangenen Ruined besucht hast“, begann König Salomir.

Em musste schlucken, versuchte aber, gelassen zu bleiben. „Das stimmt.“

„Wieso?“

„Ich wollte herausfinden, ob er einer der Ruined war, die beim Angriff auf meine Eltern mitgewirkt haben.“

Jovita und die Königin wechselten vielsagende Blicke. Die Königin beugte sich vor und stützte sich mit den Armen auf dem Tisch ab. „Was hat er gesagt?“

„Nichts.“

„Mehr haben wir bisher auch nicht aus ihm herausbekommen“, bemerkte der König. „Ich denke, es ist Zeit, ihn aufzugeben.“

Bei den Worten klammerte Em sich an ihrem Stuhl fest. Das Herz sank ihr in die Hose.

„Vor ein paar Tagen hat er mir aber den Standort einer ihrer Zeltplätze verraten“, mischte Cas sich ein, bevor Em etwas sagen konnte.

„Das habe ich schon an meine Männer weitergegeben, aber die Ruined wechseln andauernd ihre Plätze. Er wusste, dass es keine wichtige Information ist.“ Der König stand auf und nahm das Abkommen vom Tisch. „Ich verliere langsam die Geduld. Normalerweise halte ich keine Ruined als Gefangene.“

„Nein, normalerweise werden sie sofort umgebracht.“

Seine Worte hingen in der Luft, als hätte er sie geschrien, statt sie ruhig auszusprechen.

„Gibt es irgendetwas, das du mir sagen möchtest, Casimir?“ Der König straffte die Schultern und sah zu seinem Sohn hinab.

Vorsichtig tastete Em nach dem Dolch, den sie in ihrem Kleid versteckt hatte. Innerhalb von ungefähr drei Sekunden könnte sie die Waffe dem König in die Brust werfen, Casimirs Hand nehmen und weglaufen …

Sie schob den Gedanken beiseite, ballte ihre Hand zur Faust und versuchte, sich einzureden, dass sie gar nicht daran dachte, mit Cas' Hand in ihrer aus dem Schloss zu rennen.

„Ich denke, wir sollten unsere Strategie im Umgang mit den Ruined überdenken“, fuhr Cas fort. „Ich kann nicht länger unterstützen, dass unschuldige Menschen umgebracht werden.“

An dem Zittern im Bart des Königs war deutlich zu erkennen, dass er Mühe hatte, die Fassung zu wahren. „Glücklicherweise brauche ich deine Unterstützung nicht. Niemand, der bei klarem Verstand ist, hält unsere Strategie für unangebracht.“

„Ich schon“, ging Em dazwischen.

Nur beiläufig warf der König ihr einen Blick zu, als wäre sie unwichtig. Stampfend entfernte er sich vom Tisch. „Ich habe wichtigere Dinge, um die ich mich kümmern muss.“

„Mit mir spricht Damian.“ Cas sah über seine Schulter zu seinem Vater. „Du solltest ihn zumindest nicht hinrichten, solange er mit mir redet.“

Der König verzog nur das Gesicht, als hasste er es zuzugeben, dass Cas recht hatte.

„Außerdem wird eine weitere Ruined gefangen gehalten“, fuhr Em schnell dazwischen. „Wenn du Olivia am Leben lässt, wieso nicht auch Damian?“

„Das ist was anderes“, antwortete die Königin naserümpfend.

„Wieso? Wird sie gut bewacht?“ Em versuchte, gelassen zu bleiben, aber in ihr brannte die Erwartung.

„Das geht dich nichts an.“ Der König richtete seine Aufmerksamkeit wieder auf Jovita. „Kommst du?“

Jovitas Augen fingen an zu leuchten, als sie dem König hinterherlief.

„Hör wenigstens damit auf, Damian zu foltern“, rief Cas ihnen hinterher. „Während der Folter hat er nie geredet.“

„Na gut.“ Der König stieß die Tür auf, und er und Jovita verschwanden. Die Königin folgte ihm, aber nicht, ohne Cas noch einen wütenden Blick zuzuwerfen. Em seufzte.

„Das lief besser als erwartet.“ Cas stieß ein nervöses Lachen aus.

„Du warst sehr mutig.“ Em meinte das ganz aufrichtig.

„Danke.“

Sie wollte ihm dafür danken, Damian die Folter zu ersparen, aber ihr fiel kein Weg ein, dies zu tun, ohne Verdacht zu erregen. Außerdem konnte sie sich die Gelegenheit, nach Olivias Aufenthaltsort zu fragen, nicht entgehen lassen.

„Ist es ein Geheimnis?“, fragte sie vorsichtig. „Wo Olivia ist, meine ich.“

„So halb. Die Familie weiß es, auch ein paar der Berater. Mein Vater ist einfach ein Idiot. Sie ist in Fort Victorra, bei den Bergen im Süden. Da, wo im Falle eines Notfalls der Fluchtort ist, weißt du?“

Alles um sie herum verschwamm. Em schaffte es gerade noch so zu nicken. *Olivia. Victorra. Berge im Süden.* Ein Jahr lang pure Verzweiflung und die Frage, wo ihre Schwester war, und jetzt erzählte Cas es ihr einfach so, nach nur einer Frage.

Am liebsten hätte sie sich ihm an den Hals geworfen.

Ihre Freude wurde sofort wieder von Schuldgefühlen verdrängt. Er sah sie so offen und ehrlich an, dass sie ihm die Wahrheit ins Gesicht schreien und um Vergebung bitten wollte. Sie fragte sich, was wohl passieren würde, wenn sie ihn schlicht darum bitten würde, Olivia freizulassen.

Um ehrlich zu sein, konnte sie sich ganz gut vorstellen, wie das ablaufen würde – genauso wie es gerade eben bezüglich Damian gelaufen war. Cas wäre vernünftig, aber sein Vater würde ihm widersprechen und einfach tun, was er wollte.

Oder Cas würde ausrasten, ein Schwert ziehen und es in ihr Herz rammen. Sollte Iria recht behalten und er sie wirklich mögen, würde es ihn nur noch wütender machen. Dann würde er vielleicht sogar komplett durchdrehen.

Die Wahrheit war also keine Option. Em musste ihren Plan weiterverfolgen, unabhängig davon, wie Cas sie ansah.

18. KAPITEL

Das Knarren der Tür weckte Em.

Sie öffnete die Augen, rollte sich vom Bett auf den Boden, sprang auf und rannte zu der Kommode, in der ihr Dolch versteckt war.

„Ich bin's", hörte sie Iria flüstern.

Mit zusammengekniffenen Augen versuchte Em, in der Dunkelheit neben der Tür Irias Umrisse auszumachen.

„Was willst du hier? Wie spät ist es?" Angst breitete sich in ihrer Brust aus, sie klammerte sich weiter an den Griff der Schublade, bereit, jeden Moment nach ihrem Messer zu greifen. „Was ist passiert?"

„Sie richten Damian hin."

„Jetzt?" Sie wollte es eigentlich schreien, aber das Wort kam eher als abgehacktes Flüstern aus ihrem Mund.

„Der König hat gerade ein paar der Wachen geweckt. Aren ist auch schon draußen."

Em eilte quer durch das Zimmer und schlüpfte in ihre Schuhe. Sie stieß noch gegen Irias Schulter, als sie die Tür ruckartig aufzog.

„Nein!", zischte Iria ihr hinterher. „Wenn sie dich sehen …"

Die letzten Worte hörte Em gar nicht mehr, als sie den Flur entlangrannte. Das Schloss lag dunkel und still, alle Vorhänge vor den Fenstern waren zugezogen, nur ein paar wenige Lampen brannten im Flur.

Sie war schon auf dem direkten Weg zum Haupteingang, doch eine innere Stimme flüsterte ihr besorgt zu, dass es vielleicht keine gute Idee wäre, diesen Weg zu nehmen und von allen Wachen gesehen zu werden. Em drehte sich um und rannte in die andere Richtung, um hinten durch die Küche nach draußen zu gelangen.

Als sie durch den Speisesaal der Bediensteten aus dem Schloss rannte, hörte sie hinter sich Irias Schritte. Em trug nur ihr weißes Nachthemd; die kühle Morgenluft ließ ihre nackten Arme und Beine erzittern. Der dunkelblaue Himmel begann, sich langsam orange zu färben.

Em sah über ihre Schulter zu Iria. Die Gärten waren leer. „Südliche Wiese?“ Iria antwortete nicht, sondern versuchte nur, Em am Arm zu packen. Em schüttelte die Kriegerin ab und eilte um das Schloss herum, gefolgt von Iria.

Als sie die andere Seite des Schlosses erreichte, sah sie als Erstes Aren. Er lehnte an der Wand, die Hände auf die Knie gestützt, und seine Lippen bewegten sich, als betete er leise. Em hatte Aren schon oft beim Beten gesehen, allerdings nicht mehr, seitdem die Burg mitsamt seinen Eltern abbrannte.

Verkrampft holte sie Luft, und Arens Kopf schoss nach oben. In seinen weit aufgerissenen Augen standen Tränen. Entsetzt sah er sie an. „Du darfst nicht hier sein.“

„Ist er tot?“, flüsterte Em.

Aren legte die Hände in den Nacken und ließ den Kopf auf die Brust sinken. „Ich weiß es nicht. Ich kann nicht zusehen.“

Em machte ein paar Schritte nach vorn. Sie wollte auch nicht zusehen, aber ihre Füße bewegten sich trotzdem weiter nach vorn. Langsame und schwere Schritte. Das schreckliche Gefühl, nichts mehr tun zu können, um Damian zu retten.

Vorsichtig hielt sie sich an der Mauer des Schlosses fest und spähte um die Ecke auf die freie Rasenfläche.

In der Nähe der Treppe, die in den Kerker führte, saß Damian auf seinen Knien. Seine Knöchel waren gefesselt, seine Handgelenke auch, vor seinem Körper. Hinter ihm stand eine Wache und hielt ein Schwert. Nicht weit entfernt sah sie auch den König, die Königin und Jovita, umgeben von ein paar weiteren Wachen. Cas war nicht dort.

König und Königin standen mit dem Rücken zu ihr und schienen sie nicht zu bemerken, obwohl Damian sie direkt anstarrte. Er war dreckig und blutig, ein Auge immer noch zugeschwollen.

Em konnte sich nicht rühren. Tränen füllten ihre Augen, aber seine blieben trocken. Sein Blick war düster, aber ruhig. Seine Lippen formten das herzzerreißendste Lächeln, das sie jemals gesehen hatte.

„Em, sie könnten dich bemerken." Iria zog an ihrem Arm, doch Em befreite sich wieder. „Wenn sie dich sehen …" Iria griff erneut nach ihrem Arm.

„Lass sie", stieß Aren zwischen zusammengebissenen Zähnen hervor, und plötzlich wurde Irias Körper durch eine unsichtbare Macht zurückgeschleudert. Schockiert holte Aren Luft und rannte über das Gras zu ihr. „Tut mir leid, ich wollte nicht …"

„Mir geht's gut." Iria schlug seine Hand weg.

Em drehte sich wieder zu Damian. Der König erteilte gerade den Wachen die Anweisung fortzufahren.

„Aren." Die Worte blieben ihr im Hals stecken. „Ich kann ihn nicht sterben lassen."

Plötzlich stand Aren direkt hinter ihr und nahm ihre Hand. „Du wirst nicht mit ihm sterben." Seine Stimme brach weg.

Damian schaute immer noch in ihre Richtung, und Em sah zu, wie er seine gefesselten Hände zu seinem Herzen hob und sich einmal gegen die Brust klopfte. Der offizielle Gruß an die Königin in Ruina.

Die Wache hob das Schwert.

Aren ließ seine Stirn auf Ems Schulter fallen und flüsterte: „Ich kann nicht hinsehen.“ Sie konnte ihn kaum hören. Alles, was sie hörte, war ihr pochendes Herz.

„Als Strafe für Mord und Hochverrat verurteilt das Königreich Lera dich hiermit zum Tode“, hörte Em den König sagen. „Mögen die Ahnen etwas in dir sehen, das uns verborgen blieb.“

Der König nickte der Wache mit dem Schwert zu. Der Soldat hob das Schwert, hielt einen Moment inne, um die richtige Position zu finden.

Dann stürzte die Klinge nach unten.

19. KAPITEL

„Er wäre ein hervorragender Anführer, Emelina."

Em sah ihre Mutter an, dann wanderte ihr Blick durch das offene Fenster zu Damian. Plötzlich duckte er sich, entging nur knapp dem Ball, den Olivia nach ihm geworfen hatte.

„Ups", Olivia kicherte. Ihr langes, dunkles Haar hatte sie zu einem Pferdeschwanz gebunden, der hin- und herschwang, während sie herumhüpfte, die Hand nach dem Ball ausgestreckt.

„Kann sein", antwortete Em ihrer Mutter und wandte sich wieder ihrem Buch zu. „Wenn Olivia ihn mag."

„Ich meinte für dich."

Überrascht schaute Em wieder hoch. Mit dem Rücken zum Bücherregal stand Wenda Flores vor ihr, hinter ihr die Kulisse der vielen roten, grünen und schwarzen Buchrücken, die weit höher ragten als sie, fast bis zur Decke.

Wenda sah ihre Tochter fragend an. „Er mag dich. Sicherlich hast du das schon bemerkt."

„Er ist zu mächtig, um eine Unbegabte zu heiraten." Ein Funken Verbitterung klang in Ems Antwort mit.

„Nur weil die Kraft in dir nicht zum Vorschein kommt, heißt das nicht, dass du sie nicht an deine Kinder vererben kannst. Du bist immer noch eine Prinzessin. Du wirst die Ruined anführen, und er gehört dabei an deine Seite."

„Olivia wird sie anführen, nicht ich."

„Du wirst die wichtigste Beraterin deiner Schwester sein. Damit hast du fast so viel Einfluss in Ruina wie sie."

Em zuckte nur mit den Schultern und sah wieder nach draußen, zu Damian. In genau dem Moment schaute er zu ihr und lächelte. Er war bestimmt nicht die schlechteste Wahl, aber sie sah ihn dennoch nicht so an, wie ihre Mutter ihren Vater ansah. Als würde die Welt untergehen, sollte ihm etwas zustoßen.

„Em!" Aufgeregt und mit weit aufgerissenen Augen kam Olivia zum Fenster gelaufen, wo sie sich am Rahmen festhielt. „Sie haben noch einen Spion aus Lera gefangen. Sie bringen ihn her, da!" Dabei zeigte sie an Damian vorbei zu dem Wagen und den Pferden, die auf das Schloss zukamen.

„Das ging aber schnell", sagte Wenda. Ihr rotes Kleid raschelte, als sie zur Tür eilte. „Hast du auch geübt, Olivia?"

„Jeden Tag", erwiderte Olivia ernst.

„Schön." Wenda lächelte Em zu. „Deine Schwester wird den Mann schnell und sauber enthaupten. Möchtest du zusehen?"

Die Erinnerung traf sie wie ein Schlag ins Gesicht. Übelkeit machte sich in ihr breit, und Em sprang, nach Luft ringend, aus dem Bett.

Den Tag hatte sie vollkommen vergessen. Es war kurz vor dem Angriff der Lera gewesen, und die Erinnerung wich, um Platz für die wichtigeren, verstörenderen Erinnerungen, die folgten, zu schaffen.

An jenem Tag war Em mitgegangen, um zuzusehen. Olivia hatte es nicht ganz geschafft, obwohl sie schon einen Riss in der Haut um seinen Hals herum fertigbrachte. Eine Wache war mit einem Schwert dazwischengegangen. Beim Schlag hatte Em allerdings weggesehen.

Aber sie hatte sich nie gefragt, wer der Mann überhaupt war.

Inzwischen konnte sie sich nicht einmal mehr an sein Gesicht erinnern, ob er jung gewesen war, dünn oder einen Bart hatte. Woran sie sich erinnerte, war das Blut, das von seinem Hals tropfte. Und die Schreie.

Damals hatte sie nicht daran gedacht, dass der Mann jemandes Damian sein könnte. Jemandes Freund, Ehemann oder Vater.

Em fuhr sich durch die Haare. Tränen schossen ihr in die Augen. In ihrem Zimmer war es noch dunkel; das einzige Licht spendete der Mond, der durchs Fenster schien. In der Dunkelheit sah Em Dinge, die sie nicht sehen wollte. Damian, auf seinen Knien. Das Lächeln ihrer Mutter.

Hastig schlüpfte sie in eine Hose und zog sich ein weißes T-Shirt über. Sie ging durch ihr Zimmer und raus auf den Gang, wobei sie eine Bedienstete ignorierte, die ihr neugierig hinterherschaute. Em wusste nicht, wie spät es war, aber im Schloss rumorte es leise vor sich hin.

Unbewusst lief sie auf Cas' Zimmer zu. Sie hatte kurz überlegt, zu Aren zu gehen, aber irgendwie fühlte sich das nicht richtig an. Aren würde den Schmerz in ihrem Herzen nicht verstehen.

Nur wenige Augenblicke, nachdem sie anklopfte, öffnete Cas die Tür. Sein Oberteil war faltig und stand halb offen, obwohl er sonst nicht aussah, als hätte er ein Auge zugemacht. Er warf das Buch, das er in der Hand hielt, auf das Sofa und öffnete die Tür weiter.

„Komm rein. Ist alles in Ordnung? Ich war vorhin bei dir, aber die Zofe meinte, du fühlst dich nicht gut."

„Mir geht es gut", antwortete sie und ging in das dunkle Lesezimmer. Er führte sie in Richtung des Lichts, das durch seine Schlafzimmertür hineindrang.

„Hast du gehört, dass sie Damian heute Morgen hingerichtet haben?", fragte er sie, als sie durch die Tür gingen. Neben seinem Bett brannten zwei Kerzen und tauchten sein nicht gemachtes Bett in ein sanftes Licht.

„Ja." Em blieb mitten im Zimmer stehen und verschränkte ihre Arme vor der Brust.

„Das hat mein Vater extra gemacht, um zu zeigen, dass nur seine Meinung zählt." Cas drehte sich zu ihr. „Ich hätte anders gehandelt, wäre es meine Entscheidung gewesen. Sollte mein Vater es nicht schaffen, alle noch lebenden Ruined umzubringen, müssen wir eines Tages einen Weg finden, Frieden mit ihnen zu schließen."

„Frieden", wiederholte Em. Das Wort brannte in ihrer Kehle. Nicht für einen Moment hatte sie einen Friedensschluss in Erwägung gezogen.

„Klingt das dumm?" Auf einmal wirkte Cas unsicher.

Sie schüttelte den Kopf. „Nein, es ist nicht dumm. Jovita und dein Vater tun so, als wären deine Ideen naiv, weil sie das Gefühl nicht mögen, das sie in ihnen auslösen. Denk daran, okay? Du bist nicht dumm oder naiv oder irgendetwas von dem, was sie dir unterstellen wollen."

Ein Lächeln breitete sich langsam auf seinem Gesicht aus. „Danke, Mary."

Em musste schlucken, als er den Namen des Mädchens benutzte, das sie umgebracht hatte. Sie senkte den Blick.

Cas griff nach ihrer Hand. „Geht es dir wirklich gut?", fragte er leise.

„Ja", log sie. „Ich bin bloß … einsam, glaube ich." Sobald die Worte ausgesprochen waren, war ihr die Beichte unangenehm, aber Cas drückte nur ihre Hand.

„Ich bin froh, dass du hergekommen bist", flüsterte er.

Em strich mit ihrem Daumen über ihre Kette. Aus den ständigen Schuldgefühlen in ihrer Brust wurde langsam ein brennender Schmerz. Sie spürte wirklich physischen Schmerz, wenn sie daran dachte, dass er sie hassen würde, wenn er erst einmal die Wahrheit kannte.

Er machte einen kleinen Schritt auf sie zu und stand nun unmittelbar vor ihr. Er war ihr gleichzeitig zu nah und nicht nah genug. Em legte ihm eine Hand auf die Brust.

Um sie herum war es so still, dass sie ihn einatmen hörte. Seine Finger berührten sie sanft im Nacken, und Em wusste genau, dass er sie küssen würde, wenn sie jetzt nach oben sah. Sie würde es zulassen. Mehr als zulassen sogar, sie würde ihn an sich drücken und jeden Zentimeter seines Körpers an ihrem spüren.

Sie schauten sich in die Augen. Behutsam hob er mit einem Daumen ihr Kinn an.

Em brach in Tränen aus.

Cas war deutlich überrascht, aber er zog sie in seine Arme, während sie sich an sein Hemd klammerte, als würde er verschwinden, wenn sie ihn nicht festhielt.

„Erzähl mir, was los ist", bat er sie ruhig und umschlang sie dabei fester.

„Damians Tod hat mich zum Nachdenken gebracht …" Etwas zittrig holte sie Luft, und dann sprudelte die Wahrheit heraus. „Ich habe schon so oft gesehen, wie Menschen hingerichtet wurden, und habe es nie hinterfragt. Ich habe auch schon selbst getötet und hatte Pläne, noch mehr Leute zu töten."

Sie hatte nicht bloß geplant, Cas umzubringen, sie hatte sich in den lebhaftesten Farben ausgemalt, wie sie ihm lächelnd die Klinge in die Brust stieß.

„Ich möchte nicht mehr diese Person sein." Ihre Stimme brach.

„Du hast nur getan, was du tun musstest“, versuchte Cas, sie zu trösten.

„Ich habe mich dafür entschieden, es zu tun.“ Tränen kullerten über ihre Wangen auf sein Oberteil.

„Dann entscheidest du nächstes Mal besser.“

Beinahe hätte sie ihm gesagt, dass es für eine so einfache Lösung schon zu spät war. Aber als sie ihm in die Augen sah, erkannte sie so viel Aufrichtigkeit in seinem Gesicht, dass sie ihm unmöglich widersprechen konnte.

„Du bist ganz anders, als ich dachte, Cas.“

„Ja?“

„Du bist ein so viel besserer Mensch.“

Er lächelte und wischte ihr mit dem Daumen eine Träne von der Wange. „Willst du heute Nacht hierbleiben?“

Ohne zu zögern, nickte sie. Er nahm ihre Hand und führte sie zu seinem Bett. Nachdem sie unter die Decke geschlüpft war, legte er sich neben sie und deckte sie zu, obwohl beide noch angezogen waren. Wieder schloss er seine Arme um sie, die Finger in ihrem Haar vergraben und die Lippen sanft gegen ihre Stirn gedrückt.

„Kann ich dir ein Geheimnis verraten?“ Sein Atem kitzelte an ihrer Stirn. Sie nickte. „Ich wollte nicht heiraten. Ich war wütend, dass ich es nicht selbst entscheiden konnte. Aber – versprich mir, es nicht meinen Eltern zu verraten“, ein Anflug von Humor klang in seiner Stimme mit. „Ich hätte niemand Besseren auswählen können als dich.“

Cas strich ihr eine Haarsträhne hinter das Ohr, und sie nahm seine Hand in ihre. Dann führte sie beide Hände an ihren Mund und gab ihm einen Kuss auf seine Finger.

„Du bist auch so viel besser, als ich dachte“, flüsterte er. Seine Lippen strichen sanft über ihr Ohr.

Als sich ihre Beine aneinanderschmiegten, wusste Em, dass sie am nächsten Morgen bereuen würde, sich so von ihm halten zu lassen. Sie würde daran denken, wie sich sein Körper an ihrem anfühlte, wie sie sein Lächeln spürte, wenn er sie auf die Stirn küsste. Daran würde sie sich morgen erinnern und am Tag danach, und sie konnte den Schmerz schon spüren, den sie dabei empfinden würde. Die Erinnerung daran, wie es sich angefühlt hatte, als sie ihm wichtig war, würde das Schlimmste sein, wenn er sie erst einmal hasste.

20. KAPITEL

„Ich verschwinde noch heute.“

Irias Kopf schoss hoch, verwirrt sah sie Em an. „Was?“

Em drehte sich zu Aren, der angespannt auf einem Stuhl saß. Sie waren in der Bibliothek – am hinteren Ende, falls jemand auf die Idee kam, an der Tür zu lauschen. Aren schien ganz offensichtlich überrascht, aber auch etwas erleichtert.

„Ich habe alles, was ich brauche“, fuhr Em fort. „Es ist Zeit, Olivia zu befreien.“

„Du hast aber nicht alles, was *wir* brauchen“, meldete Iria sich zu Wort. „Du musst noch hierbleiben, damit niemand Verdacht schöpft.“

Damit hatte sie recht. Es würden sicherlich einige Fragen aufkommen, wenn sie plötzlich verschwand.

Aber Em konnte Cas nicht weiter anlügen. Sie hatte ihm versprochen, heute Abend wieder in sein Zimmer zu kommen, und ihr Herz sehnte sich auch danach. Doch sie konnte ihm nicht in die Augen schauen und ihn anlügen. Kein einziges Mal mehr.

„Der Plan ist, in ungefähr einer Woche anzugreifen, wahrscheinlich schneller“, sagte Iria. „Du kannst doch noch ein paar Tage warten.“

„Ich brauche aber auch noch Zeit, zu Olivia zu kommen“, erklärte Em. „Was ist, wenn sie nach dem Angriff woandershin gebracht wird?“

Iria zog eine Haarsträhne aus ihrem Zopf und wickelte sie um ihren Finger. „Wie wäre das: Du bekommst zwei Tage Vorsprung. Ich warte auf genaue Bestätigung, wann wir angreifen, und du kannst zwei Tage früher abhauen. Dann haben sie keine Zeit mehr, eine richtige Abwehr aufzubauen, selbst wenn dein

Verschwinden sie misstrauisch macht. Dann sind sie immer noch damit beschäftigt, nach dir zu suchen und herauszufinden, wieso du weggelaufen bist."

Em zögerte. Noch zwei oder drei weitere Tage hier, bedeutete das.

Zwei oder drei weitere Tage mit Cas.

Was, wenn sie die Zeit nutzen würde, ihn zu warnen? Sie konnte ihn doch nicht einfach sterben lassen, wenn Olso angriff. War es denn so abwegig zu denken, er würde es vielleicht verstehen?

„Na gut", gab sie leise nach.

„Schön", antwortete Iria. „Ich lass noch ein paar Krieger in die Berge kommen, damit sie dir helfen können."

„Da wäre noch was", Em hielt ihre Kette fest. „Ich möchte, dass Cas bei dem Angriff verschont wird."

Schweigen. Das einzige Geräusch kam von der Uhr, die laut tickte. Aren hatte seine Stirn so stark gerunzelt, dass es beinahe wehtun musste.

„Wie bitte?", brach Iria das Schweigen.

„Em …" Aren verstummte und schüttelte nur noch den Kopf, als suchte er nach den passenden Worten. „Wieso?"

„Cas ist nicht so wie sein Vater. Er sollte nicht …"

„Das ist doch ein Witz", fuhr Aren auf. „Em, erzähl mir bitte nicht, dass du dich in ihn verliebt hast."

Iria schnaubte abfällig. „Du bist auch der Einzige, dem das noch nicht aufgefallen ist, Aren."

„Ich bin nicht in ihn verliebt."

„Natürlich nicht", spottete Iria.

„Ich *kenne* ihn", versuchte Em zu erklären. „Er ist gegen alle Methoden seines Vaters, er würde alles verändern. Wenn ihr ihm eine …"

„Ich weiß nicht …“ Arens Lachen klang fast schon geistesgestört. „Ich weiß nicht …“ Frustriert hob er die Arme und schüttelte sie. „Ich weiß nicht mal, was ich dazu sagen soll.“

Em biss sich auf die Lippen und versuchte, den plötzlichen Drang zu weinen zu unterdrücken. Aren sah sie an, als hätte sie ihn gerade zum allerersten Mal enttäuscht.

„Wir haben den Auftrag, die gesamte königliche Familie umzubringen“, betonte Iria.

„Nicht Cas“, fügte Em leise hinzu. Stöhnend ließ sich Aren in seinen Stuhl sinken und vergrub das Gesicht in den Händen.

„Doch, auch Cas“, machte Iria ihr nochmals deutlich. „Und den König, die Königin und Jovita. Die ganze königliche Linie muss zu Fall gebracht werden, was, wie ich dich erinnern möchte, von Anfang an der Plan war.“

„Ich weiß, dass es der Plan war. Aber wenn du Cas mit deinem König reden lässt …“

„Ich kann dir versichern, dass König Lucio kein Interesse daran hat, mit Cas zu sprechen.“

„Lass ihm doch wenigstens die Wahl, sein Königreich freiwillig abzugeben!“

„Glaubst du wirklich, das würde er machen?“

Em hielt sich eine Hand an die Stirn. Nein. Sie konnte sich nicht vorstellen, dass Cas sich vor dem König von Olso verbeugte und freiwillig das Königreich abgab, das er liebte. Auch nicht, um sein Leben zu retten.

„Hör mal zu“, sagte Iria etwas freundlicher. „Ich selbst werde es nicht tun. Wenn es nach mir ginge, würden wir ihn verschonen. Aber es geht nicht nach mir. Es werden eine Menge Krieger herkommen – auf deine Bitte hin, wenn ich das mal sagen darf –, und die haben ihre Anweisungen.“

„Gut.“

„Gut? Was soll ‚gut‘ heißen?“

Em stand auf und ging zur Tür. „Es heißt gut.“ Sie zog die Tür auf.

Auf jeden Fall musste sie Cas warnen.

Cas ging um eine Ecke und lächelte einem Bediensteten zu, der vorbeihuschte. Den ganzen Tag fühlte er sich schon so leicht, seitdem er neben Mary aufwachte. Er dachte an nichts anderes als ihren Gesichtsausdruck, als sie zustimmte, heute Abend wieder zu ihm zu kommen. Und hoffentlich auch noch alle folgenden Abende.

Er ging durch die offene Tür ins Arbeitszimmer seiner Mutter, in dem beide Eltern auf ihn warteten. Seine Mutter stand neben ihrem Schreibtisch und tippte so energisch mit den Fingern gegen den Tisch, dass man sich Sorgen machen musste, sie würde Dellen verursachen. Sein Vater ging im Raum auf und ab.

In einer Ecke stand ein großes Porträt, auf dem ein Mann, eine Frau und ein junges Mädchen zu sehen waren. Keine der Personen kam Cas bekannt vor.

„Mach die Tür zu“, befahl seine Mutter.

Das Geräusch des einrastenden Schlosses schien durch den Raum zu hallen. „Ist alles in Ordnung?“

„Das Bild ist angekommen.“ Der Mund seiner Mutter war nur noch eine schmale, harte Linie, und diesen Gesichtsausdruck hatte er noch nie bei ihr gesehen. Hätte sie ein Schwert in der Hand, wäre er einen Schritt zurückgetreten.

„Das von Marys Eltern?“ Er musterte das Bild. Den König und die Königin von Vallos kannte er nicht, aber das dunkelhaarige Mädchen sah nicht aus wie Mary. Ihre Haut war heller, die Augen auch, und sie hatte feine, weiche Züge, als könnte sie zerbrechen, wenn man sie zu heftig anstieß. Der Mann und die Frau standen hinter ihr, jeweils eine Hand auf ihren Schultern. Der Mann hatte erstaunlich buschige Augenbrauen und hellbraunes Haar, das im Nacken zusammengebunden war. Die Frau war blass und dünn, wie ihre Tochter.

„Ich glaube, man hat dich betrogen“, sagte Cas. „Aber es war eine nette Idee.“

Seine Mutter atmete immer stärker ein und aus, als wäre sie gerade schnell gelaufen. „Das ist kein falsches Bild. Das sind der König und die Königin von Vallos.“

„Aber wer ist das dann?“ Cas zeigte auf das Mädchen im Bild.

„Wach doch auf, Casimir“, fuhr sein Vater ihn an.

„Das ist Mary“, antwortete seine Mutter mit einem leichten Zittern in der Stimme. Sie ballte ihre Hände zu Fäusten. „Die Frage ist, wer ist die Frau, die du geheiratet hast?“

Um ihn herum drehte sich alles. Cas hielt sich an einem Stuhl fest und ließ sich hineinfallen. Es war absurd. Wer sollte Marys Platz einnehmen? Wieso? Und wo war dann die richtige Mary?

Und wichtiger noch: Mit wem hatte er gestern in einem Bett geschlafen?

„Wieso?“ war alles, was er gerade zustande bringen konnte.

Sein Vater ging inzwischen so schnell auf und ab, dass einem schon vom Zusehen schwindelig wurde. „Du musst ruhig bleiben.“

„Ich bin ruhig.“ Er war zu benebelt, um irgendetwas anderes als ruhig zu sein.

„Also, wir haben eine Vermutung, wer es sein könnte, aber du musst ruhig bleiben, wenn wir es dir sagen“, beschwor seine Mutter ihn nachdrücklich.

„Sie war so aufgebracht wegen dieses gefangenen Ruined.“

Sein Vater ging noch schneller hin und her. „Es ist unverständlich, dass sein Tod sie so mitnimmt.“

„Sie fand die Strafe unge…“

„Sei still“, ermahnte seine Mutter ihn.

„Sie kann besser mit einem Schwert umgehen als fast alle anderen.“ Cas’ Vater lachte. „Und wir wissen alle, dass die Vallosi keine guten Kämpfer sind. Selbst eine aus der Königsfamilie ist nicht so gut.“

Ratlos starrte Cas seinen Vater an. Worauf auch immer er hinauswollte, Cas hatte noch keinen Schimmer, was es war.

„Sie hat dich auch nach dem Aufenthaltsort von Olivia Flores gefragt. Richtig?“

„Ja.“ Cas drehte sich der Magen um. „Neulich hat sie mich noch mal gefragt.“

„Was hast du ihr erzählt?“ Eine Haarsträhne löste sich aus dem Dutt seiner Mutter, als wüssten selbst ihre Haare nicht, wie sie mit der Situation umgehen sollten.

„Ich … Ich habe ihr die Wahrheit gesagt.“

Seine Eltern schnappten beide gleichzeitig nach Luft.

Langsam begann es Cas zu dämmern. „Ihr glaubt, dass sie eine von den Ruined ist.“

Sein Vater strich sich über seinen Bart. „Nicht irgendeine Ruined, sie hat keine Zeichen. Sie hat das richtige Alter und die Haare … die Augen …“

„Was?“ Cas fühlte sich, als würde er ertrinken. Er konnte weder atmen noch klar denken oder sich bewegen.

„Ich glaube, das Mädchen ist Emelina Flores.“

21. KAPITEL

Em hob den Arm, um bei Cas anzuklopfen. *Du schaffst das. Vielleicht. Wahrscheinlich.*

Sie ließ ihre zitternde Faust wieder sinken und atmete tief durch. Sie musste ihn warnen, selbst wenn sie damit die Krieger wütend machte. Sie konnte ihn nicht einfach sterben lassen.

„Er ist nicht da, Eure Hoheit."

Als Em sich umdrehte, sah sie Davina, die ein paar Schritte entfernt stand, im Arm ein Tablett mit Frühstücksresten.

„Er guckt sich gerade Euer Gemälde an", erklärte sie.

„Mein Gemälde?"

„I… ich dachte, Ihr wüsstet davon." Das Mädchen erblasste. „Es ist immerhin ein Gemälde von Euch und Euren Eltern. Ich ging davon aus …"

Em stockte der Atem. Ein Bild von Mary und ihren Eltern. Sie wussten es.

Sie sah sich nach geeigneten Waffen um. Nichts.

„Bitte erzählt der Königin nicht, dass ich es Euch verraten habe", bat Davina sie. „Vielleicht sollte es eine Überraschung werden, und wenn sie herausfindet, dass ich …"

„Es bleibt unser Geheimnis." Beim Umdrehen musste Em sich verkneifen, sofort wegzurennen. Sie wollte nicht, dass Davina Verdacht schöpfte.

Als sie um die Ecke bog, rannte sie direkt in Irias Arme, an deren Gesicht sie deutlich die Panik ablesen konnte. „Die Königin hat …"

„Ein Bild von Mary, ich weiß", unterbrach Em sie.

„Wir verschwinden von hier. Sofort!"

„Ich habe keine Waffe oder …"

„Ich habe eine." Iria zog ihr Schwert. „Bleib dicht hinter mir."

Überrascht sah Em sie an. „Du kommst mit?"

„Denkst du wirklich, der König glaubt, dass wir nichts davon wussten? Wir sind direkt nach euch angekommen." Iria spähte um die nächste Ecke und bedeutete ihr mit einer Kopfbewegung, dass alles frei war.

„Wir müssen Aren Bescheid sagen", bemerkte Em.

„Koldo holt ihn. Wir treffen uns später, weit weg vom Schloss." Inzwischen waren sie an der Treppe angelangt. Iria schaute nach unten, wo die Bediensteten durchs Schloss gingen. „Ich glaube, rennen wäre das Beste."

„Das erregt zu viel Aufmerksamkeit. Wer weiß, ob sie alle das Bild überhaupt schon gesehen haben?"

„Das kann man nicht wissen."

„WAS?" Heiser und wütend erklang Cas' Schrei, der durch das ganze Schloss hallte. Em hielt die Luft an, und ihr Herz blieb einen Moment stehen. Sie durfte jetzt nicht an ihn denken.

„Rennen ist am besten", bestätigte sie und packte Irias Arm. „Aber nicht hier lang. Die andere Treppe."

Sie liefen den Flur runter zu der Treppe im hinteren Teil des Schlosses. Ihre Schritte donnerten über die Stufen. Em wurde langsamer, bis man sie fast nicht mehr hören konnte. Iria tat es ihr nach und sah sich um, als sie unten angekommen waren.

Vorsichtig eilten sie um die Ecke, und Em öffnete die Tür zur Küche. Sie war leer, also durchquerten sie den Raum und liefen nach draußen, wo die Nachmittagssonne ihnen ins Gesicht schien. Em kniff geblendet die Augen zu.

„Wo lang?", fragte Iria. „Zum Haupteingang wird es schwierig."

„Unmöglich. Da sind zu viele Wachen.“ Sie zeigte auf den Baum, über den auch Cas sich herausgeschlichen hatte. „Dahin. Wenn wir es über die Mauer schaffen, müssen wir uns nur noch um ein oder zwei Wachen kümmern.“

„Wo ist sie?“ Die kreischende Stimme der Königin drang aus einem Fenster bis zu ihnen. „Wachen! Haltet sie!“

Iria sprintete los, dicht gefolgt von Em. Auf dem Weg zur Mauer sprangen sie noch über eine Bank. Vor ihnen ragte der Baum auf. Em griff nach einem Ast und zog sich hoch, kletterte weiter, bis sie oben auf der Mauer war. Letztes Mal hatten sie ein Seil benutzt, um sich auf der anderen Seite herunterzulassen, jetzt musste sie schlucken, als sie die Höhe abschätzte.

Iria tauchte neben ihr auf, und Em sprang, bevor sie es sich anders überlegen konnte. Sie kam hart auf ihrem Fuß auf und stolperte, als der Schmerz durch ihre Wade schoss. Sie schüttelte ihre Beine aus und atmete erleichtert auf, als sie sicher war, sich nichts gebrochen zu haben.

Einer der Wachmänner rannte so schnell er konnte auf sie zu und erreichte sie in dem Moment, als Iria neben Em aufkam, das Schwert bereits gezogen. Em wollte ihr gerade helfen, doch in dem Moment wurde sie von der anderen Seite von jemandem gerammt, und beide gingen zu Boden.

Arme schlossen sich um sie, drückten ihr die Luft ab. Em lag auf ihrem Bauch, das Gesicht gegen den Boden gedrückt.

„Wer bist du?“, brüllte ein Mann.

Em wand sich herum, trat in die Erde, stieß dem Wachmann ihren Ellbogen ins Gesicht und schaffte es, sich zu befreien.

Etwas umständlich rappelte sie sich auf und blickte Galo an, der wütend vor ihr stand. Er trug Trainingskleidung, hatte aber keine Waffe bei sich.

Als er auf sie zukam, schlug sie ihm mit der Faust ins Gesicht. Er stolperte nach hinten, blinzelte, und Em nutzte den Augenblick, um sich nach Iria umzusehen, die gerade mit der anderen Wache kämpfte.

Aus ihrem Augenwinkel nahm sie Galos Bewegung wahr und drehte sich gerade rechtzeitig um, um seinen Ellbogen in den Bauch zu bekommen, während er ihr gleichzeitig die Beine wegzog. Nach Luft schnappend, knallte sie auf den Boden.

Er griff nach ihr, aber sie rollte sich weg. Sie sprang wieder auf und schlug zweimal auf ihn ein, direkt hintereinander. Er revanchierte sich mit einem üblen Schlag gegen ihre Wange, aber offensichtlich war er es nicht gewohnt, ohne Schwert zu kämpfen.

Em rammte ihm ihr Knie in den Bauch, woraufhin Galo keuchend auf die Knie fiel.

Seitlich an Galos Hals tauchte plötzlich eine Klinge auf. Iria stand neben ihm, in der Hand das Schwert. Die andere Wache lag tot hinter ihr auf dem Boden.

Em schüttelte den Kopf und streckte ihre Hand nach dem Schwert aus, das auf Galo gerichtet war. Iria warf ihr einen verwunderten Blick zu, reichte ihr jedoch das Schwert.

Oben, über der Mauer, tauchte plötzlich noch ein Gesicht auf. Iria packte Em am Arm und versuchte, sie wegzuziehen.

Es war Cas. Er trat auf die Mauer, und in dem Moment, in dem Em seinen wutentbrannten Gesichtsausdruck sah, verschwand jegliche Hoffnung, er würde sie verstehen.

Es tut mir leid, ging ihr direkt durch den Kopf.

„Wir müssen weg hier!", rief Iria und zog fester an Ems Arm. Em drehte sich um, und beide liefen los. Hinter ihnen hallte das Geräusch ihrer schnellen Schritte nach.

„Hey!“, ertönte Cas’ Ruf von hinten. Das erste Mal ignorierte Em es noch. „Hey!“

Sie drehte sich um und sah Cas, der neben Galo stand. Galo kauerte noch immer auf dem Boden und hielt sich den Bauch.

„Sag mir wenigstens deinen Namen!“ Cas hatte seine Arme weit ausgebreitet, und in seinem Gesicht spiegelte sich eine merkwürdige Mischung aus Wut und Ungläubigkeit.

Em rannte rückwärts weiter, während sie ihm laut und deutlich zurief: „Emelina Flores!“

22. KAPITEL

Emelina Flores.

Der eine Name verdrängte alle anderen Gedanken und hinterließ eine klaffende Wunde in seinem Kopf.

Emelina Flores. Er hörte dabei ihre Stimme. Sah, wie sie beim Aussprechen das Kinn hob, als wäre sie stolz auf ihren Namen und darauf, ihn hinters Licht geführt zu haben.

Tief in ihm brannte eine so heftige Wut, dass er kaum den stechenden Schmerz fühlte, während der Arzt eine Wunde über seiner Augenbraue behandelte.

„Ich habe dir doch gesagt, dass du Ruhe bewahren sollst!", schrie seine Mutter ihn an. „Nicht, dass du ihr hinterherlaufen sollst!" Sie stand direkt neben dem Gemälde der wahren Mary, ihr Blick glühte vor Zorn. Cas' Vater saß neben ihm auf einem Stuhl und starrte ausdruckslos vor sich. Jeden Augenblick könnte er die Armlehnen packen und seiner Wut freien Lauf lassen.

„Sie wollte fliehen", stieß Cas durch zusammengebissene Zähne hervor. Sie war entwischt. Er hätte ihnen hinterherlaufen können, aber er hatte keine Waffe, während Iria und Emelina beide ein Schwert trugen.

Das war jedenfalls die Ausrede, die er allen erzählte. In Wahrheit war er ab dem Moment, in dem sie ihn mit ihren großen, traurigen Augen angeschaut hatte, wie erstarrt gewesen.

Wieso sah sie so traurig aus?

Die Wunde war inzwischen fertig versorgt, also eilte der Arzt aus dem Zimmer und schloss die Tür hinter sich.

Cas beugte sich vor und ließ den Kopf in seine Hände fallen. Hätte er doch einfach das Schwert genommen, bevor er ihr hinterhergelaufen war. Er war so ein Idiot. Andererseits hatte er auch nicht damit gerechnet, heute ein Schwert zu brauchen, um seiner Frau nachzujagen, die zu fliehen versuchte.

Er fing an, fast hysterisch zu lachen, woraufhin seine Eltern ihn beide ansahen, als hätte er endgültig den Verstand verloren. Vielleicht hatte er das auch.

Es klopfte an der Tür. Einer der Männer des Königs öffnete. „Die anderen beiden Krieger aus Olso sind fort, zusammen mit Aren."

Sein Vater schickte den Mann wieder weg. Die Tür schlug zu, und Cas' Mutter raufte sich die Haare.

„Wir wissen, was ihr Ziel ist", sagte der König erstaunlich ruhig.

„Olivia?", riet Cas.

„Genau. Ich schicke ein paar Soldaten in die Richtung und lasse das Haus besser bewachen. Bevor sie auch nur in ihre Nähe kommen, haben wir sie."

„Bring Olivia einfach um", sagte Fabiana scharf. „Lass sofort ihre Hinrichtung anordnen."

In Cas sträubte sich alles, als er das von Hass verzerrte Gesicht seiner Mutter sah. „Sie hat nichts damit zu tun", wandte er schließlich ein.

„Ich finde, du hast jegliches Recht verspielt, deine Meinung zum Umgang mit den Ruined kundzutun, als du Emelina Flores erzählt hast, wo ihre Schwester ist", erwiderte der König.

Cas sprang auf. „Und wer hat mir befohlen, sie zu heiraten?" Sein Schrei füllte den gesamten Raum aus, und seine Mutter fuhr vor Schreck zusammen.

Sein Vater hatte ein Zucken in den Mundwinkeln, sagte aber nichts.

„Cas“, fing seine Mutter mit sanfter Stimme an. Sie legte ihm eine Hand auf den Arm, die er abschüttelte.

„Wenn irgendjemand schuld an der Situation ist, bist du das“, brüllte Cas und funkelte seinen Vater wütend an. „Du hast den Mord an Tausenden unschuldigen Menschen angeordnet, und jetzt wunderst du dich, wenn eine von denen ...“

„Unschuldig?“, schrie sein Vater zurück und fuhr so schnell aus dem Stuhl hoch, dass der fast umkippte. „Die Ruined sind nicht unschuldig!“

„Was hat Damian getan? Was haben alle anderen getan?“

„Sie ist zu dir durchgedrungen“, sagte sein Vater angewidert. „Emelina hat dir diese Ideen in den Kopf gesetzt.“

„Ich bin kein Idiot“, blaffte Cas zurück. „Sie musste mir gar nichts in den Kopf setzen.“

„Also gibst du mir die Schuld. Ich bin schuld, dass Emelina Flores vorgegeben hat, deine Frau zu sein.“

Cas breitete die Arme aus. „Ich wüsste nicht, wessen Schuld es sonst sein soll. Nichts von alledem wäre passiert, wenn du keinen Krieg mit den Ruined angezettelt hättest. Jetzt bin ich mit einer von ihnen *verheiratet*.“ Bei den Worten zog sich sein Magen zusammen. Er drehte sich weg, aus Angst, sein Gesicht könnte zu viel von seinen Gefühlen verraten.

„Ihr seid nicht mehr verheiratet“, mischte seine Mutter sich ein, als würde es alles wiedergutmachen. „Die Ehe ist ungültig.“

Cas drehte sich zu ihr und rollte mit den Augen. „Wirklich? Weil du das sagst?“

„Ja!“, unterbrach sein Vater. „Sie hat ihre wahre Identität verschwiegen! Die Ehe wird für ungültig erklärt.“

„Bis zum Tode sind unsere Seelen miteinander verbunden.“ Cas wiederholte die Worte des Priesters nur, um seinen Vater wütend zu machen.

Es funktionierte. Der König schlug mit der Faust gegen das Gemälde und warf es so zu Boden. „Dann werde ich sie persönlich umbringen!"

Das Erste, was Cas tun wollte, war, „Nein!" zu rufen, aber stattdessen schwieg er.

„Dein Vater hat recht", erklärte die Königin, die ruhiger war als ihr Mann. „Die Ehe ist nicht rechtens. Wir kümmern uns darum."

Cas zuckte nur mit den Schultern. Ob er jetzt noch mit ihr verheiratet war, bedeutete ihm weniger als das, was sie beide verband, wie er für sie empfand und dass er sie im Moment mit eigenen Händen in Stücke reißen wollte.

Aber wieso hatte sie so traurig ausgesehen?

„Vielleicht können wir etwas anderes arrangieren", lenkte sein Vater plötzlich optimistisch ein. „Der Gouverneur in der südlichen Provinz hat eine Tochter. Nach Mary war sie meine zweite Wahl."

„Das ist doch wohl ein Scherz", entgegnete Cas trocken.

„Sie passt gut, ist auch viel hübscher als Emelina."

„Das. Ist. Doch. Wohl. Ein. Scherz", wiederholte Cas langsamer. Wenn seine Eltern dachten, er würde sie noch mal eine Frau für ihn aussuchen lassen, waren sie verrückt.

„Jetzt ist nicht die richtige Zeit." Kopfschüttelnd sah die Königin ihren Mann an. Er hielt die Hände in die Luft und gab sich geschlagen. Fabiana wandte sich wieder Cas zu. „Jetzt müssen wir erst mal einschätzen, in was für Schwierigkeiten wir überhaupt stecken. Wie viel weiß sie? Was hat sie gemacht, als sie hier war?"

„Sie hat viel Zeit mit Iria zusammen verbracht", sagte Cas. „Sie hatten sich angefreundet."

„Oder sie waren bereits Freunde, bevor sie hergekommen

ist“, bemerkte seine Mutter. „Da die Krieger auf mysteriöse Weise zusammen mit ihr abgehauen sind, können wir wohl davon ausgehen, dass sie genau wussten, wer Mary wirklich war.“

Nacheinander ließ Cas alle Knöchel in seiner linken Hand knacken. „Wir sind auch unten an der Küste gewesen. Sie hat sich für die Wachtürme interessiert, dafür, wie gut unsere Grenzen geschützt sind.“

„Und das hast du ihr alles gezeigt?“, schrie sein Vater.

„Das ist jetzt unwichtig“, ging die Königin dazwischen, bevor Cas antworten konnte. „Wir müssen uns auf einen möglichen Angriff vorbereiten. Am besten holen wir die Jäger aus Vallos und Ruina her.“

„Es dauert Wochen, bis sie alle hier sind.“

„Wir haben Emelina überrascht“, fuhr Fabiana fort. „Wir haben also hoffentlich etwas Zeit. Aber die Wachen in den Türmen müssen besonders aufmerksam sein.“

König Salomir warf Cas einen wütenden Blick zu. „Ich fasse es nicht, dass du ihr diese Informationen einfach gegeben hast.“

„Sie war meine Frau! Ich habe ihr vertraut!“ Die Worte schmeckten bitter, als er sie aussprach.

Er hatte gedacht, dass sie ihn mochte und sich darauf freute, eines Tages zusammen mit ihm zu regieren. Er dachte, sie wäre stark und mutig und würde die beste Königin, die Lera je gesehen hatte.

Er hatte gedacht, dass sie sich auch in ihn verliebte.

Vielleicht hatte sie sich sogar in ihn verliebt. Ihr tränenüberströmtes Gesicht tauchte in seinen Gedanken auf. Ich möchte nicht mehr diese Person sein, hatte sie gesagt. Alles in ihm schrie, dass sie eine Lügnerin war und man ihr nicht vertrauen sollte, aber er konnte einfach nicht glauben, dass die letzte Nacht eine Lüge war.

Bei dem Gedanken durchfuhr ihn eine neue Welle der Wut. Wenn es keine Lüge war, warum hatte sie ihm dann nicht die Wahrheit gesagt? Er hatte ihr gesagt: Dann entscheidest du nächstes Mal besser. Sie hätte sich dafür entscheiden können, ihm alles zu erzählen. Sie hätte darauf vertrauen können, dass er zuhörte und wegen Olivia verhandelte. Aber sie hatte sich für Gewalt und Betrug entschieden, genau wie ihre Mutter.

Sie hatte die falsche Entscheidung getroffen.

23. KAPITEL

Dummerweise mussten Em und Iria sich eine ganze Weile lang in einem Pferdestall, nicht weit vom Schloss entfernt, verstecken. Als sie wieder rauskonnten, stanken sie beide, und ihre Muskeln taten vom Hinkauern weh.

Em wünschte, sie hätte die Zeit gehabt, sich eine Hose anzuziehen, bevor sie wegrannte, denn inzwischen war der komplette Saum ihres hellblauen Kleides verdreckt. Außerdem wusste sie nicht, wo sie ihr Schwert lassen sollte, und jetzt, wo die Sonne unterging, wurde es auch langsam frisch.

„Gib es mir", Iria streckte ihre Hand nach dem Schwert aus. „Ich kann es auf der anderen Seite an meinem Gürtel festmachen."

Em zögerte. Sie wollte nicht unbewaffnet sein, während Iria zwei Schwerter hatte. Es wäre schlauer gewesen, sich vorsorglich eine Tasche zu packen, in der alles Nötige war und die sie sich auf dem Weg aus dem Schloss einfach hätte schnappen können. Jetzt saß sie hier fest, ohne Gürtel für das Schwert, ohne Wasser und ohne Essen.

„Oder würdest du es lieber tragen?" Iria sah sie fragend an. „Das wäre sehr auffällig."

Em reichte ihr das Schwert, und Iria machte es rechts an ihrem Gürtel fest.

„Wir treffen uns nicht weit von hier mit Koldo, Benito und Aren", erklärte Iria und schaute sich um. Östlich lag die Hauptstraße, die ins Innere der königlichen Stadt führte.

Hinter sich hörten sie die Räder eines Karrens quietschen, den ein Mann in Richtung des Stadtzentrums schob. Sie waren so nah dran, dass Em sogar das Gelächter aus den eng beieinanderstehenden Häusern hören konnte. Noch ein paar

Schritte in die Richtung und sie könnte wahrscheinlich die Käsebrötchen riechen.

Der Mann warf einen Blick über seine Schulter, als er seinen Karren um die Ecke schob.

„Lass uns von hier verschwinden“, sagte Em.

„Mir nach.“ Iria lief los, und Em beeilte sich, ihr zu folgen. Sie rannten über die Straße und durch das hohe Gras, bis Ems Muskeln und ihre Lunge brannten. Ihre Ausdauer hatte sich durch das Leben im Schloss eindeutig verschlechtert.

Sie bewegten sich vom Zentrum Leras weg nach Westen, durch den Urwald. Auf ihrem Weg in die Stadt vor ein paar Wochen hatte Em die Hauptstraßen am Rand des Waldes entlang genommen, aber sie wusste, dass der einfachste Weg nach Süden durch den Dschungel führte.

Sie waren noch ungefähr einen halben Tagesmarsch vom Inneren des Urwaldes entfernt, aber Iria führte sie in ein Dickicht aus Bäumen außerhalb der Stadt. Sie ging jetzt, anstatt zu laufen, und Em versuchte keuchend, Schritt zu halten.

„Du hättest morgens mit mir laufen gehen sollen“, bemerkte Iria selbstgefällig.

„In … ein paar Tagen geht es wieder“, antwortete Em und atmete tief durch. „Ich passe mich immer schnell an.“

Iria grinste. „Das hoffe ich. Sie haben uns gerade erst Wachen hinterhergeschickt.“ Zügig ging sie weiter, und Em kämpfte, um mitzuhalten.

Als zwei Gestalten vor ihnen auftauchten, suchte Em sofort mit verzweifelten Blicken die Gegend ab.

„Wo ist Aren?“, fragte sie und lief an Iria vorbei.

Koldo sah sie bedauernd an. „Tut mir leid. Kurz nachdem wir das Schloss verlassen hatten, wurden wir getrennt. Alles war voller Wachen. Wir haben beide nur versucht wegzukommen."

In Em zog sich alles zusammen. „Sie haben ihn doch nicht erwischt, oder?"

„Ich glaube nicht. Aber ich hatte keine Gelegenheit, ihm zu sagen, wo wir uns treffen."

Em seufzte erleichtert auf. Dass Aren geschnappt werden würde, war eher unwahrscheinlich, erst recht jetzt, wo er seine Kräfte frei nutzen konnte. Er war auf jeden Fall besser dran als sie alle.

„Er wird sich direkt nach Fort Victorra durchschlagen", sagte Em. „Wir treffen ihn dort."

„Bist du sicher, dass du dahin willst?", fragte Iria. „Der König wird davon ausgehen, dass du dorthin gehst, und er wird eine Armee nach dir losschicken."

„Was habe ich denn für eine andere Wahl?"

„Du kannst dich mit Benito zu den Schiffen begeben. Koldo und ich sorgen dann dafür, dass die Krieger, die nach Fort Victorra gehen, Olivia retten."

„Nein, ich gehe hin."

„Dachte ich mir", kommentierte Iria. „Koldo und ich begleiten dich. Wir haben ein paar andere angewiesen, mit Verpflegung und Pferden im Dschungel auf uns zu warten."

„Danke." Misstrauisch sah Em die Krieger an. Olivia zu retten war nie Teil ihrer Abmachung gewesen. Sie hatte gedacht, dass diese Aufgabe allein auf sie zurückfiel. „Und wenn wir Olivia befreit haben?", hakte sie nach.

„Der König wird euch beide natürlich kennenlernen wollen", antwortete Iria. „Ihr könnt mit uns zurück nach Olso kommen."

Das war es also. Es ging ihnen eher darum, sie und Olivia im Auge zu behalten, als ihnen zu helfen.

„Benito, du informierst die Schiffe, dass wir schon früher angreifen“, ordnete Iria an.

„Wann?“

„Morgen Abend.“ Benito nickte.

Em beschlich ein ungutes Gefühl. Ihre Angst um Cas war stärker, als sie zugeben wollte.

Iria gab Benito ein Zeichen. Er nahm seinen Rucksack ab und warf ihn ihr zu. Seinen Mantel gab er Em.

Iria wühlte in der Tasche herum und zog eine Flasche heraus, die sie Em hinhielt. „Das ist deine, bitte schön.“

„Danke.“ Em meinte es ernst. Mit den beiden Kriegern hatte sie viel bessere Karten, als sie allein gehabt hätte.

Sollte Iria versuchen, sie zu zwingen, mit nach Olso zu kommen, nachdem sie Olivia gerettet hatten, würde sie sich darum kümmern, wenn es so weit war.

24. KAPITEL

Cas lag auf der Couch in seinem Lesezimmer und streckte sich. Die Arme verschränkte er hinter seinem Kopf. Sein Bett hatte er inzwischen komplett neu beziehen lassen, aber es erinnerte ihn immer noch an sie. Alles erinnerte ihn auf eine gewisse Art an Mary, aber am meisten sein Bett, auch wenn sie nur eine Nacht zusammen darin verbracht hatten.

Emelina, korrigierte er sich selbst und versuchte, die Gedanken beiseitezuschieben. Er hatte sich vorgenommen, nicht mehr an sie zu denken, aber trotzdem tauchte sie bei jeder Gelegenheit in seinem Kopf auf. Er konnte an nichts anderes denken.

Im gesamten Schloss war es schon den ganzen Tag über gruselig still, da seine Eltern jegliche sommerlichen Aktivitäten abgebrochen hatten. Die Bediensteten gingen ihm aus dem Weg, als hätten sie Angst, er könnte jeden Moment in die Luft gehen. Cas war daran gewöhnt, dass sich Leute in seiner Gegenwart unwohl fühlten, aber das hier war anders, es war neu und viel schlimmer. Sie hatten Mitleid mit ihm.

Er hasste Emelina. Er wünschte sich, sie wäre über eines ihrer dummen Kleider gestolpert, hätte sich etwas gebrochen und müsste jetzt unter Schmerzen herumhumpeln.

Gleich nachdem er sich das vorgestellt hatte, überkamen ihn Schuldgefühle, wofür er sich dann selbst verfluchte.

Ich möchte nicht mehr diese Person sein.

Ihre Worte hatten so aufrichtig geklungen, und sie gingen ihm nicht mehr aus dem Sinn. Er verbrachte den Tag hauptsächlich damit, herauszufinden, was von allem, was sie gesagt hatte, wahr war und was nicht. Er hatte einen kleinen Teil der richtigen Emelina kennengelernt, da war er sich sicher.

Die Nacht in ihrem Schlafzimmer war echt. Als sie ihm von

ihrer Mutter, der starken, aufbrausenden Frau, erzählt hatte und von ihrem Vater, dem stillen Zuhörer, da hatte sich die wirkliche Emelina gezeigt. Es passte zu dem, was Cas über Wenda Flores und ihren Mann wusste.

Alles, was sie über die Ruined gesagt hatte, stimmte. Sie versuchte ja nicht einmal, ihr Mitgefühl zu leugnen.

Aber sie hatte ihm erzählt, sie wäre ein Einzelkind. Dass sie einsam gewesen war, obwohl sie in Wahrheit Olivia gehabt hatte.

Jedenfalls, bevor sein Vater Olivia entführt und eingesperrt hatte.

Er seufzte, als eine weitere Welle von Schuldgefühlen über ihn hereinbrach. Wie hatte sie es überhaupt geschafft, ihm in die Augen zu sehen? Er hatte die ganze Zeit gewusst, dass Olivia gefangen war, und nicht einmal war ihm in den Sinn gekommen, nach ihr zu fragen, bevor Emelina es erwähnte. Kein Wunder, dass sie an ihrem Hochzeitstag todtraurig aussah.

Aber …

Du bist nicht dumm oder naiv oder irgendetwas von dem, was sie dir unterstellen wollen. Das hätte sie ihm nicht sagen müssen, sie hätte auch nicht in sein Zimmer kommen und in seinem Bett schlafen müssen. Er hatte ihr mehr als genug Raum gegeben, und immer wieder kam sie zu ihm.

War es denn so dumm zu denken, dass sie auch etwas für ihn empfand? War es bloß Wunschdenken?

Es klopfte an der Tür, und kurz darauf steckte Galo seinen Kopf ins Zimmer. „Kann ich reinkommen?"

Cas setzte sich richtig hin, und der Wachmann nahm neben ihm Platz.

„Bist du betrunken?", fragte Galo.

„Sehe ich etwa betrunken aus?"

„Nein, aber deine Mutter meinte, dass du es vermutlich bist."

„Meine Mutter ist diejenige, die ihre Trauer zu ertränken versucht."

Obwohl es gar keine so schlechte Idee war; vielleicht würde er es später noch probieren.

„Tut mir leid", antwortete Galo leise.

„Ist schon in Ordnung."

„Nein, ist es nicht."

Das Gleiche hatte Cas auch am Nachmittag zu seinem Vater gesagt, der ihn daraufhin anerkennend ansah und ihm auf die Schulter klopfte.

„Nein, ist es nicht", wiederholte Cas.

„Ich glaube, dass sie dich wirklich mochte", fuhr Galo fort.

„Ist das ein Versuch, mich aufzumuntern?"

„Nein! Das denke ich wirklich." Er rieb sich über den blauen Fleck an seinem Kinn, den er Emelina zu verdanken hatte. „Sie hat mich nicht umgebracht. Sie hat Iria das Schwert abgenommen, um sie daran zu hindern, es zu tun."

„Sie mussten fliehen", wandte Cas ein.

„Sie hatten genug Zeit, mich zu töten, um sicherzustellen, dass ich ihnen nicht hinterherlaufe." Galo grinste. „Und so gern ich denken würde, dass das nur an meiner fabelhaften Persönlichkeit lag, vermute ich doch eher, sie hat mich verschont, weil ich dein Freund bin."

„Mich hätten sie auch töten können, schätze ich." Cas kratzte sich die Wange. „Ich bin ihnen ohne Schwert nachgelaufen, wie ein Idiot."

Hätte Emelina ihn allerdings umbringen wollen, dann hätte sie genügend Chancen gehabt. Zum Beispiel in seinem Bett, als er schlief.

Das musste doch etwas zu bedeuten haben, oder?

Cas lachte laut los, weil plötzlich alles so lächerlich schien. War er ernsthaft dankbar, dass seine Frau ihn nicht umgebracht hatte?

Meine Frau hat mich nicht mit dem Kissen erstickt! Das muss wahre Liebe sein!

Für einen Moment schloss er die Augen. „Schicken sie dich nach Süden? Mein Vater meinte, ein paar Wachen helfen bei der Suche nach ihr."

„Nein, ich bleibe hier. Ich wurde zum Wachleiter ernannt, vorübergehend."

„Das wurdest du?"

„Ja. Wenn du nichts dagegen hast."

„Natürlich nicht. Du weißt, dass du eines Tages der Leiter meiner persönlichen Wachen sein wirst, nicht nur vorübergehend."

Ein leichtes Lächeln huschte über Galos Gesicht. „Danke." Er zögerte, dann wurde seine Miene wieder ernst. „Darf ich als Wachleiter einen Wunsch äußern?"

„Selbstverständlich."

„Laufe Emelina nicht wieder hinterher, okay?"

„Du bist ihr auch nachgelaufen."

„Cas", sagte Galo leicht genervt.

„Du kannst den Wunsch aussprechen, aber ich kann dir nichts versprechen." Langsam stand er auf. Auf einmal kam ihm das Zimmer so klein vor, als hätte allein das Gespräch über Emelina den ganzen Raum eingenommen. „Ich gehe etwas an die frische Luft."

„Du weißt, dass jetzt nicht der richtige Zeitpunkt ist, sich rauszuschleichen, oder?"

„Natürlich. Ich bleibe auf dem Gelände."

Galo verstand, dass Cas lieber allein sein wollte, und folgte ihm nicht aus dem Zimmer. Der Flur und die Küche waren menschenleer. Cas stieß die Tür zu den Gärten auf.

Die kühle Luft strich ihm übers Gesicht. Er atmete tief durch und ging über den Rasen. An einem Baumstumpf setzte er sich hin und streckte die Beine vor sich aus. Würden die Leute ihn für merkwürdig halten, wenn er hier draußen unter den Sternen schlief?

Er lehnte sich an den Baum und lauschte den zirpenden Grillen und dem Rascheln der Blätter um ihn herum. Es war ihm egal, ob andere es seltsam fanden. Hier draußen bekam er wenigstens richtig Luft. Nicht einmal Emelina konnte diesen ganzen Raum einnehmen.

Panisch schlug Cas die Augen weit auf, als ein lauter Knall ihn aus dem Schlaf riss.

Ein zweiter Knall ertönte in der Ferne.

Dann fing das Geschrei an, und er stand ruckartig auf, etwas wackelig, da das Gras inzwischen rutschig war.

Eine Glocke fing an zu läuten.

Jemand hatte Alarm geschlagen, das Signal für einen Angriff.

Cas rannte zur Tür, zog sie auf und lief durch die Küche ins Foyer.

„*Cas? Cas!*", hallte Galos Stimme von oben durch das Schloss, als Cas durch den Eingangsbereich eilte. Von jetzt auf gleich waren alle Gänge hell erleuchtet, und Bedienstete rannten hin und her, um sämtliche Lampen anzuzünden.

„Hier!", rief Cas zurück.

Über sich hörte er Galos Schritte, und dann tauchte er am oberen Ende der Treppe auf. Zügig lief er die Treppe herunter zu Cas. Seine Miene war düster.

„Olso greift von der Küste her an. Wir müssen dich sofort hier wegbringen."

In Cas stieg Panik auf, während alle Diener um ihn herumliefen. Sie waren unvorbereitet auf einen Angriff. Emelina war erst seit zwei Tagen fort, sie hatten noch nicht mal die Jäger aus Vallos und Ruina hergeholt. Viele der Wachen befanden sich auf dem Weg nach Süden, um nach Emelina zu suchen.

„Wir verschwinden durch die Gänge nach hintenraus", sagte Galo und zog an Cas' Arm.

Schreie ertönten hinter ihnen, und als Cas sich umdrehte, sah er seine Mutter, die durch die Eingangshalle lief, dicht gefolgt von einer Wache. Sie trug einen lilafarbenen Morgenmantel, der halb offen stand, sodass ihr weißes Nachthemd darunter herausguckte.

„Ohne Cas gehe ich nicht!", rief sie.

„Ich bin doch hier", antwortete er, als sie auf ihn zurannte. Ihr Zopf flog hinter ihr in der Luft.

„Zu den Gängen, jetzt!", befahl Galo und schob sie beide vor sich her.

Seine Mutter nahm seine Hand, und Cas schaute über seine Schulter zurück, während sie ihn mit sich zog. „Wo ist Vater?"

„Seine Wachen kümmern sich um ihn", sagte Galo nachdrücklich.

Der kurze Moment der Stille wurde von einem berstenden Fenster durchbrochen. Cas duckte sich, als etwas durch das Fenster sauste und an ihm vorbeizischte.

Das Ding ging in Flammen auf, und die Wachen traten darauf ein, um das Feuer zu löschen.

„Cas!", rief seine Mutter. Plötzlich merkte er, dass er nicht mehr ihre Hand hielt. Als er sich umdrehte, sah er, wie sie in Richtung Küche geschubst und gedrängt wurde.

„Geh!“, schrie er. „Ich bin direkt hinter dir!“

Irgendwo draußen trafen eindeutig Schwerter aufeinander, und Cas ließ sich von Galo in Richtung Küche schieben. Er sah noch, wie seine Mutter um die Ecke verschwand, kurz bevor ein Schwarm an Leuten, gekleidet in Rot und Weiß, durch die Türen strömte.

Olso-Krieger.

Cas stolperte zurück, drehte sich um und fing an wegzulaufen. Galo blieb direkt neben ihm. Noch ein brennender Ball kam durch das Fenster geflogen. Cas warf sich auf den Boden und schützte seinen Kopf mit den Händen. Galo kniete neben Cas und schützte ihn mit seinem Körper.

Cas konnte die Hitze des Feuers spüren, als der Ball viel zu nah bei ihnen aufkam. Er wich zur Seite und sah, dass Galos linker Arm in Flammen stand.

Galo riss sich die Jacke vom Leib und trat auf die Flammen ein.

Cas bemerkte eine Hand auf seiner Schulter, wirbelte herum und entdeckte seinen Vater. Er musste sich verkneifen, ihm in die Arme zu fallen, als wäre er fünf Jahre alt.

Sein Vater reichte Cas ein Schwert. Das Schwert war schwerer, als Cas es gewohnt war, außerdem schmückte den Griff ein rotes Band – das Zeichen der Schwerter der Olso-Krieger. Das Schwert seines Vaters war blutverschmiert.

Cas lief dem König hinterher, während weitere Krieger aus der Küche herbeistürmten. Von allen Wänden hallten Schreie wider, Cas konnte nur hoffen, dass seine Mutter es geschafft hatte zu entkommen und dass die Krieger die Fluchtwege nicht entdeckt hatten.

Zwei Krieger rannten auf Galo zu. „Lauf!“, rief er noch über seine Schulter und hob sein Schwert.

Cas lief weiter seinem Vater hinterher. Kurz nachdem sie es um die Ecke geschafft hatten, blieb der König so abrupt stehen, dass Cas fast in ihn hineingerannt wäre. Vor ihnen standen drei Krieger. Cas erschrak, als er eines der Gesichter erkannte. Benito. Alle drei hatten geradezu ein Leuchten in den Augen. Benito zog die Brauen zusammen und schürzte die Lippen, bevor er sich auf ihn stürzte.

„Hier“, rief ein anderer Krieger etwas weiter entfernt und rannte auf sie zu. „Ich habe den König und den Prinzen!“

Cas wich zurück, als Benito zum Schlag ausholte, und hob sein Schwert. Benitos Klinge verfehlte nur knapp seinen Hals, und schlagartig wurde ihm klar, dass die Krieger die Anweisung hatten, ihn umzubringen. Man wollte sie nicht festnehmen, um mit ihnen zu verhandeln.

Panik strömte in all seine Gliedmaßen, sodass er vor Anstrengung stöhnen musste, als er mit dem Schwert ausholte. Benitos Klinge traf auf seine.

Aus dem Augenwinkel nahm Cas wahr, dass ein Krieger zu Boden ging und sein Vater sich den nächsten vornahm. Benito ging erneut auf Cas zu, Cas wich aus. Der Krieger verlor das Gleichgewicht und stolperte vorwärts. Blitzartig drehte Cas sich um und rammte ihm seinen Fuß gegen die Beine. Benito stieß mit den Knien auf den harten Steinboden. Cas stach ihm sein Schwert in die Brust.

Ein grauenvolles Gurgeln war zu hören, als Cas die Klinge wieder herauszog und Benito zusammensackte. Cas versuchte, das Blut abzuschütteln, das von der Waffe tropfte, aber dadurch verteilte er es nur auf der blauen Wand. Übelkeit stieg in ihm hoch.

Jemand packte ihn am Arm. Cas erschrak und schlug beinahe auf den König ein, als er sich umdrehte. Die beiden anderen Krieger lagen tot auf dem Boden. Als der König Benito am Boden liegen sah, warf er Cas einen anerkennenden Blick zu.

Der König zerrte stärker an Cas' Arm, als in ihrer Nähe Schreie zu hören waren. Beim Weg durch den Flur musste Cas über eine Leiche springen. Seine Panik ließ ihn hyperventilieren. Cas nahm das Schwert in seine linke Hand und wischte seine rechte Hand an der Hose ab, um den Schweiß loszuwerden.

Am Ende des Gangs stiegen Flammen empor. Der König drehte um, schlug die Tür zu einem der Wohnzimmer auf.

„Das Fenster", sagte er nur und wies Cas an vorzugehen.

Cas rannte in das dunkle Zimmer hinein, auf das große Fenster zu, entriegelte und öffnete es. Verqualmte Luft traf ihn ins Gesicht.

„Wo sind sie hin?", rief eine Stimme.

Gerade noch rechtzeitig drehte Cas sich um und sah, wie ein Krieger in das Zimmer gestürmt kam und auf den König losging. Sein Vater war kampfbereit, das Schwert in der Luft. „Lauf!", brüllte er Cas zu.

Cas ignorierte den Befehl und ging stattdessen auf den Krieger los. Er nahm kurz das Aufblitzen des Messers in der linken Hand des Mannes wahr und öffnete den Mund, um seinen Vater zu warnen.

Der Krieger stach das Messer direkt in die Brust des Königs.

Cas' Vater schnappte nach Luft, und sein Schwert fiel scheppernd auf den Boden. Der Krieger stieß das Messer noch tiefer hinein. Der König stürzte nach vorn und schlug mit einem dumpfen Knall auf dem Boden auf.

Cas erstarrte. Blut färbte das Oberteil seines Vaters rot, dennoch war sich Cas sicher, dass er nicht sterben würde. Das war unmöglich.

Dann ging der Krieger auf Cas los und hatte sofort dessen volle Aufmerksamkeit. Cas schnellte vor, was den Krieger überraschte, und traf ihn direkt am Arm. Der Mann sprang zur Seite und griff erneut an.

Cas wehrte die Attacke ab, machte zwei Schritte rückwärts und ging um den Krieger herum. Er rammte ihm sein Schwert direkt in die Seite. Der Krieger rang nach Luft, als Cas die Klinge aus seinem Fleisch zog.

Schließlich schlitzte Cas dem Krieger den Hals auf.

Er drehte sich weg, als der Mann hinfiel. Ein Stück weiter lag der König ausgestreckt auf dem Boden, sein einst weißes Oberteil vollkommen rot.

Zitternd und frierend fiel Cas neben ihm auf die Knie. Konnte er seinen Vater mit aus dem Fenster ziehen? Vielleicht könnte er ihn auf den Rücken nehmen.

Die Lider seines Vaters flatterten, sein Kopf fiel auf die Seite. Sein Mund öffnete sich, aber es war nur ein leises Keuchen zu hören. Dann hörte seine Brust auf, sich zu bewegen.

Cas' Hände lagen auf der Brust seines Vaters und waren inzwischen voller Blut, aber er spürte sie nicht mehr. Sein gesamter Körper schien wie taub zu sein.

Plötzlich bemerkte er, dass er immer wieder den Namen seines Vaters flüsterte, aber er wachte trotzdem nicht auf.

Er würde nie mehr aufwachen.

Sein Vater war tot.

Hinter Cas rief jemand: „Alle Schlossbediensteten in den Wagen!“ Er erschrak und nahm schnell die Hände, die er wieder spüren konnte, vom Körper seines Vaters.

„Findet den Prinzen!“, rief die Stimme wieder. „Tötet ihn!“

Stolpernd stand Cas auf. Durch das ganze Schloss hallten die Geräusche von stampfenden Füßen und Rufen. Er war umzingelt.

Cas wischte die blutverschmierten Hände an seiner Hose ab und rannte zum Fenster, wobei er noch einen kurzen Blick auf den toten Krieger warf. Er musste gegen das Verlangen ankämpfen, sein Schwert in die Brust des toten Mannes zu rammen. Das Blut, das aus seinem Hals quoll und eine Lache um ihn herum bildete, schien noch nicht Strafe genug zu sein.

Cas spähte über das Fensterbrett. In einiger Entfernung stieg Qualm in den Nachthimmel, in der Nähe der Stadt. Sein Herz blieb für einen Moment stehen. Brachten sie unschuldige Menschen um? Wollten sie die ganze Stadt niederbrennen?

Lag es am Ende bei ihm, sich zu rächen, jetzt, da sein Vater tot war?

Den Gedanken schob er erst mal beiseite. Es war nicht der richtige Moment, um in Panik zu geraten, weil er gerade König geworden war. Wenn sie ihn schnappten, hätte er jedenfalls kein Königreich mehr.

Er sah nach links zur Vorderseite des Schlosses, wo zwei Wachen mit dem Rücken zu ihm an der Ecke standen. Er schaute nach recht, zur dunklen Mauer, die sich an den Gärten entlangzog. In dieser Richtung konnte er niemanden entdecken, aber irgendwo in der Nähe war es sehr laut. Licht schien über den Rasen, und Cas vermutete, dass einige Krieger sich in den Gärten aufhielten.

Vorsichtig streckte er ein Bein aus dem Fenster, das Schwert fest im Griff. Zu seinem Vater sah er nicht noch mal hin. Irgendwie wusste er, dass ihn das Bild für immer verfolgen würde, wenn er sich jetzt wieder umdrehte.

Mit einem dumpfen Geräusch kamen seine Füße auf dem Boden auf. Er bückte sich einen Moment und blieb an der Wand stehen, um sicherzugehen, dass niemand ihn entdeckt hatte.

Er hatte genau drei Möglichkeiten: einfach loslaufen, wodurch er Aufmerksamkeit auf sich ziehen würde; versuchen, durch das Haupttor zu kommen, was nahezu unmöglich war, oder sich durch den Garten zu schleichen, zum Baum an der Mauer, und drüberzuklettern. Die letzte war vermutlich seine beste Chance. Er vermutete zwar, dass sich in der Richtung mehr Krieger aufhielten, aber das könnte auch von Vorteil sein. Im Chaos würde er nicht so leicht entdeckt werden.

Geduckt lief er parallel zur Schlossmauer entlang.

Tötet ihn. Wieder und wieder hallten die Worte ihm durch den Kopf. Er sah an sich herunter. Sein Oberteil war grau, ohne irgendein Wappen darauf. Die meisten Männer aus Olso hatten ihn noch nie gesehen, aber sie müssten Bilder von ihm kennen.

Cas bückte sich, nahm etwas Erde und rieb sie sich ins Gesicht. Dann verwuschelte er seine Haare und zog ein paar Strähnen nach unten, über seine Augen. Es war wohl nicht die beste Verkleidung, aber so erkannten sie ihn vielleicht nicht.

Er ging weiter an der Mauer entlang, bis er auf der Rückseite des Schlosses ankam, wo er um die Ecke spähte.

Pferde zogen gerade einen Wagen zu den Gärten. Der Wagen bestand aus einem fest verschlossenen Holzaufbau, in dem normalerweise Gefangene transportiert wurden. Die Krieger mussten ihn gestohlen haben.

Ein paar Angestellte hatten sich in einer Reihe aufgestellt, um dann in den Wagen zu steigen. Wo brachten die Krieger sie wohl hin?

Cas warf einen Blick auf die Gärten. Mindestens fünfzig Männer liefen herum. Ein paar rannten hin und her, offensichtlich auf der Suche nach irgendetwas.

„Der König ist tot!“, rief jemand aus dem Schloss. „Keine Spur vom Prinzen.“

Plötzlich schloss sich eine Hand über seinem Mund und zog ihn zurück. Er versuchte, sich aus dem festen Griff des Mannes zu befreien.

„Eure Hoheit“, flüsterte eine Stimme, „keine Angst.“

Die Hand verschwand wieder, und Cas drehte sich um. Ein Junge, ein paar Jahre jünger als er selbst, stand vor ihm. Über der einen Augenbraue hatte er eine Narbe, und er kam Cas irgendwie bekannt vor. Vielleicht arbeitete er in der Küche.

„Tut mir leid, dass ich das tun musste“, sagte der Junge mit verängstigtem Blick. „Ich wollte nicht, dass Ihr ein Geräusch von Euch gebt.“

Cas wies ihn mit einer Handbewegung an, still zu sein. „Ist schon gut.“

Der Junge fing an, sein blaues Hemd aufzuknöpfen. „Zieht Euer Oberteil aus und gebt es mir, Eure Hoheit. Wenn wir tauschen und man uns erwischt, denken sie, Ihr seid nur ein Bediensteter. Alle Bediensteten werden in den Wagen gebracht.“

„Oh.“ Cas sah ihn einen Moment an, bevor er auch anfing, sein Hemd aufzuknöpfen. „Danke, das ist eine gute Idee.“ Dann hielt er plötzlich inne, als ihm etwas auffiel. „Denken sie dann, dass du ich bist? Wenn du mein Hemd trägst? Ein paar der Krieger haben mich damit gesehen.“

Der Junge fing an zu lachen, dann wurde er schnell wieder still. „Nein, Eure Hoheit. Ich glaube, die Gefahr, dass sie mich für Euch halten, besteht nicht.“

Der Junge war groß, breitschultrig, und sein blondes Haar reichte ihm bis zu den Schultern. Er hatte eine lange Nase und ein spitzes Kinn. Da merkte Cas, dass er recht hatte. Die Krieger mussten ungefähr wissen, wie er aussah, und der Junge sah ihm wirklich überhaupt nicht ähnlich.

Cas zog sich das Hemd des Jungen über. Die Ärmel waren etwas kurz, und es war ein bisschen eng, aber es müsste gehen. „Wie heißt du?“, fragte er.

„Felipe.“

„Danke, Felipe.“ In seinem Augenwinkel blitzte etwas Rotes auf. Hinter Felipe kam ein Krieger um die Ecke, den Kopf drehte er schon, um über die Schulter jemanden zu rufen.

Cas packte Felipes Arm und rannte los, nach links. Sein Ziel waren die Büsche, die nur ein paar Meter vor ihnen lagen. Er warf sich hinter einen Busch und duckte sich, Felipe neben ihm. Zu dem einen Krieger kamen drei weitere dazu. Als sie durch das Gras stapften, hielt Cas den Atem an.

Er nahm sein Schwert mit zwei Fingern, ging auf alle viere und kroch so in die Gärten. Felipe folgte ihm. Die Büsche reichten nur noch ein Stück weiter, dann kam eine freie Fläche, die sie überqueren mussten, um zu den Hecken zu gelangen. Es dürfte schwierig werden, das zu schaffen, ohne gesehen zu werden.

„Ich lenke sie ab, dann ist es leichter für Euch“, flüsterte Felipe ihm zu.

Cas wollte widersprechen, aber der Junge sah ihn festentschlossen an. Er nickte nur.

Felipe sprang auf und rannte in die entgegengesetzte Richtung.

„Da!“, schrie eine Frau. „Da ist jemand hinter dem Busch.“

Cas wartete noch, bis Felipe wieder in der Nähe des Schlosses war, ehe er selbst loslief. Alle Krieger waren damit beschäftigt, dem Jungen hinterherzujagen. Wenn er es nur noch ein paar weitere Meter schaffte …

Mit einem Mal wurde er an seinem Oberteil nach hinten gerissen, wobei der Kragen so stark gegen seinen Hals gedrückt wurde, dass er kaum mehr Luft bekam. Er verlor den Halt, jemand trat ihm von hinten gegen die Beine, und das Schwert fiel ihm aus der Hand und außer Reichweite.

Er knallte hart auf den Boden, rang nach Luft und schluckte dabei auch etwas Erde.

„Steh auf“, fuhr ihn eine Männerstimme an.

Langsam richtete Cas sich auf. Sein Herz klopfte wie wild, und Cas war schmerzlich bewusst, dass der Mann ein Schwert in der Hand hielt. Er hatte es zur Warnung halb erhoben.

Der andere versetzte Cas noch einen Stoß mit dem Fuß, der ihn beinahe wieder zu Boden schickte. „In den Wagen, zu den anderen.“

Cas tat, was ihm befohlen wurde, dicht gefolgt von dem Krieger.

„Zwei weitere Bedienstete“, verkündete der Mann. Cas bekam noch mit, wie Felipe von einem anderen Krieger über den Rasen gezerrt wurde.

Hinten am Wagen stand eine Kriegerin und signalisierte ihnen einzusteigen. „Irgendeine Spur vom Prinzen?“, fragte sie den anderen Krieger. Cas starrte konzentriert auf den Boden.

„Nein.“

„Lass alle hier wissen, dass es eine große Belohnung gibt für denjenigen, der ihn findet. Tot oder lebendig“, sagte die Kriegerin. „Am liebsten tot.“

Cas traute sich, einen Blick in den Wagen zu werfen, in dem etwa dreißig Bedienstete des Schlosses saßen. Es war eine Mischung aus Jung und Alt, Köchen und Dienstmädchen, die er nur im Vorbeigehen gesehen hatte. Er entdeckte sogar zwei Wachen. Den Blicken nach erkannten ein paar der Leute ihn wieder.

Beim Einsteigen musste Cas sofort schlucken, als ihm auffiel, dass jeder hier ihn verraten könnte.

Doch alle schwiegen, als er einstieg. Felipe folgte ihm. Irgendetwas zog leicht an seinem linken Arm, und als Cas sich umdrehte, sah er, dass die anderen hinten für ihn Platz machten. Er setzte sich hin, zog die Knie an die Brust, und sofort schlossen die anderen die Lücke wieder, sodass niemand von außen ihn sehen konnte.

„Seid Ihr verletzt?“, flüsterte eine ältere Frau ihm zu, an die er sich vage erinnerte. Daniela. Sie arbeitete schon in den Gärten, solange er denken konnte. Sie griff nach seinen blutverschmierten Händen.

Cas schüttelte den Kopf. „Nein. Das ist … ist nicht meins.“ Er versuchte wieder, das Blut an seiner Hose abzuwischen, aber es war inzwischen getrocknet und ließ sich nicht abreiben. Dann bemerkte er, dass er zitterte, genau wie die meisten anderen, die um ihn herumsaßen. Cas setzte sich auf seine Hände. Angespannte, verängstigte Gesichter starrten ihn an.

„Alles wird gut“, sagte er leise. Seine Stimme zitterte ebenfalls, was verriet, dass es eine schamlose Lüge war. „Sie haben das Schloss eingenommen, aber nicht Lera.“ Das war weniger eine Lüge als seine Hoffnung, da er es unmöglich wissen konnte. Was war, wenn sie schon in die Berge im Süden vorgedrungen waren? Wenn sie alle Männer, die in diese Richtung unterwegs waren, besiegt hatten? Seine Mutter und Jovita würden sofort in die Richtung fliehen, sobald sie aus dem Schloss kamen.

Falls sie entkommen konnten.

25. KAPITEL

Nachts dachte Em an Cas.

Und morgens, nachmittags und abends. Aber besonders nachts.

Seit ihrer Flucht waren zwei Tage vergangen. Em beobachtete, wie die Sonne hinter den Bäumen verschwand und die Welt um sie herum in Dunkelheit getaucht wurde. Sie waren früh am Morgen aufgebrochen, und ihre Füße taten weh, als sie den Baumstamm nach unten rutschte.

Im Dschungel um sie herum war es ständig laut, obwohl ihre Truppe immer leise und in Alarmbereitschaft war. Dieser Wald stellte ein richtiges Geschenk dar, so laut und überfüllt mit den zirpenden Insekten und den zwitschernden Vögeln, die sich um ihren Platz zwischen den Kletterpflanzen und Bäumen zankten. Manche der Bäume hatten Blätter so groß wie Ems Gesicht. Vallos' und Ruinas Wälder waren anders. Ruhig, freier, boten kein so gutes Versteck.

Iria reichte Em ein kleines Stück getrocknetes Fleisch, das sie mit einem leisen „Dankeschön" annahm.

Em riss einen Fetzen Fleisch mit den Zähnen ab und begutachtete das Elend, das einmal ihr Kleid gewesen war. Der einst blaue Stoff war inzwischen vollständig braun am Saum, und der Rock war übersät mit Flecken. Sogar etwas Blut klebte daran, weil sie sich einmal an einem spitzen Ast geschnitten und den Arm dann am Kleid abgewischt hatte.

Aus einem Stück Schlingpflanze hatte Em sich eine Art Gürtel gebastelt, an dem jetzt ihr Schwert hing. Außerdem behielt sie die anderen ständig im Auge, um sicherzugehen, dass sie immer noch Partner waren, jetzt, weit weg vom

Schloss. Zwei Krieger gegen eine müde, unbegabte Ruined. Keine guten Chancen.

„Wer übernimmt die erste Wache?“, fragte Koldo, stemmte dabei die Hände in die Hüften und sah sich um.

„Ich“, antwortete Em, obwohl sie tierisch erschöpft war. Sie wollte nicht schlafen. Immer wenn sie ihre Augen schloss, tauchte Cas’ Gesicht in ihren Gedanken auf. Wenn sie auch nur für ein paar Minuten einschlief, rissen sie ihre stechenden Schuldgefühle zurück, und sie musste wieder an all das denken, was sie getan hatte.

„Du hast schon letzte Nacht kaum geschlafen“, widersprach Iria.

Em zuckte nur mit den Schultern und sah auf den Boden.

„Koldo, füllst du die Flaschen wieder auf?“, bat Iria.

„Klar.“ Koldo begriff den Wink, und er verschwand in Richtung des nahe gelegenen Baches.

Iria sah ihm nach und wartete, bis auch das Geräusch seiner Schritte verklungen war. „Ich weiß, dass du Gefühle für Cas entwickelt hast und dass es dich auffrisst, dass er sterben wird, aber vergiss nicht, wieso wir das hier tun“, sagte sie leise. „Dein Volk stand kurz vor dem Aussterben, und du bist die Einzige, die dazwischengegangen ist und etwas dagegen unternommen hat. Du hast nur getan, was du tun musstest.“

„Was ich mir ausgesucht habe zu tun.“

„Es war die richtige Entscheidung.“

„Das war es“, fügte noch eine Stimme hinzu.

Iria sprang auf und zog ihr Schwert. Zwischen den Bäumen trat Aren hervor, die Hände erhoben. Em lief auf ihn zu und fiel ihm um den Hals.

Ein erleichterter Seufzer entwich Iria. „Ich habe dich gar nicht kommen gehört.“

Em hielt ihn an beiden Armen fest. „Bist du verletzt? Sind die Soldaten dir gefolgt?"

Aren grinste. „Sie haben es versucht." Er schaute sich um. „Keine Pferde? Reisen wir den ganzen Weg bis nach Vallos zu Fuß?"

„Übermorgen treffen wir andere Krieger, die Pferde für uns haben", erklärte Iria. „Wenn alles nach Plan läuft, sollten sie gerade angegriffen haben." Sie sah nach oben in den Himmel. „Leider sind wir zu weit weg, um etwas davon mitzubekommen."

Em wurde das Herz schwer. War Cas eventuell schon tot? Würde er es schaffen zu entkommen?

Sie rieb sich die Stirn. Die Schuldgefühle brannten ein so großes Loch in ihre Brust, dass sie kaum noch atmen konnte. Dabei war das immer schon der Plan gewesen. Ohne den Angriff der Krieger auf Lera hätte sie keine Chance, Olivia zu befreien. Sie wären massivst in der Unterzahl, wenn sie in den Bergen ankamen. Sie wusste von Anfang an, wie ihre Zeit im Schloss enden würde.

Dennoch wollte sie sich am liebsten zusammenrollen und losschreien.

Aren stupste sie am Arm. „Iria hat recht, was das Schlafen angeht, Em. Ich könnte auch etwas Schlaf vertragen. Als ich euch gefolgt bin, habe ich so gut es geht die Spuren verwischt, aber bald werden wir sicher auf ein paar von Leras Männern treffen. Wir müssen vorbereitet sein."

„Ich passe auf", sagte Iria.

Widerwillig ließ sich Em von Aren in eine liegende Position drücken. Er legte einen Arm um sie und lehnte sich an den Baum.

„Danke, dass du mich gefunden hast", flüsterte sie und ließ ihren Kopf auf seine Schulter fallen.

„Danke, dass du dich nicht hast umbringen lassen“, antwortete er und drückte sie. „Das wäre wirklich blöd gewesen.“

Sie lächelte leicht, während ihr die Augen zufielen.

26. KAPITEL

Cas kippte nach vorn, als der Wagen zum Stehen kam. Um ihn herum wachten ein paar andere wieder auf. Neben ihm streckte Daniela ihren Rücken, verzog das Gesicht und rieb sich die Augen. Die ganze Nacht hatten sie in dem vollgestopften Käfig verbracht; dass überhaupt manche schlafen konnten, war erstaunlich. Cas wusste nicht, ob er jemals wieder schlafen würde.

Im Wagen war es schummrig, nur durch die Spalten zwischen den Brettern drang etwas Sonnenlicht hinein. Dazu war es unerträglich heiß, sodass Cas' Klamotten an ihm klebten.

Als die Tür aufschwang und plötzlich alles hell wurde, musste er erst mal die Augen zusammenkneifen.

„Zuerst die Männer", blaffte der Krieger sie an, wobei er ihnen mit einer Handbewegung befahl auszusteigen.

Für einen Moment wurde Cas panisch. Er fürchtete, sie sollten sich alle für die Hinrichtung aufstellen.

„Da drüben, bei den Büschen", sagte jemand, während die Männer ausstiegen. Cas begriff, dass sich nur ein paar der Gefangenen erleichtern mussten, und seufzte.

Er hielt den Kopf gesenkt, als er aus dem Wagen kletterte. Um sie herum standen sechs Krieger, und als sie von ihren Pferden stiegen, fiel Cas auf, dass die meisten Sattel die Lera-Farben trugen. Die mussten sie vom Schloss oder von Dorfbewohnern gestohlen haben.

In einer geraden Linie führten die Krieger die Gefangenen zu den Büschen, die Schwerter auf sie gerichtet. Keiner schien daran zu denken wegzulaufen, da es sinnlos wäre. Ein paar Krieger standen im Kreis um sie herum, um jede Ecke überwachen zu können.

„Beeilung", schnauzte ein Krieger sie an, als sie bei den dichten Büschen ankamen.

Auf dem Rückweg nutzte Cas die Chance, sich ein wenig umzusehen. Sie mussten nach Süden gefahren sein, da in der Nähe des Dschungels die Luft dicker wurde. Waren sie etwa auf dem Weg in die Berge?

Ob Emelina dort sein würde?

Die Wut, die in ihm hochstieg, war so stark, dass sie ihn beinahe umstieß. Sie musste gewusst haben, dass die Krieger angreifen würden. Wahrscheinlich hatte sie sogar bei der Planung geholfen.

Sie wusste, dass sie es besonders auf ihn und seine Familie abgesehen hatten. Wie stark mochten ihre Gefühle für ihn also sein, wenn sie ihn so einfach dem Tode überlassen konnte? Ihretwegen war sein Vater tot. Galo wahrscheinlich auch.

Cas konnte nicht mehr atmen und musste das Bild seines toten Vaters aus seinen Gedanken verdrängen.

Als sie wieder am Wagen ankamen, stiegen gerade die Frauen aus, Cas genoss einen Moment lang die frische Luft um ihn herum. Wie viele Tage würde er wohl noch in dem Wagen verbringen müssen?

Schlimmer noch, wo würde er sein, wenn man sie endlich rausließ?

Der Mann vor Cas stieg zurück in den Wagen, Cas machte ebenfalls bereits den ersten Schritt hinein und wischte sich dabei reflexartig die Haare aus dem Gesicht.

„Moment mal", sagte einer der Krieger.

Eine Hand packte Cas am Arm, und er erstarrte.

„Sieh mich an."

Sein Herz blieb stehen. Der Krieger schnappte nach Luft, als sich ihre Blicke trafen.

Seine Hand wanderte zu seinem Schwert. „Du bist …“

Felipe schoss so schnell vor Cas, dass dieser alles nur verschwommen wahrnahm. Der Junge trat gegen die Hand des Kriegers, wodurch das Schwert zu Boden fiel. Er stürzte hinterher, um das Schwert zu schnappen, und Cas öffnete den Mund, um ihm zuzurufen, er solle aufhören.

Felipe nahm das Schwert und rammte es in die Brust des Kriegers.

Schockiert sah Cas zu, wie der Mann zusammensackte, während seine Lippen lautlos Worte formten.

Eine Kriegerin ging auf sie los, blockte Felipes Angriff und schlitzte ihm anschließend den Hals auf.

Cas schrie los und fiel schluchzend auf die Knie, neben denen Felipes Blut in den Boden sickerte.

Jemand packte ihn unter den Armen, doch er wehrte sich, trat um sich, versuchte, bei dem Jungen zu bleiben.

„Bring ihn rein oder er ist als Nächstes dran!“, brüllte die Kriegerin.

Tränen liefen seine Wangen hinunter, während ein ehemaliger Bediensteter ihn sanft in den Wagen brachte. Als er auf Knien in die Mitte des Käfigs rutschte, wischte er sich die Wangen, aber dann brach er wieder in Tränen aus.

Um ihn herum füllte sich der Wagen. Daniela setzte sich wieder neben ihn und legte ihm die Hand auf den Arm. Er musste sich einen weiteren Tränenausbruch verkneifen.

Etwas verkrampft holte er Luft und sah die Leute um sich herum an.

„Das soll bitte nicht noch mal jemand tun“, flüsterte er.

Daniela tätschelte seinen Arm. „Tut uns leid, Eure Hoheit, aber ich denke, wir werden diese Anweisung alle ignorieren.“

Cas wischte sich die Tränen von den glühenden Wangen. Seine Leute sahen zu ihm auf, erwarteten Führung und Stärke, und er weinte hier wie ein Kleinkind.

Er räusperte sich und schaute auf den Boden. Der Wagen fuhr wieder los. Den Großteil des Morgens und Nachmittags verbrachte Cas damit zu lauschen, was draußen gesagt wurde. Er musste sich einen Plan einfallen lassen und herausfinden, wo sie waren, aber die Krieger machten keine Andeutungen, was ihr Ziel anging. Der einzige Hinweis, den er aufschnappte, war, dass sie „sich an den Weg hielten und nicht zum Fluss fuhren“, was er so interpretierte, dass sie nicht mitten durch den Dschungel fuhren. Das wäre so oder so mit dem Wagen sehr schwierig geworden.

Cas lehnte seinen Kopf an das Holz und spürte plötzlich, wie alle ihn ansahen. Er richtete sich auf und schaute verwundert zurück.

Daniela zeigte auf etwas ihm gegenüber. Cas musste sich vorbeugen, um zu sehen, worauf sie hinauswollte.

In der hinteren linken Ecke saß ein junges Mädchen, das eine Hand gegen die Wagenwand gepresst hatte. Sie drückte ihre Hand nach vorn, und die ganze Latte bewegte sich mit. Sie hatte es geschafft, ein großes Stück Holz zu lockern und hielt es nur noch mit der Hand fest. Die Lücke wäre groß genug, um sich durchzuquetschen.

„Wir sind umzingelt“, sagte Cas leise.

„Wenn wir anhalten“, flüsterte das Mädchen zurück. Ihr dunkles, lockiges Haar fiel ihr dabei ins Gesicht. „Sie sagen, dass sie bald anhalten. Komm hier rüber, dann sorgen wir für die Ablenkung.“

Cas zögerte. Sollte er geschnappt werden, würden sie ihn töten, unabhängig davon, wer er war. Aber wenn er hierblieb, würde ihn sicherlich jemand anderes erkennen, wenn nicht schon auf dem Weg, dann spätestens, wenn sie ankamen.

Die anderen machten Platz, damit er zur Öffnung krabbeln konnte.

„Ich sollte euch nicht allein lassen“, protestierte er. „Ich weiß nicht, wo sie euch hinbringen.“

Daniela schüttelte den Kopf. „Ihr könnt nicht bleiben. Der König ist tot. Sollten sie Euch auch umbringen, was würde aus Lera werden? Sie hätten gewonnen.“

Cas musste schlucken. Er wusste, dass sie recht hatte, dennoch nagten Schuldgefühle an ihm.

„Nur wenn es sicher ist“, fuhr er fort und kroch weiter vor. „Wenn sie mich fangen, wissen sie, dass ihr sie abgelenkt habt, damit ich entkommen kann.“ Er würde heute niemand anderen mehr für sich sterben lassen.

„Ich denke, du könntest ein paar Splitter an ungünstigen Stellen bekommen“, warnte sie, als er sich neben sie quetschte. Sie begutachtete die schmale Öffnung, durch die er sich zwängen musste, dann sah sie ihn an. Ihr schien erst jetzt klar zu werden, mit wem sie sprach, und ihr Gesicht wurde sofort knallrot.

Er lachte leise. Verlegen lächelte sie zurück und senkte den Kopf.

„Wie heißt du?“, fragte er.

„Violet“, antwortete sie.

„Danke, Violet.“

Wenig später hielten sie an, und frische Luft durchströmte den Wagen, als ein Krieger die Tür öffnete.

Daniela taumelte vor und ließ sich dabei ein paarmal auf andere Leute fallen.

„Sir?“, krächzte sie und streckte die Hand nach dem Krieger aus. „Ich glaube, ich muss mich übergeben.“

Der Mann sprang aus dem Weg, als sie aus dem Wagen stolperte. Als sie auf dem Boden landete, folgten Würgegeräusche, und noch ein anderes Mädchen tat es ihr nach.

Cas beugte sich vor und beobachtete durch einen Spalt, wie zwei Krieger von ihren Pferden stiegen und zum Ende des Wagens gingen, um zu sehen, was los war. Auf der linken Seite war der Wagen jetzt vollkommen unbewacht, soweit er es sehen konnte.

„Sie brauchen Wasser", sagte einer der Krieger. Cas warf einen Blick zur Tür und sah die meisten der Krieger dort beieinanderstehen. Vor ihm machten sich seine Leute so breit wie möglich, um ihn vor den Blicken der Bewacher abzuschirmen.

Cas nickte Violet zu, die vorsichtig ihre Hand bewegte und das Holz sanft auf den Boden legte.

Die schmale Öffnung war nur ganz knapp breit genug. Zuerst streckte er nur ein Bein hindurch, das schien ihm schlauer, als mit dem Kopf stecken zu bleiben. Das zweite Bein folgte.

Seine Füße berührten den Boden, und er schaute noch einmal die anderen an, von denen die eine Hälfte ihn beobachtete und die andere Hälfte die Krieger an der Tür. Leras Männer konzentrierten sich immer noch auf die würgenden Frauen, aber sie fingen langsam an, an ihre Plätze zurückzukehren.

„Kommt schon, kommt raus", sagte einer der Männer und wedelte ungeduldig mit der Hand.

Ein Mann am Ausgang stieß ein komisches Geräusch aus – eine Mischung aus Schreien und Weinen – und zog alle Aufmerksamkeit auf sich.

Seine letzte Chance. Cas stemmte seine Hände gegen das Holz und machte einen Buckel, um seinen Oberkörper durch das Loch zu kriegen. Seine Füße rutschten weg, und das Holz schürfte seinen Bauch auf, als er fiel. Er hatte definitiv ein paar Splitter an ungünstigen Stellen.

Mit einem dumpfen Knall landete er auf seinem Hintern.

Er war draußen.

„Kommt jetzt, alle raus!“, rief der Mann erneut noch ungeduldiger.

Vorsichtig duckte Cas sich und rutschte hinter das Vorderrad des Wagens. Nur ein paar Schritte entfernt saß ein Krieger auf einem Pferd, aber der sah nach vorn in die andere Richtung.

„Was ist da hinten los?“, rief eine Stimme von vorn. Der Krieger bei Cas fing an, sich umzudrehen.

Cas krabbelte unter den Wagen, drehte sich auf den Rücken und lag nun mittig unter dem Käfig. Er verschränkte die Arme vor der Brust und versuchte, nicht zu atmen.

„Sie müssen sich wegen der Hitze übergeben“, antwortete ein anderer Krieger.

Stiefel stampften über den Boden, und Dreck spritzte bis an Cas’ rechten Arm. „Bring ihnen Wasser“, sagte eine Frauenstimme.

Die Stiefel verschwanden wieder. Cas hob den Kopf und sah zu, wie sie sich zum Ende des Wagens bewegten. Links sah alles frei aus, aber es war von seiner Position aus schwer einzuschätzen. Er würde es riskieren müssen, weil er verschwinden musste, bevor sie wieder losfuhren.

Cas rutschte nach links und drehte sich langsam auf seinen Bauch. Er kroch noch ein Stück vor und linste vorsichtig nach draußen.

Das Pferd vorne war jetzt unbemannt.

Er sah zum hinteren Teil des Wagens. Er konnte einen Krieger von der Seite sehen und einen von hinten. Sollten sie sich plötzlich in seine Richtung drehen, wäre er geliefert. Er zog den Kopf zurück und spähte auf der anderen Seite raus. Er sah ein Paar Stiefel, die sich von ihm entfernten. Seine Leute hielten sich alle auf der gegenüberliegenden Seite auf, also hoffte er, dass die Krieger dort bei ihnen blieben.

Er stützte sich mit den Unterarmen auf dem Boden ab und krabbelte auf dem Bauch nach vorn, bis er nur noch halb unter dem Wagen lag. Er traute sich nicht aufzustehen, da einer der Krieger die plötzliche Bewegung im Augenwinkel mitbekommen könnte.

„Alle Männer zu mir!“, rief ein Krieger.

Cas wagte es, ein wenig schneller zu kriechen. Inzwischen war er komplett unter dem Wagen hervorgekommen und lag nun mitten auf dem Weg. Das hohe Gras vor ihm würde nicht reichen, um ihn zu verstecken, falls irgendjemand genauer hinschauen sollte, aber vielleicht funktionierte es, wenn er ruhig liegen blieb. Ganz ruhig.

Er hörte ein Grunzen und sah über seine Schulter. Die beiden Krieger, die am nächsten bei ihm waren, standen einander gegenüber und unterhielten sich.

Er rutschte ins Gras, bis auch seine Füße nicht mehr auf der Straße waren. Seine Hände legte er flach auf den Boden und vergrub sein Gesicht darin. Er atmete zwar schwer, versuchte aber, dabei vollkommen regungslos zu bleiben.

„Zurück in den Wagen!“, rief ein Krieger schließlich.

Pferdehufe stampften auf den Boden, und er wusste, dass alle Bewacher wieder auf ihren Posten waren. Sie mussten nur zu dem komischen Klumpen drüben im Gras schauen, und schon wäre er tot.

Cas hielt die Luft an, als der Wagen sich quietschend in Fahrt setzte.

„Was war das?“, fragte ein Krieger plötzlich.

Cas machte sich bereit loszulaufen. Wenn er schnell genug war, würden sie ihn vielleicht nicht schnappen. Eventuell würde er ein gutes Versteck finden.

„Ist das mein Messer?“ Die Stimme klang belustigt, ein anderer lachte. „Hol dir ein eigenes Messer.“

Lautlos bedankte sich Cas, als die Geräusche des Wagens langsam verstummten. Trotzdem blieb er noch eine ganze Weile regungslos liegen, wahrscheinlich länger als nötig.

Schließlich hob er den Kopf und schaute langsam blinzelnd ins Sonnenlicht. Alle waren weg. Eine warme Brise strich durchs Gras, und die Halme kitzelten ihn im Gesicht. Für einen Moment wollte er fast loslachen, aber das Bedürfnis verflog so schnell wieder, wie es gekommen war.

Er kniete sich erst hin, dann stand er ganz auf. Wenn die Krieger sich vom Fluss fernhalten wollten, sollte er genau dorthin gehen. Er könnte fast den ganzen Weg bis nach Fort Victorra dem Fluss folgen.

Cas strich sich das Haar aus dem Gesicht und rannte durchs Gras in Richtung der schützenden Bäume.

27. KAPITEL

Auf ihrem Weg durch den Dschungel trottete Em hinter Koldo und Iria her. Es waren inzwischen zwei Tage vergangen, seit Aren zu ihnen gestoßen war, und mit ihrem Freund an ihrer Seite fühlte sich Em viel wohler. Er hatte sie gestern auf Koldos leichtes Humpeln und sein blutiges Bein aufmerksam gemacht, das sie nun weiter beobachtete, um zu sehen, wie eingeschränkt er war, falls sie sich irgendwann gegen ihn verteidigen müsste.

Schweigend liefen sie weiter, während der Morgen langsam in den Nachmittag überging. Em konnte nicht anders, als an Damian zu denken. Er war stets der Gesprächige gewesen, derjenige, den Em und Aren immer ermahnen mussten, leise zu sein, um keine Jäger anzulocken. Die Trauer um ihn und ihre Angst um Cas zogen sie bei jedem Schritt runter.

„Sollte ich dich vielleicht lieber tragen?“, fragte Aren und sah sie fragend an, als sie wieder mal zurückfiel.

„Entschuldige.“ Em holte ihn schnell ein. „Damian fehlt mir“, erklärte sie. Den anderen Grund für ihre Traurigkeit ließ sie lieber weg.

Aren trat einen Stein aus dem Weg. „Mir auch.“

„Manchmal frage ich mich, was gewesen wäre, wenn wir untergetaucht wären, anstatt den ganzen Kram hier anzuzetteln“, murmelte sie und stellte es sich für einen Moment vor. „Wenn wir einen Ort gefunden hätten, wo wir in Sicherheit sind und dorthin ein paar Leute mitgenommen hätten. Wenn ich Damian geheiratet und versucht hätte, alles zu vergessen, was passiert ist.“

Aren lachte, und Em drehte sich verwundert zu ihm. Er verdrehte seine Augen.

„Du hättest Damian niemals geheiratet, Em.“

„Ich … Ich weiß nicht. Vielleicht schon, wenn sich alles andere beruhigt hätte."

Aren schüttelte den Kopf. „Wenn du so für ihn empfunden hättest, dann wäre es egal gewesen, wie durcheinander euer Leben sonst war. Du hast es doch auch geschafft, tiefe Gefühle für Cas zu entwickeln, trotz der schrecklichen Umstände." Er zog eine Augenbraue hoch, aber sie drehte sich weg. Er hatte ja recht.

„Er war deswegen nicht sauer", fuhr Aren fort. „Enttäuscht, klar, aber er hatte sich keine großen Hoffnungen gemacht oder auf dich gewartet."

Em musste schlucken und verschränkte die Arme vor der Brust.

„Außerdem wärst du nicht der Typ, sich zu verstecken", fügte Aren noch hinzu. „Alle anderen wollten untertauchen, aber du hast darauf bestanden zu kämpfen. Deswegen bewundere ich dich."

„Du sollst mich nicht bewundern." Sie hatte nur die Strategie des Königs übernommen und selbst so gehandelt. Beim Versuch, ihn zu besiegen, war sie wie er geworden, und das erschien ihr viel schlimmer als alles, was sie sich vorstellen konnte.

Aren knuffte sie aufmunternd an die Schulter. „Zu spät."

Cas' Magen knurrte vor Hunger, und sein Mund war so trocken, dass er an kaum etwas anderes denken konnte. Im Landesinneren war die Hitze kaum auszuhalten, und er fragte sich, warum Leute im Dschungel leben wollten anstatt in Küstennähe, wo immer eine frische Brise wehte.

Er war vollkommen allein, schon seit einem Tag, aber die Geräusche des Urwaldes erschienen ihm viel zu laut. Vorher war ihm nie aufgefallen, wie sehr er sich an die Hintergrundgeräusche im Schloss gewöhnt hatte – die Schritte der Bediensteten, die leisen Stimmen, die von den Wänden widerhallten, oder wie der Wind an seinem Fenster klapperte. Selbst im Wagen hatte er sich wohler gefühlt, umgeben von Menschen, die er schon sein Leben lang kannte.

Aber hier draußen, wo weit und breit keine andere Menschenseele war, schienen alle Geräusche ohrenbetäubend. Die Grillen waren immerzu am Zirpen, und ab und zu quakte ein Frosch, als wollte er sich ihnen anschließen. Seine Panik, weil er so absolut allein war, wurde durch diesen Lärm nur noch verstärkt.

Er wischte sich mit dem Arm über die Stirn und drückte ein riesiges, grünes Blatt von seinem Gesicht weg. Der Fluss dürfte nicht mehr weit entfernt sein. Er konnte ihn zwar noch nicht hören, aber er war seit seiner Flucht immer in Richtung Westen gelaufen. Sollte er nicht vom Weg abgekommen sein, müsste er den Strom jeden Moment erreichen.

Er stapfte weiter. Langsam schmerzten seine Füße, aber das war nichts verglichen mit dem Durst, also zwang er sich, schneller zu gehen, bis er endlich das Wasser hören konnte.

Als er dann den Fluss ausmachen konnte, tauchten auch die ersten Häuser auf. Cas blieb abrupt stehen, verwundert, dass hier draußen irgendjemand wohnte. Er wusste, dass viele der Lera im Dschungel lebten, aber gesehen hatte er noch nie welche.

Ein paar Hütten standen auf Flößen, die am Ufer trieben, während andere, weiter entfernt vom Ufer, auf Pfählen thronten, die höher waren als Cas selbst, um sie vor der Flut zu schützen. Die Dächer waren aus geflochtenen Palmenblättern gefertigt, und ein paar der Häuser hatten nicht einmal Wände.

Die brauchten sie auch nicht, denn hier war es nie kalt, und für den regelmäßigen Regen waren die Leute wohl eher dankbar.

Cas sah zum Wasser, dann zu den Hütten. Er zögerte, die Tarnung der Bäume zu verlassen. Aus einer der Hütten kam eine Frau, die Sachen trug, die wahrscheinlich aus der Stadt hergebracht worden waren. Ihr Rock ging etwa bis zum Knie und war hellrot, dazu trug sie ein ärmelloses weißes Oberteil. Die Kleidung sah alt und abgetragen aus.

Der Frau folgte eine weitere in einem Rock aus getrockneten Grashalmen und mit nur einem Stück Stoff über der Brust. Beide entfernten sich von Cas.

Plötzlich hörte er jemanden hinter sich flüstern. Er erstarrte und sah langsam über seine Schulter.

Ein Speer zielte direkt zwischen seine Augen.

Cas drehte sich um und ergab sich. Vor ihm standen zwei Männer. Einer davon war ungefähr in seinem Alter, der andere viel älter. Der Jüngere hatte ein Schwert in der Hand, ließ aber den Älteren die Situation übernehmen, der den Speer auf Cas gerichtet hatte.

„Ich wollte nur zum Fluss", erklärte Cas. „Für Wasser."

Der jüngere Mann kam ein Stück näher, dabei war er so leise, dass Cas sich nicht mehr fragte, wie sie sich so unbemerkt hatten anschleichen können. Er trug eine Hose, die etwas oberhalb seiner Knie aufhörte, und ein graues, fleckiges Hemd. Der ältere Mann hatte eine ähnliche Hose an, aber gar kein Hemd.

Der ältere Mann stieß ihm mit dem Speer gegen die Brust, und Cas stolperte nach Luft schnappend zurück. Er hatte ihn hart genug getroffen, sodass sich jetzt auf Cas' Hemd ein roter Fleck über dem Wappen des Schlosses ausbreitete.

„Du bist vom Schloss", murrte der ältere Mann vorwurfsvoll. Cas musste plötzlich daran denken, wie einer der Krieger erwähnt hatte, dass man sicherstellen werde, die Einheimischen über das Kopfgeld zu informieren, das auf den Prinzen ausgesetzt war.

„D… das ist gestohlen“, log er zögerlich. „Der, dem es gehörte, war tot, also hab ich es genommen. Krieger aus Olso haben das Schloss angegriffen.“

„Haben sie die Leute im Schloss umgebracht?“ Der alte Mann klang plötzlich so hoffnungsvoll, dass Cas eine Welle der Wut niederkämpfen musste. Wieder drängte sich das Bild vom weißen Hemd seines Vaters, das sich rot färbte, in seine Gedanken.

„Manche“, antwortete er.

„Gut.“ Der Mann nickte zufrieden.

„Du kannst dir Wasser holen“, sagte der jüngere Mann und steckte sein Schwert weg. „Dann verschwindest du.“

Cas versuchte, dankbar zu wirken. Der alte Mann ging voraus, sprang dabei über Steine, bis sie am Ufer ankamen. Der andere Mann blieb hinter Cas, etwas zu dicht für sein Sicherheitsempfinden.

Der Alte ging zu einem großen Eimer und nahm einen Becher, der seitlich daranhing. Er tauchte ihn hinein und hielt ihn Cas hin. „Es ist sauber.“

Kurz und unauffällig schnupperte Cas an dem Wasser, bevor er es trank. Es war sauber, schmeckte aber ein wenig nach Erde, mit einem Hauch von Fisch. Dennoch stürzte er es hinunter und wischte sich den Mund ab, als er ausgetrunken hatte. Der Mann füllte den Becher noch mal und sah Cas an, als wäre er ein Idiot, als er auch den zweiten Becher runterstürzte.

„Du hättest in der Stadt bleiben sollen“, sagte er schließlich.

„Olso hat die Stadt eingenommen.“ Cas gab ihm den Becher zurück. „Sie könnten auch herkommen, ihr solltet vorsichtig sein.“

Der Mann lachte. „Die Olso-Krieger haben kein Problem mit uns."

Cas zuckte nur mit den Schultern. „Danke für das Wasser."

Der Mann zeigte in die Richtung, aus der Cas gekommen war. „Zur Stadt geht es da lang."

Cas erzählte ihnen nicht, dass die Stadt nicht sein Ziel war. Sollten sie es doch ruhig denken.

„Die anderen kommen nicht hierher, oder?", fragte der Jüngere.

„Welche anderen?"

Er deutete in den Dschungel, aber Cas sah nichts Außergewöhnliches. „Ich habe andere gesehen. Alle gehen nach Süden."

Vielleicht hatte er Truppen der Lera gesehen, die zu den Bergen im Süden wollten. Hoffnung regte sich in Cas. Falls er es schaffte, sie zu finden, wäre er in Sicherheit. Er hätte ein Pferd, ein Schwert und Männer, um das Schloss zurückzuerobern.

„Sie werden euch sicher nicht stören", sagte er, obwohl er das nicht wissen konnte. Er bedankte sich noch einmal bei den beiden und wollte gerade weggehen, als plötzlich ein Kind direkt vor ihm stand. Er lächelte dem kleinen Mädchen zu. Es zog eine Grimasse, steckte sich die Daumen in die Ohren und streckte die Zunge raus. Aufgedreht kreischte die Kleine und lief weg, als hätte sie ihr ganzes Leben darauf gewartet, das zu tun.

Cas warf noch einen Blick über seine Schulter, während er wegging. Die Männer schauten ihm mit ernsten Mienen hinterher. Cas beschleunigte seine Schritte und sagte sich, es wäre nur, um die anderen Lera zu finden, nicht, weil er Angst vor zwei fremden Männern hatte.

Er fing an, nach Spuren von Pferden oder anderen Hinweisen Ausschau zu halten, dass jemand vor ihm hier entlanggekommen war. Hier und dort entdeckte er Fußstapfen, aber die konnten genauso gut von den Männern sein, die er gerade getroffen hatte. Allerdings führten diese Spuren in Richtung Süden, also folgte er ihnen.

Hinter ihm raschelte es, fast hätte er sich umgedreht, aber im letzten Moment bremste er sich. Vorsichtig ging er weiter und versuchte dabei, nicht angespannt zu wirken. Sollte ihn jemand verfolgen, wollte er nicht, dass derjenige merkte, dass er entdeckt worden war.

Er schob einen Ast auf Augenhöhe beiseite und nutzte die Gelegenheit, um einen Blick nach hinten zu werfen.

Etwas knallte gegen ihn, und er fiel zu Boden.

Der jüngere der beiden Männer von vorhin packte ihn hinten am Hemd und zog ihn wieder hoch.

Der Ältere stand vor ihm, den Speer diesmal direkt auf Cas' Hals gerichtet. Er zog ihn zurück, bereit, ihn tief in sein Fleisch zu stechen.

Cas griff nach dem Arm, der ihn umklammerte, um sich daran festzuhalten und seine Beine hochzuschwingen und trat mit aller Kraft gegen die Brust des Älteren. Der Mann stolperte rückwärts über eine Pflanze und fiel hin.

Der Arm um seine Brust lockerte sich, Cas kam wieder auf die Füße und rammte dem jungen Mann einen Ellbogen in die Seite. Der Mann keuchte, und Cas befreite sich aus seinem Griff.

Der Alte kam mit dem Speer auf ihn zu, aber Cas wich aus. Der Mann schwang seine Waffe wild durch die Luft, sodass Cas sich schleunigst ducken musste. Sofort richtete er sich wieder auf, packte den Holzgriff des erneut auf ihn zuschwingenden Speers und riss ihn dem Mann aus den Händen.

Cas machte einen Schritt nach hinten, weg von dem Mann,

der mit den Armen ruderte. Er nahm den Speer und versenkte die Spitze im Hals des Alten.

Der Mann stieß noch merkwürdige, gurgelnde Geräusche aus, als er fiel und Blut über seine Brust strömte.

Der Jüngere schien inzwischen verschwunden zu sein. Cas drehte sich hastig um. Der Mann stand direkt hinter Cas auf einem umgestürzten Baum und sprang auf ihn zu, bevor Cas reagieren konnte.

Cas versuchte dennoch auszuweichen, aber das Schwert traf ihn an seiner schon lädierten Schulter. Er torkelte, und an seinem Arm lief Blut herunter.

Der Mann packte ihn an den Haaren, Cas versuchte, sich zu befreien, schrie auf, als er den stechenden Schmerz am Kopf spürte. Er fiel auf die Knie, und der Mann stellte sich vor ihn. Cas spürte nur noch die Klinge an seiner Haut, dann kniff er die Augen zu.

28. KAPITEL

Nah am Flussufer warteten zwei Krieger mit vier Pferden. Iria und Koldo begrüßten die Männer, aber Em blieb zusammen mit Aren auf Abstand und prüfte, wie die beiden bewaffnet und ausgerüstet waren. Die neuen Krieger sahen neben den anderen vier Reisenden sauber und frisch aus. Ihre weiß-roten Mäntel strahlten, und ihre Gesichter wirkten nicht so erschöpft und zerknautscht wie die der anderen vier. Beide trugen Schwerter und wahrscheinlich auch das eine oder andere versteckte Messer.

„Das muss die berühmt-berüchtigte Emelina Flores sein", rief einer der Männer. Er hatte einen Schnauzbart und kam auf sie zu. „Ich bin Miguel."

„Em." Sie deutete mit dem Kopf zu Aren. „Aren."

„Freut mich, euch beide kennenzulernen." Er zeigte auf den anderen Neuling. „Das ist Francisco. Schön, dass wir euch gefunden haben. Wir hatten schon Sorge, ihr kommt gar nicht mehr."

„Wir waren zu Fuß unterwegs", erklärte Iria.

„Kommt ihr vom Schloss?", fragte Em ungeduldig nach. „Was ist passiert?"

Miguel und Francisco fingen an zu grinsen. „Das Schloss gehört uns. Der König ist tot."

Erleichterung und Angst trafen Em gleichzeitig.

„Der Rest der Königsfamilie ist verschollen", fuhr Miguel fort. Em fiel solch ein Stein vom Herzen, dass sie beinahe zusammensackte. „Wir gehen davon aus, dass sie auf dem Weg nach Fort Victorra sind, also kümmern wir uns um sie, wenn wir dort ankommen. Wir haben auch ein paar der Anwohner informiert, dass ein hohes Kopfgeld auf sämtliche Mitglieder der Königsfamilie ausgesetzt ist."

Iria warf Em einen kurzen Blick zu, bevor sie den Kriegern zulächelte. „Wunderbar. Sollen wir dann weiter? Aren, Em, ihr müsst euch ein Pferd teilen.“

Durch die Bäume drang das Geräusch eines stöhnenden Mannes. Em wirbelte herum und suchte die Umgebung nach der Quelle ab.

Sie hörte ein Rascheln und jemanden schwer atmen, gefolgt von einem Schrei. Vielleicht ein Kampf. Alle blieben still, Em griff nach ihrem Schwert.

Etwas Blaues huschte durchs Bild und verschwand wieder. Sie machte einen Schritt zur Seite und streckte sich, um zwischen den Bäumen hindurchzusehen.

Ihr blieb das Herz stehen.

Es war Cas – auf seinen Knien, mit einem Schwert an der Kehle. Der Mann mit dem Schwert sah fest entschlossen aus, Cas den Hals aufzuschlitzen.

Noch bevor sie es überhaupt merkte, ging Em auf ihn zu. Die Rufe hinter sich beachtete sie nicht.

Dann war Cas plötzlich nicht mehr zu sehen. Einen grauenvollen Moment lang dachte sie, der Mann hätte ihn umgebracht, aber Cas hatte sich weggerollt und sprang jetzt auf. Er war schneller, als sie ihn je zuvor gesehen hatte. Und sie dachte, er hätte sein Bestes gegeben, als sie beide gegeneinander gekämpft hatten.

Em sprang über eine Pflanze, während ihre verschwitzten Finger den Griff ihres Schwertes umklammerten. Cas rannte mit voller Wucht gegen den anderen Mann, sodass beide zu Boden gingen.

Cas stand wieder auf, und jetzt hielt er das Schwert in den Händen. Ein paar Schritte von ihm entfernt blieb Em stehen, genau rechtzeitig, um mit anzusehen, wie er dem Mann das Schwert in die Brust rammte.

Er drehte sich um, das blutige Schwert noch vor sich ausgestreckt. Ihre Blicke trafen sich.

Cas sah dreckig aus, seine Hose war mit etwas Dunklem beschmiert – vermutlich Blut. Er trug ein blaues Bedienstetenhemd, das nur halb zugeknöpft und voller Schmutz war. Tiefe, dunkle Augenringe zeichneten sein Gesicht. Statt um vier Tage schien er in der Zeit, in der sie ihn nicht gesehen hatte, eher um vier Jahre gealtert.

Er verzog das Gesicht, und sie erhaschte einen Blick darauf, wie sehr er sie hasste. Er hasste sie mit jeder Faser seines Wesens, stärker, als er jemals etwas anderes gefühlt hat.

Er ging auf sie los. Nur knapp schaffte Em es noch, seinen Angriff abzublocken. Das Geräusch der aufeinanderprallenden Klingen hallte durch den Wald, und Ems Herz fing an, so heftig zu rasen, dass ihr schlecht wurde.

„Cas …" Sie schluckte die Worte wieder herunter, als er erneut auf sie zukam. Er traf sie leicht am Hals, und sie wich zurück, weg von ihm.

Er folgte ihr, stach sein Schwert gefährlich nah an ihrer Brust in die Luft. Sie blockierte den Schlag und hob ihr Schwert, um den nächsten abzuwehren.

Mit voller Wucht trat er ihr gegen ein Knie. Ihre Beine knickten weg, und sie fiel hin, das Schwert noch fest im Griff. Sie rappelte sich wieder auf.

Cas hatte sein Schwert direkt auf ihren Hals gerichtet.

Sie holte Luft, und er rang ebenfalls nach Atem, das Gesicht wutverzerrt. Er war nicht bloß wütend, er würde sie umbringen.

Em dachte daran, sich zu entschuldigen, aber sie war nicht sicher, ob sie das wirklich wollte.

Vor ihr wackelte die Klinge ein wenig. Ihr Blick wanderte vom Schwert zu Cas. Er hatte die Lippen zusammengepresst, in seinem Gesicht breitete sich ein trauriger, besiegter Ausdruck aus.

Langsam senkte er das Schwert.

Erleichterung überkam sie. Em öffnete den Mund, um etwas zu sagen, und versuchte verzweifelt, die richtigen Worte zu finden, die ihn nicht dazu bringen würden, seine Meinung zu ändern und sie sofort zu töten.

„Ich …“

Ihre Worte wurden unterbrochen. Ein Pfeil schoss an ihr vorbei, Em schnappte nach Luft. Cas stolperte zurück, als der Pfeil sich tief in sein Fleisch bohrte.

29. KAPITEL

Cas ging zu Boden, in seiner linken Schulter steckte der Pfeil. Panisch kroch Em über den Boden zu ihm.

„Daneben“, sagte Iria hinter ihnen.

„Sag ihr, sie soll aus dem Weg gehen, nächstes Mal treffe ich mitten ins Herz“, antwortete Miguel.

Bevor Cas widersprechen konnte, hatte Em den Pfeil schon aus seiner Schulter gezogen. Er presste seine Lippen zusammen, um nicht zu schreien, und sah sie an, als wünschte er sich, sie würde ihn auf der Stelle töten.

„Beweg dich, Emelina“, befahl Miguel.

Em sah Cas in die Augen. Sein Vater hatte es verdient zu sterben, so wie Lera es verdiente, in Flammen aufzugehen, doch Cas verdiente nichts von alledem.

„Nein“, widersprach sie – und das energischer, als sie sich in dem Moment fühlte. Neben ihr tauchten Stiefel auf. Aren sah sie mit gerunzelter Stirn an.

„Wenn du ihn selbst umbringen willst, könntest du das vielleicht etwas schneller machen?“, fragte Miguel. „Ich weiß, deine Mutter war eine Freundin der ausgedehnteren Folter, aber dafür haben wir nicht die Zeit.“

„Keiner bringt ihn um“, sagte Em. Ein Teil von Cas’ Wut verwandelte sich in Verwirrung.

„Em …“ Iria fehlten die Worte. Sie warf Miguel einen Blick zu.

„Wir müssen es tun“, ging er dazwischen. „König Lucio hat angeordnet, dass die Königsfamilie getötet wird.“

„Ich nehme keine Befehle von König Lucio entgegen, und ich sage, er bleibt am Leben.“ Em sah zu Aren rüber. „Hilfst du mir, ihn zum Fluss zu bringen? Der Pfeil war wahrscheinlich schmutzig. Wir sollten etwas Wasser abkochen und die Wunde säubern."

„*Was* sollten wir?" Miguel lachte ungläubig.

„Niemand muss mir bei irgendetwas helfen", blaffte Cas zurück und setzte sich auf, die Hand über der blutigen Schulter. „Ich kann allein gehen."

„Oh, gut", sagte Miguel. „Er kann gehen. Fangen wir ihm doch etwas Fisch und bereiten ihm ein leckeres Essen, wenn wir schon dabei sind, wieso nicht?!"

Cas schaute zu seinem Schwert knapp außer Reichweite. Dann nahm Aren es schnell an sich. Er kniete sich neben Em und fing an zu flüstern, damit Cas nicht mithören konnte. „Er wollte dich umbringen, Em."

„Er hätte es nicht getan. Er hatte sein Schwert schon wieder gesenkt."

„Also von da, wo ich stand, sah es aus, als wollte er dich töten."

Em warf einen Blick über ihre Schulter zu den vier Kriegern, die eng beisammenstanden und redeten. Immer wieder wedelte Miguel genervt mit den Armen.

„Komm", sagte Em, sprang auf und hielt Cas ihre Hand hin. Er starrte sie an. „Du musst die Wunde reinigen."

Mühsam stand er auf und fiel dabei einmal fast wieder hin. Er blinzelte, offensichtlich etwas benommen vom Blutverlust. „Wieso? Bring es einfach hinter dich und töte mich." Er stieß ein verkrampftes Lachen aus.

„Niemand bringt dich um." Sie wies ihn an, vor ihr herzulaufen, weil sie nicht darauf vertraute, dass er nicht versuchen würde wegzulaufen. Im Dschungel hätte er keine Chance mit der Wunde und ohne Schwert.

Cas ging an ihr vorbei in Richtung Fluss und sah noch einmal zurück zu den Kriegern. Alle verfolgten ihn mit ihren Blicken, und Em behielt Miguels Pfeil und Bogen im Auge. Es waren vier Krieger gegen sie und Aren. Cas konnte sie wohl kaum mit zu ihrem Team zählen, selbst wenn er nicht verletzt wäre. Wenigstens hatte sie Aren; er erhöhte ihre Chancen beträchtlich.

„Sag ihnen, du willst ihn als Druckmittel behalten“, flüsterte Aren ihr zu.

Verwirrt sah sie ihn an. „Was?“

„Sag ihnen, du willst, dass er am Leben bleibt, damit du ihn gegen Olivia eintauschen kannst. Fort Victorra wird gut bewacht sein von den Lera, wenn wir dort ankommen. Sag einfach, du hast deine Zweifel, ob die Krieger die Festung einnehmen können. Er ist dein Plan B.“

„Gute Idee, das könnte tatsächlich funktionieren.“

„Aber, nur nebenbei, ich finde schon, du solltest ihn umbringen“, fügte Aren noch hinzu. „Doch wenn du es wirklich nicht kannst, vertraue ich dir.“

„Danke“, antwortete sie. Inzwischen waren sie am Fluss angekommen. Cas stand am Wasser. An seinen Schläfen sah man, dass er die Zähne zusammenbiss. Misstrauisch sah er zu Em und Aren und fragte sich, worüber sie redeten.

„Wie stellt ihr euch vor, das Wasser zum Kochen zu bringen?“, fragte er.

Aren schnaubte abfällig. „Wie traurig, Prinz Casimir weiß nicht mal, wie man ein Feuer macht. Das Leben ist hart ohne Mami und die Diener von Papi, was?“

Cas lief rot an vor Wut, und Em räusperte sich, um die Aufmerksamkeit auf sich zu lenken.

„Aren, kannst du ein paar Stöcker und Kleinholz holen?“, fragte sie. Dann zeigte sie auf Cas: „Du setzt dich hin.“

Ein paar Sekunden blieb er stehen, als wäre er sich nicht sicher, ob er ihr gehorchen sollte, aber dann ließ er sich hinfallen und pustete sich noch eine Haarsträhne aus dem Gesicht. Hinter ihnen hatten die Krieger sich nicht vom Fleck gerührt. Immer noch steckten sie ihre Köpfe zusammen und redeten. Em kniete sich vor Cas, wobei sie die Krieger immer im Blick behielt.

„Was machst du?“ Durch zusammengebissene Zähne stieß er jedes Wort einzeln heraus, als täte es ihm weh, mit ihr zu reden. „Wieso hilfst du mir?“

„Sieht aus, als könntest du Hilfe gebrauchen.“ Sie wusste, was er wirklich meinte, aber ihr fehlten die Worte zu erklären, wieso sie ihm half. *Weil ich Gefühle für dich habe*, schien in der Situation lächerlich, so wütend wie er sie ansah. „Wo sind deine Wachen?“, fragte sie ihn. „Wieso bist du allein unterwegs?“

„Ich nehme an, die meisten von ihnen sind tot, deinetwegen.“

„Und so ziemlich alle, die mir jemals etwas bedeutet haben, sind deinetwegen tot.“ Aren ließ einen Stapel Äste auf den Boden fallen.

„Aren“, versuchte Em ihn zu besänftigen, aber gleichzeitig klang eine leise Warnung mit. Er stapfte wieder davon. Em reichte Cas ihre Trinkflasche. „Du solltest was trinken.“

Cas riss ihr die Flasche aus der Hand und nahm ein paar große Schlucke.

Miguel drehte sich von den anderen Kriegern weg und stemmte die Hände in die Hüften. „Wieso gibst du ihm Wasser? Was willst du mit ihm machen?“

„Er kommt mit uns“, verkündete Em. „Als Gefangener. Wenn wir in den Bergen ankommen, möchte ich ihn gegen Olivia eintauschen.“

Cas lachte. Es klang hohl, fast geisteskrank. „Euer Gefangener. Super. Es ist so schön, dich endlich wirklich kennenzulernen, Emelina. Du bist genau so, wie mein Vater dich beschrieben hat."

Em strengte sich an, ruhig zu bleiben und ihn zu ignorieren.

„Wenn du ihn tauschst, bekommt Lera seinen König zurück", betonte Miguel.

„Nein, sie bekommen einen neuen König. Einen machtlosen, da Olso bis dahin das Land unter Kontrolle haben wird, nehme ich an?"

Miguel zog nur die Augenbrauen zusammen.

„Ich werde nicht zulassen, dass ihr mein bestes Druckmittel umbringt. Ich habe von Anfang an gesagt, dass Olivia zu befreien meine oberste Priorität ist. Wenn sie in Sicherheit ist, dann könnt ihr der Königsfamilie nachjagen, wenn ihr gern eure Zeit damit verbringt." Nachdem Cas genug Zeit hatte zu fliehen, fügte sie in Gedanken hinzu.

„Und falls er noch mal versucht, dich zu töten?", hakte Miguel nach.

„Dann würde ich wahrscheinlich sterben."

Miguel zückte Pfeil und Bogen. Er zielte direkt auf Em. „Es reicht. Koldo, Iria, packt sie, bevor der andere wiederkommt. Nehmt sie aus dem Weg."

Koldo kam auf sie zu. Em stand auf und griff nach ihrem Schwert.

Iria sprang vor und hielt Koldo an seiner Jacke zurück. „Warte, warte, warte." Sie stellte sich zwischen Em und Miguel und streckte die Arme zu beiden Seiten aus. „Beruhigen wir uns erst mal."

Koldo blieb stehen und sah besorgt zwischen Miguel und Iria hin und her. Miguel zielte immer noch.

„Sie ist nicht unsere Gefangene", begann Iria. „Ihretwegen haben wir Leras Hauptstadt eingenommen. Das haben wir alles ihr zu verdanken."

„Sag bloß", murmelte Cas.

Iria beachtete ihn nicht. „Wenn sie Casimir als Gefangenen nehmen möchte, dann ist das ihre Entscheidung. Zumindest das hat sie sich verdient."

„Ich lasse mir nichts von einer Ruined vorschreiben", stieß Miguel mit zusammengebissenen Zähnen hervor.

„Und sie sich nichts von dir", erwiderte Iria.

„Ganz sicherlich nicht." Aren trat zwischen den Bäumen hervor, ließ eine weitere Ladung Äste für das Feuer fallen. Miguel drehte sich zu ihm um, den Bogen mit dem Pfeil noch gespannt.

Miguels Beine wurden plötzlich in die Luft gerissen, und der Pfeil flog im hohen Bogen gen Himmel, als Miguel auf seinem Hintern landete. Aren schritt auf ihn zu und trat ihm den Bogen aus der Hand. Er packte den Krieger am Kragen und beugte sich vor, um mit ihm auf Augenhöhe zu sein.

„Ziel noch mal auf mich mit dem Teil, und ich breche dir jede einzelne Rippe und zieh sie dir durch den Bauchnabel aus dem Körper."

Miguel musste schlucken. Aren stieß ihn wieder von sich und richtete sich auf. Er nahm den Bogen und hielt ihn Iria hin, wobei ein Teil seiner Wut aus seinem Gesicht wich.

„Vielleicht solltest du den verwahren."

Nickend nahm sie den Bogen an sich. Aren drehte sich um, ging an Miguel vorbei und fing an, aus dem Holz eine Feuerstelle zu bauen.

„Danke", sagte Em leise zu Iria.

Iria lächelte beinahe. „Klar." Sie sah kurz zu Cas rüber. „Es ist deine Entscheidung, aber wenn er dich umbringt, muss ich mir das ewig von den anderen aufs Brot schmieren lassen.“

„Ich versuche, es zu vermeiden.“

„Gut.“ Iria trat einen Schritt zurück und lächelte Em dann wirklich an. „Außerdem wäre ich ein bisschen traurig, wenn du stirbst.“

„Ein bisschen also.“

Iria hielt Daumen und Zeigefinger nah beieinander hoch. „Ein klitzekleines bisschen.“

Em lachte und drehte sich dann wieder zu Cas. Das Lachen verstummte, als sie sein wütendes Gesicht sah. „Danke, dass du mich vorhin nicht umgebracht hast“, flüsterte sie ihm zu, sodass nur er sie hören konnte. „Und bitte denk daran, dass niemand hier zögern würde, dich zu töten, falls ich sterbe. Ich bin auf deiner Seite.“

Cas verzog das Gesicht und lehnte sich näher zu ihr. „Du warst nie auf meiner Seite. Du bist eine Lügnerin und eine Mörderin. Vielleicht war es doch richtig, dass mein Vater jeden Einzelnen von euch ausrotten wollte.“

Em stand auf, die Hände hatte sie hinter ihrem Rücken verschränkt, um zu vertuschen, dass sie zitterte. „Es war richtig, dass er meine Mutter und beinahe alle im Schloss abgeschlachtet hat? Auch die Bediensteten? Kinder?“ Sie musterte ihn. „Wenigstens wäre er jetzt stolz, dass du ganz nach ihm kommst.“

Zügig ging Em von ihm weg, wobei sie mit aller Kraft versuchte, die Tränen zurückzuhalten.

30. KAPITEL

Cas stiefelte mit zusammengebundenen Händen hinter den Pferden her. Seine Schulter schmerzte und brannte, aber er versuchte, sich nichts anmerken zu lassen, und marschierte schweigend weiter.

Emelina ging neben ihm. Aren und die drei männlichen Krieger ritten auf den Pferden, Iria lief zu Fuß neben ihnen. Immer wieder drehte sie sich zu Cas und Emelina um.

Cas sah kurz zu Emelina. Sie trug noch dasselbe Kleid wie das letzte Mal, als er sie gesehen hatte, nur dass es jetzt dreckig und an manchen Stellen zerrissen war. Ihr dunkles Haar hatte sie zurückgebunden, und sie schaute grimmig drein. Ohne ein Wort mit ihm zu reden, hatte sie seine Wunde gesäubert und etwas Beroliswurzel darauf verteilt. Seit sie losgelaufen waren, beachtete sie ihn kaum.

Schuldgefühle machten sich in seiner Brust breit, und dafür hasste er Emelina nur noch mehr. Die Worte waren einfach so aus ihm herausgeströmt, ohne vorher darüber nachzudenken ... *Vielleicht war es doch richtig, dass mein Vater jeden Einzelnen von euch ausrotten wollte* ... Cas musste die ganze Zeit daran denken.

Er hatte es nicht so gemeint. Es war ihm vollkommen bewusst, dass sein Vater einen Fehler gemacht hatte, all die Ruined grundlos umzubringen. Aus Angst hatte er sie getötet, und das hatte ihn das Leben gekostet. Obwohl Cas Emelina abgrundtief hasste, machte er nicht die gesamten Ruined für ihre Taten verantwortlich.

„Was ist mit der echten Mary passiert, Emelina?“, fragte er und brach damit das Schweigen.

„Ich habe sie getötet. Sie war auf dem Weg nach Lera.“

„Du hast sie getötet, einfach so."

„Sie hatte meinen Vater umgebracht und seinen Kopf dort aufgespießt, wo ich ihn finden würde. Es war also nicht einfach so."

Cas musste schlucken, aber er wollte kein Mitgefühl mit ihr haben. Allerdings war er auch nicht besonders traurig, dass er die wahre Mary nie kennengelernt hatte.

„Und nenn mich Em", sagte sie etwas leiser. „Die meisten nennen mich so."

Ein Gesprächsfetzen kam ihm in den Sinn ... *Aber ich hatte im Schloss Unterricht, mit Em und Olivia* ... Cas war überrascht. „Du kanntest Damian."

„Ja. Er war mein Freund."

„Deswegen wolltest du, dass wir ihn freilassen. Ich bin so ein Idiot."

„Du bist kein Idiot. Du warst nett zu mir. Du ahnst gar nicht, was mir das bedeutet hat."

Cas wusste nicht, was er darauf antworten sollte. Er hätte ihr sagen können, dass er es noch mal genauso machen würde, weil die Ruined es nicht verdient hatten zu sterben, nur weil sie besondere Kräfte hatten. Aber ihm war nicht danach, nett zu ihr zu sein. Also schwieg er.

„Musst du so nah bei ihm gehen?", rief Iria über ihre Schulter. „Das macht mich nervös."

„Er wird mir nichts tun, Iria", antwortete Em. Cas machte es wütend, dass sie ihn nicht für eine Bedrohung hielt.

Vielleicht weil er seine Gelegenheit, sie umzubringen, verpasst hatte. Er konnte noch deutlich ihr Gesicht sehen, als er sie mit dem Schwert bedroht hatte. Seine Klinge stand still, und vor lauter Panik, dass er es wirklich durchziehen könnte, war ihm ganz schlecht geworden. Selbst jetzt noch, wenn er den Kratzer an ihrem Hals sah, wurde ihm ein wenig übel.

Er hätte in der Lage sein sollen, sie umzubringen. Er hätte es genießen sollen. Sie hatte ihn nicht nur betrogen, sondern es obendrein geschafft, ihm so wichtig zu werden, dass er sie nicht mal wirklich hassen konnte. Und jetzt war er ihr Gefangener. Verletzt und ihr ausgeliefert.

„Ich möchte mich entschuldigen, Cas, dafür ...", fing Em an.

„Entschuldige dich ja nicht bei mir", unterbrach er sie. „Es tut dir nicht leid. Du manipulierst Menschen. Du sagst, was du glaubst, dass sie hören wollen, und dann drehst du dich um und benutzt es gegen sie. Deine Entschuldigung bedeutet mir gar nichts."

„Aber ich entschuldige mich trotzdem!", schrie sie, worauf sich die anderen umdrehten und sie anstarrten.

Er verdrehte die Augen. „Tut mir leid, dass ich eine Entschuldigung nicht sehr ernst nehme, wenn sie mir ins Gesicht gebrüllt wird."

„Ich habe versucht, nett zu sein. Das schien dich nur noch wütender zu machen."

„Du warst nett? Wann denn, während du mich gefangen genommen hast oder als du mich angeschrien hast?"

„Ich habe dir das Leben gerettet."

Cas schnaubte. „Deine Messlatte für ‚nett' hängt aber nicht sonderlich hoch."

„Ich wollte nicht ..."

„Könnt ihr beiden mal leise sein?", unterbrach Iria sie. „Man kann euch durch den ganzen Dschungel hören."

Em presste ihre Lippen zusammen und warf Cas einen wütenden Blick zu.

„Ich nehme die Entschuldigung nicht an", flüsterte er noch.

Em holte Luft, als wollte sie ihm richtig den Kopf waschen,

aber dann stieß sie die Luft zusammen mit ihrer Wut aus und zuckte nur mit den Schultern.

„Das verstehe ich, aber es tut mir dennoch leid, Cas."

Er wollte nicht, dass sie ihn verstand. Er wollte nicht, dass sie so ruhig und niedergeschlagen blieb. Er wollte sie stolz und frei von Reue sehen. Dass sie ihm ins Gesicht lachte und ihm sagte, dass er dumm war. Er wollte sie anschreien, durchschütteln und ihr sagen, dass er ihr niemals vergeben würde. Aber ihre letzten Worte – *es tut mir dennoch leid, Cas* – hingen in der Luft, und er konnte gar nichts mehr dazu sagen.

„Sollten wir ihm auch die Beine fesseln?"

Em sah zu Iria, die gerade gesprochen hatte, und schüttelte den Kopf. „Nein, ich glaube, es reicht so."

Cas funkelte Iria wütend an. Kurz nach Sonnenuntergang hatten sie angehalten, und Cas hatte sich nur wortlos an einem Baumstamm fallen lassen. Em vermutete, dass er sowieso zu müde zum Weglaufen wäre.

Em setzte sich in seiner Nähe hin und beobachtete Miguel, der sich zu Francisco beugte und ihm etwas zuflüsterte. Es war zwar dunkel, aber durch das Mondlicht konnte man ihre Gesichter erkennen, und beide schienen Em aus dem Weg zu gehen.

Koldo stellte sich vor sie und bot ihr etwas getrocknetes Fleisch an. Sie nahm zwei Stücke, wovon sie eines an Cas weitergab.

„Danke, Koldo." Sie lächelte ihn an.

Er murmelte nur „bitte schön", ohne sie dabei anzusehen, wurde aber leicht rot.

Em biss ein Stück vom Fleisch ab und sah zu, wie Koldo auch Iria ein Stück reichte. Seit Iria Em verteidigt hatte, redeten die Männer nicht viel mit ihr, und Koldo sah aus, als wäre es ihm wirklich unangenehm, in Irias Nähe zu sein. Iria streckte ihre Beine vor sich aus, als bekäme sie von alledem nichts mit.

„Ich gucke mal, ob ich ein paar Bananen finde", sagte Aren.

„Nein!" Em sprang auf. „Das mache ich. Bleibst du hier und passt auf ihn auf?" Sie zeigte auf Cas.

Aren legte den Kopf schräg. Er merkte, dass etwas nicht stimmte. Als Em an ihm vorbeiging, berührte sie ihn am Arm.

„Sie planen irgendwas", flüsterte sie ihm zu. „Ich bleibe in der Nähe, aber sie sollen denken, dass ich dich und Cas allein gelassen habe."

Er nickte unauffällig, und sie ließ ihre Hand wieder fallen, ging weg und verschwand zwischen den Bäumen. Sie bewegte sich absichtlich laut durch den Dschungel, blieb dann aber stehen und schlich wieder zurück.

Sie krabbelte unter einer Pflanze durch und blieb geduckt hinter einem Busch hocken. Francisco, Koldo und Iria waren noch genau dort, wo sie die drei zuletzt gesehen hatte. Miguel war verschwunden.

Langsam zog sie ihr Schwert und schaute sich um.

Vor ihr hüpfte eine Heuschrecke über den Boden und wurde von der Dunkelheit verschluckt. Das Rascheln und Zirpen, das überall im Dschungel herrschte, machte es schwer zu hören, ob jemand in der Nähe war.

Em wartete ein paar Minuten mit angehaltenem Atem, bis schließlich Miguel hinter Aren auftauchte und sich an ihn heranschlich. In seinen Händen hielt er ein Stück Stoff, das vermutlich für Arens Augen gedacht war. Wenn sie ihm die Augen verbanden, konnte er seine Kraft nicht nutzen, und Cas und Em wären aufgeschmissen.

Francisco stellte sich so vor Iria, dass sie keine freie Sicht mehr auf Aren hatte. Em sah zu, wie Miguel noch einen Schritt auf Aren zu machte.

„Aren, hinter dir!“, rief sie ihm im letzten Moment zu.

Aren sprang auf und wirbelte herum. Miguels Arm wurde in die Luft gerissen, die Augenbinde fiel zu Boden. Mit einem grauenvollen Knacken verbog sich sein Arm nach hinten.

Als Em zwischen den Büschen hervorkam, hallte Miguels Schrei durch den ganzen Wald. Cas hatte Schwierigkeiten, mit den gefesselten Händen aufzustehen, schaffte es aber. Francisco kam mit dem Schwert in der Hand auf ihn zugerast, und Cas konnte gerade eben noch aus dem Weg springen.

Erneut hob Francisco sein Schwert. Em lief geduckt unter dem Schwert hindurch und blieb zwischen ihm und Cas stehen. Das Schwert des Kriegers schepperte gegen ihres, als sie seinen Angriff parierte.

Für einen Moment war Francisco von Miguels Schreien abgelenkt, was Em nutzte, um auf ihn loszugehen. Sie stach ihm in die Seite, wollte ihn nur verletzen, nicht umbringen. Sollte sie Frieden mit den Kriegern schließen wollen, wäre es wohl besser, sie nicht umzubringen.

Sie packte das Band, mit dem Cas' Hände gefesselt waren, und schnitt es durch.

„Aren! Schwert!“, rief sie und hielt ihm ihre Hand hin.

Aren wandte sich von Miguel ab und warf ihr das gestohlene Schwert von Cas zu, das sie auffing und Cas in die Hand drückte.

„Die Pferde.“ Em deutete in die Richtung der Tiere.

Cas nahm irgendetwas hinter ihr wahr und drückte sie mit aller Kraft nach unten, sodass sie auf den Boden fiel. Er lehnte sich zurück, und Koldos Klinge glitt direkt über Ems Kopf durch die Luft.

Em trat Koldo gegen das Knie, woraufhin der Krieger mit einem kurzen Schrei zu Boden ging. „Lauf!", rief sie Cas zu.

Er lief an Iria vorbei, die mit offenem Mund ein paar Schritte entfernt stand und das Geschehen fassungslos beobachtete.

Koldo kroch über die Erde, die Hand nach Ems Knöchel ausgestreckt. Plötzlich knackte sein Handgelenk, und sein Handrücken war gegen sein Handgelenk gedrückt. Er heulte auf und hielt sich den Arm an die Brust. Aren war schwer atmend an einem Baumstamm zusammengesackt.

Em rannte Cas hinterher, als jemand gegen sie krachte und beide auf den Boden fielen. Zwei Hände drückten sie an den Boden.

„Schlag mich", flüsterte Iria ihr zu. „Mach, dass es echt aussieht."

Iria lockerte ihren Griff, sodass Em sich befreien konnte und aufsprang. Sie drehte sich um und schlug Iria mit der Faust gegen den Kiefer. Stöhnend fiel die Kriegerin wieder hin.

Em warf Iria noch einen entschuldigenden Blick zu, bevor sie sich wieder zu Cas drehte. Er hatte gerade das zweite Pferd befreit. Koldo kam auf sie zu, und auch Em rannte los und schnappte sich die Zügel der Pferde. Cas wollte gerade das dritte Pferd befreien, aber Em schüttelte den Kopf.

„Hör auf!", rief sie ihm zu.

Cas sprang auf eines der freien Pferde, Em auf das andere und trat dabei Koldo direkt ins Gesicht, der versuchte, sie vom Pferd zu ziehen. Er stolperte nach hinten weg und fiel auf seinen Hintern, als sie an ihm vorbeiritten.

Aren stand regungslos am Baum und streckte die Hand nach Em aus, als sie auf ihn zugeritten kam. Sie packte seinen Arm und zog ihn hoch. Er war schwach, weil er seine Kraft benutzt hatte, und sackte gegen ihren Rücken, sobald er auf dem Pferd saß. Sie trat dem Pferd in die Seiten, und sie galoppierten davon, die Krieger im Dreck zurücklassend.

31. KAPITEL

Cas hätte ganz einfach von Aren und Em wegreiten können, als sie vor den Kriegern flohen. Er hatte es auch in Erwägung gezogen, als sie in den Dschungel vorstießen. Ems Pferd musste zwei Menschen tragen, weshalb es viel langsamer war als seins.

Em rutschte vom Pferd und ließ Aren allein darauf hängen. Es sah aus, als würde er schlafen. Em ging rüber zu Cas und hielt ihm ihre Flasche hin, von der er einen kleinen Schluck nahm, bevor er sie ihr zurückgab.

Cas hatte weder eine Flasche noch irgendeine Ahnung, in welche Richtung er ritt, da es dunkel war. Seit er gefangen genommen wurde, hatte er die Orientierung verloren, aber sobald die Sonne aufging, würde er wieder wissen, wo Süden war. Wenigstens hatte er jetzt ein Schwert, doch was hatte er schon für Chancen, allein? Sollte er allein auf Iria und die anderen Krieger treffen, wäre er auf jeden Fall tot.

Er musterte Em, die gerade den Deckel auf die Flasche schraubte. War das alles hier Teil des Plans? Tat sie nur so, als würde sie ihn retten, um ihn weiter ausnutzen zu können? Wollte sie ihn wirklich als Gefangenen behalten, um ihn gegen Olivia zu tauschen?

Plötzlich schien der dunkle Urwald die bessere Option, als bei ihr zu bleiben. Sie hatten auf jeden Fall schon den halben Weg zu den Bergen geschafft, und den Rest könnte er auch allein schaffen.

„Ich nehme es dir nicht übel, wenn du abhaust." Em drehte sich um und ging zurück zu ihrem Pferd. „Bis zum Morgen sollten wir in Gallego ankommen. Wenn du bis dahin bei uns bleiben willst, bist du in Sicherheit, versprochen."

Gallego. In der Stadt waren sicherlich Lera-Soldaten. Er könnte erfahren, ob seine Mutter und Jovita noch am Leben waren, und er hätte Schutz.

„Ich reite mit euch“, sagte er. Fast hätte er noch „Danke“ hinzugefügt, aber das Wort blieb ihm im Hals stecken.

Em nickte und sah ihn zum letzten Mal in dieser Nacht an. Schweigend ritten sie weiter, Em und Aren vorne, während Cas von den lauten Geräuschen des Dschungels übermannt wurde und sich wünschte, einer der beiden anderen würde etwas sagen. Jetzt, wo er sich kurzzeitig außer Gefahr befand, hatte er das Gefühl, die Last der vergangenen Tage würde ihn erdrücken. Wieder und wieder durchlebte er in Gedanken seine letzten Momente im Schloss, bis sich seine Brust so zugeschnürt anfühlte, dass er fürchtete, nie wieder richtig atmen zu können.

Als endlich der Morgen graute, schrie er beinahe vor Freude. Von der Nacht auf dem Pferd fühlte er sich steif und hatte Schmerzen, aber er richtete sich dennoch auf und ließ die Umgebung auf sich wirken. Die saftigen, grünen Blätter und den bunten Vogel, der unweit von ihm in einem Baum saß.

Anscheinend hatte Aren sich erholt, denn er rutschte vom Pferd und ging zu Fuß neben Em her. Em warf einen Blick über ihre Schulter zu Cas.

„Wir sind bald da“, sagte sie.

Er reckte den Hals und versuchte, etwas zu erkennen. „Woher weißt du das?“, fragte er, wobei seine Neugierde das Verlangen, nicht dumm zu wirken, übertraf.

„Der Bereich hier wird oft durchquert.“

Cas sah verblüfft um sich. Der Wald sah genauso aus wie schon die letzten drei Tage lang. „Wie kommst du darauf?“

„Fußspuren, abgebrochene Zweige, zertretene Blätter, Müll. Wenn man sein Leben lang gejagt wird, gewöhnt man sich an, die Spuren von anderen Menschen zu erkennen."

Er starrte sie an, weigerte sich aber, einen Funken Mitgefühl zu zeigen. Ihretwegen wurde er jetzt gejagt; sie verdiente kein Mitleid.

Sie drehte sich wieder um, und Cas ignorierte Arens wütenden Blick. Nachdem er gestern Abend gesehen hatte, wozu Aren in der Lage war, hielt er es für klüger, ihn in Ruhe zu lassen.

Ein paar Minuten lang ritten sie weiter, dann hielt Em an und stieg ab. Cas tat es ihr nach und schüttelte seine Beine aus, als er wieder auf dem Boden stand.

„Es besteht die Möglichkeit, dass die Krieger die Stadt eingenommen haben", sagte Em. „Wir gehen besser zu Fuß, zur Sicherheit. Wir wollen ja nicht gleich entdeckt werden."

„Wir?", fragte Aren aufgebracht. „Nein. Er kann allein gehen."

„Ich würde gern wissen, ob die Stadt noch von den Lera regiert wird", antwortete sie. „Bleibst du mit den Pferden hier?"

Arens Blick wanderte von Cas zu Em und wieder zurück. Er zeigte auf Cas. „Wenn du ihr wehtust, breche ich jeden einzelnen Knochen in deinem Körper."

Cas juckte es in den Fingern, nach seinem Schwert zu greifen, aber er wusste, dass es gegen einen so starken Ruined wie Aren nutzlos wäre. Stattdessen verschränkte er seine Arme vor der Brust. „Ihr passiert nichts", versicherte er gepresst.

„Komm." Em bedeutete Cas, ihr zu folgen.

Sie gingen weiter, bis die Spuren von Menschen so offensichtlich wurden, dass selbst Cas sie bemerkte. Inzwischen waren die Bäume lichter, und ein platt getrampelter Weg führte raus aus dem Dschungel. Erst einmal war Cas bisher in der Stadt gewesen, die nach seinen Vorfahren benannt worden war, und das war schon ein paar Jahre her. Er wollte nur ungern zugeben, dass er sich nicht mal mehr daran erinnern konnte, auf welchem Weg seine Eltern und er damals hingefahren waren. Sie hatten eine Kutsche genommen, anstatt mit einem Boot an der Küste entlangzuschippern, aber von der Straße, die die Wachen für sie freigemacht haben mussten, wusste er nichts mehr.

Em hatte eine Hand immer über ihrem Schwertgriff, schien es aber selbst gar nicht zu bemerken. Während sie gingen, blieb ihre Rechte die ganze Zeit dort, bereit, jeden Moment die Klinge zu ziehen. Er versuchte, das genauso zu halten, ertappte sich aber immer wieder dabei, wie seine Gedanken abschweiften und er sich durch die Haare strich oder die Arme vor der Brust verschränkte. Sollten sie angegriffen werden, hätte Em sofort ihr Schwert zur Hand, während er erst danach greifen müsste.

Selbst in dem Kleid bewegte sie sich leise durch den Wald. Ihre Schritte machten kaum ein Geräusch, und Cas fiel auf, wie sie um Zweige und Blätter herumging, bei denen er selbst sich zweimal überlegen musste, ob er drauftrat oder nicht. Er machte es ihr nach und ging in ihren kleineren Fußspuren.

„Hast du das alles für Olivia gemacht?“, fragte er plötzlich. Die Worte platzten heraus, als könnte er sie nicht länger für sich behalten.

„Ja“, antwortete sie, ohne sich umzudrehen. „Und ein wenig aus Rache, um ehrlich zu sein.“

„Und was, wenn du im Schloss gestorben wärst?“, hakte Cas nach. „Wenn du nicht rechtzeitig entkommen wärst? Du musst gewusst haben, dass die Möglichkeit bestand.“

Sie schaute sich zu ihm um und runzelte die Stirn. „Es war mehr als nur eine Möglichkeit, deswegen war Aren dabei. Wir hatten gehofft, dass einer von uns es schafft. Ich habe auf ihn gewettet, bei seinen Kräften." Sie zuckte mit den Schultern. „Und wenn das nicht geklappt hätte, war da immer noch das Versprechen des Königs von Olso, dass er alles tun würde, um Lera davon abzuhalten, alle Ruined hinzurichten."

Das Wort *hinrichten* fuhr durch seinen ganzen Körper und ließ ihn Dinge fühlen, die er nicht fühlen wollte. Wäre sein Vater hier, würde er sagen, dass Ems Handeln ihn nur in seinem Tun bestätigte – die Ruined hatten verdient zu sterben. Lebendig wären sie zu gefährlich.

Dann hätte Cas ihm gesagt, dass Em nur eine Person war, so wie ihre Mutter nur eine Person gewesen war. Olivia kannte er nicht, aber vielleicht war die ganze Familie ein Schandfleck für die Ruined.

Oder wir haben ihnen das angetan. Die Worte verdrängte er, sobald sie ihm in den Sinn kamen, aber sie hinterließen ein ungutes Gefühl in ihm.

Was für ein Leben musste Em wohl geführt haben, dass sie sich, ohne zu zögern, in derartige Gefahr begab? Ihn zu heiraten, im vollen Wissen, dass es vielleicht direkt zu ihrem Tod führte?

Auf einmal fragte er sich, wie Em wohl vorher gewesen war, als sie noch Eltern und eine Schwester hatte – und sich noch nicht lautlos durch den Dschungel bewegen konnte. War sie wütend und verbittert wegen ihres Status als Unbegabte? Oder hatte sie sich dafür umso mehr auf andere Dinge konzentriert, wie den Schwertkampf? Ihre diesbezüglichen Fähigkeiten hatten sich gewiss nicht erst im Laufe des vergangenen Jahres entwickelt. Daran hatte sie ihr Leben lang gearbeitet.

Er schaute zu ihr und bemerkte, dass sie ihn auch ansah. Irgendetwas an ihrem Gesicht hatte sich verändert, seit er wusste, wer sie wirklich war. Es lag nicht nur an diesem Wissen, es war eher so, als hätte sich dadurch etwas in ihr verändert. Vorher war ihm nie aufgefallen, dass sie in seiner Gegenwart angespannt war, aber jetzt merkte er, dass diese Anspannung fehlte.

Er sah schnell wieder weg. Er wünschte, er könnte seine Gedanken abstellen und nicht mehr an sie denken. Für seinen Vater musste es einfacher gewesen sein. Sein Hass gegen die Ruined war so klar definitiv gewesen, dass er keine kleinen Nuancen wahrgenommen hatte.

Em blieb stehen und streckte einen Arm nach hinten aus, damit er auch anhielt. Ihre andere Hand schloss sich um den Griff ihres Schwertes, doch sie zog es noch nicht. Er folgte ihrem Beispiel.

Durch die Bäume sahen sie zwei Menschen. Cas und Em duckten sich gleichzeitig und hockten nun auf der Erde. Die Stimmen der beiden Männer waren leise, gedämpft, aber ihre weiß-roten Jacken waren durch die Bäume klar zu erkennen. Krieger.

Dann fuhr noch ein kleiner offener Wagen an ihnen vorbei, auf dem zwei gefesselte Lera-Soldaten lagen. Cas musste schlucken und fragte sich, wie viele seiner Leute wohl auf dem Weg in die Berge gefangen worden waren. Hatten seine Mutter und Jovita überhaupt eine Chance? Was würde sie dort erwarten?

Die Krieger waren auf dem Weg in die Stadt. Cas stand auf und ging so lange weiter, bis er ein paar Holzhäuser entdecken konnte. Alles war voller Krieger, sie hatten die Stadt eingenommen.

„Es tut mir leid“, sagte Em sanft.

Ohne Vorwarnung kochte Wut in ihm hoch, und er konnte sich gerade noch verkneifen, ihr „Und wessen Schuld ist das?“ ins Gesicht zu brüllen. Aber die Aufmerksamkeit der Krieger oder anderer hier war das Letzte, was er wollte. Er biss die Zähne zusammen, und sie senkte den Blick, als könnte sie sich denken, was in ihm vorging.

Sie machten kehrt und gingen zurück, tiefer in den Dschungel. Er ließ die Schultern hängen, und Em sah immer wieder zu ihm, als wollte sie etwas sagen. Doch offensichtlich gab es nichts zu sagen, denn sie schwieg den ganzen Weg zurück.

Dann drang Arens Stimme laut und deutlich zu ihnen durch. „Ich habe euch doch gesagt, sie ist nicht hier.“

Em blieb wie angewurzelt stehen.

„Ruhig“, fauchte eine andere Stimme kaum hörbar.

Cas und Em schlichen weiter, bis sie alles sehen konnten. Iria, Koldo und Miguel standen ein paar Meter von ihnen entfernt, Miguel hatte seinen Arm in einer provisorischen Schlinge und einen sauren Gesichtsausdruck. Da waren noch drei andere, und auf dem Boden lag Francisco mit grauenvoll verdrehtem Hals. Die anderen drei standen in einem Kreis um Aren herum, dessen Hände gefesselt und dessen Augen mit einem weißen Tuch verbunden waren.

„Sie ist weg. Wir mussten uns trennen“, fuhr er fort, lauter als nötig. Er versuchte, Em zu warnen.

Cas warf einen Blick zu Em, die mit verzerrtem Gesicht zusah. Sie griff nach ihrem Schwert und fing an, es zu ziehen, als wollte sie angreifen.

Aber Cas legte seine Hand auf ihre, um sie davon abzuhalten. Sie schluckte und sah wieder verzweifelt zu Aren.

„Verteilt euch“, befahl Miguel. „Sie kann nicht weit gekommen sein, wenn er hier ist.“ Er zeigte mit dem Finger auf Iria. „Du nicht.“

Iria verschränkte die Arme vor der Brust und machte einen Schritt näher zu Aren hin. „Ich bleibe sowieso lieber bei ihm.“

„Koldo, pass auf sie auf“, raunte Miguel. „Sonst ist der Ruined vielleicht verschwunden, wenn wir zurück sind.“

Em umschloss Cas’ Hand und zog ihn sanft weg. Gequält warf sie noch einen Blick auf Aren. Sie musste ihn zurücklassen.

Vorsichtig und leise entfernten sie sich von den Kriegern, bevor sie anfingen zu rennen. Cas folgte Em, sprang über Pflanzen, umging Löcher in der Erde. Seine Beine waren länger, er hätte sie überholen und weglaufen können, sie zurücklassen. Aber das tat er nicht. Er blieb dicht hinter ihr, aus keinem anderen Grund, als dass es das Richtige zu sein schien.

Nach einiger Zeit kamen beide keuchend zum Stehen. Cas stemmte seine Hände in die Hüften und sah sich um. Irgendwo links von ihm raschelte etwas, und sofort drehte er sich um. Nichts.

Em sprintete hinter einen Baum und drückte sich dagegen, Cas tat es ihr gleich, direkt gegenüber. Behutsam zog er sein Schwert, als sich Schritte durch den Urwald näherten.

Die Schritte wurden langsamer, dann hielten sie an.

Schweiß lief Cas über die Stirn, aber er traute sich nicht, sich zu bewegen. Er atmete immer noch schwer, gab sich jedoch Mühe, leiser Luft zu holen.

Die Schritte kamen wieder näher, bis Cas im Augenwinkel das Weiß einer Jacke wahrnahm. Miguel.

Er drehte sich und sah dem Krieger direkt in die Augen.

Cas sprang zurück, bevor Miguel versuchte anzugreifen. Miguel schlug in seine Richtung, aber Cas parierte die Attacke mit seinem Schwert und rammte seine Klinge danach geradewegs in den Bauch des Kriegers. Miguel öffnete den Mund, um zu schreien, während das Schwert regungslos in seiner Hand lag.

Ems Schwert zischte an Miguels Hals entlang, und sein Kopf fiel zu Boden.

Als sein Körper ebenfalls auf die Erde sank, fiel Cas auf, dass Em angewidert wegsah.

„Nimm sein Schwert", sagte sie. „Es ist besser als deins."

Cas ließ sein rostiges Schwert fallen und nahm stattdessen das des Kriegers.

„Wir müssen weiter." Em lief los.

Als sie nach einer Weile wieder anhielten, zeigte Cas in Richtung des Flusses. „Ein Boot wäre einfacher."

Em nahm einen Schluck Wasser, wischte sich den Mund ab und reichte ihm die Flasche. „Natürlich wäre es das, aber wir haben keins."

„Viele der Leute, die hier leben, haben Ruderboote", sagte Cas. „Das weiß ich noch von meinem letzten Besuch in Gallego. Wir könnten eins klauen."

„Können wir versuchen, sicher."

„Ich möchte eine Sache klarstellen", begann er zögernd. „Wir haben Lera-Soldaten losgeschickt, um euch zu jagen und nach Lera zu bringen, zur Hinrichtung."

„Das habe ich mir gedacht."

„Und ihr solltet zur Rechenschaft gezogen werden für das, was ihr getan habt."

„Auch dein Vater sollte zur Rechenschaft gezogen werden für das, was er getan hat." Sie starrten sich gegenseitig an.

„Das entschuldigt dein Handeln nicht."

„Was ich auch nicht behaupte. Ich möchte nur auf diese Tatsache aufmerksam machen."

Hundert verschiedene Emotionen regten sich in Cas, darunter Wut, Schuldgefühle, Trauer, Hilflosigkeit, und er versuchte herauszufinden, an welcher davon er festhalten sollte. Wut wäre am einfachsten. Wut überdeckte alle anderen Gefühle, überdeckte sie, sodass nur ein loderndes Feuer in ihm bleiben würde.

Aber ein König musste die Ruhe bewahren. Rational sein. Er musste anfangen, so zu handeln, wie ein König handeln sollte.

„Wir haben beide das gleiche Ziel“, sagte er, wobei er versuchte, ruhig zu bleiben. „Es wäre für uns beide einfacher, wenn wir zusammenbleiben. Aber sobald wir ankommen, habe ich kein Problem damit, meinen Wachen zu befehlen, dich festzunehmen.“

„Also soll ich abhauen, wenn wir in die Nähe kommen? Ist es das, was du sagst?“

„Ich meine, dass ich nicht dein Freund bin, aber ich brauche deine Hilfe und du meine, und ich kann meine Wut für ein paar Tage beiseiteschieben, wenn du dasselbe tust.“

Sie presste ihre Lippen zusammen. Auf einmal sah sie so traurig aus, dass Cas seine letzten Worte am liebsten wieder zurücknehmen wollte. „Abgemacht.“ Sie räusperte sich. „Aber kann ich noch was erklären?“

Er zuckte halbherzig mit den Schultern, denn er wollte ihr nicht die Erlaubnis geben, war aber auch zu neugierig, um sie vom Reden abzuhalten.

„Bei alledem ging es nicht um dich“, sagte sie leise. „Es tut mir leid, dass ich dich benutzt habe. Du …“

„Du musstest mich heiraten, aber es ging nicht um mich?“, unterbrach er sie.

„Du weißt, was ich meine. Es tut mir leid, dass ich dich verletzen musste, um …“

„Du hast nicht mich verletzt", korrigierte er sie scharf. „Du hast mein Königreich verletzt."

Sie strich über ihre Kette. Ihr Blick war auf den Boden gerichtet.

Er wollte sie fragen, wieso sie ihn nicht vor dem Angriff gewarnt hatte. Ob er ein kompletter Idiot gewesen war, zu denken, dass sie wirklich Gefühle für ihn hegte, trotz allem. Er wollte wissen, wie sie ihn zum Sterben zurücklassen konnte, wenn er ihr wirklich etwas bedeutete.

Aber dafür fand er die Worte nicht. Vielleicht wollte er die Antworten auch gar nicht wissen.

„Ich wollte so schnell wie möglich abhauen", fuhr sie fort, wobei ihre Stimme ganz leicht zitterte. „Wäre das mit dem Gemälde nicht passiert, wäre ich ein paar Tage später verschwunden."

Wütend sah er sie an. „Soll ich mich dadurch jetzt besser fühlen, weil es so schrecklich für dich war und du fliehen wolltest?"

„So meinte ich das nicht."

„Ich weiß, wie du es meintest."

„Nein, tust du nicht!" Sie wurde lauter. „Ich dachte, du wärst genauso wie dein Vater. Ich habe nicht damit gerechnet, dass du … du …"

Nachdenklich knetete sie ihre Hände. Cas stockte der Atem. Alles in ihm wartete, hoffte, betete, dass sie sagen wollte, sie hätte sich in ihn verliebt. Dass sie zugab, dass ihre Gefühle echt waren und dass sie es ihm nicht nur vorgespielt hatte, um an Informationen zu kommen.

Es war so lächerlich, dass er fast loslachen musste. Hoffte er wirklich, dass das Mädchen, das Pläne geschmiedet hatte, sein Königreich zu vernichten, in ihn verliebt war?

„Was?“, fragte er, als sie weiter schwieg. „Dass ich was bin, hast du nicht erwartet? Naiv? Dumm?“

„Nett!“, schrie sie ihn beinahe an. „Vernünftig! Rücksichtsvoll!“ Sie schleuderte ihm die Worte ins Gesicht, als wären es Beleidigungen, und er war nicht sicher, wie er reagieren sollte.

Sie drehte sich um und ging weiter, ohne auf eine Antwort zu warten. Er zögerte einen Augenblick und ließ ihre Worte auf sich wirken.

Nett, vernünftig, rücksichtsvoll. Das war keine Liebe oder das Geständnis von leidenschaftlichen Gefühlen, aber ihm fiel auf, dass er diese drei Worte lieber mochte. *Liebe* wäre einfach gewesen, eine weitere simple Lüge. *Liebe* hätte man leicht abtun können.

Aber *nett, vernünftig, rücksichtsvoll* konnte man nicht einfach abweisen. Die Worte drangen in ihn ein, machten es sich dort gemütlich, neben dem Schmerz in seiner Brust.

32. KAPITEL

Seit sie ihm so dämlich gesagt hatte, dass er *nett* war, schwieg Cas. Außerdem *vernünftig*. Wer mochte es schon, vernünftig genannt zu werden? Sie würde es verstehen, wenn er sie jetzt nur noch mehr hasste als vorher.

Ihr fiel auf, dass er lernte, sich vorsichtig im Wald zu bewegen und ihre Spuren zu verwischen, ohne dass sie es erklären musste. Er redete vielleicht nicht mit ihr, aber er achtete auf jeden Fall darauf, was sie tat.

Sie waren immer noch recht nah an Gallego. Kleine Holzhäuser standen am Ufer verteilt. Die Krieger schienen sich nicht weiter ausgebreitet zu haben, dennoch waren Cas und Em vorsichtig, und beide ließen permanent die Hände über den Schwertern schweben.

„Da." Cas zeigte auf ein Häuschen in ihrer Nähe, bei dem ein Steg in den Fluss führte. Am Steg war ein kleines Ruderboot vertäut.

Em sah in den Himmel. Die Sonne war inzwischen fast vollständig untergegangen. Als Cas das mit dem Boot erwähnt hatte, war sie erst skeptisch gewesen, da die Krieger sie bei Tageslicht vom Ufer aus leicht entdecken konnten, aber in der Nacht dürfte das schwieriger werden. Und auf dem Wasser müssten sie sich keine Sorgen über irgendwelche Spuren machen, die es zu verwischen galt.

Cas ging voran zum Fluss. Em folgte ihm.

Auf dem Steg angekommen, hockte Cas sich hin und fing an, das Boot loszubinden. „Steig ein", sagte er.

Zögernd folgte sie seiner Aufforderung und hielt sich mit einer Hand am Steg fest, als der Kahn anfing, unter ihr zu schaukeln. „Ist jetzt vielleicht der richtige Zeitpunkt zu erwähnen, dass ich noch nie gerudert bin?“

Cas lächelte und zog eine Augenbraue hoch. „Ernsthaft?“

Sein Lächeln brachte sie noch mehr aus dem Gleichgewicht, und sie brauchte erst mal einen Moment, um wieder die Balance zu finden. „In Ruina gibt es nicht viele Flüsse, und in Vallos waren wir zu Fuß unterwegs, weil es auf den Flüssen vor Jägern wimmelte.“

„Siehst du die beiden Haken da?“, er zeigte darauf. Sie nickte. „Da kommen die Ruder rein.“

Em nahm die Ruder auf und setzte sich hin.

„Und du sitzt auf jeden Fall schon mal falsch rum.“ Er lächelte wieder, und Em merkte, wie sie rot wurde. Sie war nicht sicher, ob das an seinem süßen belustigten Gesichtsausdruck lag oder daran, dass es ihr peinlich war, nicht zu wissen, was sie tat.

„Hey!“, rief jemand, und beide wirbelten herum. Em sah einen Mann, der in der Tür seines Hauses stand und dann auf sie zukam.

Sie drehte sich um, steckte die Ruder in die Ringe und hielt sie fest. Cas löste das Tau und schmiss es beiseite.

Der Mann kam wutentbrannt über das Gras auf sie zu.

„Weg da“, Cas hüpfte ins Boot. Wie befohlen machte Em Platz und übergab die Ruder an Cas. Er lehnte sich zurück, begann zu rudern, und sie entfernten sich immer weiter vom Steg.

Der Mann stampfte über den Steg und schien tatsächlich in Erwägung zu ziehen, ins Wasser zu springen. Doch Cas ruderte schnell, gleichmäßig, und inzwischen waren sie ein ganzes Stück vom Steg entfernt.

„Tut mir leid!“, rief Cas dem Mann zu. Em presste die Lippen zusammen und versuchte mit aller Kraft, nicht zu lachen.

Als Cas ihre Miene sah, musste er ebenfalls lachen. „Was? Tut es wirklich."

„War das das erste Mal, dass du was geklaut hast?", fragte sie.

Er neigte den Kopf zur Seite und sah sie an. „Ja. Es sei denn, wir zählen die ganzen Feigentörtchen mit, die ich schon aus der Küche gemopst habe."

„Die gehören rein theoretisch dir, also zählen sie nicht."

Sein Lächeln wurde noch breiter, verschwand dann aber abrupt wieder. In Ems Hals machte sich wieder dieser Klumpen bemerkbar. Ein Augenblick mit dem alten Cas tat jetzt noch mehr weh, da sie wusste, dass er sie nie wieder so anlächeln würde wie früher.

„Was war das Erste, das du gestohlen hast?", fragte er.

Er lächelte zwar nicht mehr, aber es klang auch nicht, als wäre er auf Streit aus. Sein Blick war aufs Wasser gerichtet, während er beim Rudern vor und zurück wippte.

„Essen", antwortete Em nach kurzem Überlegen. „Ein paar Wochen nach dem Tod meines Vaters. Damian, Aren und ich waren nach Vallos geflohen, und keiner von uns konnte jagen. Ich war am Verhungern, und einer Frau lugten getrocknete Bohnen aus der Tasche. Die habe ich mir geschnappt, und dann gab es etwas zu essen."

„Hattest du ein schlechtes Gewissen?"

„Zu dem Zeitpunkt nicht. Da habe ich allgemein nicht viel mehr gefühlt, abgesehen von Wut. Wenn ich jetzt zurückdenke, frage ich mich, ob sie vielleicht auch ein paar Tage davon leben musste."

Er nickte, starrte dabei immer noch aufs Wasser. Sie wusste nicht, was sein Nicken zu bedeuten hatte, und er sagte auch nichts weiter, also hielt sie erst mal den Mund.

„Und du hast wirklich keine magischen Kräfte?“, fragte er.

Sie schüttelte den Kopf. „Nein.“

„Wollte deine Mutter, dass du ihr auf den Thron nachfolgst?“

„Nein, Olivia war die Nächste. Ich sollte ihre engste Vertraute werden.“ Sie strich mit den Fingern über das Wasser. „Das war in Ordnung für mich.“

„Wirklich?“ Er starrte ungläubig auf den Fluss.

„Ja. Sie ist noch mächtiger, als unsere Mutter es war. Mein Volk hätte mir nicht den Thron verweigern dürfen, nachdem Olivia entführt wurde, aber ich war nie dagegen, dass sie regieren sollte, wenn sie da gewesen wäre.“

„Es geht in der Thronfolge also nur um eure Kräfte?“ Er war skeptisch.

Em zuckte mit den Schultern. „Das ist nicht willkürlicher, als dass der Erstgeborene den Thron erbt.“

„Wahrscheinlich nicht.“ Zum ersten Mal während der Unterhaltung sah er sie an. „War deine Mutter enttäuscht?“

Em schüttelte den Kopf. „Nein. Sie dachte, ich habe andere Kräfte. Also, natürliche Kräfte, meine ich.“

„Wie das?“

„Sie hat immer gesagt, dass meine Stärke ist, rational und ruhig zu sein. Anderen Furcht einzuflößen, das ist auch eine Fähigkeit. Sie meinte, die habe ich von ihr geerbt. Offensichtlich hatte sie noch viel vor mit mir. Armeen anführen und als Spezialistin für Informationen arbeiten.“

„Spezialistin für Informationen?“, wiederholte Cas.

„Informationsbeschaffung von Leuten“, erklärte sie. Ihr wurde übel bei dem Gedanken, und sie drehte sich von ihm weg. Hätte ihre Mutter ihr überhaupt eine andere Wahl gelassen? Oder wäre das ihre Aufgabe gewesen, ob sie wollte oder nicht?

„Mein Vater hat immer gesagt, dass das Beschaffen von *Informationen* Wendas Spezialität ist", sagte Cas, dessen Stimme leicht verbittert klang.

Em starrte jetzt ebenfalls auf das Wasser und wünschte, er hätte sie nicht nach ihrer Mutter gefragt.

„Er berichtete, dass ihre Foltermethoden anders waren als alles, was er je gesehen hatte. Das war einer der Gründe für die Invasion."

„Hat er auch deswegen Olivia gefangen genommen?", fragte sie spitz.

„Vielleicht hatte er Angst, dass ihre Töchter genauso werden wie sie. Wenn man bedenkt, dass sie eine davon schon auf den Folter-Job vorbereitet hat." Er wurde lauter und ruderte automatisch schneller.

„Ich kann mir Schlimmeres vorstellen, als so zu werden wie meine Mutter!" In dem Moment, in dem sie die Worte gerufen hatte, bereute sie es schon. Aber in ihr kochte die Wut so heftig hoch, dass sie nicht anders konnte.

„Mir fällt eigentlich *nichts* Schlimmeres ein", konterte er. „Sie hat Leute aus Spaß gefoltert …"

„Dein Vater hat gerade einen meiner besten Freunde gefoltert!", fiel sie ihm ins Wort.

„Und deine Mutter hätte jeden Einzelnen in Lera gefoltert, hätte sie die Chance gehabt!"

„Aber die Chance wurde ihr genommen, oder?", rief Em.

„Und das ist vielleicht keine schlechte Sache", antwortete Cas ernst.

„Schön. Rede bitte weiter darüber, wie toll es ist, dass meine Mutter tot ist."

„Ehrlich? Willst du mir etwa weismachen, dass du nicht glücklich darüber bist, dass mein Vater tot ist?"

Sie kniff ihre Lippen zusammen. Erwischt. Lera und auch die anderen Königreiche waren ohne ihn besser dran.

Eventuell konnte sie sogar nachvollziehen, wieso Cas ganz ähnlich über ihre Mutter dachte.

„Vielleicht sollten wir uns einfach einigen, dass unserer beider Eltern schreckliche Menschen waren", sagte Cas trocken.

Em brach in Gelächter aus. Cas sah sie verwundert an, und da kam noch eine Welle hysterischen Lachens über sie. Sie beugte sich über ihre Knie. Ihr Lachen hallte über den Fluss, und sie hielt sich die Hand vor den Mund.

Sie erhaschte einen Blick auf Cas' ernste Miene und wusste in dem Moment, dass aus dem Lachen bald Tränen werden würden. Ihre Versuche, die Tränen zu unterdrücken und sie weiter runterzuschlucken, waren erfolglos. Die Tränen liefen ihre Wangen hinab, und sie drückte ihre Stirn gegen ihre Knie, um es zu verdecken.

„*Weinst* du?", fragte Cas, als hätte er noch nie jemanden weinen sehen.

Sie wollte es nicht zugeben, schwieg und versuchte, ihre Schultern ruhig zu halten.

„Du hast mich angelogen, wolltest mein Königreich zerstören, hast praktisch meinen Vater umgebracht, und jetzt *weinst* du?"

Em schniefte. Das Boot wackelte ein wenig, und sie blickte vorsichtig nach oben. Cas hielt die Ruder hoch und schaute sich um.

„Ich … Ich kann nirgendwohin", sagte er. „Ich sitze hier auf dem Boot fest und muss dir beim Weinen zusehen."

Sie klammerte sich an ihre Beine und versuchte, sich zusammenzureißen.

„Die letzten Tage waren hart", murmelte sie.

Ein paar Sekunden antwortete er nicht, und als er dann schließlich sprach, klang seine Stimme ruhig und sanft. „Waren sie wirklich."

Em wurde von Cas geweckt, der ihren Namen rief.

Blitzartig wachte sie auf, aber sie war noch etwas benommen und ihr Körper verspannt. Sie hatte fest geschlafen und brauchte eine Weile, um richtig wach zu werden.

Dann bemerkte sie, dass sie sehr, sehr schnell über den Fluss fuhren.

Und was war das für ein Lärm?

Sie drehte sich um und kniff die Augen in der ersten Morgensonne zusammen. Ein Wasserfall. Es war noch etwas zu dämmrig, um ihn zu sehen, aber der Geschwindigkeit nach bewegten sie sich mit rasender Geschwindigkeit auf ihn zu.

Cas griff nach ihrer Hand; das Boot wippte gefährlich zur Seite. „Runter vom Boot!", schrie er. „Wir kentern."

Sein Satz endete mit einem Schnappen nach Luft, als das Boot umkippte.

Em verlor seine Hand, und beide wurden vom Wasser verschluckt.

33. KAPITEL

Cas tauchte nach Luft ringend wieder auf. Am ganzen Körper spürte er das Brennen von seinem Aufprall auf dem Wasser, aber er war glücklicherweise gegen nichts gestoßen.

Allerdings konnte man das nicht vom Boot behaupten. Holzteile davon kamen nach und nach an die Oberfläche.

Em war nirgends zu sehen.

„Em?“ Er drehte sich im Wasser herum und versuchte verzweifelt, in der Dunkelheit etwas zu erkennen. „Em!“

Er sah nichts. Seine Brust schnürte sich zu. Panik stieg in ihm hoch. Was, wenn er sie jetzt verlor? Was, wenn er sie nach allem, was sie durchgemacht hatten, jetzt wegen eines dämlichen Wasserfalls verlor?

„*Cas!*“ Ihr Schrei kam von hinten. Cas drehte um und schwamm so schnell er konnte in die Richtung.

Er hörte ihr Atmen, noch bevor er sie sehen konnte. Ihr Kopf hielt sich gerade so über der Wasseroberfläche. Sie holte tief Luft und verschwand dann wieder. Nach ein paar Sekunden tauchte sie erneut auf.

Er griff unter Wasser nach ihr und versuchte, sie hochzuziehen, aber sie bewegte sich nicht.

„Er … hängt fest“, japste sie, während sie versuchte, sich über Wasser zu halten. „Mein Fuß hängt fest.“

„Welcher Fuß?“

„Der linke.“ Sie tauchte wieder ab und spuckte Wasser, als sie nach kurzer Zeit wiederauftauchte.

Cas holte tief Luft und ging unter Wasser. Da war es zu dunkel, um irgendetwas zu sehen, also musste er sich an ihrem Bein nach unten tasten. Um ihren Fuß war etwas Schleimiges gewickelt, an dem er zog, aber es löste sich nicht.

Seine Lunge fing an zu brennen. Kurz schwamm er wieder an die Oberfläche und holte noch mal tief Luft. „Ich habe es gleich“, sagte er. „Versuch stillzuhalten.“

Sie nickte, und er tauchte wieder runter und hangelte sich an ihrem Bein nach unten. Er zog so fest er konnte an der Alge, und endlich löste sie sich von Ems Bein.

Cas schwamm wieder hoch, die Hände an Ems Hüfte. Sie zitterte und klammerte sich sofort an ihn, die Arme um seinen Hals geschlungen.

Einen Arm legte er um sie, während er sie beide mit dem anderen oben hielt. „Ist schon gut“, redete er sanft auf sie ein.

„Danke“, sagte sie und ließ ihren Kopf auf seine Schulter sinken.

„Gern geschehen.“

Für einen Moment war alles, was man hörte, Ems Atmen und das rauschende Wasser. Dann fiel Cas ein, dass er sie nicht hätte retten sollen. Hätte er richtig nachgedacht, wäre ihm vielleicht klar geworden, dass er sie hassen sollte. Er müsste für ihre Hinrichtung sorgen, ihr nicht das Leben retten.

Der letzte Gedanke traf ihn wie ein Schlag ins Gesicht, und sein Magen drehte sich um. Würde er sie wirklich hinrichten lassen? Zusehen, wie ein Soldat ihr den Kopf abschlug, so wie sein Vater es bei Damian getan hatte?

Nein war seine sofortige Antwort. Er räusperte sich und versuchte, vernünftig zu bleiben. Würde sie vor ihm stehen und nach dem Lera-Gesetz verurteilt werden, müsste sie auf jeden Fall hingerichtet werden. Es gab keine andere Möglichkeit.

Dennoch konnte er sich nicht vorstellen, die Anordnung zu geben.

Er drückte sie an sich. Er würde sie noch mal retten und noch mal, egal, wie wütend er auf sie war.

„Kannst du schwimmen?“, fragte er leise.

Em nickte. Seine Finger strichen unter Wasser leicht über ihren Arm, als sie sich von ihm löste. Langsam schwamm sie los, aber Cas blieb an ihrer Seite, bis sie am Ufer ankamen. Als er aus dem Wasser stieg, stellte er erleichtert fest, dass sein Schwert noch an seinem Gürtel hing.

Sie stieg ebenfalls aus dem Wasser. Das nasse Kleid klebte an jeder Kurve ihres Körpers. Cas versuchte, nicht hinzusehen, konnte sich aber kaum auf etwas anderes konzentrieren. Sie drehte sich, und ihr Blick begegnete seinem. Irgendetwas in seinem Gesicht musste ihn verraten haben, denn ihre Wangen liefen sofort rot an.

So würde sie ihn nicht ansehen, wenn sie nichts für ihn empfand. Da war er sich fast sicher, trotzdem brachte der winzige Funken Zweifel ihn fast zum Schreien.

„Ich glaube, ich muss mich einen Moment ausruhen.“ Unbeholfen plumpste sie auf den Boden.

Seine Wut verschwand genauso schnell, wie sie gekommen war, und hinterließ nichts als den Schmerz in seiner Brust.

„Ich gucke mal, ob ich in der Nähe etwas Obst finde.“ Er drehte sich abrupt um, damit er sie nicht mehr ansehen musste. War er denn wirklich so erbärmlich? Hegte er tatsächlich noch Gefühle für sie, nach allem, was sie getan hatte?

Ja. Definitiv ja.

Mit ein paar runden gelben Früchten kehrte Cas aus dem Dschungel zurück. Seine Wangen und die Nase waren etwas gerötet von der Sonne, und das ließ ihn nur noch süßer aussehen, sofern das überhaupt möglich war. Außerdem hatte er sein Hemd ausgezogen und es sich über die Schulter gehängt. Em ertappte sich dabei, wie sie einen einzelnen Wassertropfen verfolgte, der von seinem Hals über seine Brust rann. Sie beobachtete, wie der Tropfen auf seiner Haut nach unten glitt und zwischen seinen Bauchmuskeln verschwand. Nie im Leben hatte sie ein solches Verlangen verspürt, ein Wassertropfen zu sein.

Mit dem Schwert schnitt er eine der Früchte auf und reichte sie ihr. Schweigend löffelten sie mit den Fingern das süße Fruchtfleisch aus der Schale.

Er bemerkte, dass sie ihn anstarrte, und sie schaute schnell wieder weg. Er verhielt sich nicht mehr so, als hasste er sie, und das machte es fast noch schlimmer. Wenn er sie anfunkelte, als wäre sie sein größter Feind, war es einfacher, ihn nicht anzusehen oder davon zu träumen, in seinen Armen zu liegen.

„Können wir wieder weiter?“, fragte sie und stand auf. Ihr Kleid war immer noch nass, aber das war im warmen Dschungel eine angenehme Abkühlung, sodass es ihr nichts ausmachte, dass die Sonne immer höher stieg. Cas zog sich sein Hemd wieder an, das aber durch das Wasser sowieso fast durchsichtig geworden war und nicht viel verbarg.

Sie trotteten los. Hunger und Erschöpfung machten Em schwerfällig, und sie ging langsamer als am Tag zuvor. Cas schien aber auch nicht viel schneller gehen zu wollen. Er blieb an ihrer Seite, den Blick auf den Boden gerichtet.

Die Sonne stieg immer höher. Em ertappte Cas immer wieder dabei, wie er sie ansah. Sie merkte, dass er über irgendetwas nachdachte, nach den richtigen Worten suchte, und so wartete sie geduldig.

Schließlich machte er den Mund auf und fragte sie leise: „Wieso sahst du bei der Hochzeit so verängstigt aus?“

Ihre Überraschung ließ sich nicht verbergen. „Was?“

„Bei unserer Hochzeit. Du warst ängstlich. Ich dachte, es wäre, weil Mary mich nicht kannte, weil sie nervös war, einen

Fremden zu heiraten. Aber du hattest das alles geplant. Wieso warst du so nervös?“

Instinktiv griff sie nach ihrer Kette. „Ich habe auch einen Fremden geheiratet, selbst wenn ich alles geplant hatte. Ich wusste nicht, was ich sagen oder tun sollte. Ich hatte Angst vor der Hochzeitsnacht, weil ich noch nie …“

„Oh.“

„Übrigens danke dafür. Es war lieb, dass du nicht einfach davon ausgegangen bist, dass ich gleich mit dir schlafen will.“

„Für mich warst du auch fremd. Ich habe mich ebenfalls nicht gerade darauf gefreut, mein erstes Mal zu haben, weil meine Eltern es so wollten.“

Ein Lächeln zupfte an ihren Lippen. „Verständlich.“

„Hast du jemals darüber nachgedacht, mir zu sagen, wer du wirklich bist?“, fragte er. „Wir haben öfter über die Ruined gesprochen. Du wusstest, dass ich eine andere Meinung als mein Vater habe. Hast du mal überlegt, was ich tun würde, wenn du es mir gesagt hättest?“

„Täglich“, antwortete sie sofort leise. „Erst recht, nachdem du Damian retten wolltest. Da habe ich mich gefragt, wie du wohl reagieren würdest.“

„Aber du hast nichts gesagt.“

„Nein.“ Sie zögerte. „Was hättest du denn getan?“

Er knackte mit den Knöcheln. „Ich weiß es nicht. Vielleicht hätte ich dir trotzdem zugehört.“ Er schüttelte den Kopf. „Vielleicht auch nicht. Ich wurde wirklich wütend, als meine Mutter mir das Bild gezeigt hat. Aber es wäre vielleicht anders gewesen, wenn ich es von dir erfahren hätte.“

„Es tut mir leid, Cas.“ Sie klang angespannt, und er konnte einfach nicht anders, als ihre Worte ernst zu nehmen. „Es wird mir mein ganzes Leben lang leidtun, was ich dir angetan habe.“

„Und als ich …?“ Er verstummte, bevor er die Frage beendete.

„Als du was?“

Er räusperte sich. „Nichts.“

„Du kannst mich alles fragen, Cas. Ich antworte dir ehrlich.“

Er stieß ein leeres Lachen aus und trat einen Stein aus dem Weg. „Ehrlich also?“

Sie musste schlucken und sah zu, wie der Stein über den Boden schoss. Das hatte sie verdient, aber dennoch wollte sie ihm ins Gesicht brüllen, dass sie in vielem aufrichtig mit ihm war.

Er vergrub seine Hände in den Taschen und zog die Augenbrauen zusammen. Dann packte er sie am Arm, und beide blieben stehen.

„Habe ich dir überhaupt irgendetwas bedeutet? Du hast so getan, als wäre es so, und dann hast du mich einfach zurückgelassen, zum Sterben.“ Seine Stimme zitterte. „Du hast nicht mal versucht, mich zu warnen.“

Sie öffnete den Mund, brachte aber nichts als ein seltsames Geräusch zustande. Natürlich hatte er recht.

„Oder bin ich ein Idiot, weil ich dachte, dass du tatsächlich Gefühle für mich hast?“, fragte er weiter, bevor sie etwas sagen konnte.

„Du bist …“

„Hast du nur so getan, als würdest du mich mögen, weil das …“

„Natürlich habe ich nicht nur so getan!“ Die Worte sprudelten aus ihr heraus, bevor sie etwas dagegen tun konnte. Ihre Wangen fingen an zu glühen.

Cas’ Mund stand offen. Er wollte etwas erwidern, aber dann schloss er seinen Mund wieder.

Em räusperte sich erneut. Sie hatte sich jetzt schon schrecklich blamiert, dann konnte sie es auch ruhig zu Ende bringen. „Ich hatte mir fest vorgenommen, dich zu ignorieren, aber es stellte sich heraus, dass du nicht einfach zu ignorieren bist. Ich habe nie vorgespielt, etwas für dich zu empfinden, Cas. Das war alles echt und definitiv nicht Teil des Plans. Ich hätte …" Ein Kloß hatte sich in ihrem Hals gebildet. Sie schluckte, und ihre Stimme war wackelig. „Ich hätte dich warnen sollen. Ich hätte dir vertrauen sollen. Es tut mir leid."

Er stand nur regungslos da und starrte sie an. Sie war entweder erleichtert, es endlich los zu sein, oder hoffte, dass der Boden unter ihr aufbrach und sie darin verschwand. Letzteres schien ihr besonders verlockend.

Dann streckte er den Arm nach ihr aus, packte sie an der Hüfte und zog sie zu sich. Sie stieß gegen seine Brust, und er sah sie voller Verlangen an, bevor er sich zu ihr beugte. Sie hielt sich an seinem Hemd fest und stellte sich auf die Zehenspitzen.

Er küsste sie, als bestünde die Gefahr, sie zu verlieren. Heiß und hartnäckig drückten sich seine Lippen auf ihre, und mit der Hand presste er ihren Körper an seinen. Sie grub die Finger in sein Haar, und es fühlte sich an, als würde sie vollkommen mit ihm verschmelzen, ohne Hoffnung, dass es je wieder aufhörte. Selbst als er sie losließ, blieb ein Teil von ihr bei ihm und kam nie wieder zu ihr zurück.

Sie ließ ihre Hand nach unten wandern, zog sein Hemd hoch und strich über seine warme Haut. Er rang nach Luft, und ein angenehmer Schauer lief ihm über den Rücken. Sie glitt mit dem Daumen seine Wirbelsäule entlang und hoffte noch hundertmal auf die gleiche Reaktion. Sie wollte für den Rest ihres Lebens spüren, wie sein Körper auf ihre Berührung reagiert.

Sie verlor sich so lange in seinem Kuss, dass ihr etwas schwindelig war, als er seinen Kopf wieder zurückzog.

„Ich weiß nicht, ob das richtig …", fing er an.

Aber sie wollte das Ende nicht hören und unterbrach ihn mit einem weiteren Kuss. Sie legte ihre Hände an seine Wangen und strich über die Bartstoppeln an seinem Kinn, dann weiter nach unten an seinem Hals entlang bis zu seiner Brust. Sie wollte sich einprägen, wie er sich anfühlte.

Er drückte sie so fest an sich, dass sie fast vom Boden abhob. Ihre Lippen lösten sich voneinander, aber er ließ sie nicht los. Er lehnte seine Stirn an ihre und fing leise an zu sprechen. „Versprich mir, dass das nicht Teil des Plans war."

„Versprochen", flüsterte sie zurück. „Ich habe so sehr versucht, mich nicht in dich zu verlieben, und habe dabei so kläglich versagt."

Er lächelte sein schiefes Lächeln und strich ihr eine Haarsträhne aus dem Gesicht, bevor er sich wieder zu ihr beugte, um sie zu küssen. Diesmal war es ein langsamer Kuss, er ließ seine Lippen für einen Moment vor ihren verweilen, sodass sein Atem sie kitzelte. Sie ließ sich in seinen Armen fallen und vergaß, wo sie war und was sie tun musste.

Nachdem sie sich endlich trennten, hatte sie seine Haare zerzaust, und seine Lippen waren rot. Sie konnte sich vorstellen, dass sie selbst nicht viel anders aussah.

„Ich sollte wütend sein, dass du mit Olso einen Krieg angezettelt hast", sagte er atemlos. „Oder dass mein Vater gestorben ist wegen deines Plans. Aber am meisten war ich wütend, weil du mir vorgespielt hast, Gefühle für mich zu haben." Er schüttelte den Kopf und musste kurz lachen. „Wie dumm ist das denn, bitte?!"

Sie lächelte und biss sich auf die Unterlippe, um nicht zu

breit grinsen zu müssen. „Du unterschätzt dich, wenn du denkst, irgendeine Frau müsste vorspielen, Gefühle für dich zu haben."

Er grinste und wurde rot. Aber das Lächeln verschwand fast so schnell, wie es gekommen war, und Em wusste genau, woran er dachte. Es machte keinen Unterschied, was sie füreinander empfanden. Eine Welt, in der Leras König mit einer Flores zusammen sein konnte, existierte nicht, selbst wenn sie sein Königreich nicht zerstört hätte.

„Ich hatte Angst, dir die Wahrheit zu sagen", murmelte sie. „Ich weiß, dass das keine Entschuldigung ist, aber ein kleiner Teil von mir machte sich Sorgen, dass du sofort jemanden schickst, der Olivia verschleppt oder umbringt, wenn ich dir etwas von dem Angriff erzähle. Ich wollte, dass sie dich verschonen, aber du hast ja gesehen, wie die Krieger sind. Sie hören nicht wirklich auf mich."

Langsam nickte er. „Wenn wir in Fort Victorra ankommen, kannst du deine Schwester haben. Ich lasse sie frei. Dann möchte ich, dass ihr so schnell wie möglich abhaut."

Dankbarkeit breitete sich in ihr aus, und sie musste ihre Tränen unterdrücken. „Danke, Cas."

„Du musst dich wahrscheinlich verstecken, wenn wir ankommen. Sollten meine Mutter oder Jovita dich sehen, glaube ich nicht, dass mir irgendein Grund einfällt, weshalb du nicht bestraft werden sollst." Er zuckte zusammen, als hätte er plötzlich Schmerzen. „Ich kann deine Hinrichtung nicht anordnen. Ich denke nicht mal, dass du das verdient hättest, und ich würde nie darüber hinwegkommen."

„Danke", flüsterte sie noch mal.

„Ich werde meine Berater davon überzeugen, dass sie sich nicht auf dich konzentrieren sollen, sondern lieber auf die

Krieger aus Olso – vorausgesetzt, die bringen mich nicht vorher um. Ich denke, damit sind wir dann eine Zeit lang beschäftigt." Sein Blick wurde ernst. „Wenn du versprichst, Lera nicht noch mal anzugreifen."

„Wenn du versprichst, keine Ruined zu töten, nur weil sie ihre Kräfte benutzen."

„Einverstanden."

„Einverstanden." Sie wollte lächeln, aber die Erleichterung wurde schnell von der Tatsache überdeckt, dass sie sich dann wahrscheinlich nie wiedersehen würden. Sein Blick verriet, dass er das Gleiche dachte, und schnell streckte sie ihre Hand nach seiner aus.

Als es an diesem Abend um sie herum dunkel wurde, waren Ems Lider schwer, und ihre Knochen taten weh. Sie schlug vor, dass sie sich diese Nacht ausruhen sollten, und Cas war einverstanden. Sie setzten sich auf den Boden, an einen großen Baumstamm gelehnt, und sofort zog Cas sie an sich. Gleichzeitig flammte etwas in Ems Innerem auf, und die Erschöpfung, die sie vor ein paar Sekunden noch gespürt hatte, war verflogen.

„Lass dir nicht deinen dir zustehenden Platz als Königin nehmen", flüsterte Cas, dessen Kinn auf ihrem Kopf ruhte.

„Was?" Sie legte ihm eine Hand auf die Brust.

„Du solltest die Königin der Ruined sein, ob du jetzt Kräfte hast oder nicht. Vielleicht gerade, weil du keine hast. Die größte Schwäche deiner Mutter war, dass sie sich zu sehr auf ihre Kräfte verlassen hat. Du hast bewiesen, dass du keine Magie brauchst, um deine Feinde zu besiegen. Sie sollten dich feiern und nicht lästern, dass du unbegabt bist."

„So ein Kompliment, und das von einem meiner ‚Feinde'."

„Du kannst ihnen ja erzählen, dass ich es gesagt habe. Oder auch nicht, wenn du denkst, das wäre kontraproduktiv." Sie lächelte. Er schob eine Hand in ihren Nacken und neigte den Kopf, um sie zu küssen. Ihr Körper reagierte unmittelbar, bewegte sich praktisch ohne ihr Zutun, und plötzlich fand sie sich rittlings auf seinem Schoß wieder, mit den Beinen zu seinen Seiten.

Seine Finger hinterließen eine brennende Spur an ihrem Hals. Ihre Lippen verschmolzen mit seinen, sie musste sich an seiner Schulter festhalten, um aufrecht zu bleiben, aber es war hoffnungslos.

Er flüsterte ihren Namen, „Em", und küsste sie wieder. In dem Moment war sie erleichtert, dass sie sich vorher nie wirklich geküsst hatten. Zerrissen hätte es sie, wenn er dabei Marys Namen gesagt hätte. Und sie sich die quälende Frage hätte stellen müssen, ob er sie auch küssen würde, wenn er wüsste, wer sie wirklich war.

Sie vergrub ihre Finger in seinem Haar und wurde mit einem zustimmenden Stöhnen belohnt. Cas setzte sich gerader hin, ließ aber eine Hand auf ihrem Rücken, damit sie auf seinem Schoß sitzen blieb. Sie dachte, näher könnte sie ihm nicht sein, aber er presste sie fester an sich, bis sie sein Herz direkt an ihrem schlagen fühlte. Wenn er sie in diesem Augenblick gebeten hätte, mit ihm wegzulaufen, sich gemeinsam vor allen anderen zu verstecken, dann hätte sie mit Sicherheit Ja gesagt.

Er berührte sanft ihr Knie, und sie krallte sich noch fester in sein Haar. Er schob ihr Kleid hoch, wobei seine Finger überall auf ihrer Haut Funken zu entfachen schienen. Jeden Moment würde einer dieser Funken sich ausbreiten, und sie würde von den Flammen eingenommen werden, da war sie sich sicher. Aber nichts konnte sie davon abhalten, ihn zu küssen.

Seine Hand verschwand von ihrem Oberschenkel und wanderte wieder zu ihrem Kleid, auf der Suche nach Knöpfen. Diesmal waren es sehr viel weniger als beim letzten Mal. Schnell hatte er die drei obersten geöffnet, und der Stoff rutschte über ihre Schultern.

Seine Finger drückten sich in ihre nackte Haut, so, als stünde er kurz davor, die Kontrolle zu verlieren. Genau wie sie.

Plötzlich hielt er inne, eine Sekunde später hörte auch sie das Geräusch. Pferde.

Em lehnte sich zurück, und seine Hände verschwanden aus ihrem Rücken. Seine Berührung klang noch in ihrem Körper nach, und sie brauchte einen Moment, um sich auf etwas anderes konzentrieren zu können.

In einiger Entfernung sah man eine Gruppe von Olso-Kriegern und einen Wagen. Sie schienen nicht die Gegend auszukundschaften, aber was auch immer im Wagen war, wurde gut bewacht.

„Es ist ein Wagen", sagte sie leise zu Cas. „Ist das der, in dem du warst?"

Er bewegte sich unter ihr, und sie rutschte von ihm weg, damit er auch etwas sehen konnte. Er versuchte, in der Dunkelheit etwas zu erkennen, dann lehnte er sich wieder an den Baum. „Das ist er."

Em richtete ihr Oberteil, woraufhin Cas ihr lächelnd ein Zeichen gab, dass sie sich umdrehen möge. Er knöpfte ihr Kleid wieder zu und küsste sie kurz auf die Schulter, nachdem er fertig war.

„Ein Glück waren sie nicht näher dran", sagte Em mit einem Anflug von Belustigung. Sie drehte sich wieder um und setzte sich neben ihn. „Wir hätten sie gar nicht kommen hören.“ Fünf oder sechs bewaffnete Krieger gegen Cas und sie? Das wäre ihr sicherer Tod gewesen.

„Ich kann mir schlimmere Arten vorstellen zu sterben.“ Er warf einen Blick zum Weg. „Ich wünschte, ich könnte ihnen helfen.“

„Es sind zu viele. Hätten wir Aren hier, vielleicht, aber ohne ihn …“

„Ich weiß“, sagte er leise. „Ich fühle mich nur so hilflos. Ich bin theoretisch der König und habe mich noch nie so nutzlos gefühlt.“

Sie nahm seine Hand und führte sie zu ihrem Mund. „Das wird sich wieder ändern. Wenn ich dir irgendwie helfen kann, tue ich das wirklich gern, weißt du.“

Er löste seine Hand aus ihrer, zog Em an sich und gab ihr einen Kuss auf die Stirn. „Ich weiß, Em.“

34. KAPITEL

Drei Schritte trennten Cas und Em. Wenn drei Schritte schon zu viele waren, was sollte er dann erst machen, wenn es Tausende sind?

Er ging zu ihr und strich über ihre Hand. Sie lächelte ihm zu, stieg über ein paar Blätter, und für einen Moment ließ sie ihre Finger zwischen seine gleiten.

Den Großteil des Tages gingen sie in Richtung der Berge, aber mit jedem Schritt sank Cas' Herz ein Stück tiefer. Wenn sie ankamen, würde er zwar endlich erfahren, wie es Jovita und seiner Mutter ging, und wahrscheinlich auch, was Galo widerfahren war. Doch er würde Em verlieren.

In Gedanken suchte er immer wieder nach einem Szenario, in dem sie beide zusammenbleiben könnten, in dem er seine Mutter und die Berater überzeugen konnte, dass sie nicht die Feindin war.

Ich weiß, sie hat uns alle hintergangen und ist mitverantwortlich für den Angriff auf das Schloss, aber sie ist nicht so schlimm, wie du denkst, versprochen, Mutter! Er konnte ihr Gesicht förmlich vor sich sehen. Wahrscheinlich würde sie ihm eine scheuern.

Er würde es ihr nicht verübeln. Er wusste ja, dass er den Verstand verloren hatte, dass seine Gefühle für Em jeglichen rationalen Gedanken überdeckten.

Dennoch … sie hatte auch gute Argumente. Die Entscheidungen, die sein Vater und dessen Berater getroffen hatten, waren nicht perfekt. In manchen Fällen sogar grauenvoll. Sein Vater selbst schien immer überzeugt davon, das Beste für Lera zu tun, und Cas wünschte, er hätte sich schon früher mit eingebracht. Er wünschte, er hätte öfter das ehrliche Gespräch mit seinem Vater gesucht, so wie gestern mit Em.

Er blickte zu ihr rüber. Sein Körper wollte schon wieder zu ihr, ihr nahe sein, sie berühren.

„Es ist wohl am besten, wenn du denen nicht erzählst, dass wir zusammen gereist sind“, sagte sie.

„Wohl wahr“, stimmte er leise zu. „Ich sage, ich wäre allein unterwegs gewesen.“

„Dann sind bestimmt alle sehr beeindruckt. Vielleicht heißt es dann sogar, dass du gut aussehend *und* hart im Nehmen bist.“

„Das will ich aber schwer hoffen.“

Das Lächeln auf ihrem Gesicht verschwand. Sie senkte den Blick und wurde langsamer. „Du wirst mir fehlen, Cas.“

Diesmal waren es nur zwei Schritte. Er machte einen großen daraus und zog sie an sich. Immer wenn er das tat und die Arme um sie legte, schnappte sie kurz nach Luft, was es ihm unmöglich machte, sie nicht zu küssen. Er beugte sich zu ihr runter und drückte seine Lippen auf ihre. Dann ließ er seine Hände an ihrem Rücken entlanggleiten, ihren Körper erkunden, und für einen Moment redete er sich ein, dass er sie nie wieder loslassen musste.

Er wünschte sich, dass er sie schon neulich geküsst hätte, während sie zusammen in seinem Bett lagen. Als er sie die ganze Nacht lang hätte küssen und berühren können und sich das Gefühl von ihren Lippen auf seinen einprägen. Doch da dachte er ja noch, er hätte alle Zeit der Welt, und jetzt dachte er verzweifelt an all die Augenblicke mit ihr zurück, die er verschwendet hatte.

„Du mir auch“, murmelte er, als sie sich voneinander lösten. „Mehr, als du dir vorstellen kannst.“

Sie schüttelte den Kopf, wobei ihre Lippen sanft über seine strichen. „Doch, kann ich.“

Wenn sie ihn so anschaute wie in diesem Moment, war es unmöglich zu glauben, ihre Gefühle wären nur vorgespielt oder Teil eines Plans. Sie sah ihn an, als wollte sie nie wieder losgelassen werden, aber gleichzeitig so, als würde sie gleich anfangen zu weinen. Als wäre sie hoffnungslos und unwiderruflich traurig. Er erkannte in ihrem Blick auch Schuldgefühle, und ein schlimmer Teil von ihm fand es gut, dass sie sich schuldig fühlte. Vollständig vergeben hatte er ihr noch nicht, und das verlangte sie auch gar nicht von ihm. Sie wusste vermutlich, dass das eine Bitte wäre, die er unmöglich erfüllen konnte. Er *wollte* ihr vergeben und seinem Vater – und sich selbst, wenn er schon dabei war –, aber die Enttäuschung zog immer noch schwer an seinem Herzen. Zu versuchen, sie dort herauszureißen, schien keine Option zu sein; er ließ lieber zu, dass sie sich langsam auflöste, bis der Schmerz ertragbar wurde. Immer wenn er Em anblickte, spürte er, wie ein Teil dieser Enttäuschung wegschmolz.

Widerwillig ließ er sie los. Er wollte sie bitten, noch zu warten, noch eine Nacht mit ihm unter den Sternen zu verbringen, aber das wäre egoistisch. Keiner von beiden konnte sich den Aufschub leisten, also verkniff er sich die Worte.

Schweigend liefen sie weiter, wobei jeder von ihnen immer mal wieder nach der Hand des anderen griff, damit sie sich zumindest eine Weile aneinander festhalten konnten.

Durch die Bäume drangen Stimmen zu ihnen. Sofort blieben Cas und Em stehen. Cas konnte nicht richtig verstehen, was die Stimmen sagten, da sie leise sprachen, aber weit weg waren sie nicht.

Em schlich weiter, er folgte ihr, eine Hand auf ihrem Rücken.

Verschwommen konnten sie graue und blaue Farbkleckse

ausmachen. Cas' Herz machte einen Sprung, sank aber sofort wieder schwer nach unten.

Soldaten aus Lera.

„Du solltest hingehen", flüsterte Em ihm zu.

Er versuchte, den Kloß in seinem Hals herunterzuschlucken. Sie nahm seine Hand.

„Du wirst der beste König, den Lera je hatte." Sie blinzelte ein paar Tränen weg.

Er zog sie an ihrer Hand zu sich, bis Ems Gesicht an seinem Hals ruhte. „Da bin ich mir nicht so sicher", murmelte er.

„Ich schon."

Er drückte sie so fest er konnte an sich und küsste sie auf die Stirn. „Wenn ich deine Schwester finde, stelle ich sicher, dass sie freigelassen wird. Behalte die Hütte im Auge, wenn du ankommst. Ich schicke sie vorn raus und direkt in den Dschungel. Da kannst du sie treffen."

„Danke." Etwas zittrig lächelte sie ihn an, als er sich von ihr löste.

Er presste seine Lippen auf ihre, nur für ein paar kurze Sekunden, da er Angst hatte, dass er sonst ihre Hand packen und mit ihr weglaufen würde.

Er warf noch einen Blick über seine Schulter zurück, aber mehr als das schaffte er nicht. Er wusste nicht, ob sie ihm nachschaute oder sich umdrehte und wegging.

Cas duckte sich unter einem Ast durch, und sobald seine Schritte durch den Wald zu hören waren, verstummten die Stimmen schlagartig. Hinter einem Baum trat plötzlich ein Mann in grau-blauer Uniform hervor, in einer Hand ein Schwert und in der anderen einen Dolch.

Galo. Beim Anblick seines Freundes musste Cas die Tränen unterdrücken, er hatte mit dem Schlimmsten gerechnet.

Schockiert starrte Galo ihn an. „Cas?", sagte er leise, immer noch die Umgebung im Blick.

Die anderen Wachen kamen jetzt ebenfalls aus ihren Verstecken und sahen ihn ungläubig an.

Cas hob die Arme, da einer der Soldaten noch mit einem Pfeil auf ihn zielte. Hastig senkte der Mann den Bogen und zog eine verlegene Grimasse.

„Was machst du ... wie bist du ..." Galo kam auf ihn zu. Er schien ihn umarmen zu wollen, es sich dann aber anders zu überlegen. „Geht es Euch gut, Eure Hoheit?"

Cas machte einen Schritt nach vorn und umarmte Galo. „Ich dachte, du wärst tot."

Galo sah aus, als würde er jeden Moment weinen, als Cas ihn losließ. „Wir haben mit dem Gleichen gerechnet, Eure Hoheit."

„Hör auf, mich so zu nennen."

„Entschuldigung." Galo musterte ihn. „Bist du verletzt?"

„Meine Schulter wurde noch mal verletzt, aber mir geht's gut. Hat meine Mutter es nach draußen geschafft?"

Galo zeigte hinter sich. Cas' Blick folgte ihm zu zwei Wachen auf Pferden, die ihre Mützen weit über die Stirn gezogen hatten.

Einer der beiden sah hoch, und Cas' Herz machte einen Aussetzer. Seine Mutter.

Sie stieg vom Pferd, rannte zu ihm und warf ihn fast um, als sie ihre Arme um ihn schlang.

„Ich wusste, dass du noch am Leben bist", sagte sie in Tränen aufgelöst. „Ich habe allen gesagt, dass du entkommen bist." Sie ließ ihn los, hielt ihn von sich weg und studierte seine Kleidung. „Wieso trägst du ein Hemd des Personals?"

„Ein paar der Bediensteten haben mir bei der Flucht geholfen."

Jovita, die auf dem anderen Pferd saß, stieg ebenfalls ab und umarmte Cas kurz. „Freut mich, dass es dir gut geht“, sagte sie.

„Klar doch.“ Cas lachte. Sie lächelte verkrampft und sah ihm nicht direkt in die Augen. Vielleicht war seine Cousine nicht ganz so traurig über sein Verschwinden und ihren direkten Weg zum Thron gewesen.

„Komm“, fuhr seine Mutter fort. „Wir müssen weiter. Auf dem Weg kannst du erzählen, wie du entkommen bist.“

„Ist Fort Victorra noch unter unserer Kontrolle?“, fragte Cas.

„Ja“, antwortete seine Mutter. „Wir haben einen Wachmann vorgeschickt, er sagt, es ist alles sicher, und sie bereiten sich auf den Angriff vor. Wir haben auch Soldaten zur Grenze zu Vallos geschickt. Wir wollen die Krieger vorerst möglichst im Norden beschäftigt halten.“

„Und Olivia?“, fragte er weiter nach.

„Um sie kümmern wir uns, wenn wir ankommen. Ich habe noch niemandem befohlen, sie umzubringen. Ich dachte, es gibt wichtigere Dinge.“

Es erschreckte ihn, wie beiläufig sie über den Tod von Ems Schwester sprach. Aber sie mussten auf jeden Fall nach Fort Victorra, wo sie in Sicherheit waren, und sich auf den Angriff vorbereiten. Damit hatten seine Mutter und Jovita recht.

„Sind ein paar Krieger mit einem Wagen an euch vorbeigekommen?“, wollte er wissen. „Ich habe sie gestern Abend gesehen.“

„Einer unserer Späher hat einen Wagen entdeckt“, erwiderte Galo. „Er ist vor uns.“

„In dem Wagen sind viele unserer Bediensteten und auch ein paar Wachen“, erklärte Cas. „Eine Zeit lang war ich auch da drin. Gestern waren nur fünf Krieger dabei, die den Wagen bewacht haben."

„Sechs, soweit wir wissen", korrigierte ihn Galo.

Cas sah sich um und zählte nach. Acht Wachen waren zu sehen, dazu seine Mutter und Jovita. „Sind das hier alle?"

„Nein, vier suchen die Umgebung ab. Zwei vor uns und zwei hinter uns."

„Das sind einige. Denkst du, wir könnten den Wagen einholen?"

„Nein", meinte Jovita entschlossen. „So viel Zeit haben wir nicht."

„Es liegt doch sowieso auf unserem Weg", wandte Cas ein. „Und so, wie wir in dem Wagen behandelt wurden, haben die Krieger bestimmt nichts Gutes mit den Gefangenen vor." Er wandte sich zu Galo. „Wie weit nach vorn und nach hinten wird die Umgebung abgesucht?"

„Nicht weit. Es kommt jeweils eine der Wachen öfter mit Berichten zu uns."

„Gut. Wenn sie das nächste Mal kommen, bleiben sie bei uns. Mindestens vier Wachen begleiten meine Mutter und Jovita weiter zu den Bergen. Die anderen bleiben bei mir, und wir nehmen den Wagen ein."

„Nein, tut ihr nicht", widersprach die Königin. „Im Wagen sitzt niemand, der wichtig ist, und wir riskieren nicht unsere Leben, um diese Leute zu retten. Alle zurück auf die Pferde! Joseph, Cas nimmt dein Pferd."

Die Wachen blickten zwischen Cas und seiner Mutter hin und her, unsicher, was sie tun sollten. Seine Mutter legte Cas eine Hand auf die Schulter.

„Cas, deine Sicherheit ist wichtiger ..."

„Das war kein Vorschlag", sagte Cas. Er sprach jetzt lauter.

Die Königin blinzelte und ließ ihre Hand wieder fallen. „In dem Wagen sind dreißig Menschen, die mir alle geholfen haben zu entkommen. Dreißig Menschen, die wir mit uns nach Fort Victorra bringen und die mit uns Vallos verteidigen."

Jovita stemmte ihre Hände in die Hüften und sah Cas an, als wäre er ein absoluter Vollidiot.

„Sucht euch vier Wachen aus, die euch begleiten", fuhr er fort.

Joseph meldete sich sofort freiwillig, und die Königin gab noch ein paar anderen ein Zeichen.

„Lasst Olivia erst mal in Ruhe", Cas versuchte, es beiläufig klingen zu lassen. „Das Letzte, was wir gebrauchen können, ist, dass sie uns Ärger macht. Konzentriert euch darauf, das Gebäude zu sichern. Um sie kümmern wir uns später."

Die Wachen nickten, aber seine Mutter musterte ihn misstrauisch.

Schnell drehte er sich um. „Los geht's."

In weniger als einer Stunde hatten sie den Wagen eingeholt, und eine der Wachen, die vorgelaufen war, berichtete, dass die Krieger sich ausruhten und die Gefangenen gerade eine Pause bekamen.

Nur zwei der Wachen hatten Pfeil und Bogen, aber alle acht standen in einem Kreis um ihn herum. Es waren fünf Männer und drei Frauen. Keinen davon kannte Cas wirklich gut, abgesehen von Galo, aber alle hörten aufmerksam zu, als er seinen Plan erklärte, und nickten.

„Ich werde dafür sorgen, dass der Wagen aufgeht." Cas flüsterte, da sie nicht weit weg von den Kriegern waren. „Entweder die Männer oder die Frauen sind noch drin, da sie normalerweise nur eine der beiden Gruppen rauslassen. Keiner im

Wagen hat eine Waffe, aber die weiteren Leute können wir auf jeden Fall gebrauchen."

„Bist du sicher, dass du nicht hier warten willst?", fragte Galo. Cas schüttelte energisch den Kopf. „Oder lass uns vorgehen, und du kommst nach, wenn wir ein paar umgelegt haben."

„Nein. Ich kann gut mit dem Schwert umgehen, und ihr braucht meine Hilfe."

„Dann bleibe ich aber in deiner Nähe", verkündete Galo. „Solltest du sterben, müssten wir nämlich auf Jovita hören."

Obwohl die Wachen ziemlich angespannt waren, mussten einige unwillkürlich lachen. Auch Cas lächelte. „Da hast du recht." Er sah jedes einzelne Mitglied seiner kleinen Truppe direkt an. „Danke für das hier. Ich weiß, eure eigentlich Priorität ist es, Fort Victorra zu erreichen und den Rest von Lera und Vallos zu verteidigen, aber ich kann nicht zulassen, dass die Krieger einfach die Schlossbediensteten gefangen nehmen. Erst recht nicht, nachdem sie mir bei der Flucht geholfen haben."

Ein junger Mann mit dunklen Locken – einer der Wachen mit Pfeil und Bogen – sah kurz in die Runde. „Ich denke, ich spreche für alle, wenn ich sage, dass es uns eine Ehre ist, mit demjenigen kämpfen zu dürfen, der die Bediensteten retten und nicht sterben lassen will."

Die anderen nickten zustimmend, und Cas sah sie erleichtert an. „Danke." Er zeigte nach Norden. „Los, in Position."

Die Wachen verteilten sich. Galo packte den Mann mit den Locken am Handgelenk und küsste ihn kurz auf den Mund.

„Nicht sterben." Er ließ ihn wieder los, und der Mann warf ihm noch ein Lächeln zu, bevor er auch ging.

Cas hatte die Szene beobachtet. „Wie lange läuft das schon?"

„Ein paar Monate." Galo marschierte ebenfalls los und zog sein Schwert, Cas tat es ihm gleich.

„Monate! Und du hast nichts gesagt."

„Ich glaube nicht, dass jetzt der richtige Zeitpunkt ist, um über mein Liebesleben zu reden, Cas", entgegnete Galo belustigt.

„Na gut. Aber später erzählst du alles."

Hinter einem Baum blieb Cas stehen. Er konnte den Wagen vorn auf einer Lichtung sehen. Die Frauen waren im Wagen, und die Männer standen draußen in einer Reihe, bereit, wieder einzusteigen. Die Krieger waren genauso aufgestellt, wie Cas sich erinnerte: an jeder Seite einer und zwei hinten. Die beiden hinter dem Wagen waren von ihren Pferden gestiegen und bewachten die Gefangenen.

Cas sah nach rechts. Die Wache konnte er nicht sehen, aber wahrscheinlich war der Mann schon in Position und bereitete sich darauf vor, seinen Pfeil abzuschießen.

„Wie gut ... wie heißt er?", Cas warf Galo einen Blick zu.

„Mateo."

„Wie gut ist Mateo mit dem Bogen?"

Ein Pfeil schoss durch die Luft und landete direkt im Rücken der einen Kriegerin an der Seite des Wagens. Ihr Körper zuckte kurz, bevor sie vom Pferd fiel.

Ein zweiter Pfeil flog durch die Luft, aber die anderen Krieger waren inzwischen abgestiegen und hatten ihre Schwerter gezogen.

„In den Wagen!", rief einer von ihnen den Gefangenen zu, die jedoch regungslos stehen blieben.

Cas sprintete los, Galo an seiner Seite. Zwei weitere Pfeile schossen auf die Krieger, und einer schrie, als sich ein Pfeil in seinen Arm bohrte. Ein paar der Gefangenen stürzten sich auf ihn.

Ein weiterer Krieger blockierte die Wagentür. Cas stürzte mit schwingendem Schwert auf ihn zu. Den ersten Angriff parierte der Gegner, seine Füßen wirbelten eine Staubwolke auf.

Galo schlich um den Krieger herum und packte ihn am Hals. Der Mann riss die Augen weit auf und schlug mit dem Schwert zur Seite. Cas trat vor und stieß ihm seine Klinge in die Brust. Galo lockerte seinen Griff, und der Körper landete mit einem dumpfen Schlag am Boden.

Cas sprang vor, löste den Riegel vor der Tür und öffnete den Wagen. Die Insassen schnappten nach Luft, als sie ihn erkannten.

Cas bedeutete ihnen, herauszukommen, und drehte sich schnell wieder zurück, um zu sehen, wie es stand. Eine Wache lag tot am Boden, aber alle anderen waren mit den Kriegern beschäftigt.

Zwei Krieger wehrten sich noch gegen vier Wachen, waren aber dabei zu verlieren. Eine Wache stieß gerade einem der Krieger sein Schwert in die Brust.

Nach nur ein paar Minuten waren fünf der sechs Krieger tot. Der letzte kämpfte eisern gegen Mateo, der mit dem Schwert offensichtlich sehr viel weniger geschickt war als mit Pfeil und Bogen.

Cas rannte auf die beiden zu und direkt gegen den Krieger. Beide gingen zu Boden, doch der Krieger behielt sein Schwert fest im Griff. Cas konnte der Klinge nur knapp ausweichen.

Der Krieger versuchte aufzustehen, aber ein paar der weiblichen Gefangenen drückten ihn zu Boden.

Cas rollte weg von dem Krieger, und Mateo stieß dem Mann mit beiden Händen das Schwert in die Brust. Er lächelte Cas zu, während er die Klinge wieder herauszog.

„Danke, Eure Hoheit."

Cas stand auf und nickte ihm zu. Auf der Lichtung war es beinahe still, der Boden voller toter Krieger. Nur einer der Wachen hatte es nicht geschafft, aber Cas konnte nicht in die Richtung sehen. Der Tod des Mannes ging ihm zu Herzen.

Stattdessen schaute er zurück zum Wagen, aus dem gerade Daniela kletterte, die ältere Frau, die neben ihm gesessen hatte. Sie kam zu ihm gestakst und fiel ihm um den Hals.

Er drückte sie vorsichtig, bevor er sie wieder losließ. Dann sah er in die schmutzigen, erschöpften Gesichter um sich herum. „Geht es euch allen gut?"

Alle nickten.

„Haben sie euch zu essen gegeben?"

„Gestern ein wenig getrocknetes Fleisch", antwortete einer der Männer.

„Nach Fort Victorra ist es nicht weit", sagte Cas. „Wenn ihr zu schwach zum Laufen seid, könnt ihr zurück in den Wagen steigen." Er wies ein paar Wachen an, sich um das Gefährt zu kümmern.

„Danke." In Danielas Augen glitzerten Tränen. Ein paar weitere Dankeschöns wurden gemurmelt. Cas lächelte den Leuten müde zu. Dann wandte er sich zu Galo um, der die Gruppe beobachtete.

„Ich glaube, du hast jetzt dreißig Leute, die alles für dich tun würden", bemerkte der Wachsoldat.

Cas ging zu seinem Pferd. „Sieht aus, als wären ein paar gestorben, seit ich bei ihnen war."

„Das ist nicht deine Schuld."

Cas zuckte nur mit den Schultern und stieg auf sein Pferd. Neben ihm schwang sich auch Galo in den Sattel, die anderen Wachen folgten ihrem Beispiel, und alle machten sich wieder auf den Weg.

„Das mit deinem Vater tut mir leid", brach Galo schließlich ein längeres Schweigen.

„Ein Krieger kam ins Zimmer gestürmt und hat ihn erstochen, bevor ich etwas tun konnte", erzählte Cas. „Ich konnte ihn nicht mehr retten."

„Das hat auch niemand von dir erwartet", sagte Galo. „Du hättest sowieso nicht allein gegen einen Krieger kämpfen sollen. Ich habe versagt."

„Nein, hast du nicht." Cas runzelte die Stirn. „Wenn ich mich recht erinnere, bist du zurückgeblieben, um gegen eine große Anzahl von Kriegern zu kämpfen. Es überrascht mich, dass du es überhaupt lebendig rausgeschafft hast."

„Mich auch."

„Ist aber gut. Ich wüsste nicht, wen ich sonst zum Oberhaupt meiner Wache ernennen sollte."

Überrascht sah Galo ihn an. „Ich bin zu jung, um Anführer der Königlichen Wache zu sein."

„Und ich bin zu jung, um König zu sein, aber jetzt ist es nun mal so."

„Jetzt ist es nun mal so", wiederholte Galo leise. Traurig lächelte er Cas zu. „In Ordnung. Danke." Er zögerte und musterte Cas ein paar Sekunden. „Von Emelina Flores haben wir keine Spur."

„Ah."

„Du hast nicht nachgefragt."

„Ich dachte, ihr würdet es erzählen, wenn ihr etwas wüsstet."

Galo sah ihn misstrauisch an, hakte aber nicht weiter nach. Früher oder später würde Cas ihm alles erzählen, aber nicht, wenn so viele andere Wachen um sie herum waren.

Cas schaute zu seinem Freund hin, und zum ersten Mal fiel ihm auf, dass Galo der einzige Mensch war, dem er genug vertraute, um ihm die Wahrheit über Emelina zu erzählen. Seine Mutter und Jovita würden einen Nervenzusammenbruch bekommen. Keiner der Berater seines Vaters hatte ihn jemals ernst genug genommen, um irgendeine Beziehung zu ihm aufzubauen.

„Ich bin froh, dass du nicht tot bist, Galo", sagte er sanft. Er wollte noch mehr sagen, Galo alles erzählen und ihn um Rat fragen, und er wusste, dass Galo dies an seinem Gesicht sehen konnte. Er drehte sich weg und trieb sein Pferd in den Galopp. „Auf geht's."

35. KAPITEL

Um die Burg herum wimmelte es von Lera-Soldaten. Jovita hatte Fort Victorra als „einfach" beschrieben, und das stimmte auch. Im Unterschied zum königlichen Schloss, das überall große Fenster hatte und aufwendig dekoriert war, handelte es sich bei der Burg nur um einen quadratischen Klotz.

An den Seiten des Hauptgebäudes ragten zwei Türme auf, die jeweils oben eine Öffnung hatten. Um das gesamte Gebäude verlief eine Mauer, die aber nicht zu hoch war, um im Notfall rüberzuklettern. Es dürfte allerdings schwierig werden, von den Wachen unentdeckt auf der anderen Seite wieder nach unten zu gelangen.

Ein Stück entfernt hockte Em auf einem kleinen Berg, von wo sie sehen konnte, wie die Soldaten hinter der Mauer herumliefen. Ziemlich viele hatten es hierhergeschafft, ohne von den Olsos überwältigt zu werden.

Em drückte sich vom Boden ab und reckte den Hals, um die gewundene Straße sehen zu können, die zur Burg führte. Vor ein paar Minuten waren die Königin und Jovita angekommen, aber von Cas war noch keine Spur zu sehen. Hoffentlich änderte sich das bald.

In den Wäldern hinter der Burg bewegte sich etwas und erregte Ems Aufmerksamkeit. Dann konnte sie ein paar rote Jacken erkennen. Krieger.

Sie sprang auf, versuchte jedoch, sich nah am Boden zu halten, als sie den Hügel hinunterlief. Sie musste Aren finden, bevor Olivia freigelassen wurde. Der Plan war, so schnell wie möglich aus Lera zu verschwinden, sobald sie Olivia hatte. Doch ohne Aren würde sie nicht gehen.

Als sie den Schutz der Bäume erreichte, rannte Em los. Der

Wald hier war zu leise – keine Tiere huschten umher, keine Insekten zirpten. Eine Menge Leute waren in letzter Zeit hier durchgekommen.

Eine heftige Windböe traf Em zu stark, um natürlich zu sein. Sie wirbelte herum und schaute sich suchend nach dem Ruined um. Erde spritzte ihr ins Gesicht, sie blinzelte, ihre Augen fingen an zu tränen.

Dann wurde sie von jemandem gerammt und fiel stöhnend auf den Boden. Sie stieß mit dem Ellbogen zu und traf auf weiche Haut. Während eine Frau aufschrie, konnte sie sich befreien.

Sie kroch über die Erde, das Schwert halb gezogen, bevor sie einen Blick auf die Angreiferin erhaschte. Dann hielt sie inne.

„Mariana?"

Das Ruined-Mädchen blinzelte und sah Em verwundert an. „Emelina?"

Schritte näherten sich lautstark. Als Em sich umdrehte, sah sie zwei männliche Ruined auf sich zukommen.

„Ist gut, es ist nur Emelina." Mariana sprang auf und klopfte sich die Erde von der Hose. „Was machst du hier? Wir dachten, du wärst tot."

„Freut mich auch, dich zu sehen." Em stand ebenfalls auf und steckte das Schwert wieder an ihren Gürtel. „Was machst *du* hier? Seid ihr auf einem der Schiffe von den Kriegern mitgekommen?"

Mariana nickte. „Sie wollten, dass wir helfen, Fort Victorra einzunehmen."

Em sah sich um. Bis auf die drei war niemand zu sehen. „Wo sind alle?"

„Sie bereiten sich auf den Angriff vor. Wir machen das Gleiche." Mariana legte den Kopf schräg, wobei ihre dünnen schwarzen Zöpfe über eine Schulter fielen. „Wieso bist du hier? Ich dachte, du wärst schon vor Monaten gestorben."

Em ignorierte die Frage und sah zu den beiden Männern. Der mit den grauen Strähnen im Haar war Weldon. Er musste es gewesen sein, der ihr die Erde ins Gesicht geworfen hatte. Der Jüngere, Nic, konnte ebenfalls die Elemente kontrollieren, aber seine Kräfte waren so schwach, dass er praktisch auch ein Unbegabter war.

„Was hast du da an?", fragte Nic und verzog das Gesicht, als er ihr ramponiertes blaues Kleid musterte.

„Ich bin auf dem Weg, Aren zu holen", erklärte Em. „Ihr drei kommt mit mir. Ich brauche vielleicht Unterstützung."

„Aren lebt?" Mariana wurde sofort hellhörig.

Weldon zog seine buschigen Augenbrauen zusammen. „Und wir dachten, du wärst ein für alle Mal sein Tod gewesen."

„Die Krieger haben ihn."

„Vielleicht solltest du hier warten", sagte Mariana, als würde sie mit einem Kind sprechen. Den Tonfall kannten alle unbegabten Ruined nur zu gut. „Wir schaffen das schon."

Em verdrehte nur die Augen, machte kehrt und lief los.

„Ernsthaft, was hat sie da an?", fragte Nic wieder.

„Kommt!", rief Em über ihre Schulter. Einen Augenblick später folgten ihr Schritte, und sie führte die anderen zwischen den Bäumen hindurch zur südlichen Seite der Festung. Als sie zu der Stelle kamen, wo Em zuvor die Krieger entdeckt hatte, wurde sie langsamer. Sie gab sich keine große Mühe, leise zu sein, denn sie wollte mit den Kriegern verhandeln, nicht sie angreifen.

Hinter einen Baum tauchte Irias Gesicht auf. Die Kriegerin schaute über ihre Schulter nach hinten. „Emelina ist hier." Ein wütendes Gemurmel folgte, und Iria sah sie böse an.

Langsam ging Em auf sie zu. Iria machte einen Schritt zur Seite, und Em sah Aren, über dem Koldo und eine andere Kriegerin standen. Er saß auf dem Boden. Die Augenbinde trug er immer noch, war aber unverletzt.

„Ich will nur Aren“, verkündete Em und hielt die Arme hoch.

Die Kriegerin schüttelte den Kopf. „Er ist zu gefährlich. Er hat schon einen Krieger umgebracht, und wir gehen das Risiko nicht ein, dass es noch mal passiert. Wir halten ihn fest, bis wir ihn zu unserem König bringen können.“

„Petra, wir müssen nicht …“, begann Iria.

„Bewegt euch, oder ich sorge dafür“, fiel Mariana, die hinter Em hervorgetreten war, ihr ins Wort. Sie sah Koldo an. Der Krieger schrie und schlug mit seiner verbundenen Hand nach unsichtbaren Dingen. Er wirbelte herum und rannte direkt gegen einen Baum.

Ächzend fiel er auf den Boden. „Ich hasse euch.“

Petra griff nach ihrem Schwert und ging auf Mariana los. Em sprang aber dazwischen und verdeckte Mariana die Augen, bevor sie ihre Kräfte benutzen konnte.

„Lass das!“ Mariana zog ihren Kopf weg.

„Beruhigt euch alle erst mal.“ Em drehte sich zu Petra. „Pack das Schwert weg.“

„Zwing mich doch.“

„Liebend gern.“ Mariana wollte wieder auf sie los, aber Em stieß sie zurück.

„Wir stehen doch auf derselben Seite!“, rief sie. „Würdet ihr alle mal für eine Minute die Klappe halten? Nic, nimm Aren die Augenbinde ab.“

„Wenn man die abnimmt, bringt er uns alle um“, sagte Koldo, der etwas wackelig auf den Beinen stand.

„Wahrscheinlich nicht", kam von Aren. „Ich schätze, es besteht nur eine Sechzig-Prozent-Chance, dass ich euch alle umbringe."

„Aren", sagte Em warnend.

Er seufzte aufgesetzt übertrieben. „Na gut. Fünfzig Prozent."

Iria machte einen Schritt zur Seite, sodass Nic zu Aren konnte. Nic nahm ihm die Augenbinde ab und löste die Fesseln um seine Hände. Aren sprang auf.

„Sind die Krieger bereit anzugreifen?", fragte Em Iria.

„Ja. In den Wäldern sind auch ein paar Ruined verteilt. Die sind Teil vom zweiten Angriff." Sie zeigte auf Mariana. „Hattet ihr nicht eure Anweisungen?"

„Ja, aber dann haben wir Em getroffen, die ziellos durch den Wald gewandert ist."

„Ich war nicht ziellos, ich war auf der Suche nach …" Sie unterbrach sich, atmete tief durch und drehte sich wieder zu Iria. „Ihr müsst noch warten. Cas hat versprochen, Olivia freizulassen."

Mariana sah sie verwirrt an.

„Olivia ist da drinnen", fing Em an zu erklären, bevor Mariana nachfragen konnte. „Sie ist noch am Leben und sollte jeden Moment aus der Tür dort kommen."

„Warte mal." Mariana fuchtelte irritiert mit den Händen. „Cas, so wie Prinz Casimir?"

„König Casimir inzwischen", berichtigte Aren.

„Er hat dir erzählt, er lässt Olivia frei." Marianas Blick war mehr als ungläubig. „Wieso sollte er das tun?"

„Das ist eine lange Geschichte. Aber …"

„Eine lange Geschichte, die ihr hören müsst", unterbrach Aren. „Em hat Cas geheiratet. Ihretwegen konnten wir das Schloss angreifen und gewinnen. Ihretwegen sind wir alle hier."

Alle schwiegen für einen Moment, und die drei Ruined sahen Em perplex an.

„Geheiratet?", wiederholte Weldon.

Mariana verzog das Gesicht. „Igitt."

„Könnt ihr den Angriff noch hinauszögern?", fragte Em Iria.

„Nein. Bei Sonnenuntergang fängt es an. Die Vorbereitungen laufen bereits."

Em schaute zum Himmel. Noch etwa eine Stunde bis zum Sonnenuntergang. Hoffentlich reichte das.

„Okay. Aren, du kommst mit mir. Wir behalten die Burg im Auge, um zu sehen, wann sie freigelassen wird. Mariana, Weldon, Nic, ihr geht wieder auf eure Positionen." Sie zeigte auf die Krieger. „Und ihr drei nehmt keine Ruined mehr gefangen. Wir kämpfen alle für das gleiche Team hier."

Koldo und Petra verzogen die Gesichter und sahen die Ruined misstrauisch an, aber Iria stimmte zu.

„Verstanden?", fragte Em Mariana.

Mariana blinzelte nur und sah verdutzt zu Weldon und Nic. „Seit wann gibst du uns Anweisungen?"

„Seit ich mir den ganzen Plan hier ausgedacht habe, während ihr alle weggelaufen seid und euch versteckt habt."

Mariana drehte sich zu Aren. „Das hat wirklich alles sie gemacht?" Er nickte, aber die andere sah trotzdem nicht überzeugt aus.

„Geht auf eure Positionen oder aus dem Weg", sagte Em.

Einen Moment zögerte Mariana noch, dann gab sie Nic und Weldon ein Zeichen. „Gehen wir auf unsere Positionen."

36. KAPITEL

Cas folgte Galo durch ein hohes eisernes Tor. Eine kühle Böe sorgte dafür, dass er eine Gänsehaut bekam. Fort Victorra warf einen großen Schatten über den Rasen. Cas sah zur Festung auf. Seit Jahren war er nicht mehr hier gewesen. Schon damals hatte die Burg einen beklemmenden Anblick geboten, und das nur von außen.

Auf dem Gelände wimmelte es von Lera-Soldaten, die sich alle nach ihm umdrehten. Es lief ihm kalt den Rücken runter. Sie alle warteten auf Anweisungen von *ihm*. Sie wollten, dass *er* Antworten lieferte.

Er zwang sich zu lächeln, als ein bekanntes Gesicht ihn freudig ansah. Galo zog die massiven Holztüren auf und ließ Cas zuerst hindurch.

Rechts von ihm stellte sich eine Wache gerader hin, als Cas das Gebäude betrat. Es gab keine Fenster, daher war es drinnen dunkel und kühl. Der Eingangsbereich war klein und beengt. Cas ging durch eine weitere Tür und stand in einem großen, leeren Zimmer. Von den Wänden hingen Lampen, die den Steinboden in ein sanftes Licht tauchten. Zu seiner Linken führte eine Treppe hoch zu den meisten anderen Zimmern, wenn er sich recht erinnerte. Von dort konnte man auch in die Türme gelangen. Ein paar Wachen standen um ihn herum, eine an jeder Wand.

„Wo sind meine Mutter und Jovita?", fragte er.

„Oben im Ostturm", antwortete eine der Wachen.

„Und die Gefangenen? Ist noch jemand außer Olivia da unten?"

„Nein, Eure Majestät. Nur Olivia Flores."

Cas lehnte sich zu Galo und flüsterte. „Gehst du nach unten und lässt alle Wachen gehen? Sag ihnen, dass sie vorn gebraucht werden. Ich komme dann in einer Minute nach."

Galo sah ihn fragend an, nickte dann aber und ging aus dem Zimmer. Cas lief die Stufen hoch zum Ostturm. Seine Mutter und Jovita standen in einem kleinen Zimmer am Fenster. Beide drehten sich zu ihm um, als er reinkam.

„Was ist hier los?" Er ging auch zum Fenster und schob Jovita beiseite. Die Sonne war gerade am Untergehen, und um die Festung herum waren die Soldaten dabei, Fackeln anzuzünden. Es war alles ruhig, Angst und Anspannung hingen schwer in der Luft.

„Wir haben Bewegung in den Wäldern gesehen", erklärte seine Mutter. „Wir glauben, dass sie heute noch angreifen. Sie haben vermutlich gewartet, bis wir hier sind."

„Wir sind ihr Ziel", bestätigte Cas.

„Du wärst vielleicht sicherer gewesen, wenn du dich im Dschungel versteckt hättest", fügte Jovita hinzu.

„Sicherer vielleicht, aber das wäre keine sehr mutige Entscheidung, wenn man bedenkt, dass wir im Krieg sind." Als er das Wort „Krieg" sagte, knackte er gleichzeitig mit den Knöcheln.

„Wieso hast du das Schwert eines Kriegers?", fragte Jovita und musterte die Waffe, die an seinem Gürtel hing.

„Ich habe es einem abgenommen, nachdem ich ihn getötet habe."

„Bist du den ganzen Weg allein gereist?" Ihre Stimme klang misstrauisch.

„Haben alle ihre Anweisungen?" Er überging ihre Frage. Dann zeigte er nach draußen auf die Soldaten. „Wissen sie … was sie zu tun haben?" Er wusste absolut gar nichts darüber, eine Armee in den Kampf zu führen, und seine Worte hörten sich dumm an, sobald sie ihm über die Lippen kamen.

„Colonel Dimas ist der höchste Offizier vor Ort", erklärte die Königin. „Ich hatte gehofft, General Amaro würde rechtzeitig ankommen, aber sie ist noch nicht da." Sie hielt einen Moment inne. „Oder sie ist tot."

„Es gibt bereits vorgefertigte Pläne für den Fall, dass Fort Victorra angegriffen wird", schaltete Jovita sich ein. „Das solltest du eigentlich wissen, Cas."

Nur vage konnte er sich an die Pläne erinnern. Er rieb sich mit zwei Fingern die Stirn. „Entschuldige, dass ich mich gerade nicht an jede Einzelheit erinnere, Jovita. Ich hatte keine Wachen, die mich durch den Dschungel führen. Seit wir angegriffen wurden, habe ich kaum geschlafen."

„Eure Majestät?"

Cas drehte sich um. In der Tür stand eine Wache. Der kleine Mann sah ihn nervös an.

„Tut mir leid, dass ich unterbreche, Eure Majestät, aber ich bin nicht sicher, auf wen wir hören sollen."

„Schon in Ordnung", antwortete Cas.

„Uns wurde gesagt, wir sollen die Kerker verlassen – ich und die anderen Wachen –, und ich wollte nur sagen, dass wir Olivia normalerweise nicht mit weniger als drei Wachen unten lassen und …"

„Ist sie gefährlich?", unterbrach Cas ihn.

„Na ja, nein, nicht mehr, aber …"

„Dann brauchen wir euch für den Angriff."

Die Wache nickte und huschte wieder fort, wobei sie noch eine Entschuldigung murmelte.

Jovita und die Königin sahen Cas beide argwöhnisch an, während er versuchte, sich nichts anmerken zu lassen.

Seine Mutter berührte ihn am Arm. „Cas, wir holen dir etwas zu essen, und du versteckst dich in einem der Zimmer. Jovita und ich können uns um alles kümmern."

Cas' Blick wanderte kurz zu Jovita, und ein ungutes Gefühl breitete sich in ihm aus. „Ich verstecke mich nicht, während unsere Soldaten kämpfen." Er drehte sich zu seiner Cousine. „Jovita, finde Colonel Dimas und sag ihm, er soll unten auf mich warten. Ich möchte über den Plan informiert werden."

„Deine Mutter hat bereits mir ihm geredet", entgegnete Jovita.

„Gut. Und jetzt sag ihm, dass der König auch kurz mit ihm sprechen möchte."

Jovita biss die Zähne zusammen, ging aber an ihm vorbei und die Treppe runter. Er folgte ihr, seine Mutter heftete sich an seine Fersen.

„Ein guter König zu sein bedeutet auch, am Leben zu bleiben, um tatsächlich regieren zu können", sagte sie. Ihre Schritte hallten über die Treppe, als sie ihm nachlief. „Einen Kampf zu riskieren, um ein paar Bedienstete aus einem Wagen zu retten und …"

„Wir haben sie gerettet, und ich bin noch am Leben, Mutter."

„Das war nicht klug." Sie griff nach seinem Hemd, um ihn zu stoppen. „Wieso hast du die Wachen von Olivia abgezogen?"

„Wir brauchen sie für den Angriff." Er sah sie so neutral wie möglich an, aber seine Mutter runzelte misstrauisch die Stirn.

Cas drehte sich weg und lief weiter die Stufen runter. Er spürte, wie der Blick seiner Mutter sich in seinen Rücken bohrte. Unten an der Treppe war er endlich nicht mehr in ihrem Blickwinkel. Er musste Olivia befreien und freute sich nicht gerade auf den Streit mit der Königin, sobald die mitkriegte, was er getan hatte.

Colonel Dimas kam durch die Eingangstür und nickte Cas zu. „Eure Majestät. Freut mich, dass Ihr es sicher hierhergeschafft habt." Er führte Cas nach draußen um das gesamte Gebäude herum, wobei er ihm einen Überblick über die Verteidigung gab. Viele der Wachen und Soldaten waren offensichtlich geschwächt, ihre Uniformen schmutzig und zerknittert von der Reise. Dennoch standen alle gerade in einer Linie, bereit für den Angriff. Cas sah an sich herunter, begutachtete sein schäbiges blaues Angestelltenhemd.

„Kann ich eine Wachuniform bekommen?", fragte er den Colonel, als sie über den Rasen zurückgingen. „Es ist einfacher zu kämpfen, wenn man nicht so auffällt."

„Werdet Ihr auch kämpfen, Eure Majestät?"

„Ja."

„Ich werde eine auftreiben."

Cas bedankte sich, drehte um und schüttelte kurz den Kopf, als eine Wache ihm folgen wollte. „Ich komme gleich zurück."

Er ging durch die Eingangstür und durch das große Zimmer hindurch. Zwei Torbögen führten in die hinteren Zimmer, Cas schaute sich noch kurz um, bevor der durch den linken verschwand. Die Wachen behielten ihn im Auge, aber niemand machte Anstalten, ihm zu folgen.

Er ging durch den Salon an dem Tisch und den Stühlen vorbei, die in der Mitte des Raums standen. Wenn er sich richtig erinnerte, müsste die Tür in der linken Ecke runter zu den Kerkern führen.

Schnell ging er hindurch und die Treppe hinunter. Am Ende traf er auf eine schwere Holztür, die er aufstieß, worauf ein langer Gang mit Zellen zu beiden Seiten zum Vorschein kam. Vor einer der letzten Zellen stand Galo, der aufsah, als er hörte, wie die Tür geöffnet wurde.

„Ist das Olivia?" Galo deutete vor sich in die Zelle. Er wirkte bedrückt, und Cas ging rasch zu ihm. Alle anderen Zellen, an denen er vorbeikam, waren leer. Merkwürdigerweise roch es immer stärker nach Blumen oder einem Parfum, je näher er der letzten Zelle kam.

„Geht es ihr gut?"

Nur die letzte Zelle war belegt, darin lag ein junges Mädchen im Teenager-Alter. Es war am Bett festgebunden, sodass sie nur die Wand ansehen konnte, nicht durch die Gitterstäbe. Ihre Augen waren verbunden, und sie trug eine weite Hose und ein weißes Oberteil, beides schmutzig. Ihr dunkles Haar war zerzaust. Auf ihrer Haut waren mehr Ruined-Zeichen zu sehen als bei Damian. Die blassen Linien schlängelten sich über ihre Arme ihren Hals hoch und verschwanden unter ihrem Haar.

„Ich glaube, das ist sie", sagte Cas leise.

„War sie die ganze Zeit dort festgebunden?"

Seufzend strich sich Cas durchs Gesicht. „Ich weiß es nicht." Was hatte er schon erwartet? Dass sie mehrere Zimmer und ein gemütliches Bett hier hatte? Dass sie sich regelmäßig waschen durfte und zu essen bekam? Nichts davon traf zu, so wie sie aussah.

Cas hielt seine Hand auf. „Hast du den Schlüssel?"

Galo reichte ihm einen Schlüsselbund. „Sie sind beschriftet, es ist der grüne."

Er hielt den grünen Schlüssel an das Schloss. „Olivia …"

Die Tür zum Gefängnis schlug auf, und sofort wich Cas von der Zelle zurück. Seine Mutter und Jovita kamen den Gang entlang, gefolgt von vier Wachen.

Die Königin streckte fordernd die Hand aus. „Schlüssel, Casimir."

Er ging einen Schritt zurück. Seine Schulter streifte Galos. Dann räusperte er sich und versuchte, so autoritär wie möglich zu klingen. „Könnt ihr mir alle bitte einen Moment geben?"

„Du kannst sie nicht freilassen." Die Königin schüttelte den Kopf. „Ich weiß, dass du deswegen hier unten bist. Ich weiß, dass Emelina dir irgendwelche Sachen über die Ruined in den Kopf gesetzt hat, aber du kannst Olivia nicht einfach gehen lassen. Du weißt nicht, wozu sie ..."

„Sie ist ans Bett gefesselt!" Cas zeigte auf die Gefangene, langsam wurde er wütend. „Sie ist zu gar nichts in der Lage!"

„Das Experiment ist missglückt, Cas", ging Jovita dazwischen. „Das geben wir zu. Wir haben ein paar Dinge herausgefunden, und wir dachten, Olivias heilende Fähigkeiten wären nützlich, aber wir konnten sie nicht dazu bringen ..."

Cas zeigte auf die Wachen. „Schaff die hier raus."

Keine der Wachen bewegte sich. Seine Mutter sah ihn entschuldigend an. „Es tut mir leid", sagte sie nur leise.

Die Wachen gingen auf ihn los, packten seine Handgelenke. Cas versuchte, sich loszureißen, aber sie hatten ihn fest im Griff. Einer von ihnen nahm ihm die Schlüssel ab.

„Entschuldigung, Eure Hoheit", murmelte einer der Männer.

Galos Hand griff nach seinem Schwert.

„Du bist zu emotional", rechtfertigte sich die Königin.

Cas unterdrückte die Wut, die wieder in ihm hochstieg. „Du ..."

„In Lera geht es nicht um die Meinung einer einzelnen Person", unterbrach die Königin ihn. „Auch wenn diese eine Person vielleicht der nächste König ist."

Vielleicht der nächste König ist. *Vielleicht?* Sein Blick wanderte zu Jovita, die wegsah.

„Wir haben Krieg", fuhr seine Mutter fort. „Jetzt ist nicht der richtige Zeitpunkt, um unsere Methoden großartig zu verändern. Könntest du klar denken, würdest du es verstehen. Seit Tagen hast du kaum geschlafen – das merken wir alle –, und ich verstehe auch, dass du vom Tod deines Vaters traumatisiert bist."

Seine Mutter zeigte auf eine der leeren Zellen. „Nur für ein paar Stunden, bis wir den Angriff der Krieger abgewehrt haben. Hier unten bist du in Sicherheit." Sie nahm ihre Kette ab und legte sie Cas um den Hals. Der Anhänger war noch warm von ihrer Haut, als er unter sein Hemd rutschte. „Darin ist etwas Schwächelkraut, das beschützt dich vor den Kräften der Ruined."

Überrascht sah er nach unten zur Kette, dann warf er ihr einen fragenden Blick zu.

„Das ist der eine Grund, warum wir Olivia festgenommen haben. Wir mussten ihre Schwächen kennen, für einen Fall wie diesen. Du solltest es tragen, wenn du hier unten bei ihr bist." Dann zeigte sie auf Galo, dessen Hand immer noch an seinem Schwert war. „Sperr ihn mit Cas zusammen ein."

Cas wand sich, aber die Hände hielten ihn weiter fest. Er konnte sich nicht befreien. „Du brauchst alle Wachen für den Angriff!" Seine Mutter schüttelte nur den Kopf. Wütend sah er sie an, während eine Wache Galo das Schwert abnahm.

Die Wachen stießen Cas sanft zur Zelle, aber er blieb stur stehen, sodass sie ihn durch die offene Tür drängen mussten. Die beiden Männer ließen ihn los und gingen aus der Zelle, danach stießen sie Galo auch rein. Sie schlugen die Tür wieder zu und drehten den Schlüssel um.

Cas verschränkte die Arme vor der Brust und bemerkte, dass seine Mutter seinen Blicken auswich. Nacheinander starrte er alle Wachen an und merkte sich ihre Gesichter. Er wollte nicht vergessen, wer die Verräter waren.

„Gehen wir", sagte die Königin. „Einer von euch hält draußen Wache, es kommt niemand rein oder raus."

„Ich übernehme das", bot einer der Wachen an. Die Königin nickte und wies Jovita an, ihr zu folgen. Sie verschwanden durch die Tür, und die Wache, die bleiben sollte, schloss hinter ihnen ab.

Cas sah erst zu Galo, dann zu Olivia in der Zelle gegenüber. Würde Em denken, dass er sie verraten hatte? Würde sie jetzt, zusammen mit den anderen Kriegern, angreifen? Ein mulmiges Gefühl machte sich in ihm breit.

Er fuhr sich durch die Haare und stieß einen langen Seufzer aus. Dann drehte er sich zu Galo. „Ich muss dir erzählen, was im Dschungel passiert ist."

37. KAPITEL

Bäuchlings lag Em neben Aren auf dem Berg. Eine Stunde lang hatten sie die Festung inzwischen beobachtet, aber von Cas oder Olivia war keine Spur zu sehen. Leras Soldaten hatten sich nach drinnen verzogen; der Garten war wie ausgestorben.

„Em."

Em warf einen Blick über ihre Schulter und sah Iria, die geduckt hinter ihr hockte. „Es sind fast alle so weit. Werden Aren und du helfen?"

Erneut beobachtete Em die Burg, als würde Olivia plötzlich auftauchen, wenn sie nur fest genug daran glaubte. Wieso hatte Cas sie nicht freigelassen? War sie tot?

Hat er seine Meinung geändert?

Sie sah zu Aren.

„Ich werde helfen", sagte er leise und stand auf. Em seufzte, stand aber ebenfalls widerwillig auf und ging hinter Iria und Aren her den kleinen Berg hinunter.

„Wir haben zwei Angriffswellen geplant", begann Iria auf dem Weg zu erklären. „Ein Ruined steht bereit, um einen Teil der Mauer zu zerstören, und dann gehen die Krieger vor. Die Ruined greifen kurz danach an. Sie sind sicher um die Burg herum verteilt. Wenn sie ihre Kräfte ausgeschöpft haben, gehen wir wieder rein."

„Ich will versuchen, ins Gebäude zu kommen und Olivia zu befreien", sagte Em.

„Am sichersten ist es, wenn du wartest, bis wir das Schloss übernommen haben", widersprach Iria.

„Und wenn ihr verliert?"

„Werden wir nicht." Sie waren jetzt unten angekommen, und Iria zeigte in den Wald. „Aren, in dieser Richtung sind ein paar Ruined. Wenn du zu ihnen gehst, sagen sie dir, was du tun sollst."

Aren schüttelte den Kopf. „Ich bleibe bei Em. Wir holen Olivia. Auf dem Weg dorthin werde ich aber so viele Lera-Soldaten wie möglich erledigen."

„Na schön." Iria ging weg. Ihre leisen Schritte verklangen, als sie zwischen den Bäumen verschwand.

„Willst du mit den anderen vorne rein?", fragte Aren.

Em schüttelte den Kopf. „Die ganze Aufmerksamkeit wird sich dorthin richten. Wir stellen es etwas raffinierter an." Sie bedeutete Aren noch, dass er ihr folgen sollte, und verschwand dann ebenfalls zwischen den Bäumen. Mariana wartete mit zwei anderen Kriegern und freute sich, als sie Em und Aren sah.

„Haben sie Olivia freigelassen?"

„Nein", antwortete Em. „Wir gehen rein und holen sie. Ist hinter dem Gebäude jemand platziert, der ein Loch in die Mauer machen könnte?"

„Natürlich. Weldon ist da hinten. Er macht das", erwiderte Mariana.

Em wandte sich zu Aren. „Kannst du danach bei Weldon bleiben und alle Lera-Soldaten ausschalten, die in der näheren Umgebung sind? Ich gehe allein rein."

„Ich sollte mit dir kommen", widersprach Aren.

„Nein, es bringt mehr, wenn du die Soldaten loswirst, damit ich reinkomme. Außerdem weiß ich, wie viel Kraft dich das kosten wird. Du solltest in Sicherheit bleiben."

Er zögerte, nickte dann aber. „In Ordnung."

„Du musst dich beeilen", sagte Mariana. „Wir greifen jeden Moment an. Bald hörst du, wie die Mauer bricht."

Ein paar der Leute flüsterten ihnen noch „Viel Glück" hinterher, als Em und Aren sich wieder zurückzogen. Die Sonne war inzwischen vollständig untergegangen, und so rannten sie durch die dunkle, stille Nacht. Ems Füße schmerzten, und ihr Bauch hatte schon längst die Hoffnung auf Essen aufgegeben und wand sich nur noch traurig, aber sie ignorierte die Schmerzen.

Nicht weit vom hinteren Teil der Festung entfernt stießen sie auf Weldon, der in einem Baum hockte. Seine Beine baumelten jeweils an einer Seite eines Astes herunter. Aufmerksam hörte er zu, als Aren ihm den Plan erklärte.

„Du musst für uns zuerst ein Loch in die Mauer machen." Aren zeigte auf eine Stelle der Burg. „Dann das Stück da hinten in der Festung rausbrechen. Es wäre sehr hilfreich, wenn du das Loch so groß anlegen könntest, sodass wir damit schon mal ein paar Leute loswerden."

Weldon grinste. „Natürlich."

Ein leises Pfeifen durchbrach die Stille der Nacht, und Weldons Blick wurde wieder ernst. „Die vordere Mauer bricht gleich. Los!"

Em zog ihr Schwert und rannte los. Hinter der Festung befand sich eine größere Rasenfläche. Vom Turm aus könnte sie jeder kommen sehen.

Ein lauter Knall ertönte im vorderen Teil der Burg, und der Boden unter Ems Füßen vibrierte. Sie fiel auf ihre Knie und sah zu, wie auch die Steine der Mauer anfingen, sich zu bewegen. Ein großer Teil explodierte, Steine und Holzstücke flogen in alle Richtungen. Em senkte den Kopf und schützte ihn mit ihren Händen.

Dann sprang sie wieder auf und rannte in die dunkle Staubwolke hinein. Dank Weldon klaffte ein riesiges Loch in der Mauer und in der Rückwand des Gebäudes. Zwei Männer lagen zwischen den Trümmern, ein dritter stolperte herum, Blut quoll aus einer Wunde an seinem Kopf.

Drinnen waren noch mehr Wachen. Mindestens vier davon konnte Em zu dem Loch eilen sehen, und sie lief direkt in diese Leute hinein. Drei davon konnte Aren locker erledigen, dann müsste sie sich mit ihrem Schwert nur um den Letzten kümmern.

Em sprang über die Steine und zielte mit dem Schwert nach links, doch Aren hatte die Wache, die von dort auf sie zurannte, bereits unter Kontrolle. Ein Knacken war zu hören, als der Körper des Mannes gegen die Decke geschleudert wurde und wieder zu Boden fiel.

Auch die Wache direkt vor Em flog davon, und sie hob das Schwert, um die nächste abzuwehren. Dabei behielt sie ihr Umfeld im Blick und suchte verzweifelt nach Cas. Wo war er?

Als die Wache vor ihr das Gleichgewicht verlor, rammte sie dem Mann ihr Schwert in die Brust und rannte schnell weiter. Irgendwo in ihrer Nähe hörte sie Schritte, also lief sie in die entgegengesetzte Richtung. Sie wollte nicht, dass Aren seine Kräfte noch mehr einsetzte; er sollte sie aufsparen.

Sie eilte um eine Ecke. Wo würden sie Olivia wohl gefangen halten? In einer Zelle, das stand fest. In Lera lagen alle Kerker unterirdisch, also war es hier wahrscheinlich genauso.

Zunächst fand Em eine Küche und ein kleines Esszimmer, aber keinen Weg, der nach unten führte. Sie wartete einen Moment, bis die Schritte nicht mehr zu hören waren, dann rannte sie durch das zerstörte Zimmer in den anderen Teil der Burg.

Nach einer weiteren Tür stand Em in einem kleinen Salon. In der hinteren Ecke war eine Tür, die sie ebenfalls öffnete.

Sie sah eine Treppe, an deren unterem Ende eine Wache vor

einer verschlossenen Tür stand. Als der Mann hörte, wie sie die obere Tür öffnete, schoss sein Kopf hoch, und er zog das Schwert.

Sie lief die Stufen hinunter. Die Wache kam mit einem Schrei auf sie zu, aber sie wehrte seine Waffe ab und trat ihm gegen die Brust, sodass er rückwärts gegen die Tür taumelte.

Em streckte die Hand nach dem Knauf aus und stieß die Tür auf. Die Wache fiel nach hinten, rappelte sich aber wieder auf. Bevor er ihr weiter gefährlich werden konnte, rammte Em ihm ihr Schwert in die Brust.

„Em."

Sie zog ihre Klinge aus dem Körper des Mannes und sah sich nach der vertrauten Stimme um. Vor ihr lag ein Gang mit Zellen zu beiden Seiten. Sie lief ihn hinunter, der Stimme nach. In einer der Zellen stand Cas, die Finger um die Gitterstäbe geklammert. Hinter ihm war Galo zu sehen, der sie vollkommen verwirrt anstarrte.

„Was machst du in ..." Sie verstummte, als sie das dunkelhaarige Mädchen in der Zelle gegenüber bemerkte. Olivia.

„Es tut mir leid", sagte Cas. „Ich wollte sie freilassen, da haben meine Mutter und Jovita mich hier eingesperrt."

Em rannte zu der Zelle ihrer Schwester und hielt sich an den Gitterstäben fest. „Olivia? Geht es dir gut?"

Olivia hob den Kopf und wandte ihre verbundenen Augen Em zu. Sie war zu dünn, und ihre Haare sahen schrecklich aus. Olivia war fast sechzehn, aber sie sah so klein und zerbrechlich aus, fast als wäre sie jünger geworden, seit Em sie das letzte Mal gesehen hatte. Doch ihre Zeichnungen waren fast auf die doppelte Fläche angewachsen; sie bedeckten mehr von ihrem Körper, als Em es jemals bei jemandem gesehen hatte. Sie hatte inzwischen sogar mehr Zeichen als ihre Mutter.

„Wo ist der Schlüssel?“ Sie drehte sich zu Cas, der auf die Wache zeigte. Em rannte zu ihm und nahm den Schlüsselbund von seinem Gürtel.

„Es ist der grüne“, sagte Galo. Dann etwas leiser zu Cas: „Lässt sie uns auch raus?“

„Natürlich“, antwortete Em. Sie lief zurück zu Olivias Zelle, steckte den grünen Schlüssel ins Schloss und öffnete die Tür. Sie eilte in die Zelle und nahm ihrer Schwester die Augenbinde ab.

Olivia blinzelte ein paarmal und starrte Em an. Ihre Mundwinkel zuckten, die Ketten um ihre Hände rasselten, als sie nach Em greifen wollte, aber sie sagte kein Wort. Sie starrte Em einfach nur an.

„Welcher öffnet die hier?“, fragte Em und inspizierte die Ketten um Olivias Hände. Die Handschellen waren um ihre Gelenke geschlossen und durch eine lange Eisenkette verbunden, die an der Wand befestigt war.

„Das weiß ich nicht“, bekannte Galo. „Vielleicht einer von den kleineren Schlüsseln?“

Em durchsuchte den Schlüsselbund und probierte zwei kleinere Schlüssel an den Handschellen aus. Einer davon funktionierte. Sofort riss sie Olivia die Ketten ab und zog sie hoch.

„Kannst du laufen?“ Sie umfing das Gesicht ihrer Schwester mit beiden Händen. „Sag was. Du machst mir Angst.“

Olivia verzog den Mund und sah nach hinten zu der Zelle, in der Cas und Galo standen. Dann drehte sie sich wieder zu Em.

„Hast du ihn wirklich geheiratet?“, flüsterte sie.

Em musste lachen, aber ihr Lachen verstummte sofort wieder, als Schreie von oben zu ihnen durchdrangen. Schritte ertönten über ihnen. Olivia hob den Kopf und lauschte interessiert.

„Em, wenn die Krieger uns hier unten umzingeln …“ Cas sah Em flehend an. „Der rote Schlüssel.“

Em eilte zurück zu Cas’ Zelle und öffnete sie. Als Cas herauskam, griff er nach Ems Händen. „Es tut mir leid, dass sie ihr das angetan haben“, sagte er leise.

Em schüttelte den Kopf. „Es ist nicht deine Schuld.“

„Es ist absolut seine Schuld“, schaltete sich Olivia hinter ihnen ein.

Em drehte sich von Cas weg und schaute wieder zu Olivia. „Ich erkläre es dir später. Olsos Krieger greifen gerade an, wir müssen von hier verschwinden.“

Olivias Augen leuchteten. „Wirklich?“

Auf dem Weg wieder nach oben sprang Em über die tote Wache. Die anderen folgten ihr. Oben im Salon angekommen, holte Olivia erst mal tief Luft.

„Das ist so viel besser“, stieß sie seufzend hervor. „Hast du das Schwächelkraut da unten gerochen? Sie haben die Zellen damit ausgelegt. Ein Jahr lang konnte ich nicht richtig durchatmen.“

Geschrei und der Klang von aufeinandertreffenden Schwertern hallten durch die Festung. Cas rannte in Richtung der Eingangstür. „Galo, kannst du sie sicher nach draußen bringen?“, rief er noch über seine Schulter nach hinten, dann verschwand er um die Ecke.

„Unnötig.“ Olivia streckte die Hand aus. In dem Moment hob Galo ab, knallte mit einem lauten Krachen gegen die Wand und fiel dann stöhnend zu Boden.

Schnell griff Em nach Olivias Hand und drückte sie nach unten. „Hör auf, er ist unser Freund.“

„Deswegen habe ich ihm nicht das Rückgrat durch den Hals rausgezogen.“ Olivia wischte mit der Hand durch die Luft, als

Galo leicht wimmernd vor Schmerz aufstand. „Lauf, Mensch, bevor ich es mir anders überlege."

Em warf Galo noch einen entschuldigenden Blick zu. „Geh, Galo. Wir schaffen das allein."

In seinem Blick war pure Angst zu erkennen. Wortlos rannte er in die Richtung, in die Cas verschwunden war.

„Sind draußen wirklich die Krieger?", fragte Olivia und machte Anstalten, durch den Salon zu laufen.

Em packte sie am Arm, um sie zurückzuhalten, bevor sie durch den Bogengang ging. „Warte." Em drückte ihre Schwester an die Wand und spähte um die Ecke. Eine Wache ging mit gezogenem Schwert an der Eingangstür vorbei.

„Wer hat ihn rausgelassen?" Jovitas Stimme schallte durch das Gebäude, untermalt von lauten Schritten. Jovita rannte die Treppe hinunter und stach einer Wache mit dem Finger gegen die Brust. „Wer hat Prinz Casimir freigelassen? Wieso habe ich ihn gerade in den Kampf laufen sehen?"

Em hielt den Arm vor Olivia fest, damit sie für einen Moment so stehen blieb.

„Ich weiß es nicht", sagte die Wache. „Er ist an mir vorbeigerannt, bevor ich ihn aufhalten konnte."

Jovita drehte Em und Olivia den Rücken zu. Da gab Em ihrer Schwester ein Zeichen, ihr zu folgen. Vorsichtig schlich sie sich um die Ecke und warf nur kurz einen Blick auf das Chaos, das sie vor ein paar Minuten angerichtet hatte. Die einzigen Wachen im Raum lagen tot unter einem Haufen Trümmer begraben.

Plötzlich japste Olivia, Em wirbelte herum und sah, wie sie einen Stein von ihrem nackten Fuß löste.

„Hey!", rief Jovita und kam um die Ecke gerannt. „Wer ist …" Überrascht fiel ihr Blick auf Em, und sofort zog sie ihr

Schwert. Währenddessen konzentrierte Olivia sich auf die Wache hinter Jovita und warf ihn durch den Raum.

Auch Em hob ihr Schwert. „Weißt du noch, wie das letztes Mal für dich geendet hat?"

Jovita schürzte wütend den Mund und trat einen Schritt vor.

„Zur Seite, Em." Olivia drückte gegen ihren Arm. „Lass mich das …"

„Die Ruined greifen an!", ertönte ein Schrei von draußen. Jovita schaute unwillkürlich in die Richtung, aus der er kam.

Em nutzte die Chance zum Angriff. Ihr Schwert traf Jovita an der Wange. Jovita erschrak und stolperte zurück, wobei sie sich die Hand ans Gesicht hielt. Blut quoll zwischen ihren Fingern hindurch, und Em senkte ihr Schwert wieder. Sie würde niemanden aus Cas' Familie umbringen.

Em griff nach Olivias Hand, aber ihre Schwester bewegte sich nicht, zeigte nur auf Jovita.

„Nein, ich will sehen, wie ihre Wirbelsäule aus ihrem …"

„Olivia, nein", widersprach Em nachdrücklich und zog ihre Schwester weg. Sie liefen los, sprangen über die Trümmer. Sobald sie draußen ankamen, stand Aren vor ihnen.

„Aren!" Olivia sprintete zu ihm und fiel ihm um den Hals.

Bei der kurzen Umarmung breitete sich ein Grinsen auf Arens Gesicht aus. Zwei von Leras Wachen kamen in ihre Richtung. Em lief als Erste los und zog Olivia mit sich. Ihre Schwester trug zwar keine Schuhe, aber sie konnte dennoch mit Aren und Em mithalten.

Die Wachen rannten ihnen nicht hinterher. Em runzelte die Stirn und sah verwirrt zurück zur Festung. Wieso folgte ihnen niemand?

„Lasst uns von hier verschwinden", sagte Aren. „Jeden Moment zerstören wir die Burg."

„Die Wachen folgen uns nicht.“ Em brachte die Worte nur leise über ihre Lippen. Ein ungutes Gefühl breitete sich in ihr aus. Sie musste schlucken.

„Wenn die Burg erst mal gestürzt ist, können wir so viele von ihnen umbringen.“ Olivia ignorierte Ems Kommentar und lächelte Aren an. „Ich muss dir unbedingt zeigen, was ich gelernt habe. Unsere Kräfte sind so viel stärker, als wir denken. Wir können …“

Plop plop plop. Das Geräusch brachte Olivia zum Schweigen. Sie sah in den Himmel, und Ems Blick folgte ihrem. Winzige Teilchen schwebten durch die Luft, sie waren selbst im Schein der Fackeln kaum zu erkennen.

„Nicht einatmen!“, schrie Olivia. Sie schlug sich die Hände vor Nase und Mund. Em und Aren machten es ihr umgehend nach.

Olivia zuckte zusammen, als hätte sie etwas gestochen, und Em beobachtete, wie die kleinen Teilchen ihre Haut trafen. Die Zeichnungen bewegten sich, wurden dunkler, und Bluttropfen bildeten sich dort, wo ihre Haut auseinanderriss.

Dann sah Em auf ihre eigene Haut, die Teilchen trafen auch sie. Nichts. Sie nahm ihre Hand von ihrem Mund weg und atmete ein.

Den Geruch erkannte sie sofort. Schwächelkraut.

Zuerst sprang sie auf Olivia zu, dann auf Aren. Sie stieß beide auf den Boden und warf sich über sie, so gut sie konnte. Bei Olivia war mehr Haut unbedeckt als bei Aren; Em zog die Arme ihrer Schwester an sich und versuchte, sie mit ihren eigenen Armen zu schützen.

So blieben sie liegen, bis alle Teilchen auf den Grund gesunken waren, dann zog Em die anderen beiden hoch. „Lauft“, sagte sie. „Lauft, bis ihr wieder atmen könnt.“

Wackelig stand Olivia auf, behielt aber die Hand vor dem Mund. Aren tat das Gleiche und stützte Olivia dabei noch mit seiner freien Hand. Beide rannten los, dicht gefolgt von Em.

Schreie durchbrachen die Stille, und Olivia blieb abrupt stehen. Die Luft war wieder frei von Schwächelkraut. Aren und sie atmeten erst einmal tief durch.

„Sie bringen die Ruined um." Olivia ballte ihre Hände zu Fäusten und rannte zurück in Richtung der Festung. Em wollte ihr hinterherrufen, dass sie anhalten sollte, aber die Luft war wieder rein, also rannten Aren und Em ihr hinterher.

„Die Ruined sind um die Burg herum verteilt!", rief Aren. „In U-Form. Da drüben!"

Olivia warf einen Blick nach hinten, folgte Arens Hinweis und sah nach links. Sie liefen in den Wald, blieben dann aber plötzlich wieder stehen.

Zwischen den Bäumen hielt sich das Schwächelkraut noch stärker, es hing an den Blättern und schwebte noch durch die Luft. Olivia und Aren machten ein paar Schritte zurück und ließen Em ins Dickicht laufen.

Auf dem Boden lag Nic, aus dessen Zeichnungen am Hals Blut quoll. Seine Lippen waren blau angelaufen, und er röchelte laut, die blutunterlaufenen Augen auf den Himmel gerichtet.

Em beugte sich runter und packte ihn an den Schultern. Wenn sie ihn hier wegbrachte, hatte er vielleicht noch eine Chance. Eventuell konnte Olivia ihn heilen.

Nic schnappte nach Luft, dann bewegte sich seine Brust nicht mehr, und sein Kopf fiel zur Seite. Em musste schlucken und ließ seine Schultern wieder fallen. Sie sah zurück zu Olivia und Aren, die ein paar Meter weit weg standen. Olivia atmete schwer, und Wut strömte aus all ihren Poren.

Von der Festung drangen Rufe zu ihnen. Em kam zwischen den Bäumen hervor und sah zu, wie die Krieger auf Leras Soldaten losgingen. Ein unkluger Schachzug, wenn man bedachte, dass sie wahrscheinlich gerade die meisten der Ruined verloren hatten.

Mit ausgebreiteten Armen lief Olivia auf die Burg zu. „Ihr denkt, ihr könnt mich verletzen?“, schrie sie. „Netter Versuch, ihr Feiglinge!“

Vier Soldaten flogen plötzlich durch die Luft, ihre Knochen verschoben und verdrehten sich so, dass Ems Magen sich allein vom Zusehen umdrehte. Dann fielen sie wieder auf den Boden, tot.

Nachdem sie vier Menschen auf einmal mit ihren Kräften umgebracht hatte, sollte Olivia vollkommen erschöpft sein, aber sie wurde nicht einmal langsamer. Sie rannte einfach weiter und rief Aren zu, er möge ihr helfen. Sofort lief er ihr hinterher.

Mit gezogenem Schwert eilte Em in den Kampf, ihr Herz hämmerte wie verrückt. Ein Krieger lief an ihr vorbei – nur noch ein paar Schritte bis zum Mittelpunkt des Geschehens. Schwerter schlugen aufeinander, Schreie hallten durch die Nacht. Ein Schauer jagte Em über den Rücken. In der Dunkelheit waren die Krieger und Leras Soldaten schwer auseinanderzuhalten. Alles, was sie sehen konnte, war ein Haufen Menschen, die gegeneinanderrannten und aufeinander einschlugen.

War Cas auch unter ihnen? Kämpfte er an der Seite der Soldaten? Hatte er gewusst, dass sie Schwächelkraut in der Luft freisetzten, nachdem Olivia frei war?

Nein. Natürlich hatte er das nicht gewusst. Die letzten Tage hatte er mit ihr verbracht, dann wurde er sofort in eine Zelle gesperrt, als er hier war.

Plötzlich stand ein Mann vor Em, und sie hatte keine Zeit mehr, sich Gedanken um Cas zu machen. Der Angreifer zielte mit dem Schwert direkt auf ihre Brust, aber sie wehrte die Attacke zügig ab. Sein Gesicht kam ihr bekannt vor, aus ihrer Zeit im Schloss.

„Emelin…“ Sein Schrei verstummte, als sie ihr Schwert in seine Brust stieß.

Em wirbelte herum und entdeckte Iria, die sich gerade gegen zwei Leras wehrte. Sie kam ihr zu Hilfe und blockte ein Schwert, kurz bevor es Irias Arm traf. Überrascht sah der Soldat sie an, was Em sofort ausnutzte, indem sie ihm ihre Klinge in den Bauch stach. Danach stieß sie ihn mit dem Fuß weg.

„Danke“, sagte Iria keuchend und zog ihr eigenes Schwert aus dem anderen Soldaten.

Em beobachtete das Kampfgetümmel um sie herum. Tote Krieger lagen auf dem Boden verteilt, verzweifelt suchte sie in dem Gemenge nach Olivia und Aren, konnte sie aber nirgends entdecken.

Panik überkam sie, als ein weiterer von Leras Männern zum Angriff überging. Ein paar Minuten lang nahm sie nur noch Blut, die Körper und Schwerter wahr, als ein Gegner nach dem anderen auf sie zukam. Zwischendurch versuchte sie ab und zu, ihre Schwester irgendwo zu entdecken.

Sie hatte gerade einen blutenden Mann von sich weggestoßen und ihm das Schwert aus der Hand getreten, als sie einen Schritt nach hinten machte und gegen etwas Festes stieß.

Erschrocken drehte sie sich um. Es war Cas.

Er senkte sein Schwert und schüttelte sich die Haare aus dem Gesicht. „Geh.“ Er umfasste dabei ihr Handgelenk. „Sag den Ruined, dass sie sich zurückziehen sollen, sonst sterben sie alle.“

„Ich denke, die meisten von uns sind schon tot“, antwortete Em, wobei sie die Tränen unterdrücken musste.

Sein Blick senkte sich, und Trauer spiegelte sich deutlich in seinen Augen. „Es tut mir leid. Ich wusste es nicht.“

„Ich weiß.“

Er drückte noch einmal ihren Arm, dann ließ er sie los. „Bitte, Em. Verschwinde von hier.“

Daraufhin drehte er sich um und lief wieder in die Schlacht, wobei er über einen toten Krieger sprang. Nicht weit von Em entfernt stand Iria und beobachtete die Szene. Sie sah zwischen Em und Cas hin und her, als wüsste sie nicht, wem sie hinterherlaufen sollte.

„Rückzug!“, rief Em so laut sie konnte. „Krieger, Ruined, Rückzug!“

Iria schloss sich Em an, und die Krieger zogen sich zurück. Es waren nur noch so wenige von ihnen übrig, dass Em sie zählen konnte, als sie den Hügel hinunterliefen – sieben, zwölf, achtzehn. Nicht mehr als dreißig hatten es geschafft, soweit sie sehen konnte, dabei waren es am Anfang mindestens hundert gewesen.

Dann entdeckte sie Olivia, die Aren stützte, als sie beide den kleinen Berg herunterkamen. Em steckte ihr Schwert weg und rannte auf die beiden zu. Sie nahm Arens anderen Arm und legte ihn sich um die Schulter.

Olivia war über und über mit Blut bedeckt – ihre Kleidung, ihre Arme, ihr Gesicht. Alles war voller Blut.

„Geht es dir gut?“, fragte Em besorgt.

Olivia nickte nur, ihre Augen blitzten auf, dann drehte sie sich zu Aren. „Keine Sorge, ich zeige dir, wie man seine Kräfte benutzt und trotzdem stark bleibt.“

„Ja?“, fragte Aren hoffnungsvoll.

„Auf jeden Fall." Sie lächelte ihn an und wischte sich dabei etwas Blut von der Wange.

Zusammen trugen sie Aren den Hügel hinunter und in den Wald, wo sich die Krieger bereits verteilt hatten. Um sie herum war es still, so still, dass es sich nach dem Lärm der Schlacht fast erdrückend anfühlte.

„Wo gehen wir hin?", fragte Olivia.

„Wir schauen, ob noch andere Ruined überlebt haben."

Plötzlich japste Olivia. Ems Worte blieben ihr im Hals stecken. Ein Pfeil steckte in Olivias Arm, und sie stolperte nach hinten. Ohne sie als Stütze fiel Aren zu Boden.

Ein weiterer Pfeil schoss durch die Luft, so nah an Olivias Gesicht vorbei, dass er sogar einen winzigen Kratzer an ihrer rechten Wange hinterließ.

Em wirbelte herum, konnte aber nichts sehen.

Währenddessen zog sich Olivia den Pfeil aus dem Arm. Aus der Wunde sickerte eine blaue Flüssigkeit, sie hatten die Pfeilspitze mit Schwächelkraut behandelt.

Dann wurde Em von jemandem gerammt, und erst da fiel ihr auf, dass sie nicht nach oben geschaut hatte. Natürlich versteckten sich Lera in den Bäumen; den Trick kannte sie nur zu gut.

Arme schlossen sich um ihre Hüften, ihren Hals und ihre Beine. Sie versuchte verzweifelt, Olivia zu sehen und sich aus der Umklammerung zu befreien, aber jemand hielt sie mit einem Würgegriff unerbittlich fest, sodass sie nur den Wald sehen konnte.

Und die Königin.

Fabiana lächelte nicht, aber die Genugtuung sah man ihr dennoch deutlich an.

Mit einer Kopfbewegung gab sie ihren Männern ein Zeichen. „Zurück zur Festung. Sie wird vor allen anderen für ihre Taten sterben." Dann zeigte sie hinter Em. „Olivia könnt ihr hier erledigen. Bringt mir ihren Kopf."

Em trat um sich, doch dadurch wurde der Griff um sie herum nur noch fester. Olivia schrie noch, und Em wagte nicht, sich nach Aren umzudrehen. Ob er bereits tot war?

„Bitte lasst sie gehen", flehte Em, als die Soldaten sie hinter der Königin herzogen. „Ihr könnt mich umbringen, aber lasst Olivia bitte gehen."

„Wir haben doch schon euch beide", antwortete die Königin und warf einen Blick über ihre Schulter. „Deine Verhandlungsfähigkeiten lassen etwas zu wünschen übrig."

„Bitte." Ems Worte klangen verzweifelt, aber das war ihr egal. „Wenn ihr Olivia gehen lasst, seht ihr keinen von uns jemals wieder."

Das würdigte Fabiana nicht einmal mit einer Antwort. Vor Wut stiegen Em die Tränen in die Augen. Es war hoffnungslos. Sie hatte es nicht geschafft, Olivia zu retten, die Ruined zu retten. Sie würde sterben, ohne irgendetwas erreicht zu haben.

Schritte kamen auf sie zu, die Königin zog ihr Schwert, und Em sah hoffnungsvoll um sich. Jetzt wäre der perfekte Zeitpunkt für die Krieger, um einzuschreiten.

Zwischen den Blättern tauchte Cas' Gesicht auf; der winzige Hoffnungsschimmer in Ems Bauch wuchs.

Cas war außer Atem, und er schaute abwechselnd zu seiner Mutter und zu Em. Er sah wild aus. Em sah ihm an, dass er mit dieser Situation gerechnet hatte.

Seufzend senkte die Königin ihr Schwert wieder. „Cas, geh bitte zurück zur Burg."

„Lasst sie los", befahl er den Männern, die Em festhielten. Sie bewegten sich nicht.

„Ich verstehe ja, dass du es nicht selbst machen kannst", begann Fabiana. „Aber irgendjemand muss es tun."

„Nein, das stimmt nicht." Cas' Stimme zitterte leicht, doch er blieb standhaft. „Es gab genug Opfer auf beiden Seiten."

„Der Schaden, den sie in unserem Königreich angerichtet hat, ist unermesslich", widersprach die Königin. „Wenn du sie einfach gehen lässt, verlierst du die Kontrolle über dein Volk, das verspreche ich dir. Sie werden dich als schwach ansehen."

Cas schüttelte den Kopf. „Ich glaube, wir beide haben unterschiedliche Auffassungen von Schwäche. Ich werde nicht diese Art von König sein. Ich werde sie nicht hinrichten lassen."

„Das weiß ich", sagte die Königin leise.

In Cas' Blick sah Em einen Funken Hoffnung aufflackern, sie erkannte es an der Art, wie er kaum merkbar die Augenbrauen hochzog und seine Mutter ansah, als ob er sie darum bäte zurückzutreten.

Für einen Augenblick sah er völlig optimistisch aus.

Dann drehte die Königin sich so plötzlich herum, dass sogar einer der Soldaten erschrak.

Sie stieß ihr Schwert mitten in Ems Bauch.

Alles um Em herum wurde schwarz, dann rot, dann wieder schwarz. Sie fiel auf die Knie, bekam es aber selbst nicht wirklich mit. Jemand schrie „Nein!", und der Schrei hallte in ihrem Kopf nach, als würde es wieder und wieder gerufen.

Sie schwankte weiter und stürzte gegen einen warmen Körper.

„Bitte, nein", stieß Cas hervor, und Em merkte, dass sie auf dem Boden lag, gegen seine Brust gedrückt. Sie sah an sich herunter und entdeckte Blut. War er etwa verletzt?

Nein. Es war ihr eigenes Blut.

„Es tut mir leid“, flüsterte er in ihr Haar. „Es tut mir so leid.“

Em schüttelte den Kopf, sie wollte nicht, dass es ihm leidtat. Es musste ihm nicht leidtun. Sie konnte nichts sagen, aber sie schaffte es, nach seiner Hand auf ihrem Bauch zu greifen und sie zu drücken.

Ich kann mir schlimmere Arten vorstellen zu sterben. Cas' Worte von gestern gingen ihr durch den Kopf, beinahe musste sie lachen. Vielleicht tat sie das sogar.

Dann ertönten Schreie.

Schreckliche, grauenvolle Schreie.

Der Kopf eines Mannes rollte über den Boden.

Cas drückte Em fester an sich, sie blinzelte ein paarmal, versuchte, etwas zu erkennen. Der Boden war voller Blut, es waren keine Wachen oder Soldaten mehr zu sehen, nur ein paar Körperteile überall verteilt.

Olivia trat mit ausgestreckten Armen in die Mitte des Schlachtfeldes.

Die Brust der Königin hob sich unnatürlich stark an, und ein nicht menschlich klingendes Geräusch kam aus ihrem Mund.

Mit einem Knacken, das Cas zum Zusammenzucken brachte, brach ihr Brustkorb auf. Etwas Dunkles flog durch die Luft und landete in Olivias Hand. Blut lief ihren Arm herunter, als sie nach und nach ihre Finger wieder löste und das Herz der Königin mit einem dumpfen Plopp auf dem Boden aufkam.

Dann fiel Olivias Blick auf Cas. „Weg da.“

Er reagierte nicht sofort, aber Olivia rief es noch mal, als sie sich Em näherte. Dann verschwand seine Wärme, und Ems Kopf wurde sanft auf den Boden gelegt.

„Es ist alles in Ordnung“, sagte Olivia zu ihr, ohne einen Hauch Wut in der Stimme, und legte ihre Hände auf Ems Bauch.

Em schnappte nach Luft. Plötzlich sah sie die Welt um sich herum wieder deutlicher.

„Geh“, sagte Olivia und sah nach hinten.

Em bewegte ihren Kopf zur Seite und sah Cas, der ein paar Schritte von seiner toten Mutter entfernt stand. Sein Gesicht hatte sich zu einer Maske aus Angst und Horror verzogen.

„Geh, sie wird es schaffen“, stieß Olivia zwischen zusammengebissenen Zähnen hervor.

Cas starrte nur auf Em, als warte er auf eine Art Bestätigung. Kaum merkbar nickte sie. Ihr Körper war zwar schwach, aber sie spürte, wie Olivia sie mit ihren Kräften wieder zusammenflickte.

Cas zitterte am ganzen Körper, sein Blick immer noch auf Em gerichtet. Tränen stiegen in seine Augen, als sie ein zweites Mal nickte.

Dann rannte er davon.

Em wandte sich wieder zu Olivia, deren Augen wild und weit aufgerissen waren. Ihr Mund war zu einer bizarren Grimasse verzerrt, einer wahnsinnigen Mischung aus Freude und Wut.

„Alles wird gut, Schwester“, sagte Olivia leise. „Du und ich, wir fangen gerade erst an. Wenn wir fertig sind, werden sie alle auf die Knie fallen und um Vergebung betteln.“

Em versuchte, die Tränen zurückzuhalten, obwohl sie nicht mal sicher war, weswegen sie weinen musste. Aus Erschöpfung, wegen der Niederlage oder wegen Cas’ Gesichtsausdruck, als er neben seiner Mutter stand. Woran es auch lag, die Tränen bahnten sich ihren Weg und liefen ihre Wangen herunter.

Olivia nahm ihre Hand von Ems Bauch weg, um ihr eine Haarsträhne aus dem Gesicht zu streichen. Sie lächelte.

„Nicht weinen, Em. Sie werden uns noch früh genug fürchten.“

DANKSAGUNG

„Die Legende der vier Königreiche – Ungekrönt“ war tatsächlich ein Gruppenprojekt. So viele Leute haben mitgelesen, mich ermutigt oder mir einen ordentlichen Tritt verpasst, als ich ihn gebraucht habe. Ein großes Dankeschön an:

Meine Lektorin, Emilia Rhodes, die dieses Buch zu einem so viel besseren Buch gemacht hat, als ich glauben konnte. In „Die Legende der vier Königreiche – Ungekrönt“ gibt es so viele verschiedene Elemente, ich dachte, die bekomme ich nie miteinander verbunden, aber du hast es mir leicht gemacht.

Meine Agentin, Emmanuelle Morgen. Danke, dass du es ausgehalten hast, als ich tausend verschiedene Entwicklungen in der Geschichte sah und alle davon ausprobieren wollte.

Jennifer Klonsky dafür, dass du dich bei meinem letzten Buch so gut um mich gekümmert und dafür gesorgt hast, dass dieses Buch in die richtigen Hände gelangt.

Alice Jerman für all deine Unterstützung bei diesem Buch und der Reboot-Reihe.

Michelle Krys für das frühe Mitlesen und die Freude. Danke, dass du mir geholfen hast, den perfekten Einstieg zu finden, und für den tollen Klappentext.

Shannon Messenger auch für das frühe Mitlesen und die Anmerkungen zu den Charakteren. Du hast mir geholfen, Em und Cas lebendig werden zu lassen. (Und danke, dass du mich in Vegas vom Schreibtisch geholt hast.)

Kiera Cass auch für die wunderbare Praise. Ich bin so froh, deine Worte vorn auf dem Buch stehen zu haben.

Jenn Reese für die Unterhaltungen über Fantasy und dafür, so geduldig zu bleiben trotz meiner tausend Fragen. Auch danke an Amaris und Tracy für die super Brunch-Gespräche!

Danke an das Design-Team von HarperTeen, dass ihr dem Roman so ein wunderschönes Cover verpasst habt. Es ist viel besser, als ich mir jemals hätte vorstellen können.

Ein großes Dankeschön auch an das ganze Team in der Marketing-Abteilung von HarperTeen. Ihr habt euch immer so gut um mich gekümmert, besonders Gina Rizzo – danke für dein frühes Engagement für „Die Legende der vier Königreiche – Ungekrönt“ und dafür, immer das lächelnde Gesicht bei RT zu sein!

Meine GFA-Mädels – Natalie, Michelle, Amy, Lori, Corinne, Gemma, Deb, Ruth, Kim und Stephanie: Danke, dass ihr über die Tiefen und Höhen für mich da ward. Ihr seid die besten Schriftstellerfreunde, die man sich nur wünschen kann.

Natalie Parker für das Planen der besten Ausflüge und dafür, dass du mich quasi all meinen Schriftstellerfreunden vorgestellt hast.

Michelle Rosenfield, weil du so eine wunderbare Freundin bist, all die Filme mit mir angesehen hast und ich mehr als einmal bei dir Dampf ablassen konnte. Danke auch an Ethan für die Spaziergänge um den See. Luna vermisst dich.

Sara und Sean, Mely und JP, Nick, Louise, Josh, Chris und Megan – danke, dass ihr zu den Veranstaltungen gekommen seid und mich so toll unterstützt habt.

Danke an all die Blogger fürs Lesen und Unterstützen der Reboot-Reihe, aber besonders an Stacee (Book Junkee), Erin und Jaime Arkin (Fiction Fare), Dianne (Oops I Read It Again), Katie (Mundie Moms) und Sash (Sash and Em). Ich liebe es, eure lächelnden Gesichter auf Events oder meinem Twitter Feed zu sehen.

Auch danke an meine Eltern und meine Familie und Entschuldigung für die toten und/oder bösen Eltern in diesem Buch. Die basieren nicht auf euch, versprochen.

Zu guter Letzt danke an meine Schwester, Laura, meine erste und beste Kritikerin und der Grund, warum aus dem Buch eine Geschichte über Schwestern geworden ist. Es tut mir leid, dass hier die jüngere Schwester die Verrückte ist.